Ralph Llewellyn

Alex Brandt

Blutige Herzen

RavenPort
Verlag

Roman

RAVENPORT VERLAG

Ralph Llewellyn

Alex Brandt

Blutige Herzen

Autor: Ralph Llewellyn
Umschlagdesign: Fiverr @konideraz
Lektorat/Korrektorat: Christiane Geldmacher (Textsyndikat)
Satz/Layout/E-Book: Etienne Sadek
Druck: Custom Printing

Print: ISBN 978-3-69061-100-8
E-Book: ISBN 978-3-69061-101-5

Bibliografische Information der Deutschen Nationalbibliothek:
Die Deutsche Nationalbibliothek verzeichnet diese Publikation in der Deutschen National bibliografie; detaillierte bibliografische Daten sind im Internet über http://dnb.dnb.de abrufbar.

Besuchen Sie den RavenPort Verlag im Internet:
www.ravenport-verlag.de

Beim Unterschreiben des Vertrages für das Leben
überliest man schnell aus dummer unbändiger Vorfreude
das Kleingedruckte über den Tod und seine Umstände.
(c) Ralph Llewellyn

Prolog

Die Zeit war gekommen, endlich jene Qualen auf Papier festzuhalten, die Alex tief in seiner Seele versengten. All die schrecklichen Ereignisse, die sich zugetragen hatten und sich noch immer da draußen zutrugen, während er hier, in einer Nervenheilanstalt, saß und für seine begangenen Sünden büßen musste. Seine Augen verharrten auf dem halbleeren Blatt vor sich, während er verzweifelt nach den passenden Worten suchte.

Er schüttelte den Kopf und ließ seinen Blick durch den Raum schweifen, der jetzt sein Zuhause darstellte: Eine klaustrophobische Zelle, gleichermaßen von eisiger Stille und drückender Spannung erfüllt. Die Wände, kahl und steril, waren von einem matten Grauton überzogen, der jeglichen Funken von Leben oder Hoffnung auszulöschen schien. Ein schwacher, flackernder Lichtstrahl drang durch das kleine, vergitterte, in der oberen Ecke eingelassene Fenster. Es war ein Bullauge, das den Blick nach draußen in eine gefährliche Welt eher verwehrte, als ein Portal zur Außenwelt. Durch das schmutzige Glas konnte Alex lediglich schemenhafte Umrisse der Bäume und des Himmels erahnen. Das Mobiliar war spärlich und von einem Hauch unvermeidlicher Trostlosigkeit durchdrungen. In einer Ecke stand ein schäbiges Bett mit einer dünnen Matratze.

Ein abgenutzter Schreibtisch war in die gegenüberliegende Ecke gezwängt, bedeckt mit verblassten Papieren, die unzusammenhängende Gedanken und fragmentierte Erinnerungen bargen. Ein alter Holzstuhl gesellte sich zu diesem Tisch, dessen Oberfläche von Kratzern und Kerben gezeichnet war, als ob er die Last der immerwährenden Hoffnungslosigkeit jener Menschen tragen würde, die jemals an ihm saßen.

Der Raum roch nach Desinfektionsmittel und stagnierender Luft. Ein Hauch von Verzweiflung hing in der Atmosphäre, ein unsichtbarer Nebel, der sich um Alex legte und ihn unerbittlich zu erdrücken schien. Die Stille wurde nur durch das gelegentliche Klirren von Schlüsseln und das ferne Echo der Schritte des Pflegepersonals unterbrochen, das wie Schatten durch die Korridore glitt und den Insassen eine trügerische Flucht vor der düsteren Realität verwehrte.

In dieser trostlosen Zelle kämpfte Alex gegen seine Dämonen an. Hier, eingesperrt in diesem Alptraum, wurde er mit der Grenze zwischen Verstand und Wahnsinn konfrontiert, während die Zeit unaufhaltsam voranschritt und sein Geist nach einem Ausweg suchte, der ihm den Pfad zurück ins Leben weisen könnte.

Alex seufzte laut. »Ja, ein Heim für Idioten, die nicht mehr leben wollen.« Seine Stimme klang gebrochen und müde. Hatte man tatsächlich Angst gehabt, er würde seinem elenden Leben ein Ende setzen? Ein Augenrollen begleitete seine Gedanken, während sein Blick auf die Toilette fiel. Daneben befand sich ein Miniaturwaschbecken, das selbst das morgendliche Zähneputzen zur mühseligen Aufgabe machte.

Der Winter war bereits angebrochen und er sehnte sich nach dem reinen Duft fallenden Schnees, der erfrischenden Kälte auf seiner Haut und einem Windhauch, der ein Gefühl von Lebendigsein verhieß.

Konnte er überhaupt noch als Existenz betrachtet werden? Oder war er mittlerweile nur noch ein leeres Gefäß für eine bedauernswerte Kreatur, zu feige, ihrem Leben ein Ende zu bereiten? Alex fuhr sich mit beiden Händen über das Gesicht und atmete tief ein.

Die Erinnerungen an die Tage, als sie ihn gefunden hatten, waren in sein Bewusstsein eingebrannt. Alles erschien ihm surreal, wie ein düsterer Alptraum voller Unmöglichkeiten. Damals hatte er bereits mit allem abgeschlossen und sich den Tod gewünscht, doch einem öffentlich Geschmähten gönnte man keinen würdevollen Abgang.

Seine letzte Spur von Selbstachtung hatten sie in der Öffentlichkeit mit Genuss zerstört und als er bereits am Boden lag, noch einmal kräftig nachgetreten, um sicherzugehen, dass er sich nicht mehr rührte. Immer wieder stellten sie ihm Fragen, wollten wissen, was in dieser blutbeschmierten, verlassenen Wohnung geschehen war. Doch was hätte er ihnen sagen sollen?

Die Wahrheit?
Welche?

Irgendwann verloren sie das Interesse an ihm. Alex konnte es ihnen nicht verdenken. Jeden Morgen erwachte er mit dem sehnlichen Wunsch, dass all das nur ein Albtraum gewesen sein möge. Doch der Schrecken begleitete ihn Nacht für Nacht in seine düsteren Träume. Der süßliche Geruch von Blut verfolgte ihn seit jener Zeit und war ein allgegenwärtiger Zeuge seiner Tat. Kein Medikament vermochte das Bild aus seinem Gedächtnis zu löschen. Es hatte sich für immer in sein Innerstes eingebrannt: Niemals würde er die Augen vergessen, die ihn so verzweifelt um Gnade angefleht hatten. So viele Tränen hatte er vergossen, doch nun waren sie versiegt, und eine eigenartige Leere hatte Besitz von ihm ergriffen.
Der verzehrende Schmerz verschlang ihn noch immer, er sehnte sich danach, ihn in die Welt hinauszuschreien, doch wer würde ihn verstehen? Ihn, einen Verrückten, gestürzt durch die eigene Überheblichkeit und Menschenverachtung.
Alex biss die Zähne zusammen wie ein verletztes Raubtier und ballte seine Fäuste, bis die Knöchel weiß hervortraten. Zorn und Angst zugleich spiegelten sich in seinem verzerrten Antlitz, als er all seine Anspannung in einem donnernden Fausthieb auf die Tischplatte entlud. Gebrochen saß er da, dann senkte resigniert den Kopf über seinen Notizen. Für seine Taten würde er in der Hölle schmoren. Doch wenn man es genau betrachtete, war er dort schon angekommen.

Kapitel 1
Ein verfluchter Tag

6. Mai 2020

Alex schlief tief und fest, eingehüllt in die Dunkelheit der Nacht, während sein müder Geist in den Fängen dahingleitender Bilder gefangen war, als plötzlich ein schrilles Geräusch die Stille durchschnitt. Wie ein unerbittlicher Eindringling schlich sich das Läuten des Telefons in Alex' Träume und entfachte ein zähes Gefecht zwischen Schlafen und Erwachen. Erfolglos kämpfte er gegen den aufsteigenden Strudel des Bewusstseins an, bis ihn das hartnäckige Bimmeln endgültig in die Wirklichkeit zerrte. Er öffnete die Augen, während der Pulsschlag der Spannung seine Adern durchzog. Der Moment des Erwachens war erfüllt von einer unbestimmten Ahnung, dass dieser Anruf sein Leben für immer verändern würde.
Er starrte mit weit aufgerissenen Augen ins Dunkle. Es gab nur wenige Menschen, die es wagen konnten, ihn so früh am Morgen anzurufen: Seine Schwester, der er alles verzeihen würde, und für die er zu jeder Tageszeit ein offenes Ohr hatte. Seine Mutter, um ihm vom Ableben des Vaters zu berichten, was zugegebenermaßen eine gute Nachricht wäre. Oder das Dezernat, um ihn zu einem neuen Mordfall zu beordern. Er setzte sich auf, griff nach dem Telefon und blickte auf das Display: Es war die Nummer seines Vorgesetzten.

Die Nacht bot den meisten Menschen Ruhe und Erholung, doch im Schutz der Nacht geschah das, was die wenigsten sehen wollten. Kranke Gehirne streiften durch die Straßen, um ihren verworrenen Fantasien freien Lauf zu lassen. Einbrüche, Vergewaltigungen und Exzesse mit blutigem Ausgang.

Das Böse kannte zwar keine Zeit, doch bevorzugte es den Schatten.

Alex stöhnte leise und nahm den Anruf an. »Ja?«

»Ich bin's. Schwing deinen Hintern aus dem Bett, Arbeit ruft. Melde dich bei mir, wenn du im Wagen sitzt.«

»Scheiße«, brummte Alex und legte auf. Dieser „Ich bin's" war Johann Spohl, der Leiter einer Spezialeinheit, die sich der Fälle annahm, die sonst niemand haben wollte. Johann hatte Alex einst direkt von der Frankfurter Dienststelle für Operative Fallanalyse rekrutiert. Als Jahrgangsbester standen Alex alle Türen offen, und eigentlich hatte er sich eine internationale Karriere nach dem Studium erträumt. Doch Johann besaß eine einzigartige Überzeugungskraft. Er gewährte ihm damals vierundzwanzig Stunden Bedenkzeit und lächelte bedeutungsvoll, als Alex ihn fragte, warum gerade er ausgewählt worden sei: *»Sie sind ein junger Bluthund, der nur darauf wartet, von der Leine gelassen zu werden. Und ich werde derjenige sein, der den Zeitpunkt bestimmt«*, hatte er damals gesagt. Das war nun sieben Jahre her.

Alex' Team bestand aus fähigen Spezialisten, für die er jederzeit seine Hand ins Feuer legen würde: Julia Weis, eine forensische Expertin mit einem Summa-cum-laude-Abschluss von Yale und dem Biss einer Bulldogge; Horst Cham, ein Vernehmungsspezialist, untersetzt und gutgläubig, aber perfekt in seiner Arbeit mit einem ausgefeilten Gespür für die Untertöne des Nichtgesagten – und Abraham Porter, ein Mann fürs Grobe: Pathologe und Pedant bis in die kleinste Pore seiner „Patienten".

Alex hatte sich einst zum Fallanalytiker ausbilden lassen, in der Annahme, es sei ein aufregender Job. Profiler – diese etwas vage Bezeichnung für seinen Beruf kannten die meisten Leute mittlerweile aus dem TV. Er wurde hinzugezogen, wenn seine Kollegen nicht weiterkamen oder aus Furcht um ihre Karriere die Finger von den schmutzigen Fällen ließen. Taten von unberechenbaren Psychopathen. Warum er sich gerade für diese Richtung in seiner Karriere entschieden hatte, verstand er selbst nicht.

Der Tatort, zu dem er in den frühen Morgenstunden gerufen wurde, befand sich in einem eleganten italienischen Restaurant in der Nähe des Mains. Frankfurt – die Stadt der Banker mit unzähligen exklusiven Restaurants und Bars. Anfangs erschien ihm diese Metropole kalt und unwirtlich, doch er hatte sich schnell an sie gewöhnt. Vielleicht, weil sie genauso verkorkst war wie er selbst.
Als Alex die Absperrung durchschritt, erkannte er an den blassen Gesichtern seiner Kollegen, dass er nicht umsonst aus dem Schlaf gerissen worden war. »Es ist wieder passiert«, murmelte er trocken. Der Jäger in ihm erwachte und verlangte danach, die Fährte aufzunehmen. Möglicherweise war genau dies der Grund, warum er hinter seinem Rücken „Predator" genannt wurde, wie ihm Horst einmal anvertraut hatte.
Vor dem Tatort, ein Restaurant, erwartete ihn Johann, der in anderer Kleidung problemlos als Türsteher durchgegangen wäre. Seine tief heruntergezogenen Mundwinkel und ausgeprägt bullige Gestalt rieten zur Vorsicht. Es fehlte lediglich noch das warnende Schnauben eines wütenden Stiers. Nervös tippelte er von einem Bein auf das andere. »Wurde auch langsam Zeit. Julia ist schon drin. Bis jetzt sind es fünf Tote. Die hinteren Räume werden noch durchsucht.«

Ohne zu zögern schritt Alex wortlos an ihm vorbei und betrat konzentriert den Ort des Geschehens.
Leiche Nummer eins lag gleich an der Garderobe, an der nur noch wenige Jacken und Mäntel hingen. Eine Frau Anfang zwanzig mit langem rotem Haar. Das Zusammenspiel von fein gezeichneten Zügen und einer zarten Porzellanhaut verliehen ihrem jungen Gesicht eine bezaubernde Ausstrahlung. In ihm lag das Versprechen eines aufregenden Lebens, das nun so jäh beendet worden war. Ihre Mimik wirkte seltsam gleichgültig, fast fröhlich. Wem hatte wohl ihr letzter Blick gegolten? Sie konnte noch nicht lange tot sein. Ihre hellgrünen Augen fielen Alex auf, die ihren Glanz noch nicht verloren hatten.

Hätte es nicht die riesige Blutlache und eine hässliche Wunde im Brustbereich gegeben, könnte man meinen, sie würde jeden Moment den Mund öffnen, um von ihrem tragischen Schicksal zu berichten.

Leiche Nummer zwei, ein Mann um die fünfzig, schlank, mit auffällig langer Nase, lag hinter der Bar im selben Zustand wie Leiche Nummer eins.

Die Leichen drei und vier, zwei Frauen im Alter zwischen dreißig und vierzig Jahren, befanden sich im vorderen Teil des Restaurants. Die überall verstreuten Scherben ließen darauf schließen, dass sie gerade dabei gewesen waren, die Tische abzuräumen.

Abraham kniete neben einer der Frauen. Mit präzisen Griffen untersuchte er ihre Wunden mit fachmännischer Neugier. Es kam einem einstudierten Tanz gleich, bei dem er versuchte, die Sprache der Ermordeten zu entschlüsseln, verborgen in deren Schweigen.

Alex beugte sich herab und betrachtete die Frauen. »Gibt es schon Hinweise auf die Tatwaffe?«

»Du weißt, dass ich keine Vermutungen anstelle. Sobald ich Ergebnisse habe, werde ich sie dir mitteilen«, antwortete Abraham genervt.

Er verzog das Gesicht und widmete sich wieder der Leiche: Ganz in seinem Element, in dem er sich wie ein Wurm verkriechen konnte.

Alex rümpfte die Nase und richtete sich wieder auf. Einige Sekunden beobachtete er Abraham, wie der methodisch seiner Arbeit nachging. Irgendwann würde er ein Profil von ihm erstellen und ihn zu dessen Geburtstag damit überraschen. Doch im Moment hatte er andere Probleme. »Aber bitte, noch dieses Jahr!«

»Ach, Alex, eines kann ich dir jetzt schon sagen: Allen Opfern fehlt das Herz. H-E-R-Z«, buchstabierte er das Wort langsam und deutlich. »Du weißt, was das ist, oder?« Abraham blickte mit hochgezogenen Brauen zu ihm auf.

Alex wollte gerade etwas Passendes erwidern, als ein Polizist zu ihnen kam und das Wort ergriff. »Verzeihen Sie, ich soll Ihnen ausrichten, dass Frau Dr. Weis in der Küche ist.«

Alex kannte den Beamten nicht. Das verzerrte Gesicht des jungen Mannes war von Entsetzen gezeichnet. Seine blasse Hautfarbe unterschied sich kaum von der einer Leiche. Alex fragte sich, warum sie immer wieder unerfahrene Polizisten zu solch heiklen Fällen hinzuzogen. Sie konnten sowohl durch blinden Übereifer als auch durch fehlende Abgeklärtheit Ermittlungen behindern oder gar schaden. Vor gut einem Jahr hatte einer dieser jungen Schlappschwänze auf eine aufgeschlitzte Leiche gekotzt und dabei wichtige Beweise zerstört. »Wie heißen Sie?«

»Rolf Kant. Polizeivoll-«

»Ich habe Sie nicht nach Ihrem Dienstgrad gefragt.« Alex wandte sich brüsk ab.

Er spürte ein eigenartiges Ziehen zwischen den Schulterblättern, als würde er eine Last tragen. Unwillkürlich reckte er seine Schultern zurück, bis es knackste. Irgendetwas beunruhigte ihn. Es waren nicht die Leichen oder deren Verstümmelungen, sondern etwas anderes, für das er in diesem Moment keinen Begriff fand. Über das ganze Restaurant schien sich ein Leichentuch ausgebreitet zu haben, das jedem Anwesenden einen Schauer über den Rücken jagte. Eine unbeschreibliche Traurigkeit erfüllte den Raum, die er in ihrer Konsistenz förmlich spüren konnte. Alex beschloss, dieses Gefühl vorerst in sich zu bewahren, und machte sich auf die Suche nach Julia.

Horst stand neben der Tür zur Küche und blickte ihm mit müden Augen entgegen. »Das solltest du dir ansehen, Alex. Ich glaube, sie hat ihre letzten Sekunden tatsächlich genossen.«

Alex betrat den Raum und blieb neben der Leiche Nummer fünf stehen. Die riesige Küche des Restaurants erstreckte sich in alle Richtungen. Der metallische Glanz der Gerätschaften und Edelstahlarbeitsflächen wurde von der Anwesenheit der Polizisten überschattet, die emsig zwischen den Tischen und Öfen hin und her eilten. Das klirrende Geräusch von Porzellan und Glas, das hin und wieder zu hören war, vermischte sich mit gedämpftem Gemurmel und dem gelegentlichen Klicken von Kugelschreibern, während die Ermittler ihre Aufzeichnungen anfertigten.

Alex' Blicke durchdrangen die trübe Atmosphäre und nahmen jedes Detail auf.

Die Küche wirkte wie ein verzerrtes Abbild der hektischen Aktivitäten, die normalerweise hier stattfanden. Jetzt jedoch herrschte eine beunruhigende Ruhe, die von der morbiden Präsenz des Todes erfüllt war. Die künstliche Beleuchtung warf grelle Schatten auf den Boden und ließ die scharfen Küchenmesser an den Wänden wie bedrohliche Schattenrisse aussehen. Die Stahltöpfe und Kupferpfannen, die normalerweise zuverlässige Helfer in der Hand geschickter Köche waren, zeugten stumm von einer gewaltsamen Unterbrechung des kulinarischen Alltags. Die Essensgerüche, die einst die Sinne betört hatten, waren von einem unangenehmen Hauch von Verwesung durchzogen. Die Stimmung im Raum war angespannt, gefüllt mit einer Mischung aus Neugier, Entsetzen und dem dumpfen Wissen, dass der Tod hier seine unerbittliche Hand im Spiel hatte.

Alex schaute auf die Leiche herab, die unschuldig wie ein kleines Mädchen auf einem Stuhl saß. Auch sie war bleich wie ein Geist und schien mit ihren Augen direkt in ihn einzudringen. Er fühlte sich gefangen von ihrem Blick, bis Horst ihn anstieß.

»Na? Habe ich recht? Medusas Augen, da erstarren Männer zu Stein. Armes Ding.«

In einem Punkt musste er Horst beipflichten: Sie war ein armes Ding. Was hatte dieser sehnsuchtsvolle Blick in den letzten Sekunden ihres pulsierenden Herzens erhascht, bevor man es ihr herausriss? Was hatte sie gefühlt, als ihr klar wurde, dass sie dem Tod nicht entkommen konnte? Es mussten Höllenqualen gewesen sein, und doch drückten ihre Augen etwas ganz anderes aus.

»Hi, Alex!«, grüßte Julia, ohne ihn anzusehen. »Zertrampelt mir nicht alles, bleibt auf Abstand. Blutlachen und Spritzer sind die besten Beweismittel. Ich brauche nicht eure DNA mittendrin.«

Alex betrachtete Julia bei ihrer konzentrierten Arbeit. Sie war ein Giftzwerg, gerade mal einen Meter fünfundfünfzig groß, und ihr Körper wirkte genauso ausgezehrt wie ihre Persönlichkeit. Trotz ihrer erst zweiunddreißig Jahren hatte sie sich einen Namen als eine der besten forensischen Expertinnen des Landes gemacht, galt aber gleichermaßen als „kalter Knochen", vor dem man sich besser in Acht nahm.

Sie trug weiße Schutzkleidung, die ihr Äußeres in eine anonyme Gestalt verwandelte und sie aussehen ließ, als wäre sie in einen Müllsack geschlüpft. Mit behutsamen Schritten umtänzelte sie die Leiche, wobei sie jeden Fußabdruck vermied, der den Tatort verunreinigen oder Spuren verwischen konnte. Mit einem Spezialwerkzeug nahm sie Proben von Haut, Haaren und Fasern, um sie später im Labor gründlich zu analysieren. Jeder Tupfer, jedes Abkratzen war ein Schritt näher zur Wahrheit.
Alex verschränkte die Arme und ein Schmunzeln lag auf seinen Lippen. Er wusste, dass sie auch die letzten Geheimnisse würde lüften können, sofern welche vorhanden waren. »Erzähl mir was Neues!«
Julia warf ihm ein unterkühltes Lächeln entgegen. »Okay, hier meine ersten Eindrücke: Die Spuren sind erstaunlich sauber. Es sieht fast so aus, als hätten sich die Opfer freiwillig hingegeben. Keine Anzeichen von Kampf.« Sie zeigte auf die Blutspritzer an der Wand und auf dem Boden. »Die junge Frau muss fürchterliche Schmerzen gehabt haben. Hätte sie sich gewehrt, hätten wir andere Muster. *Wirklich seltsam.*« Die letzten Worte kamen nur noch leise, als wäre sie in ihre eigenen Gedanken versunken.
Horst warf Alex einen vielsagenden Blick zu. Alex wusste genau, was Horst von Julia hielt. Sie würden niemals Freunde werden. Ihre Charaktere und Ansichten unterschieden sich diametral. Julia, die kalte und zurückweisende Wissenschaftlerin, die scheinbar emotionslos ihrer Arbeit nachging, und Horst, der tollpatschige und gefühlvolle Familienvater, der trotz seiner vielen Dienstjahre immer noch mit den Opfern litt.

»Kannst du mir noch ein wenig mehr erzählen?« Alex ließ nicht locker, da er wusste, dass Julia im Gegensatz zu Abraham schneller bereit war, Informationen preiszugeben, auch wenn sie sich dabei stets eine Hintertür offenhielt.

»Ach Alex.« Sie richtete sich auf und stemmte die Hände in die Hüften. »Also gut. Hier einige noch *ungesicherte* Erkenntnisse oder Annahmen. Wir haben fünf Leichen. Alle haben sich offensichtlich nicht gewehrt. Bis auf das Mädchen hier auf dem Stuhl wurden sie nicht gefesselt und scheinen nicht überrascht worden zu sein. Sie war womöglich die Letzte in der Reihe.

Genaueres erfahren wir erst nach der Analyse der Proben. Trotz der Menge an Blut, und es gibt viel davon, fehlen verwertbare Spuren. Die wenigen Fußabdrücke in den Blutlachen deuten darauf hin, dass die Täter, ich gehe davon aus, dass es mehrere waren, ohne Hektik und äußerst konzentriert handelten. Kein Chaos, keine panischen Opfer, und trotz der schweren Verletzungen erstaunlich wenige Blutspritzer an Wänden und Boden. Eine recht saubere Sache.« Julia schürzte die Lippen, brummte einige Male leise vor sich hin und setzte ihre Arbeit fort. Es schien, als hätte sie Alex' Anwesenheit vergessen und sei wieder ganz in ihre eigene Welt abgetaucht.

Alex wandte sich ab und sah sich um. Julia hatte recht. Keine umgestoßenen Töpfe, keine Splitter von zerbrochenem Glas oder Porzellan: Alles in bester Ordnung, so, als wäre nichts Ungewöhnliches geschehen.

»Scheiße.« Alex ahnte, dass sich hier etwas abgespielt hatte, das ihn noch länger beschäftigen würde. Nichts schien in ein bekanntes Muster zu passen. Zumindest nicht im Augenblick. Die Blicke der Opfer schrien ihre Angst nicht in die Welt hinaus, so wie sie es hätten tun sollen. Ihre Körper lagen nicht vor Schmerz gekrümmt auf dem Boden und ihre Gesichter waren nicht verzerrt. Im Gegenteil, würde man davon absehen, dass sie jemand ermordet hatte, erschien es, als wäre dies ein ganz normaler, friedvoller Abend gewesen.

Horst gähnte.

Alex schenkte ihm einen abschätzigen Blick, der so tief in die Verachtung abtauchte, dass er beinahe den Bodensatz des Missfallens erreichte. Wahrscheinlich hatte ihn seine liebevolle Familie mit ihren lästigen Anliegen überstrapaziert. Ach ja, das Schicksal der Familienväter – stets in den Diensten derer, die sich nicht im Geringsten um einen scherten.

Inzwischen hatte Alex jegliche romantischen Bindungen von sich geworfen. Seine letzte Freundin hatte ihn einst beschuldigt, ein emotionsloses Stück Exkrement zu sein. Marina verfügte zweifellos über ein eingeschränktes Repertoire an Ausdrücken. Es hätte ihn bereits misstrauisch machen sollen, als er sie in einer zwielichtigen Bar aufgesammelt hatte.

Er schüttelte diesen Gedanken ab und trat wieder ins Freie, während die dunkle Nacht alles in sich aufzusaugen schien. Kein Mond erhob sich am Himmel, um mit seinem milden Schimmer zumindest die Umrisse des Mülls sichtbar zu machen, der die Stadt an jeder Ecke verunstaltete. Ein passendes Bild für die gegenwärtige Situation. Undurchdringliche Schwärze, vereint mit dem dunklen Tod, der gnadenlos zuschlug und sich das holte, was dem Leben nicht standhaft genug entgegentrat.
Alex inhalierte tief die kühle Luft, die in seine Lungen strömte, und schloss dabei die Augen. Er legte seinen Kopf in den Nacken und schloss die Augen, während er die Ereignisse noch einmal Revue passieren ließ. Vor seinem inneren Auge entfalteten sich Bilder, begleitet von den vertrauten Geräuschen einer solchen Ermittlung. Polizisten trieben sich nun überall herum. Blaulichter flackerten in der Dunkelheit und die Bruchstücke von Gesprächen erreichten seine Ohren nur gedämpft.
Als er die Augen wieder öffnete, waren bereits die ersten Schaulustigen herbeigeeilt, um sich die besten Plätze in vorderster Reihe zu sichern. Horst, der stets unauffällig im Hintergrund agierte, hielt die Kamera, um die Umstehenden diskret zu fotografieren. Vielleicht waren unter ihnen diejenigen, die das Verbrechen begangen hatten und nun das schaurige Schauspiel verfolgten, während die leblosen Körper aus dem Restaurant getragen wurden. Welch perverse Welt der Gewalt doch existierte.
Gegen Mittag würde Alex sich in sein Büro zurückziehen, um die Ereignisse zu sortieren. Basierend auf den vorhandenen Informationen, insbesondere der Analyse des Tatorts, des Tathergangs und der Opferprofile, würde er versuchen, ein Profil des Täters zu erstellen. In zwei bis drei Tagen würden Abraham und Julia ihm die ersten zuverlässigen Ergebnisse präsentieren.
In diesem Moment galt es jedoch, keine voreiligen Schlüsse zu ziehen. Die Schließung der Informationslücken musste auf einer soliden Hypothese beruhen. Erst dann konnte Alex seinen Teil der Arbeit angehen.
Doch nun musste er sich den bald eintreffenden Aasgeiern der Presse stellen.

Hohle Köpfe mit banalen Fragen für ihre noch dümmeren Leser, die sich an solchen Fällen ergötzten. Einige, um sich besser zu fühlen, da sie selbst nicht betroffen waren, und andere, die sich geradezu von der brutalen Gewalt eines Verbrechens angezogen fühlten. Voyeure aus sicherer Entfernung, angeekelt und zugleich fasziniert von der rohen Grausamkeit.
Alex rotzte angewidert auf den Boden. Es waren diese heuchlerischen Bürger, die öffentlich gegen Prostitution protestierten, sich aber heimlich an dem Gedanken ergötzten, eine junge Frau zu demütigen und zu vergewaltigen. Manchmal fragte er sich, warum er dieser Arbeit nachging, bei der man ständig dem abgestumpften Irrsinn in die Augen blickte. Warum und für wen? Die unzähligen Nächte, die er der Spurensuche widmete, auf der Jagd nach winzigen Leichenteilen und Zeugenaussagen, nur um dem Täter näherzukommen, um sein Denken und Fühlen zu verstehen.
Ja, vielleicht war es tatsächlich die Jagd selbst, die ihn antrieb. Das war der Kick, den er dabei empfand! Die Täter langsam, aber sicher zur Strecke zu bringen, ohne dass sie es ahnten. Die Schlinge enger und enger zu ziehen, bis die Beute zappelte und sich ergab. Und dann?
Dann war alles vorbei. Ab diesem Moment verlor er das Interesse und eine unerträgliche Leere breitete sich in ihm aus. Abgesehen von dem bizarren Verlangen, wieder auf die Jagd zu gehen.
Er machte diesen Job nicht aus Liebe zu seinen Mitmenschen oder aus Pflichtbewusstsein. Nicht die Bilder des Grauens oder die Fantasien eines Täters spornten ihn an, sondern der Reiz, diese Psychopathen vor sich herzutreiben, bis sie sich erschöpft ergaben. Es war die pure Lust am Jagen.

»Herr Brandt?« Eine unsichere Stimme riss ihn aus seinen Gedanken. »Um die Ecke stehen die ersten Reporter und wollen wissen, was passiert ist.« Es war wieder der junge Polizist, dessen Gesicht noch immer leichenblass wirkte. Er war noch keine dreißig Jahre alt und sichtlich mit den Bildern dieser Nacht überfordert. Alex bedachte ihn mit einem verschlagenen Lächeln. Er genoss es, wie sehr dieser Neuling von dem Geschehen berührt war.

»Ihr Name war doch Kant. Richtig?«

»Ja, Herr Brandt.«

Mit einer gespielt väterlichen Geste legte Alex ihm die Hand auf die Schulter. »Dieses ganze düstere Schauspiel … „, begann er mit sarkastischem Unterton, während er seine Augen zu kalten, berechnenden Schlitzen verengte, » … ist sicherlich eine herzzerreißende Qual für Sie, nicht wahr?« Seine Stimme klang gleichzeitig spöttisch und mitleidlos. In Alex' Inneren brodelte eine tiefe Verachtung für Menschen, die er als schwach und leichtgläubig ansah. ›*Wie kann man nur so naiv durchs Leben stolpern?*‹, dachte er geringschätzig.

»Ja, es ist -«

Mit eisiger Ruhe und einem spöttischen Unterton sagte Alex: »Das, mein Lieber, *ist* bloß das Vorspiel.« Er deutete mit einer ausholenden Geste zur Tür. »Begeben Sie sich hinein und assistieren Sie Frau Dr. Weis dabei, die verlorenen Körperteile zu lokalisieren. Aber … „ Sein Blick wurde scharf. » … rutschen Sie nicht in den Blutpfützen aus. Und sollte Ihnen zufällig ein einsames, herumliegendes Herz begegnen, haben Sie die Güte, es nicht zu zertreten, verstanden?"

Rolf, blass und mit einem grünlichen Schimmer im Gesicht, kämpfte sichtlich gegen die Übelkeit. Seine Jugendlichkeit schien wie weggewischt.

Ein schadenfrohes Grinsen breitete sich auf Alex' Gesicht aus. Er wusste nur zu gut, dass Julia diesen Anfänger sofort vom Tatort verweisen würde. Nach ein paar scheinbar mitfühlenden Klapsen auf Kants Rücken wandte er sich den wartenden Reportern zu. Das nächste Kapitel dieses blutigen Dramas konnte beginnen.

Am Abend lehnte sich Alex müde in dem harten Stuhl des Besprechungszimmers zurück, verschränkte die Hände hinter dem Kopf und ließ die Eindrücke des Tages Revue passieren. Auf der großen, blank polierten Tischplatte lag ein Stapel Fotos, die er von Johann erhalten hatte.
Johann war eine Mischung aus Kanalratte und Terrier – hart, pedantisch, kompromisslos und bissig. Was er sagte, war in der Abteilung Gesetz. Seit er die Leitung übernommen hatte, war die Aufklärungsrate für außergewöhnliche Fälle steil angestiegen. Die Zutaten seines Erfolgsrezepts bestanden aus einer wohldosierten Arbeitsaufteilung: Er gab die jeweiligen Aufgaben an diejenigen weiter, die etwas davon verstanden, und er selbst hielt jedem den Rücken frei. Es wäre übertrieben zu sagen, dass seine Mitarbeiter ihn liebten, aber sie konnten sich auf ihn verlassen, und das war in dem stinkenden Sumpf, in dem sie täglich wateten, überlebenswichtig.
Alex und Johann hatten an diesem hektischen Tag nur wenige Worte gewechselt. »Schaffe mir diesen Scheiß vom Tisch, bevor er zu stinken anfängt«, hatte Johann ihm zugerufen, nachdem er ihm die Fotos auf den Tisch geknallt hatte.
Und das würde Alex tun. Wie immer.
Die Hektik des Tages hatte nachgelassen. Horst, Julia und Abraham waren bereits gegangen. Was würden sie ihren Liebsten erzählen? Würden sie ihnen beschreiben, was sie gesehen hatten? Ihnen von entsetzlichen Grausamkeiten berichten? Dingen, die unauslöschlich in ihre Erinnerungen eingebrannt worden waren und die sie nie mehr loswerden würden? Nein, bestimmt nicht. Der Alltag sah völlig anders aus. Man kam nach Hause – wenn überhaupt – und der Partner erkannte meist sofort, dass wieder etwas Schreckliches geschehen war.

Es wurde nicht gefragt, denn es würde keine Antworten geben. Keiner wollte die Erlebnisse des Tages mit ins eigene Schlafzimmer nehmen, wo sie unweigerlich wie eine steinerne Wand stünden. Abschalten und vergessen war die Devise, an die sich die meisten hielten. Und die, die dies nicht schafften, riskierten, dass die Familie auseinanderbrach.
Die Vertrauten waren die Kollegen, mit denen man zusammenarbeitete und die meiste Zeit verbrachte. Ein Blick genügte, um dem Kollegen zu zeigen, dass man verstand und mitfühlte. Mehr war nicht erforderlich. Alex seufzte. »Es ist immer der gleiche Mist.« In der beklemmenden Stille des Besprechungsraums lag eine Schwere, die einem den Atem raubte. Für Alex war es, als wäre er auf dem schicksalhaften endlosen Ozean des Lebens gefangen, gepeitscht von wütenden Wellen, in einem zerbrechlichen Ruderboot. Allein, stets das wachsame Auge in die Ferne gerichtet, auf der verzweifelten Suche nach dem rettenden Ufer einer schützenden Insel.
Der Raum selbst war minimalistisch gestaltet, ein Spiegelbild der nüchternen Realität, in der sie sich alle befanden. Er hatte ein übergroßes Fenster, das den Blick auf die viel befahrene Bertramstraße freigab, einen Besprechungstisch, um den unbequeme Holzstühle standen, und zwei übergroße magnetische Schautafeln – Mindmaps. Jedes Detail, jede Spur, jede Information fand hier ihren Platz, verflochten in ein Netz aus Vermutungen, Theorien und Fakten.
Noch blickten die Tafeln Alex leer und fordernd an, doch das würde sich ändern. Irgendwann würden sich die ersten Muster offenbaren: Informationen zum Tathergang, ein signifikantes Täterprofil, Hinweise unterschiedlicher Bedeutungsgrade, an denen man sich orientieren konnte. Doch dazu war akribische Arbeit erforderlich und Alex würde von jedem Teammitglied Höchstleistungen verlangen und keine Schwäche dulden – schon gar nicht von sich selbst.

»Dann wollen wir mal den Anfang wagen.« Alex sprach oft und gerne mit sich selbst. Womöglich geboren aus der Einsamkeit, in der er lebte, vielleicht aber auch nur, um sich besser konzentrieren zu können.

Er beugte sich über den Tisch und nahm die ersten Fotos vom Stapel. Seine Miene blieb versteinert, obwohl das Grauen der Szenerie offensichtlich war. Die Verstorbenen, in grotesker Anordnung, zeigten sich alle mit weit aufgerissenen Augen, erfüllt von einer seltsamen Mischung aus Seligkeit und Verlangen. »Als ob sie sich etwas wünschten, das der Tod ihnen versprach.« Seine tiefe Stimme verlieh den Worten eine düstere Resonanz, die den Raum mit beklemmender Spannung erfüllte. Alex wollte das leise Flüstern der Opfer hören, die letzten Worte, die ihre jetzt verstummten Lippen verlassen hatten. Doch sie blieben still. Es war ein vertracktes Rätsel, das sich vor ihm ausbreitete, und er verstand, dass es weit mehr als nur ein einfaches Massaker war, um eine derart eigenartige Inszenierung zu erschaffen.

»Die Sehnsucht nach dem Ende, die Ekstase des Untergangs«, fuhr er mit einem Hauch von Zynismus fort. »Fünf Leichen, alle mit geöffneten Augen und starrem Blick, der weder Schmerz noch Leid ausdrückt. Das ist *verrückt*!«

Er vertiefte sich in diese Gesichter, versuchte, in ihren Mienen zu lesen, zu verstehen, was sie zum Zeitpunkt ihres Ablebens gesehen und gefühlt hatten. Doch das körperliche Ergebnis der angewandten Brutalität stand in krassem Widerspruch zu dem, was er glaubte, in den Blicken der Opfer zu erkennen.

Sicher war bisher nur, dass nichts im Affekt geschehen war. Dazu war alles zu ordentlich und friedlich. War es eine geplante Aktion gewesen? Ein von langer Hand vorbereitetes Schauspiel?

»Nein«, flüsterte er. »Es geschah einfach so.«

Alex hatte schon viele Opfer von Gewaltverbrechen gesehen. Ein makabres Tableau voller Grauen und Brutalität, das selbst einem abgebrühten Ermittler wie ihm das Blut in den Adern gefrieren ließ. Die Opfer lagen dort, stumme Zeugen des unfassbaren Schreckens, den sie erlitten hatten. In einer Badewanne eingezwängt oder auf dem kalten Steinboden ausgebreitet, fanden sich die Überreste der Toten, deren Körper aufgeschlitzt, verstümmelt, zerquetscht, malträtiert worden waren. Ein blutgetränkter Sturzbach der Verwüstung, der das unaufhaltsame Entweichen des Lebens symbolisierte.

Wie viel Leid, wie viele Qualen mussten sie ertragen, bevor die Dunkelheit sie endgültig umfing? Die Szenerie wurde von zerstörten Gegenständen geprägt, die als tödliche Waffen fungierten und die einst intakten Leiber zu einem Brei aus Verzweiflung und Verfall zermalmten. Die Innereien der Opfer verschmolzen zu einem grausamen Mosaik. Entblößte, enthauptete Torsos, die ihre Identität hinter dem Schleier des Todes verbargen. Die fehlenden Köpfe ließen sie wie stumme Schatten ihres einstigen Selbst erscheinen, verloren in der Dunkelheit, die sie verschlang. Gesichter, die zu Lebzeiten von der Welt und ihren Nöten erzählten, waren zu einem blutigen Knochenbrei geworden. Die wuchtigen Schläge ihrer Peiniger hatten die einst so feinen Züge in eine rohe Masse aus Fleisch und Knochensplittern verwandelt. Und immer schienen die Augen der Opfer den Horror des Moments widerzuspiegeln, in dem das Leben in einem Wirbel aus Gewalt und Leid verlosch.

Die Blicke der Toten trugen meist die Spuren ihrer letzten Momente. Vergebliche Hoffnung, unerfüllte Sehnsüchte und die qualvolle Erkenntnis, dass ihre Zeit abgelaufen war. In ihren Augen hatte sich die finstere Realität eingegraben, dass selbst der Tod kein Rettungsschiff bot, sondern nur eine endlose Reise ins Unbekannte.

Alex seufzte tief. Er war die Hölle menschlicher Abgründe gewohnt, doch diese Tragödie unterschied sich. Diese Augen hier auf den Fotos erzählten eine *andere* Geschichte.

»Ein neues Muster«, murmelte Alex. Ein Bild nach dem anderen hob er an die Pinnwand, nahm einen Magnet und heftete es damit an. Jedes Mal durchschnitt ein lautes „Klack“ die Stille im Raum.

Dieser Fall hatte etwas Untypisches, etwas Mystisches und Irreales. Er war undurchsichtig, schattenhaft.

›Ja, genau, *schattenhaft*‹, dachte er.

Sie würden diesen Fall *Schatten* nennen. »Im Schatten von Frankfurt«, flüsterte er bedeutungsvoll.

7. Mai 2020

Alex' zerwühltes Bett war Zeuge einer unruhigen Nacht, die nicht die Erholung gebracht hatte, die er sich wünschte. Die Bilder der grausam Ermordeten hatten ihn bis nach Hause verfolgt. Die makabre Szenerie schlich wie ein Schatten in seine Träume und zog ihn in eine Welt des Grauens, in der ihn die sehnsüchtigen Augen der Toten betrachteten, während er durch den endlosen Abgrund ihrer Ewigkeit taumelte. Es war, als ob sie in ihren letzten Momenten nach etwas Größerem strebten, als ob ihre Augen die Vergänglichkeit des Lebens durchdrungen hätten und nun die Pforten einer anderen Welt erahnten.

Er schlenderte gerade mit gebeugtem Kopf, in Gedanken versunken, durch den Gang zum Büro, als ihm Angie Christ steif entgegenkam. Unverwechselbar, unüberhörbar. Stets trug sie Stiefel, die auf dem Steinboden in einem kraftvollen, beharrlichen Rhythmus ihr Echo durch den Raum sendeten. Ein metallisches Klackern begleitete jeden ihrer Schritte, als würden sie ihren Weg mit Entschlossenheit markieren. Das Geräusch war gleichzeitig kraftvoll und beängstigend, ein scharfes Trommeln, das die Stille durchbrach und eine bedrohliche Aura um sie schaffte. Dieses Stampfen hallte nach, als würde sie die Geschichte ihres Weges in den steinernen Bodens eingravieren.
Alex brummte und schaute ihr entgegen. Schlechte Laune stand ihr ins Gesicht geschrieben. Die Mundwinkel fielen bis zum Boden ab. Angie war vor wenigen Tagen zweiundvierzig geworden und saß als Sekretärin in Johanns Vorzimmer.

Sie besaß das Wesen und die Ausstrahlung einer schwarzen Sonne, daher hatte Alex ihr einen eigenen Namen verpasst: *Black Old Sun*. Auch die Kollegen hatten einen Spitznamen für sie gefunden, den Alex nicht minder passend fand: *Angel Heart*. Damit war allerdings nicht das sanfte Herz eines Engels gemeint, sondern die morbide Düsternis des gleichnamigen Films von Regisseur Alan Parker.

Alex konnte sie auf den Tod nicht ausstehen, wobei ihm der Tod in gewisser Weise vertrauter war als ihre Präsenz. Vor versammelter Mannschaft hatte er sie als einen dunklen Flecken in der Kulisse der Absurdität bezeichnet, eine zurückhaltende Umschreibung für das, was er tatsächlich empfand. Sie war zwar schlau genug gewesen, nicht auf diese Äußerung einzugehen, doch verzeihen würde sie es ihm niemals. Die Atmosphäre zwischen ihnen war seitdem angespannt wie die Ruhe vor einem unheilvollen Sturm, der jeden Moment losbrechen konnte.

»Morgen!«, kam es mit tiefer Stimme aus ihrem Schlund. Ohne ihn eines Blickes zu würdigen, schritt sie an ihm vorüber und verschwand in Johanns Vorzimmer.

›*Steig in deine Gruft*‹, dachte Alex. Er verzichtete auf eine Erwiderung, da er Heucheleien verabscheute. Es gab in seinen Augen nur einen einzigen Grund“lieb Kind“ zu spielen: Wenn einem ein Mörder die Pistole an die Schläfe drückte.

Alex passierte Thomas' Büro, dessen Tür sperrangelweit offenstand. Eine hell wiehernde Stimme hallte ihm entgegen und er blieb widerwillig stehen. Thomas Horn war ein schleimiger Kotzbrocken, Mitte vierzig, verheiratet und Vater einer Tochter. Wie üblich war seine Tischplatte frei von jeglichen Dokumenten oder Akten.

Alex mochte ihn nicht. In diesem Moment dachte er darüber nach, ob er überhaupt jemanden in diesem Büro leiden konnte, und musste sich eingestehen, dass es weniger waren als die Finger an einer Hand. Thomas jedenfalls gehörte definitiv nicht dazu. Er war einer dieser Typen, die sich gerne aufblähten, dumme Sprüche klopften und bei jeglicher Arbeit auf wundersame Weise untertauchten. Das war auch der Grund, warum sein Schreibtisch meistens mit gähnender Leere glänzte.

Thomas hatte ein heimliches Verhältnis mit *Black Old Sun*, sofern man in einer Kriminalabteilung von Heimlichkeiten sprechen konnte. Die meisten Mitarbeiter waren durch ihre Erfahrung zu gut geschult, um die Signale einer solchen Liaison zu übersehen. Und dabei dachte Alex nicht an die benutzten Kondome in Thomas' Schreibtischschublade, von denen jeder wusste, seit die geschwätzige Putzfrau sie entdeckt hatte. Nein, es waren die Blicke, die sie einander zuwarfen. Thomas mit seinen dummen Glupschaugen, die zu glänzen begannen, wenn Black Old Sun ihm ein verstohlenes Augenzwinkern zuwarf, das jeden Normalsterblichen augenblicklich versteinert hätte.
Alex konnte und wollte sich nicht vorstellen, was der Grund war, dass diese beiden Kreaturen sich gegenseitig anzogen, aber es gab vieles in dieser verrückten Welt, das er nicht verstand.

»Na, Thomas? Hast du gut geschlafen?«, rief Alex ihm zu. »Wir haben dich gestern bei dem neuen Fall vermisst.«

»Oh … sorry, ich hatte … fürchterliche Kopfschmerzen. Es war schrecklich«, erwiderte Thomas und rieb sich die Schläfe, während er das Gesicht verzog.
Alex konnte den Sarkasmus nicht zurückhalten. »Kopfschmerzen? Sicher? Dazu muss doch erst einmal etwas im Schädel drin sein, oder?«
Alex setzte seinen Weg zielstrebig fort. Thomas war es nicht wert, Zeit mit ihm zu vergeuden. Die Tür zum Besprechungsraum öffnete er ohne Zögern und ohne das höfliche Ritual des Anklopfens zu befolgen. Dieses Zimmer war nun das Epizentrum des neuen Falls. Als er eintrat, fiel sein Blick sogleich auf Julia, die bereits vor der gewaltigen Tafel stand, an der er am gestrigen Abend die Fotografien angebracht hatte.
Sie schien ihn nicht bemerkt zu haben. Julia pflegte normalerweise zu späterer Stunde einzutreffen, doch offensichtlich war sie diesmal gleichermaßen getrieben wie er. Alex räusperte sich.

»Morgen, Alex«, grüßte sie ihn mit einem Hauch von Anspannung in der Stimme. Die Fotografien hingen vor ihr wie blutige Trophäen und sie betrachtete jedes Bild mit bedächtiger Intensität. Die trügerische Ruhe in ihrer Haltung verriet ihm, dass sie tief in Gedanken versunken war.

Alex trat näher heran und blieb mit verschränkten Armen neben ihr stehen. »Konntest du nicht schlafen oder musstest du von zu Hause flüchten?«

»Flüchten? Nein. Allerdings frage ich mich immer wieder, wie du es mit dir selbst aushältst. Muss doch schrecklich sein, oder?«

Alex grinste. Es waren zwei Dinge, die er an ihr schätzte: ihre gewissenhafte, professionelle Arbeit und ihre scharfe Zunge, die sie wie eine sorgfältig geschmiedete Klinge zu führen wusste. Ihre Blicke trafen sich für einen flüchtigen Moment und sie wussten, dass sie einander vollkommen vertrauen konnten – ein stummer Eid, der ihre Zusammenarbeit in diesem düsteren Tanz um Leben und Tod besiegelte.

»Was sagt die Pfadfinderin der Spuren aller Verderbnis?« Alex nickte zur Tafel.

»Ich brauche noch Zeit. Aber ich weiß jetzt schon … „ Sie stockte kurz und rieb sich nachdenklich die Nase. » … dass die Aussagekraft der Spuren schwach ist, obwohl die Ausbeute gut war. Der Tatablauf, der sich bisher zeigt, ist, wie soll ich sagen … ?«

»Widersprüchlich?«

Alex schien den Nagel auf den Kopf zu treffen, denn Julia nickte und vertiefte sich wieder in die Bilder.

In den kommenden Tagen würde sie den kompletten Tatort rekonstruieren, sodass sie den Ablauf abbilden und interpretierbar machen konnte. Die Position der Opfer, die Art ihrer Wunden, ihr Blut, das sich überall befand. Auch die Gegenstände, die nicht an dem Platz waren, an den sie gehörten.

Jedes Detail war wichtig.

Zusammen mit Abrahams Ergebnissen würde Alex daraus ein Täterprofil erstellen, das zu achtzig Prozent zuträfe. Waren die Hinweise im richtigen Kontext angeordnet, wäre er dem oder den Tätern ein großes Stück näher. Ab diesem Zeitpunkt würden sie seinen eisigen Atem im Genick spüren.

»Das alles erinnert mich an den Fall *Superfalke.*« Julia wandte sich von der Tafel ab und ließ sich mit einem verschmitzten Grinsen auf einen Stuhl nieder. »Rate mal, wer sich diesen Namen ausgedacht hatte?«

Alex zuckte die Schultern und setzte sich ihr gegenüber.

»Thomas. Typisch für ihn, oder?« Falten legten sich auf ihre Stirn und sie wurde wieder ernst. »Damals wurde eine Frau gefunden, die gefesselt auf einer Streckbank lag und über und über mit Nadeln von unterschiedlicher Länge gespickt war. Der Täter wusste genau, wo und wie tief er hineinstechen konnte, ohne ihr lebensgefährliche Verletzungen, jedoch ein Höchstmaß an Schmerzen zuzufügen. Irgendwann muss es ihm langweilig geworden sein, denn er hackte ihre Hände ab und ließ sie ausbluten. Weißt du … „ Sie hielt kurz inne und atmete tief durch. » … diese Frau hatte ebenfalls die Augen geöffnet, als sie starb, und sie strahlten vor Hingabe und Erfüllung. Verrückt, oder? Wenn mir das ein Mann antun wollte, ich würde ihm den Sack abschneiden und –«

»Und ihn in sein Maul stopfen?«

»Zum Beispiel.« Ihr Blick senkte sich zu den restlichen Bildern auf dem Tisch.

»Hat Thomas den Fall *Superfalke* geknackt?«

»Thomas? Machst du Witze? Johann hat ihm einen Profiler aus Hamburg zur Seite gestellt. Der war clever und kam diesem kranken Schwein schnell auf die Spur. Aber du kennst Thomas, er prahlte überall herum, dass er die Sache zu Ende gebracht hätte.« Und ob Alex ihn kannte! »Lass mich raten: Die Dame war den Nadeln nicht abgeneigt gewesen?«

»So ist es. Sie hatte diese Qualen genossen, sich ihnen gänzlich hingegeben. Nur hatte sie nicht damit gerechnet, dass der Mann, den sie im Internet kennengelernt hatte, ein Serienmörder war. Dumm gelaufen.«

Alex verstand, worauf sie hinauswollte. Es gab durchaus Parallelen. Es handelte sich nicht um gewöhnliche Morde. Er rieb sich nachdenklich das Kinn. »Ich glaube nicht, dass das alles Hardcore-SM-Anhänger waren, die sich ihrer masochistischen Ader hingaben. Sie wurden nicht gequält. Spätestens, nachdem sie gesehen hatten, dass einer sein Herz genommen bekam, wären sie in Panik geraten. Ich kann mir nicht vorstellen, dass sie danach weiterhin wie Lämmer auf der Schlachtbank abgewartet hätten.«

Doch das war nicht das Einzige, was Alex Kopfzerbrechen bereitete. Die Zeit, dieser unsichtbare Gegner, spielte eine erbarmungslose Rolle. Sie mussten sich beeilen, rasch und gewissenhaft verlässliche Informationen zusammentragen. Jede verstrichene Stunde half dem Täter, sich tiefer im Schatten einzugraben.
Die Verlässlichkeit von Zeugenaussagen schmolz statistisch betrachtet im Laufe der Zeit dahin wie ein Eisklotz in der Sahara.
Der Wert eines Hinweises hing von drei entscheidenden Prozessen ab: Der Wahrnehmung, der Erinnerung und der Wiedergabe. Alex erinnerte sich an eine Lektion aus einem Vortrag, die besagte, dass der Irrtum ein hinterhältigerer Feind der Wahrheit war als die Lüge. Ein Lügner versuchte bewusst, die Wahrheit zu verschleiern, während ein Irrender es schlicht nicht besser wusste.
Ein Lügner konnte durch Glaubwürdigkeitskriterien entlarvt oder durch geschicktes Vernehmen zur Wahrheit geführt werden, aber bei einem Irrenden konnte man lediglich die Aussage bewerten.
Es brauchte keine eklatanten Unterschiede zwischen dem Tatsächlichen und der Erinnerung, um den Pfad der Ermittlungen weit vom eigentlichen Ziel wegzuführen. Selbst die geringste Nuance, die anders dargestellt wurde, konnte zu weitreichenden Abweichungen führen. Diese Fehlwahrnehmungen waren der Grund, weshalb Horst viele Stunden damit verbrachte, sich mit den Zeugenaussagen auseinanderzusetzen, sie nach verschiedenen Kriterien zu analysieren und ihre Verlässlichkeit in eine gewichtete Skala zu pressen.
Alex spürte den Druck, der auf seinen Schultern lastete. Und dieser würde stündlich zunehmen. »Scheiße.«
Ein dumpfer Schlag ließ die Tür erzittern, bevor sie sich öffnete und mit einem lauten „Rumms!“ an die Wand knallte.

»Schon bei der Arbeit, Jungs?«, fragte Johann mit mürrischer Miene.
Alex warf einen flüchtigen Blick zu Julia, doch ihr Gesicht wirkte wie versteinert. Keine Reaktion von ihr.
Hinter Johann betraten Horst und Abraham den Raum und nahmen zusammen mit ihm am Tisch Platz.
Johann lehnte sich zurück und schaute in die Runde der Kollegen.
»Machen wir es kurz«, polterte er.

»Das ist kein Fall von der Stange, also haben sie *uns* den Dreck zugeschoben.« Er zeigte auf die Schautafel. »Du, Alex, musst dich in diesen Mist reinknien, bis dir die Kniescheiben splittern. Horst, du bist für das Wühlen im Dreck zuständig. Abraham wird wie immer das Fleisch bis auf die Knochen sezieren. Und du, Julia, findest, was andere übersehen haben. Wenn ihr noch Unterstützung braucht, könnt ihr gerne Thomas ins Team aufnehmen, der hat sowieso nichts zu tun.«

Wie auf Kommando blickten alle Johann mit aufgerissenen Augen an. Dieser beugte sich vor und schlug mit der flachen Hand auf den Tisch. »Ich verstehe! Kommt aber nicht irgendwann angerannt und bettelt um Unterstützung. Uns ist wieder mal das Budget gekürzt worden. Unsere sehr geehrte Frau Bürgermeisterin vertritt die Meinung, dass das Geld besser in Sportplätze und andere Dinge gesteckt werden sollte. Nun treffen sich die Junkies unter Basketballkörben und drücken den Kindern *dort* ihre Nadeln rein. Solche Stätten nützen einen Dreck, wenn niemand da ist, der auf die Kleinen aufpasst … „

Alex hörte nicht mehr zu. Er kannte Johanns Meinung zur Genüge. Wenn er sich einmal in ein Thema verbissen hatte, konnte es lange dauern, bis er wieder zu sich kam.

Bürgermeisterin Sabine Rohn war eine knallharte Politikerin, ein Abbild der unerbittlichen Margaret Thatcher. Vor den Kameras verkörperte sie die Menschenfreundin schlechthin und konnte die Wähler mit ihren wohlplatzierten Statements spielend manipulieren. Doch hinter dieser makellosen Fassade verbarg sich ein skrupelloser Machtmensch, der bereit war, jeden über die Klinge springen zu lassen, der im Weg stand oder nicht länger nützlich war. In dieser Stadt mochte sie wie eine mütterliche Gestalt erscheinen, aber ihre Methoden waren alles andere als liebevoll. Hinter den Kulissen schmiedete sie ihre Pläne und schreckte vor nichts zurück, um ihre Ziele zu erreichen.

Was auch immer dieser Fall bereithielt, es war offensichtlich, dass sie viel Unterstützung benötigen würden – doch einer Person wollten sie keinesfalls die Tür öffnen: Thomas. Jeder in der Abteilung wusste, dass er nur dank der Gunst der Bürgermeisterin hier arbeiten durfte.

Seine intellektuellen Fähigkeiten und seine Arbeitsscheu hatten ihn jedenfalls nicht an diesen Platz gebracht.
Dieser Fall war von besonderer Bedeutung und Alex hatte ihm einen passenden Namen gegeben. Er beschrieb treffend das Dunkle, mit dem sie es hier zu tun hatten, und er hatte nicht vor zuzulassen, dass ein Stümper wie Thomas sich in ihre Angelegenheiten einmischte.

»Alex?« Johann schnippte mit den Fingern und schaute ihn mit hochgezogenen Augenbrauen an.

»Schatten«, antwortete Alex, noch halb in seine Gedanken versunken.
Johann hob fragend die buschigen Augenbrauen,

»Ich finde, der Fall sollte *Schatten* heißen. Und nein, Thomas brauchen wir nicht. Die verdammten Einsparmaßnahmen interessieren mich einen Dreck, wir werden trotzdem Unterstützung benötigen, das fühle ich. Aber nicht von einem faulen Klugscheißer wie ihm. Steck ihn doch der Bürgermeisterin in den Hintern.«
Über Johanns ernstes Gesicht huschte ein fieses Lächeln. Bestimmt hätte er diesen Gedanken liebend gerne aufgegriffen, doch er äußerte sich nicht dazu. »Ja, ja, aber nun zurück zu den Tatsachen. Nennt den Fall, wie ihr wollt, und fangt an! Die Bürgermeisterin hat mich heute Nachmittag zu einem kleinen Tête-à-Tête geladen. Wenn ihr bis dahin etwas habt, lasst es mich wissen.«
Er donnerte mit der Faust auf den Tisch, stand auf und verließ in wiegendem John-Wayne-Gang den Raum.

Stille war schlagartig eingekehrt und Alex atmete tief durch. Johann mochte zwar offen und ehrlich sein, aber seine bloße Präsenz ließ die Luft dünn werden. Er ließ seinen Blick über die Gesichter seiner Teammitglieder gleiten – jeder Einzelne von ihnen ein Schlüsselstück in einem perfekt eingespielten Team.

Julia war eine Meisterin ihres Fachs, eine Koryphäe in der forensischen Entomologie und Serologie. Ihr analytischer Verstand und ihre streng logische Herangehensweise beeindruckten Alex zutiefst.

Sie war akribisch und hielt sich stets an die neuesten Vorgaben der modernen Forensik, wodurch sie nur äußerst selten Fehler machte. Wenn sie sich in einen Fall vertiefte, gab es für sie nur diesen einen Fokus, und das brachte die nötige Ernsthaftigkeit mit sich, die er so hoch schätzte.
Aber selbst für Alex, der mit solchen Dingen vertraut war, war die forensische Entomologie eine unangenehme Angelegenheit. Auch wenn er wusste, wie unverzichtbar sie bei der Aufklärung von Todes- oder Mordfällen war, da der postmortale Zersetzungsprozess von organischen Körpern, unter anderem durch Insekten vorangetrieben, wertvolle Informationen bot.
Ein Blick in Julias Laborkühlschrank ließ einem das Blut in den Adern gefrieren. Fantasie war nicht nötig, um sich vorzustellen, was sich darin befand. Jeder vernünftige Mensch würde einen großen Bogen um diese Lagerstätte machen. Und die Eimer in den Regalen? Besser, man berührte sie nicht.
Ein Hauch von bissigem Humor war in Julia zu finden, als sie kleine Schildchen mit der Aufschrift „Bitte nicht stören! Wir arbeiten!“ druckte und auf die verschiedenen Gefäße klebte. Doch der Humor verblasste angesichts der bitteren Wahrheit dahinter. Ein mutiger Blick in einen der Eimer hätte die netten kleinen Tierchen dabei gestört, wie sie einen Schädel säuberten, der noch mit Fleischfetzen bedeckt war.
Thomas wagte es einmal, über den Einsatz von „schutzbefohlenen“ Insekten bei Julia zu witzeln, was sie keineswegs amüsierte. Schließlich kam die Bemerkung ausgerechnet von demjenigen, für den Arbeit ein Fremdwort war. Als Rache vergaß Julia zufällig einen Eimer mit einem von Maden übersäten Schweineknochen auf Thomas‘ Schreibtisch. „NICHT ÖFFNEN!!!“ prangte in Großbuchstaben auf dem Deckel, aber Thomas ließ sich natürlich nicht abhalten. Das Resultat seiner Neugierde war, dass ein geplantes Date mit *Black Old Sun* aufgrund seines labilen Magens an diesem Tag ausfiel.
Ein Lächeln stahl sich auf Alex’ Lippen. Ja, es war keine gute Idee, sich mit Julia anzulegen. Er hatte sich nur oberflächlich mit ihren Fachgebieten beschäftigt und bewunderte den Enthusiasmus, mit dem sie von ihren Ergebnissen berichtete.

Darum war er dankbar, sie an seiner Seite zu wissen.
Die Serologie, ihre andere Expertise, befasste sich mit der Auswertung aller möglichen Flüssigkeiten in, an und um das Opfer. Niemals würde Alex das Entzücken in Julias Augen vergessen, als sie vor versammelter Mannschaft über dieses Thema referierte: »Es ist faszinierend, wie viel man aus den Blutspritzern an Wänden, Boden oder Kleidern lesen kann.« Ihre Augen strahlten über alle Maßen, während ihr diese Worte über die Lippen kamen. Es fehlte nur noch, dass sie einen Luftsprung machte und vor Begeisterung in die Hände klatschte. Aber sie hatte nicht unrecht, die Serologie war bedeutend und im Vergleich zur Entomologie eine fast saubere Sache.
Wenn also jemand in Julia eine emotionale Regung erzeugen wollte, sollte er diese Themen zu Hilfe nehmen.
Alex' Blick wanderte zu Abraham. Er war Pathologe, und wie Julia verliebt in seinen Beruf. Er nannte sich selbst *Diggin' Nigger*, was einiges über seinen eigenartigen Seelenzustand aussagte, wenn man bedachte, worin er sich da eingrub. Alex und Abraham waren grundlegend verschieden und dennoch verband sie gegenseitiger Respekt. Auch wenn sie es sich nicht eingestehen wollten, kamen sie gut miteinander aus – zumindest meistens.
Abraham war ein hervorragender praktizierender Arzt gewesen, bis ihm ein Fehler unterlief, durch den ein Patient zu Tode kam. Es war nicht eine der klassischen Fehldiagnosen, sondern das Verkennen einer konkreten Situation, das ihn aus der Bahn katapultierte. Es hatte einige Jahre der Zusammenarbeit gekostet, bis ihm Abraham eines Abends von dieser Sache erzählt hatte. Abraham saß damals am Schreibtisch und starrte ins Leere. Alex spürte, dass etwas nicht stimmte und fragte, ob alles in Ordnung sei. Dies verneinte Abraham mit Tränen in den Augen. »Weißt du, Alex, ich habe dir nie erzählt, warum ich Pathologe geworden bin«, begann er sich zu offenbaren. Seelenschmerz lag in seinen Worten. »Vor Jahren brachte eine Mutter ihren kleinen Jungen zu mir. Er war übersät mit Hämatomen. Von Kopf bis Fuß. Er hatte zwei gebrochene Finger. Ich … erkannte sofort, dass er misshandelt worden war.« Alex ahnte bereits, worauf es hinauslaufen würde.

Regungslos und mit angehaltenem Atem hatte er ihm zugehört. Nie würde er vergessen, was er ihm anvertraute.

»Ich sprach die Mutter darauf an. Sie schob es auf den Vater, der angeblich trank und jeden tyrannisierte. Sie versprach, ihren Sohn fortan zu beschützen und ihren Mann zu verlassen. Zwei Tage später erfuhr ich, dass der Junge in der Kloschüssel ertränkt worden war. Jedoch nicht von seinem Vater, denn der war bereits seit Jahren verstorben, erstickt an seiner Kotze. Es war die eigene Mutter gewesen. Nachbarn sind auf das Geschrei aufmerksam geworden und haben die Polizei verständigt – zum ersten Mal.«

Alex erinnerte sich, wie sich damals sein Magen verkrampft hatte. Nicht aus Mitleid, sondern aus Wut auf Menschen, die so etwas tun konnten. Es war das Gefühl verzweifelter Hilflosigkeit dem wirren Treiben böser Menschen gegenüber. Damals legte er Abraham seinen Arm auf die Schulter und drückte ihn an sich. Schweigend. Mehr konnte er nicht für ihn tun.

Abraham hatte die Sache nie überwunden. Er würde sich sein Leben lang Vorwürfe machen, dass er der Mutter die Geschichte abgekauft und es versäumt hatte, die zuständigen Behörden einzuschalten und den Jungen in der Klinik zu behalten. Schließlich hatte er seinen Beruf aufgegeben und sich der Gerichtsmedizin zugewandt. Wenn er schon nicht den Lebenden helfen konnte, so wollte er zumindest den Toten eine Stimme geben.

Alex' Blick wanderte zu Horst. Er war Vernehmungsspezialist *par excellence* und ein gutmütiger Kerl. Ein Herz von einer Seele, dem sich jeder bereitwillig öffnete. »Dann lasst uns loslegen. Horst, du überprüfst noch einmal alle Aussagen. Ich brauche eine Liste der Zeugen und deren Beobachtungen – bereinigt, wenn es geht. Du weißt schon, was ich meine.«

Alex wusste, dass der Tatort ein Labyrinth aus Hinweisen und potenzieller Zuschauer war. Eine schier undurchdringliche Aufgabe stand vor Horst, diese verborgenen Schlüsselpersonen aufzutreiben, die mit ihren Augen das Puzzle des Verbrechens zusammenfügen konnten. Eine mühsame Reise würde beginnen, diese aus ihren Verstecken hervorzulocken. Einige von ihnen waren sich nicht einmal bewusst, dass sie eine entscheidende Rolle in diesem düsteren Spiel innehatten.

Alex wandte sich Abraham zu.
»Und du findest heraus, ob den Opfern irgendeine Droge oder etwas Ähnliches verabreicht wurde. Mich irritiert dieser verdammte Ausdruck in ihren Augen. Und was ich gestern sagte, habe ich ernst gemeint. Versuch, mir die Ergebnisse noch dieses Jahr zu liefern. Klar?«
Abraham hielt Alex' Blick stand und verschränkte die Arme.
»Ja, Meister! Gewöhn dich endlich daran, dass ich dir erst etwas auf den Tisch lege, wenn ich Stichhaltiges habe. Kaffeesatzlesen überlasse ich anderen. Wenn du mit meiner Arbeitsweise nicht zurechtkommst, nimm doch einen anderen Arsch, der den Leichen ihre Geschichten herauskitzelt.«
Alex' Mundwinkel zuckte. »Wir sind wohl ein wenig gereizt heute, wie? Ist dir eine Laus über deine schwarze Seele gekrochen?«
Abrahams Augen verengten sich und es lag ein gefährliches Funkeln in ihnen. »Ein *white boy* macht noch keine weiße Seele, vergiss das nicht, Bruder.«
›*Ich weiß. Ich kenne mich mit schwarzen Seelen bestens aus*‹, dachte Alex und beließ es dabei. »Und jetzt zu dir, Julia. Bring mir die Geschichten auf die Tafel, die dir die Blutspritzer ins Ohr flüstern.«
Julia nickte und verzog das Gesicht. »Oh, *ins Ohr flüstern* klingt gut. Morgen werde ich wohl die ersten Geflechte zusammengestellt haben, aber ich kann nicht versprechen, dass man wirklich viel daraus ersehen kann. Mein erster Eindruck ist eher enttäuscht als euphorisch, Alex. Ich habe zwar eine Menge Informationen gesammelt, die nun in einen bestimmten Kontext gebracht werden müssen, was viel Fingerspitzengefühl benötigt, aber irgendwie habe ich nicht das Gefühl, dass es für einen Durchbruch genügt.«
Alex nickte. »Ihr versteht euer Handwerk, das weiß ich. Wir werden uns ab heute zweimal täglich hier treffen. Morgens um sieben und abends um zehn. Vergesst also euer Privatleben und macht euch an die Arbeit.« Alex stand abrupt auf und beendete die Sitzung.

Julia und Abraham packten ihre Unterlagen zusammen und verließen das Büro. Nur Horst blieb noch am Tisch sitzen und fixierte Alex, der noch in der Tür stand. »Meinst du das jetzt ernst?« Alex hob sein kantiges Kinn und bedachte Horst mit einem fragenden Blick.

»Na ja, von morgens sieben bis abends zehn?«

Alex presste die Lippen aufeinander. Er schloss die Tür und kam einige Schritte auf Horst zu. »Du bist lange genug dabei und kennst das Spiel. Jede Sekunde, die verstreicht, rotzt in unsere Karten. Mit jedem vergehenden Augenblick versickert die Wärme der Spur und die Kälte des Verbrechens wird zu einem eisigen Schleier, der unsere Ermittlungen umgibt, bis wir irgendwann gar nichts mehr erkennen können. Verdammt, das weißt du genau!« Horst senkte seinen Kopf, als wäre er bleiern schwer. Er stieß einen tiefen Seufzer aus. »Dann gib mir einen Tipp, wie ich meiner Frau klarmachen kann, dass sie mich in nächster Zeit wieder einmal nur auf Fotos zu sehen bekommt. Sie wird mich grillen.«

»Glaub mir eines, deine Frau grillt dich sanfter, als Johann es vermag!«

Das Flüstern der Neonröhren mischte sich mit dem surrealen Duft des Formaldehyds, als Abraham aufgebracht die Pathologie betrat. Noch hallten die Worte von Alex, diesem Meister der Überheblichkeit, in seinen Ohren nach. Wütend stützte er sich mit seinen Fäusten auf den metallenen Seziertisch. Selbst inmitten der stummen Zeugen des Todes, die ihn täglich umgaben, war ihm bewusst, dass es mehr gab als dieses blanke Grauen. Er hatte stets die Wärme und Empathie bewahrt, die Alex längst verloren hatte.

Überall lauerten Gestalten, die sich in einem Netz aus Lügen und Betrug verfingen. Politiker, die in den Korridoren der Macht ihre Intrigen spannen, Banker, die mit verschlagenem Lächeln über das Schicksal anderer entschieden, und Anwälte, die sich dem Höchstbietenden verkauften. Wie hungrige Raubtiere, getrieben von Machtgier und egoistischer Selbstsucht, scherten sie sich nicht um die Seelen, die sie auf ihrem Weg zertraten. Alle verband sie ihre Arroganz, die Alex nicht minder zur Schau trug.

»Irgendwann, Alex, irgendwann … Das schwöre ich dir, werde ich … „

Er brach ab, ein Ruck durchzuckte ihn, als ob er einen unsichtbaren Dämon abschüttelte. »Ach, egal!« Abraham atmete tief durch, seine Brust hob und senkte sich in einem langsamen Rhythmus, als er versuchte, die Kontrolle über sich selbst wiederzuerlangen. Er konnte es sich nicht leisten, von seinen Gefühlen überwältigt zu werden – nicht jetzt, nicht hier. Er spürte die Verantwortung schwer auf seinen Schultern lasten. Er musste die Geschichten der Opfer erzählen, die Wahrheit ans Licht bringen und Gerechtigkeit für deren unschuldige Seelen suchen. Jedes dieser Wesen hatte eine Stimme, die durch ihn gehört werden wollte.

Seine Finger zitterten leicht, als er behutsam die Instrumente auswählte. Isabelle schob eine Bahre in den Raum, nickte ihm ein kühles Lächeln zu und stellte sich neben den Instrumententisch. Ihre kurzen braunen Haare verbarg sie unter einer undurchsichtigen Plastikhaube, während ihre blau-grünen durchdringenden Augen jede Einzelheit scharf wahrnahmen. Mit vierunddreißig Jahren strahlte sie eine unerschütterliche Ruhe aus. Ihre feine Sprache, die wie ein stilles Gewässer floss, unterschied sich vollkommen von der Abrahams. Und obwohl sie mit den düstersten Seiten der menschlichen Natur immer und immer wieder konfrontiert wurde, bewahrte sie ihre emotionale Distanz. Abraham hatte sich schon oft gefragt, was sich hinter ihrer undurchdringlichen Fassade verbarg, aber zu einem Resultat war er bisher nicht gekommen.
Konzentriert wandte sich Abraham der ersten Leiche zu, die auf der metallenen Bahre lag. Vier weitere leblose Körper warteten bereits in den eisigen Kühlfächern darauf, von ihm untersucht zu werden. Als Pathologe kannte er die Vorteile seines Berufs nur zu gut: Die gut gekühlten Patienten boten ihm genügend Zeit, um ihre Rätsel zu entschlüsseln.
Doch diesmal war etwas anders. Fünf Menschen, alle kurz nacheinander aus dem Leben gerissen, landeten unerwartet in der Kühlhalle. Der Anblick ließ eine unheimliche Vorahnung in ihm aufsteigen, als er die Akte des ersten Opfers, Walter Cothorn, studierte. Ein Name, der ihm bislang unbekannt gewesen war und dessen Geheimnis er nun zu enträtseln hatte.
Ein kalter Schauer lief ihm über den Rücken, als er den Gedanken verwarf, dass dies nur ein Zufall sein könnte. Jemand, ein oder mehrere Täter, hatten das Schicksal dieser fünf Menschen auf brutale Weise miteinander verknüpft. Die Herausforderung, die Identität des Täters zu enthüllen und die Hintergründe dieser makabren Verbindung zu entwirren, trieb Abraham an.

»Na, mein Junge? Wie fühlt man sich so als Hahn im Korb?«, fragte Abraham ihn.
Walters Augen starrten blass gegen die weiß getünchte Decke – sie würden nie mehr etwas wahrnehmen. Davon zeugte die hässliche Wunde im Brustbereich.

Inmitten der kühlen Atmosphäre des Raums und dem klinischen Glanz seiner Werkzeuge begann er, die Spuren des Verbrechens zu sammeln. Abraham hatte die Leichen bereits am Tatort in Augenschein genommen, Fotos gemacht, Blutproben entnommen, die Temperatur zur Bestimmung des Todeszeitpunktes gemessen, Hinweise auf äußere Einwirkungen festgehalten und sie auf Fremdkörper untersucht. Jetzt konnte er sich alle Details in Ruhe ansehen und mit den Instrumenten der modernen Gerichtsmedizin versuchen, mehr herauszufinden. Isabelle hatte alles für die Autopsie vorbereitet und die Leiche geröntgt.

»Okay, Isa, jetzt kommt Nummer eins. Mal sehen, was wir aus ihm herausholen können.«

Alex hatte ihn beauftragt, nach Rückständen von Drogen zu suchen, welche die Opfer womöglich willens in den Tod hatten gehen lassen. Dies war denkbar, da sie sich offensichtlich nicht gewehrt hatten.

»Mal sehen, ob wir Alex eine Freude machen können.« Abraham entnahm Gewebe- und Flüssigkeitsproben, die er an Isabelle weitergab, um sie im Labor analysieren zu lassen. Dabei würde man mögliche Narkotika feststellen können, falls solche verabreicht worden waren.

Walter Cothorn war fünfundvierzig Jahre alt, einsneunzig groß und wog fünfundneunzig Kilogramm. Er war also sicher kein Mann, der sich so einfach überwältigen ließ. Seinem Muskelaufbau nach zu urteilen, betrieb er regelmäßig Kraftsport und war topfit – zumindest bis zu dem Augenblick, als irgendwelche Irren beschlossen hatten, ihm buchstäblich das Leben herauszureißen. Wie den anderen Opfern hatte man auch ihm das Herz fachmännisch entfernt. Als ob die Mörder ihm nicht nur das Leben nehmen, sondern auch seine Seele entweihen wollten.

»Da gibt es doch so eine ganz alte Schnulze: *Ich hab mein Herz in Heidelberg verloren.*« Abraham blickte kurz auf. »Ha, Heidelberg ist nicht weit entfernt. Wer weiß, was die sich damals dabei gedacht haben.« Er zwinkerte Isabelle zu, die jedoch nicht auf den Witz reagierte. Abraham wusste, dass sie seinen Humor nur selten teilte, was ihn jedoch nicht daran hinderte, ihn ihr immer wieder aufzuzwingen.

Bis auf das Herz waren alle Organe an ihrem Platz. »Oh, oh, das sieht nicht gut aus. Schau hier.« Er zeigte mit der Spitze seines Skalpells auf die offene Wunde. »Um an das Herz heranzukommen, hat der Mörder mit einer sehr scharfen Klinge das Brustbein durchtrennt, den Brustkorb geöffnet und das Herz an der oberen Hohlvene und den Arterienstämmen herausgetrennt. Das kann allerdings erst post mortem geschehen sein, siehe der hohe Blutverlust.«
Isabelle beugte sich leicht über den Körper. »Dieser Fall scheint sehr ungewöhnlich zu sein. Wozu entfernt jemand die Herzen seiner Opfer?«
Abraham zuckte die Schultern. »Gute Frage. Bis auf diese Wunde weist die Leiche keine äußeren Verletzungen auf. Die noch geringe Totenstarre und die fehlenden Totenflecken beim Auffinden der Leichen deuten darauf hin, dass die Tat keine zwei Stunden her gewesen sein konnte, als ich sie im Restaurant untersuchte. An den Knien befanden sich leichte Hämatome, vermutlich bedingt durch den Aufprall am Boden. Der einzige körperliche Makel des Mannes ist eine Narbe am rechten unteren Abdomen, die vermutlich von einer Blinddarmoperation stammt.«
Penibel dokumentierte Abraham den Zahnstatus, um ihn zu gegebener Zeit abgleichen zu können. Wahrscheinlich würde das in diesem Fall jedoch nicht nötig sein. Die innere Leichenschau förderte keine Auffälligkeiten zutage. Auch das Vermessen und Wiegen der Organe brachte nichts Neues. Genaueres würden sie erst nach der Analyse der Gewebeproben feststellen können. Durch die enormen Verletzungen und den hohen Blutverlust hätte das Opfer schnell das Bewusstsein verlieren oder in einen Schockzustand fallen müssen. Doch alles an dieser Leiche schien der Schulmedizin zu widersprechen. Nichts wies auf einen schnellen Tod hin.

»Als wäre er bis zur letzten Sekunde bei vollem Bewusstsein gewesen«, erklärte er Isabelle, während er die Augen des Toten nochmals mit der Lupe betrachtete. »Verdammt, was hat ihn nur wachgehalten?«
Isabelle kräuselte ihre hübsche kleine Nase.

Zarte Falten erschienen auf ihrer Stirn. »Ist es nicht grauenhaft, wenn man so etwas miterleben muss?«

»Normalerweise würde ich deine Frage mit einem klaren „Ja" beantworten. Dem Gesichtsausdruck nach jedoch ... tja. Lass uns noch einige Aufnahmen machen, dann werde ich ihn wieder zunähen, damit er seine Würde zurückerhält.«

Als Nächstes sollte die leblose Hülle von Cherry Park, eine junge Frau, die in den dunkelsten Alpträumen nicht hatte ahnen können, welch schreckliches Schicksal ihr beschieden war, an die Reihe kommen. Ihre Augen, einst voller Leben und Hoffnung, würden ebenso von dem trüben Schleier des Todes bedeckt sein. Bar jeder Hoffnung. Sie war das letzte Opfer gewesen und die Mörder hatten ihr offenbar die zweifelhafte Ehre erwiesen, alles mitansehen zu dürfen. Welch grausames Geschenk.

Horst glich einer imposanten, unbezwingbaren Festung. Seine körperliche Erscheinung war nur ein kleiner Hinweis auf die Tiefe und Komplexität seiner Seele. Als Vernehmungsspezialist für die Kriminalpolizei war er oft mit den Abgründen der menschlichen Natur konfrontiert. Doch während die Grausamkeit des Verbrechens viele seiner Kollegen in den Klauen hielt, erlaubte er es nicht, dass diese Dunkelheit sein inneres Licht erstickte.

Es brach ihm das Herz zu sehen, wie ehemals lebensfrohe Kollegen, deren Augen einst von Neugier und Engagement funkelten, sich allmählich in Schatten ihrer selbst verwandelten. Die Last der menschlichen Verworfenheit, der sie täglich begegneten, ließ sie in ein Meer aus Misstrauen und Distanz abdriften. Doch für Horst bestand die wahre Herausforderung nicht nur darin, dem Bösen ins Auge zu blicken, sondern auch im ständigen Ringen mit den bürokratischen Mauern des Justizsystems. Es war ein täglicher Tanz auf dem Drahtseil zwischen Recht und Gerechtigkeit. Richter und Staatsanwälte, von Geld, Macht und Profilneurosen angetrieben, machten eine zügige Ermittlung manchmal unmöglich. Diese schmerzhafte Wahrheit zerrte nicht nur an Horsts Gerechtigkeitssinn, sondern auch an dem seiner Kollegen, die sich in den Fängen bürokratischer Schlachten und juristischer Kniffe gefangen sahen. Jenes schiefe Spiel auf dem Rechtsparkett enttäuschte Horst zutiefst. Hatte er doch stets die Überzeugung getragen, dass Rechtschaffenheit und Wahrheit letztendlich obsiegten.

Doch trotz der düsteren Wolken, die sich am Horizont des Systems aufbauten, blieb Horst stets ein Leuchtfeuer der Aufrichtigkeit. Er pflegte einen respektvollen Umgang und suchte den Mittelweg, wenn sich Barrieren auftürmten.

Seine Kollegen schätzten ihn, nicht nur als Vernehmungsspezialist, sondern auch als Freund, bei dem sie in rauen Zeiten Rat suchten.
Außerhalb des Gewirrs des Gerichts und der Polizeistation genoss Horst das Privileg einer unerschütterlichen Partnerin. Wenn er der ruhige, beständige Bär in ihrer Beziehung war, dann war sie der energische Leopard, bereit, mit Schnelligkeit und Entschlossenheit zu handeln. Nach über zwei Dekaden der Ehe hatten sie gemeinsam sowohl stürmische als auch sonnige Tage erlebt. Ihre beiden Kinder, die längst eigene Wege gingen, fanden immer wieder zurück in das warme Nest ihrer Eltern, so oft es ihre Leben erlaubten.
In einem vertraulichen Augenblick hatte Horsts Sohn, mit jugendlichem Feuer in den Augen, den Wunsch geäußert, das Erbe seines Vaters anzutreten und sich der Polizei anzuschließen. Doch Horst hatte seinem Sohn die Schattenseiten jenes Lebens aufgezeigt. Ein stilles Aufatmen durchfuhr Horst, als sein Sohn schließlich einen anderen Pfad wählte, fern von den lauernden Gefahren, die die nächtlichen Straßen umhüllten.
Das Dasein als Vernehmungsspezialist war ein täglicher Spaziergang auf einem schmalen Grat, aber es war die unverbrüchliche Bindung zu seiner Frau, die ihn stets auf Kurs hielt. Trotz gelegentlicher Dissonanzen über die endlos scheinenden Stunden, die sein Beruf forderte, blieb sie seine zuverlässigste Stütze, seine Vertraute in jedem Sturm, den ein Fall heraufbeschwor. In den schillernden Strudeln des kriminellen Untergrunds war sie der Leuchtturm, der ihm zeigte, wie man sich auch im zähesten Sumpf von Lügen und Gewalt aufrichten konnte. Sie war die stille Kraft, die ihn davor bewahrte, im Mahlstrom seiner Arbeit unterzugehen.
Horst saß an einem Schreibtisch, der mit Papierbergen, Fotos und Notizen übersät war. Schräg gegenüber, hinter einem stets blitzsauberen Schreibtisch, saß Thomas, der die Sache mit der „Arbeit" eher locker nahm.
Horst fischte aus dem Papierchaos die Zeugenliste heraus.

Ein Parkwächter, der den umliegenden Parkplatz überwachte und eine alte Dame, deren Fenster den besten Ausblick auf das betreffende Restaurant boten. »Fünf Morde und das sind alle Zeugen?« Thomas, mit einer unnachahmlich schrillen Stimme, durchzogen von einem nasalen Unterton, spottete: »Nicht gründlich genug recherchiert, was?«

»Weißt du, Thomas, echte Hilfe wäre, wenn du das Fenster öffnest und einen Schritt nach vorn machst. Ich bin mir sicher, das Büro würde in stehende Ovationen ausbrechen.«

Für einen Moment erstarrte Thomas, jede Spur seines dümmlichen Lächelns verblasste. Wortlos erhob er sich und verschwand aus dem Raum. Horst konnte sich gut vorstellen, wie er sich nun bei Angel Heart ausheulte, die ihrerseits kein gutes Haar an Horst lassen würde. Aber Johann und Horst kannten sich schon zu lange, als dass dieser etwas auf derartiges Gerede gab.

Der Bericht des Parkwächters las sich wie das Drehbuch eines schlechten Films. Ein Mann und eine Frau, Hand in Hand, verlassen das Restaurant – das war's. Keine Beschreibungen, keine Details. Jede Frage schien den Parkwächter tiefer in ein Meer von Vergesslichkeit und Ambivalenz zu treiben.

»Natürlich … der Parkwächter«, murmelte Horst und griff zum Telefon. Während er die Nummer wählte, die auf dem Zeugenprotokoll notiert war, konnte er sich ein genervtes Seufzen nicht verkneifen.

Endlich hob jemand ab und eine kratzige Stimme erklang. »Jap?«

»Kommissar Cham. Rede ich mit Herbert Müller?«

»Jap.«

»Ich bearbeite den gestrigen Vorfall im Restaurant bei Ihnen in der Nähe. Treffen wir uns in einer halben Stunde am Parkplatz? Ich habe noch einige Fragen.«

Pause. »Jap.«

Ein kurzes Gespräch, das alle Klischees über Parkwächter erfüllte. Horst legte auf, schüttelte den Kopf und fragte sich, ob die Vernehmung mit diesem Müller genauso frustrierend werden würde wie das Telefonat.

Aber er hatte noch eine andere Zeugin auf seiner Liste: Elisabeth Dorstfeld, eine ältere Dame. Horst tippte ihre Nummer ins Telefon und wurde von einer sanften, aber zerbrechlichen Stimme begrüßt. In diesem Augenblick stellte er sich vor, wie ein alter, knorriger Baum sich wohl anfühlen würde. Eine eigenartige Idee. Zeugen – eine ständige Herausforderung. Einige waren wie Festungen, aus denen man Informationen nur mit großer Mühe herausbekam. Andere waren wie offene Bücher, die einem jede Seite ihrer Geschichte erzählen wollten, auch wenn man nur nach einer spezifischen Passage suchte. Bei Frau Dorstfeld war es noch ein Rätsel. Aber Horst hoffte, dass sie ihm zumindest die Klarheit bringen würde, die ihm der Parkwächter verweigert hatte.

Die Straßenlaternen warfen ihre zittrigen neonblauen Lichter auf den Asphalt des nahezu verlassenen Parkplatzes. Als Horst und Rolf mit dem Dienstwagen einfuhren, schienen die Schatten unter den Fahrzeugen lebendig zu werden. Rolf war neu in der Abteilung, grün hinter den Ohren, aber er brachte den frischen Wind mit, den man hier so dringend brauchte. Davon abgesehen war jede Hilfe willkommen.

Der Parkplatz, umsäumt von alten Backsteinmauern, glich einer bewachten Oase in dieser rauen Gegend. Hier war der Schutz des geliebten Autos Gold wert. Der Parkwächter, ein Exemplar der Sorte „König seines kleinen Reichs", lehnte mit einem Grinsen, das zwischen Überheblichkeit und Naivität schwankte, im Fensterrahmen seines Wärterhäuschens. Er war derjenige, der die Geschichten der Nacht kannte, der heimliche Bewacher des Viertels.

Horst und Rolf näherten sich ihm, ihre Schritte synchron im Takt des dumpfen Grollens der Stadt.

»Herbert Müller?«, erkundigte sich Horst.

Der Parkwächter kaute auf seinem Kaugummi, als würde er die ganze Welt herausfordern wollen. »Jap, der bin ich.«

Horst zeigte seinen Ausweis und versuchte, den Mann mit seinem festen Blick zu durchdringen. »Wir haben ein paar Fragen zum Vorfall von gestern Nacht. Sie haben ein Paar gesehen, richtig? Können Sie sich an die Uhrzeit erinnern?«

Müller nickte, schüttelte dann jedoch langsam den Kopf. Sein Gesicht, obwohl faltenlos, war schwer zu lesen – ein Mosaik aus Einfachheit und Raffinesse zugleich. Aber Horst wusste: Oftmals versteckten sich die spannendsten Geschichten hinter den einfachsten Fassaden.

Der Wächter ließ sich Zeit. Seine Stimme war träger als der Abend. »Jap, ich erinnere mich. Aber es war schon spät. Die Zeit? Keine Ahnung.«

Horst spürte die aufkommende Frustration. »War es bereits dunkel?«

Müller schien eine Sekunde zu überlegen, bevor er schelmisch grinste. »Jap, es war Abend.«

Horst atmete tief durch, versuchte, seine Geduld zu bewahren. »Können Sie die beiden beschreiben? Mann, Frau, Größe, Kleidung?«

Müllers Blick wurde starr, als würde er sich durch einen Nebel kämpfen. »Nicht besonders groß, aber auch nicht wirklich klein. Keine Ahnung … sie waren eben *normal*.«

»Versuchen Sie sich zu erinnern. Wie groß war die Frau?« Horst verfluchte innerlich das Wort „normal". Es war so schwammig wie das Gedächtnis dieses Mannes. Aber er musste weiterkommen.

Müller runzelte die Stirn. »Vielleicht ein bisschen kleiner.«

Die Befragung zog sich wie Kaugummi und Horst war sich fast sicher, dass Müller nicht mehr Informationen für sie hatte. »Wenn Ihnen noch etwas einfällt, rufen Sie uns an.« Er überreichte ihm seine Visitenkarte.

Rolf stoppte in seinen Bewegungen und zog eine Augenbraue hoch. »Denken Sie, er verheimlicht etwas vor uns?«

Horst neigte den Kopf leicht zur Seite und musterte den jüngeren Kollegen. Ein kurzes Lächeln umspielte seine Lippen, als er sich auf seinen prachtvollen Bauch tippte. »Sehen Sie das hier? Bauchgefühl. Es liegt selten falsch. Und ich denke, unser Freund hat einfach ein bisschen zu oft zum Joint gegriffen. Hat bestimmt nicht mal genug Gehirnmasse, um etwas zu verbergen.«

»Aber wie kann man sicher sein? Manchmal ist es schwer zu sagen, ob jemand lügt.«

»Erfahrung, mein Junge. Man muss wissen, wer vor einem steht. Wie alt ist er? Was macht er beruflich? Wie steht es um seine finanzielle Situation? Hat er Vorstrafen? Aber manchmal … manchmal reicht die Zeit einfach nicht aus, um all das herauszufinden.« Er schnippte mit den Fingern. »Und Menschen sind Rätsel. Schauen Sie mich an, ich bin seit vielen Jahren mit meiner Frau verheiratet, die mich immer wieder zum Staunen bringt.«

Rolf bemerkte die Schatten, die plötzlich über Horsts Gesicht huschten.

»Alles in Ordnung?«

Horst zuckte kurz zusammen und schüttelte den Kopf. »Ach, nur ein Gedanke. Aber wie ich sagte, es ist die Erfahrung, die uns zeigt, was wichtig ist und was nicht. Sie zeigt uns, wie man zwischen den Zeilen liest.«

Ein Lächeln stahl sich wieder auf sein Gesicht. »Raben zum Beispiel – schlaue Tiere. Im Gegensatz zu uns finden sie immer, was sie suchen.«

Die beiden Männer lachten und Horst fuhr fort: »Es geht darum, die kleinen Zeichen zu erkennen, das kurze Zucken im Gesicht, die kleinen Gesten. Bei unserem Freund da draußen passte alles. Er war authentisch in seiner Einfachheit. Und mein Bauchgefühl sagt mir, dass er uns alles erzählt hat, was er weiß.«

Rolf nickte beeindruckt. »Man lernt nie aus.«

»Genau.«

Sie machten sich auf den Weg zu Elisabeth Dorstfeld in der Hoffnung, mehr zu erfahren. Der Parkwächter hatte sie nur mit einem knappen Nicken begrüßt, doch die alte Dame erwartete sie mit einem wahren Redeschwall, der einem tosenden Gebirgsbach glich. Es schien, als würde sie seit Ewigkeiten auf menschliche Gesellschaft warten und nun alles aus sich herausschütten.

Sie wohnte direkt über dem Restaurant in einem Zweizimmerapartment, das wohl mehr Geheimnisse beherbergte, als die düstersten Ecken des Bahnhofviertels. Doch ihre einzige Abwechslung bestand darin, die Nachbarschaft zu beobachten.

Vielleicht war es ein Mangel an Abwechslung in ihrem Leben, der sie zu einer Meisterin der Tratscherei gemacht hatte.
Horst und Rolf lauschten ihren Geschichten, die ein halbes Jahrhundert zurückreichten. Sie erfuhren, wie sie als junge Dame mit ihrem Flirtgeschick alle Jungs reihenweise um den Finger gewickelt und wie sie später als Spionin für eine geheime Organisation gearbeitet hatte – zumindest behauptete sie das mit einem verschwörerischen Augenzwinkern.
Horst hatte die Hoffnung auf relevante Informationen längst aufgegeben, als die Zeit wie im Schneckentempo vorbeizog. Das zähe Geplauder fühlte sich an, als wären sie in einem schier endlosen Marathon der Anekdoten gefangen. So sehr sie sich auch bemühten, der Fesselung der Alten zu entkommen, sie wurden immer wieder von neuen Geschichten umgarnt.
Kaffee und Kuchen wurden ihnen im Minutentakt angeboten und jedes Mal lehnten sie höflich ab, in der vagen Hoffnung, sich endlich aus den Klauen der Redefreudigen befreien zu können. Doch die alte Dame ließ sich nicht so leicht abschütteln. Sie hatte wohl lange genug auf Opfer gewartet, die ihre ungefilterten Erzählungen ertrugen.
Nach einer gefühlten Ewigkeit gelang es ihnen schließlich, sich von Elisabeth zu lösen. Ihre müden Gesichter verrieten, dass die Worte der Dame noch wochenlang in ihren Ohren nachhallen würden.

»Kann ich den Herren nicht doch ein Stück Kuchen holen?«

»Nein, Frau Dorstfeld. Wir haben schon eine Stunde Ihrer kostbaren Zeit vergeudet. Vielen Dank, wir müssen jetzt auch weiter.« Horst nickte Rolf zu, beide erhoben sich und gingen Richtung Ausgang.

»Warten Sie, ich packe Ihnen wenigstens etwas für unterwegs ein.«
Horst winkte ab. »Nein, nein. Wir wollen nichts. Auf Wiedersehen.« Er öffnete die Tür und schritt schnell hinaus, eilte die Treppe hinunter.

»Das war wohl das verrückteste Gespräch meines Lebens.« Rolf seufzte, während er erleichtert aus dem Gebäude trat.

»Definitiv!« Horst tätschelte ihm emphatisch die Schulter. »Es ist wirklich kaum zu glauben. Fünf Menschen werden auf grausame Weise getötet und keinem fällt etwas Verwertbares auf. Dieses Paar, das beobachtet wurde, könnte ebenso gut zu den Gästen gehört haben, die vor den Morden das Restaurant verließen. Verdammt, das wird nicht einfach.«

»Und jetzt?«

Horst rieb sich die Augen und gähnte. »Weitermachen! Versuch herauszufinden, welche Gäste an diesem Tag das Restaurant aufgesucht haben und ob es eine Reservierungsliste oder ähnliches gibt. Und ich klapper noch mal die gesamte Nachbarschaft ab, vielleicht ist ja doch jemandem etwas aufgefallen!«

»Eine Bar oder ein Restaurant wie dieses kann auch Feinde haben«, mutmaßte Rolf.“Es könnten die Mafia, bestimmte Gangs, Familienclans oder andere Organisationen dahinterstecken. Wäre es nicht sinnvoll, wenn ich auch in diese Richtung recherchiere?«

Horst erkannte Rolfs Eifer, aber auch seine Naivität – eine unter Umständen tödliche Leichtgläubigkeit. Klar könnte er das, aber er würde in diesen Kreisen nichts erfahren. Wenn überhaupt, müsste Horst selbst diese delikaten Nachforschungen durchführen. Einem Greenhorn wie Rolf konnte er das nicht überlassen. Er wäre schneller tot, als er eine Aussage notieren könnte.

»Warten wir's ab. Das können wir immer noch in Gang setzen.« Horst glaubte nicht, dass dieser Überfall auf die Rechnung des organisierten Verbrechens ging. Dazu passte die Art und Weise, wie diese Menschen getötet worden waren, nicht ins Schema. Solche Leute hätten ihren Opfern schlicht das Genick gebrochen, die Kehle sauber durchgeschnitten oder sie gezielt erschossen, aber sie hätten sich nicht die Mühe gemacht, deren Herzen fachkundig zu entfernen.

Alex hatte den Nagel auf den Kopf getroffen – dieser Fall war alles andere als gewöhnlich. Die Bezeichnung *Schatten* war treffend gewählt, denn die Spuren schienen sich förmlich zu verflüchtigen, sobald sie diese zu greifen versuchten.

In den Fernsehkrimis erschien es simpel, schnell einen Verdächtigen oder zumindest eine Person zu identifizieren, die sachdienliche Informationen geben konnte.

Doch die harte Realität sah anders aus. Es war ein zermürbender, kräftezehrender Knochenjob, den niemand mit Leichtigkeit erledigte. Er erforderte Ausdauer, Einfühlungsvermögen und die Bereitschaft, sich in ein Labyrinth aus Lügen, Alibis und düsteren Geheimnissen zu begeben.
Horst verfügte über eine kleine Gruppe erfahrener Ermittler, auf die er sich verlassen konnte. Die entscheidenden Vernehmungen jedoch führte er persönlich durch. Jeder Schritt musste wohlüberlegt sein, denn Fehler konnten verheerende Folgen haben. Es gab keine Garantie für eine zweite Chance in diesem Katz-und-Maus-Spiel.
Im kargen Vernehmungszimmer des Kriminalamtes entfalteten sich die typischen psychologischen Spiele: der „böse Cop" mit der harten Schale, der die Verdächtigen einschüchterte, und der „gute Cop" mit dem vermeintlich einfühlsamen Ohr, der Vertrauen zu gewinnen versuchte. Ein Tanz auf dem schmalen Grat zwischen Täuschung und Wahrheit, der oft genug zum gewünschten Ziel führte oder zumindest entscheidende Informationen ans Licht brachte.
Doch bevor es überhaupt zu einem solchen Verhör kommen konnte, musste ein begründeter Verdacht vorliegen. Die Ermittler sammelten akribisch Beweise, durchforsteten die Vergangenheit der Verdächtigen und jagten nach jedem noch so kleinen Hinweis. Ein Zeuge konnte den entscheidenden Unterschied ausmachen und eine neue Perspektive auf den Fall eröffnen.
Also würde die Jagd nach jemandem, der ihnen etwas zu dem Geschehen im Restaurant sagen konnte, weitergehen!

Die untergehende Sonne ließ einen letzten verzweifelten Versuch erkennen, sich durch den dichten Smog zu kämpfen, der wie ein tödlicher Schleier über der Stadt lag. Die anrückende Nacht verlieh der Szenerie eine düstere und bedrohliche Atmosphäre. Alex steuerte den Tatort an, um ihn erneut in Augenschein zu nehmen. Er wusste, dass es früher Morgen werden konnte, bis brauchbare Informationen auf seinem Schreibtisch landeten, und er wollte jede wertvolle Minute nutzen.

Manchmal fühlte er sich wie das „Mädchen für alles". Seine Aufgaben waren unklar umrissen und umspannten ein weites Feld. Viele seiner Kollegen hatten sich in Psychologie vertieft, da es eine Grundvoraussetzung für diese Arbeit war, die Gedankenwelt der Täter zu verstehen. Filme schürten den Mythos, dass sogenannte Profiler die Gefühle der Verbrecher übernehmen könnten, aber Alex wusste, dass das lächerlicher Unfug war. Er weigerte sich beharrlich, wie ein Psychopath zu denken.

Was er jedoch beherrschte, war die Fähigkeit, anhand seiner Erfahrung psychologische Muster und Verhaltensweisen zu erkennen. Besonders bei Serientätern war diese Gabe von unschätzbarem Wert, doch in diesem Fall befand er sich noch am Anfang seiner Ermittlungen.

Feiner Staub lag in der Luft und raubte ihm den Atem. Seit Tagen hatte es nicht geregnet, was zwar die Spurensicherung begünstigte, aber für die Stadt selbst einen albtraumhaften Zustand bedeutete. Sie erstickte in einer dreckigen Wolke aus Abgasen und anderen schädlichen Substanzen. Auf Straßen, Fassaden und Gehwegen, überall thronte eine schmutzige Patina.

Alex war nicht der Typ, der sich über das Wetter den Kopf zerbrach, aber der anhaltende Mief belastete seine Lunge und drückte auf seine Stimmung.

Er folgte einem kleinen Seitenweg, der ihn zur Promenade am Main führte. Vielleicht würde der Fluss etwas frische Luft bringen.
Der Weg zum Restaurant dauerte eine halbe Stunde und half ihm, seine Gedanken zu sortieren. Frische Luft jedoch suchte er hier vergebens.

»Drecksmief. Bald müssen alle mit Atemmasken rumlaufen«, fluchte er gereizt, als er vor der versiegelten Tür stand und seine Kleidung abklopfte.
Alex brach das Siegel auf und trat zögernd in das düstere Restaurant. Bereits bei seinem ersten Schritt in die Dunkelheit stellten sich seine Nackenhaare. Er hielt nichts von Waffen. In seiner langen Karriere hatte er gesehen, wie viele ihr Leben verloren hatten, weil sie eine trugen. Eine Pistole zu ziehen bedeutete, die Verantwortung über Leben und Tod zu tragen. Wer nicht bereit war, sie zu nutzen, hatte den Tod als ständigen Begleiter auf der Schulter sitzen. Deshalb zog er seine Waffen nur im äußersten Notfall – wenn es keinen anderen Ausweg gab und das Schicksal keine anderen Optionen auf den Tisch legte. Für Alex bedeutete jede gezogene Waffe eine düstere Wahl, die er nie leichtfertig treffen würde. Jetzt fühlte er sich in einer solchen Situation. Er zog seine Dienstpistole und entsicherte sie.
Tatorte ließen ihn für gewöhnlich kalt, doch dieses seltsam unheilvolle Gefühl, ein Gemisch aus Sehnsucht und Trauer, traf ihn wie ein Hammerschlag. Alex hatte gelernt, auf solche Instinkte zu achten – manchmal bedeuteten sie den Unterschied zwischen Leben und Tod.
Blind tasteten seine Finger die Wand entlang nach dem Lichtschalter, doch er fand keinen. »Mist«, zischte er leise und wagte sich weiter in das Lokal. Er vermutete, dass sich die Schalter hinter dem Tresen befanden, doch dort hatte eine der Leichen gelegen und der Bereich war vermutlich abgesperrt.
Alex griff mit der freien Hand in die Innentasche seines Sakkos, wo er ein kleines Messer, eine Minitaschenlampe und eine Lupe aufbewahrte.

Obwohl dies keine Standardinstrumente eines zeitgenössischen Ermittlers waren, blieben sie Alex' treue Gefährten – die kleinen Retter in der Not. Heute war es die Rolle der Taschenlampe, ihn aus der Dunkelheit zu befreien.
Klick. Ein unzuverlässiges Flackern, dann die erdrückende Schwärze. »Verdammte Scheiße!«, knurrte Alex. Ein heftiges Schütteln enthüllte das Klirren lockerer Batterien. Erneut betätigte er den Schalter, nur um einen zuckenden, zögernden Strahl zu sehen, bevor er wieder in der Dunkelheit ertrank.
Ein leises, ominöses Rascheln durchschnitt die Stille. Reflexartig wirbelte Alex herum, seine Augen versuchten, irgendeine Form in der erstickenden Schwärze auszumachen. Die Stille schrie nach einer drohenden Gefahr – eine geladene Waffe oder ein blitzendes Skalpell, bereit zuzustechen. Trotz seiner eisernen Fassade fühlte er sich unerklärlich verletzlich.
Tastend drückte er wieder die Lampe und dieses Mal leuchtete sie konstant. Ein erleichterter Seufzer entwich ihm und ein sanfter Schein enthüllte den Lichtschalter direkt neben dem Eingang – ironischerweise genau dort, wo er zuvor vergeblich getastet hatte. Mit einem schnellen Klick erstrahlte der Raum in voller Helligkeit.
Schaurige Kreideumrisse von Opfern schmückten den Boden, scheinbar harmlose Zeichen, die jedoch von einem grausamen Ende erzählten. Die Getöteten, gefroren in ihrem letzten Augenblick, hätten von paralytischer Angst überwältigt sein müssen. Doch ihre starren Augen verrieten nicht den Schrecken des Moments, sondern eine tiefe, verstörende Ruhe – als wären sie in einem tranceartigen Zustand gewesen.
Alex ließ seinen Blick durch den Raum schweifen und er konnte die drückende Schwere spüren – das Echo einer Tragödie, das sich hinter der scheinbaren Normalität eines Restaurants versteckte. Warum war dies geschehen? Weil es eine gefühllose, sadistische Welt war, in welcher der Mensch nichts bedeutete? »Pha.« Er wusste es nicht – noch nicht.
Behutsam durchstreifte Alex den Raum und blieb nacheinander an den Stellen stehen, wo die helle Kreide das traurige Ende eines Menschen markierte.

Während er die beklemmenden Eindrücke auf sich wirken ließ, fütterte sein analytischer Verstand rastlos die Maschinerie der Gedanken. Warum und wie konnte dies geschehen sein?
Wie hypnotisierte Karnickel schienen sie dort gestanden zu haben, unfähig, auch nur einen Schritt zu tun. Das morbide Ballett hatte mit dem ersten Mord begonnen, dann fiel das nächste Opfer, und so weiter, bis der Tanz des Todes endete. Sahen sie zu, wie dem ersten das Herz in einem brutalen Akt der Barbarei entnommen wurde? Es sprach vieles dafür.
Trotz der offensichtlichen Bedrohung, die sie umgab, hatten die Opfer nicht den erwarteten Ausdruck des Horrors. Statt Furcht sah Alex in ihren toten Augen eine rätselhafte Stille, vermengt mit einer sehnsüchtigen Tiefe. Welche abgründigen Geschehnisse hatten sich hier ereignet? Welcher dunkle Geist hatte seinen sadistischen Stempel auf diesem Ort hinterlassen?
Nachdem er das blutgetränkte Panorama genauer untersucht hatte, steckte Alex seine Waffe in den Holster und schlenderte zur Bar. Er schnappte sich ein Glas und goss sich ohne einen Blick auf das Etikett einen großzügigen Schluck Whisky ein. Er zog sich in eine abgelegene Ecke des Lokals zurück und versuchte, den Knoten in seinem Kopf zu entwirren. Die möglichen Szenarien spielten sich wie ein Film in seinen Gedanken ab. War das Lokal bereits geschlossen gewesen, als der Mörder sein blutiges Werk begann? Oder waren es die letzten Gäste, die in der tödlichen Falle gefangen waren? Hatte ein ahnungsloser Angestellter möglicherweise das nahende Unheil angekündigt, indem er auf die bevorstehende Schließung hinwies? Standen sie tatsächlich da wie verängstigte Tiere und ließen sich ohne Gegenwehr niederstrecken?

»Scheiße, das ist doch alles Blödsinn!« Alex leerte sein Glas in einem Zug und stellte es mit einem harten Klirren zurück.
Als ob er aus einem düsteren Traum gerissen wurde, ließ das abrupte Klingeln seines Handys Alex zusammenfahren. Auf dem Display leuchtete „Abraham“ auf. Alex runzelte überrascht die Stirn, straffte sich und nahm den Anruf an. »Ah, Abraham. Immer noch bei den Toten zu Gast?«

»Du und deine … charmante Art.« Er ließ ein kurzes, spöttisches Schnaufen hören. »Die Sache mit den Leichen … sie stinkt bis zum Himmel. Noch habe ich keinen klaren Überblick, aber ich habe das dumpfe Gefühl, dass dies nicht die letzten Morde waren.«

Kapitel 3
Ein neuer Fall

8. Mai 2020

Die Sonne kitzelte gerade erst den Horizont, als Horst sich müde unter die warme Dusche begab. Die aufkommende Morgenröte vertrieb langsam die Schatten der Nacht, aber für Horst bedeutete es, dass er viel zu früh aus dem Bett musste. Doch dieser Tag war keine gewöhnliche Routine. Nein, er hatte sich vorgenommen, tief in das Leben der Opfer einzutauchen. Er seufzte leise, als er sich abtrocknete und in seine Kleidung schlüpfte. Der neue Fall war eine echte Herausforderung, und das hieß nur eins: viel Arbeit und noch mehr Zeitaufwand.

Als er das Badezimmer verlassen wollte, tauchte seine Frau mit hochgezogenen Augenbrauen und verschränkten Armen im Türrahmen auf. Sie musterte ihn mit diesem berühmt-berüchtigten „Jetzt pass mal auf, mein Lieber"-Blick, den er nur zu gut kannte.

»Habt ihr einen dicken Fisch an der Angel?«, fragte sie mit gefährlich ruhiger Stimme.

Horst setzte seinen Dackelblick auf, der zumindest manchmal Verständnis bei ihr weckte. »Ja, Liebling. Es ist wirklich eine üble Angelegenheit.«

»Das heißt also, dass ich dich mal wieder kaum zu Gesicht bekomme?« Die Schärfe im Ton nahm zu.

»Ach, wer weiß. Womöglich geht es auch sehr schnell«, schwindelte er bewusst.

»So? Und wer leitet den ganzen Zirkus?«

Bingo. Die Falle war gelegt. »Alex.« Horst wollte sich an ihr vorbei mogeln, einfach fliehen, aber seine Frau stellte sich ihm mit einem schnellen Seitenschritt in den Weg. Er drehte sich um und suchte im Spiegelschrank nach dem Rasierer.

»Horst!«

Es war also soweit. Sie begann ernsthafte Ermahnungen immer mit seinem Vornamen. In ihrer Stimme schwang eine deutliche Warnung mit. Am liebsten hätte er jetzt ein tiefes Loch gebuddelt, in das er abtauchen könnte. Es war eine der Situationen, in denen er wusste, dass er nicht mit heiler Haut davonkommen konnte.

»Ja, mein Herz?«

»Jetzt hör mir mal genau zu!«

»Liebling, ich –«

Sofort hob sie den Zeigefinger wie einen Dirigentenstab. »Horst!«

Er atmete tief durch und schwieg. Tiefe Falten zerfurchten seine Stirn.

»Du weißt, dass ich hinter dir stehe, das heißt aber nicht, dass du immer nach Alex' Pfeife tanzen sollst. Der Typ ist ein gefühlskalter Eisberg!«

»Eisberge sind immer kalt.« Horst lächelte verlegen. Sein Witz kam nicht gut an.

Seine Frau senkte ihr Kinn, die Augenbrauen bogen sich nach oben und ihre Nasenflügel bebten. Die Hände ballten sich zu Fäusten und stemmten sich in die Hüfte.

»Entschuldige«, kam es kleinlaut über seine Lippen.

»Das will ich gemeint haben. Noch mal. Er ist ein kaputtes Seelenwrack, hat zudem keine Familie, die er im Blick behalten muss. Er ist schlimmer als die Verrückten, die ihr jagt!«

Horst wollte noch sagen, dass ein Wrack immer kaputt sei, hielt es aber nicht für ratsam, dies zu erwähnen. »Schatz, Alex ist okay. Er macht nur seinen Job. Ja, er kann ein echter Idiot sein, aber –«

»Halt! Jetzt willst du ihn schon wieder verteidigen. Du weißt genau, dass ich recht habe. Er ist alles andere als ein Menschenfreund. Null Empathie, null Verständnis. Es ist ihm absolut egal, was andere denken oder fühlen. Warum nimmst du ihn immer in Schutz? Du hast selbst gesagt, dass er manchmal nicht ganz normal ist.«

Horst lächelte verlegen. »Ja, das habe ich gesagt. Alex ist wirklich ein Fall für sich. Er ist analytisch, smart, eiskalt und vielleicht auch ein bisschen ausgeflippt. Aber weißt du, hinter all dieser Rauheit steckt auch ein bisschen Gutes in ihm.

Er hat einfach eine besondere Art, die ihm dabei hilft, den Job so gut zu machen.«

»Ich liebe dich. Du bist *mein* Mann und nicht *sein* Sklave. Lass es dir eine Warnung sein. Auch ich habe ein Recht auf dich. Am Wochenende kommen die Kinder zu Besuch, und ich erwarte … jetzt pass genau auf … ich *erwarte*, dass du dir Zeit für uns nimmst und dich nicht zum willenlosen Handlanger von Alex machst!« Mit diesen Worten drehte sie sich auf dem Absatz um und verschwand im Schlafzimmer. Nur undeutlich hörte er aus dem Nebenraum noch ein »Ich liebe dich trotzdem.«

Alex saß mit ernster Miene an der Stirnseite des langen Tisches im Besprechungszimmer. Sein Blick verharrte auf den Notizen vor sich, während nach und nach seine Mitarbeiter in den Raum eintraten und sich erschöpft auf die Stühle niederließen. Die letzten sechsunddreißig Stunden hatten sie wie Wahnsinnige gearbeitet und die Spuren der Erschöpfung waren deutlich zu erkennen: Dunkle Augenringe, blasse Gesichter und eine Aura, als wären sie um Jahre gealtert.
Erst als alle Platz genommen hatten, erhob Alex den Blick von seinen Aufzeichnungen und ließ seine eisblauen Augen durch die Runde wandern. »Morgen.« Seine Stimme klang ruhig, aber der Unterton von Spannung und Dringlichkeit war unüberhörbar.

»Abraham, fangen wir bei dir an. Gibt es etwas Greifbares, das du uns berichten kannst?«
Abraham bleckte kurz die Zähne wie ein angriffslustiges Raubtier. Es war ihm anzusehen, dass ihn die ständige Drängelei nervte. Er gab sich einen Ruck und nickte. »Ja, *Chef*. Ich habe alle fünf Leichen obduziert. Alle fünf! Hier sind die Ergebnisse.« Er packte eine dicke Mappe aus seiner Tasche, legte sie auf den Tisch und schob diese Alex zu. »Du kannst sie später im Detail durchgehen. Hier die Kurzfassung … „ Abraham hob seine rechte Hand und begann, an den Fingern einzeln aufzuzählen, während er die Fakten enthüllte. Er hob den Daumen. »Erstens, die Opfer wiesen neben den offensichtlichen Wunden keine weiteren Verletzungen auf. Keine Anzeichen von Abwehr oder Gegenwehr.«
Sein Zeigefinger schnellte nach vorn und seine dunklen Augen funkelten. »Zweitens, bei allen Opfern wurde das Herz fachmännisch entnommen. Der Blutverlust war so groß, dass sie vermutlich schnell in einen Schockzustand fielen und das Bewusstsein verloren.«

Der Mittelfinger gesellte sich zum Zeigefinger und Abraham fuhr fort. »Drittens, anders als bei den ersten vier, wurde der fünften Leiche die Schlagader der rechten Hand durchtrennt. Ein langsamer, nicht allzu qualvoller Tod durch Verbluten. Sie war das fünfte Opfer. Gefesselt musste sie geduldig ihrem Schicksal entgegensehen. Offensichtlich spielte sie eine besondere Rolle für den oder die Täter.«
Ein Hauch von Abscheu spiegelte sich in Abrahams Augen wider, als er den Ringfinger hob. »Viertens, das Herausschneiden eines Herzens bedeutet viel Vorarbeit und kostet Kraft. Jedes normale Opfer würde instinktiv zurückweichen, um Verletzungen und damit Schmerzen zu vermeiden. Aber ich fand solche Anzeichen nicht. Es sieht fast so aus, als hätten sie ihr Schicksal akzeptiert und ihre Brust den Tätern entgegengestreckt.«
Am Ende gesellte sich auch der kleine Finger zu den anderen. »Und fünftens, hatte keiner der Toten Drogen im Blut. Zumindest waren keine nachweisbar. Wenn also welche verabreicht worden waren, so mussten sie bereits abgebaut gewesen sein. Ich gehe aber nicht davon aus.«
Ein Moment des Schweigens hing schwer in der stickigen Luft, als alle die erschütternden Details sacken ließen. Dann holte Abraham tief Luft und fuhr fort. »Die genauen Beschreibungen der Verletzungen liegen in der Akte vor. Vier der Opfer starben relativ schnell, aber sie hatten genügend Zeit, um zu verstehen, dass ihr Ende nahte. Eine grauenhafte Vorstellung, wenn ihr mich fragt.«
Alex griff nach der Mappe und schlug sie mit einem energischen Ruck auf. Die Fotos der grausamen Wunden sprangen ihm entgegen und er konnte die schreckliche Szenerie fast riechen. Seine Augen verharrten auf den Nahaufnahmen, während er jeden noch so winzigen Hinweis aufsaugte. Die Stille im Raum wurde nur vom leisen Klicken des Kugelschreibers unterbrochen, als er die Notizen durchblätterte.

»Du sprichst nicht von dem Täter. Waren es mehrere?«, bohrte Alex nach, ohne die Augen von den schockierenden Bildern abzuwenden.

»Ich werde mir heute noch einmal die Leiche genauer ansehen, um sicher zu sein. Aber es gibt Hinweise darauf. Es scheint, dass hier unterschiedlich große Hände am Werk waren. Eine kleine und eine normal große Hand. Das deutet auf mindestens zwei Täter hin. Ob es noch mehr waren, kann ich nicht sagen. Die Ergebnisse der Hautanalysen erwarte ich heute Abend, dann werde ich mehr wissen.«
Die Spannung im Raum war greifbar, als Alex zufrieden nickte und die Akte schloss. »Danke«, kam es leise über seine Lippen. Sein Blick wandte sich nun Julia zu, die bereits ungeduldig darauf wartete, ihre Erkenntnisse zu teilen. Sie atmete tief ein und begann mit rascher Stimme. »Ich bin immer noch dabei, die letzten Spuren auszuwerten. Es ist wirklich erstaunlich … „ Ihre Augen sprühten vor Enthusiasmus. » … wie *wenige* Hinweise es gibt. Ich kann Abrahams Beschreibung nur bestätigen, es sieht so aus, als hätten die Opfer keinerlei Abwehrversuche unternommen. Ich hätte schwören können, dass sie unter Drogen standen, da die Blutspritzer auf geringe Bewegung hindeuten. Versteht ihr, was ich meine? *Wenig Spuren* ist nicht unbedingt negativ zu beurteilen, sondern hat auch einen äußerst spannenden Aspekt. Es klingt mystisch, unmöglich und irrational.«
Ihre Miene verriet Verwirrung, als sie fortfuhr. »Wollt ihr noch etwas Seltsames erfahren? Es gibt *keine* Spur von der Tatwaffe, keine verlorenen Gegenstände der Täter. Es ist, als hätten sie alles akribisch eingepackt und mitgenommen. Nichts passt. Wahnsinn. Wenn ich heute Abend alles an der Mindmap anbringe, kann ich vielleicht einen möglichen Tatablauf skizzieren.« Während sie erzählte, schwangen ihre Arme wie Dirigierstäbe auf und ab. »Was die Anzahl der Täter betrifft, stimme ich Abraham zu. Es waren mindestens zwei. Ich habe Schuhabdrücke mit verschiedenen Profilen gefunden: Größe fünfunddreißig und neununddreißig. Die Täter haben kleine Füße, das ist sicher. Und nun das Interessante.« Sie schnalzte mit der Zunge. »Folgt man Abrahams Hinweis die Hände betreffend, könnte der kleinere Abdruck von einer Frau stammen. Wer weiß, vielleicht werden das die Profilmuster der Sohlen bestätigen.«

Alex verzog die Mundwinkel. Insgeheim hatte er gehofft, dass seine Eindrücke widerlegt würden. Stattdessen wurden sie bestätigt, was bedeutete, dass es sich tatsächlich um eine neue Qualität von Gewalt handelte.

»Und du, Horst? Irgendeinen widerlichen Bastard gefunden, der ein teuflisches Vergnügen daran haben könnte, unschuldigen Menschen die Herzen rauszuschneiden?«, schnaubte Alex. Seine Augen funkelten vor Frustration.

Horst schüttelte langsam den Kopf und seufzte. »Bisher sind es nur zwei unbedeutende Zeugen. Ihre Aussagen führen uns nirgendwohin. Der verdammte Parkwächter glaubt, ein undefinierbares Pärchen gesehen zu haben, das später das Lokal verlassen haben soll. Aber sonst hat niemand auch nur den Hauch einer Ahnung, wie diese fünf armen Seelen getötet wurden. Herr Kant ist dabei, die Angehörigen und Freunde der Toten zu befragen. Ich hoffe, dass wir bis heute Abend endlich handfeste Informationen bekommen können.«

Ein düsteres Schweigen legte sich über die Runde, als Alex jedem Einzelnen intensiv in die Augen blickte. Seine Stimme klang entschlossen, fast ungeduldig. »Das alles ist weniger als nichts! Irgendetwas entgeht uns. Es sind mit Sicherheit keine Geister, die unerkannt durch Frankfurt huschen und morden. Heute Abend erwarte ich Ergebnisse. Klare Fakten!«

Er erhob sich abrupt und verließ den Raum. Die anderen folgten ihm stillschweigend, nur Horst blieb müde zurück.

Der Abend würde nicht mehr lange auf sich warten lassen und Alex wusste, dass er etwas Handfestes präsentieren musste. Die Morde hatten zweifellos etwas Atemberaubendes – nicht nur *ein* Opfer, sondern gleich *fünf* Menschen waren auf grausame Weise aus dem Leben gerissen worden. Die Medien schäumten vor Begeisterung, sie liebten nichts mehr als eine gute Verschwörungstheorie oder die Vorstellung, dass das organisierte Verbrechen seine Finger im Spiel hatte. Bald würden sie sich wie hungrige Aasgeier auf die Polizei stürzen und sie gnadenlos kritisieren. Die Schlagzeilen würden lauten, dass die Ermittler unfähig seien, den Fall zu lösen, oder dass sie andere Interessen vorziehen würden. Die Anschuldigungen, sie würden Verdächtige schützen, würden sich so hartnäckig halten wie Stahlträger in einem Bunker.

Es war immer das gleiche Spiel. Ein Verbrechen geschah, und die Medien griffen es wie eine heiße Story auf. Binnen weniger Tage würden sie wie ein wilder Schwarm Bienen auf die Stadtverwaltung losstürmen. Für sie war es eine willkommene Gelegenheit, ihre eigenen Sensationsgeschichten zu spinnen und aufzubauschen. Das brachte höhere Auflagen und somit Geld. Die Kritik würde dann wie ein Orkan über die Ermittler hinwegfegen: Inkompetenz und Faulheit bei der Polizei, Nachlässigkeit im Bürgermeisteramt.

Und Alex befand sich mittendrin in diesem Wahnsinn. Er fühlte sich wie ein einsamer Hamster in einem endlosen Rad, das sich immer schneller drehte. Tag für Tag kämpfte er gegen die Zeit und die Erwartungen der Öffentlichkeit an. Die Uhr tickte erbarmungslos und er musste die Puzzlestücke des Rätsels zusammenfügen, bevor die Medien und die korrupten Kräfte im Hintergrund ihn einholten.

Thomas saß an seinem Schreibtisch hinter einer aufgeschlagenen Zeitung und schien nicht zu bemerken, dass Alex mit verschränkten Armen vor ihm stand und auf ihn herabblickte. Erst als Alex sich räusperte, warf ihm Thomas einen verstohlenen Blick zu.

»Hallo, Thomas. Es freut mich, dass du Zeit findest, während der Arbeit die Zeitung zu studieren.«

»Oh, Alex … kommt ihr voran?«, erwiderte Thomas, unsicher wie ein ertapptes Kind.

»Natürlich. *Wir* kommen immer voran! *Wir* arbeiten ja auch.«

Thomas legte die Zeitung auf den Schreibtisch, faltete sie sorgfältig und setzte sich in die Lehne zurück. Ein unsicheres Lächeln erschien in seinem blassen Gesicht. Er öffnete den Mund, schloss ihn aber nach wenigen Sekunden unverrichteter Worte wieder. Alex sah ihm an, dass er krampfhaft nach einer Ausrede suchte, aber scheinbar hatte er ihn diesmal tatsächlich auf dem falschen Fuß erwischt. Voller Verachtung schnaubte er, drehte sich um und ließ Thomas zurück.

Der abgesicherte Bereich im Untergeschoss des Gebäudes umgab Alex wie ein betongraues Verlies. Ein schmaler Pfad aus grellem Licht führte ihn durch den Gang, der Tag und Nacht von Kameras überwacht wurde. Nur mit einer Chipkarte konnte er die massive Tür am Ende des Flurs entriegeln. Hinter ihr verbarg sich das Archiv – ein Hort brisanter Fälle, die in den finstersten Winkeln der Geheimhaltung verweilten.

Der Vorraum wirkte kalt und steril, als wäre er ein Ort der emotionslosen Härte. In der Mitte thronte ein großer Tisch mit eingelassener Tastatur, flankiert von zwei leuchtenden Monitoren. Man musste nur die Daten zu den gewünschten Informationen eingeben, und wie von Zauberhand öffnete sich eine verborgene Schublade an der Wand, die begehrte Akte offenbarend. Automatisiert, präzise – ein System perfekter Effizienz. Hinter der weiß getünchten Fassade verbarg sich ein gigantischer Raum mit feuersicheren Stahlwänden, die das Gewicht geheimer Geschichten trugen. Eine ausgeklügelte Mechanik gewährte, dass jedes Stück Information am Ende wieder an seinem Platz ruhte, als wäre es nie entnommen worden.

Neben der Schublade wartete ein hochmoderner Kopierer, denn die Originale durften nur in seltenen Ausnahmefällen die sicheren Mauern dieser Festung verlassen.
Ein Hauch von Erleichterung durchströmte Alex, als er die Stille des Raumes wahrnahm. Kein störendes Tastaturgeklapper, keine lauernden Blicke, die ihn hätten beobachten können. Er atmete tief ein und spürte, wie sich die Anspannung in seinem Körper langsam löste.
Sein Blick fiel auf das hochmoderne Programmsystem, das vor zwei Jahren mit Stolz und Ehrfurcht in die neue Zukunft der Ermittler eingezogen war. Eine technologische Wunderwaffe, die viele Vorteile verschaffte. Er konnte die richtigen Suchkriterien eingeben und binnen weniger Minuten unzählige interessante Fälle ausgraben, Verbrechen von ähnlicher Art und Machenschaften. Früher hätte diese Arbeit Tage, wenn nicht sogar Wochen verschlungen, doch jetzt war Alex mit den digitalen Fängen der Technik ausgestattet.
Er überlegte, welche Charakteristika den aktuellen Fall am besten beschrieben. Waren es zu viele, konnte ein relevanter Fall durch das Muster rasseln. Waren es zu wenig, erhielt man schnell eine unüberschaubare Menge.
Die Anzahl der Toten war vermutlich eher unwichtig. Die Todesart hingegen konnte interessant sein. Auch interessierten eher Morde, die in den letzten Jahren verübt worden waren.
Die Tasten klapperten gedämpft unter seinen Fingern, während er die ersten Suchkriterien eingab: *Offene Augen, Fälle der letzten 10 Jahre, Entnahme von Organen.* Die Bildschirme flackerten auf, die Suchergebnisse rasten über den Monitor. Der erste Durchlauf lieferte über fünftausend Morde, die nach einem prozentuellen Ähnlichkeitsfaktor gelistet waren. Zu jedem der selektierten Fälle gab es einen Link, der zu einer Extraseite mit einer kurzen Beschreibung der Tatumstände und ihrer Besonderheiten führte.
Alex las sich in den ersten Beitrag ein.

Ein fünfunddreißigjähriger Mann hatte einer alten, arglosen Frau in die Kehle gebissen und ihr dabei die Hauptschlagader zerfetzt. Im Glauben, ein Vampir zu sein, behauptete er in einem anonymen Bekennerschreiben, eine ihm zustehende Ration Blut nehmen zu dürfen. Als Erinnerung für eine private Sammlung, die er sich fortan zulegen wollte, entnahm er ihr das Herz. Nicht mit chirurgischer Finesse, sondern mit einem Brotmesser. »Scheiße, nein. Was für eine Sauerei.« Der Täter konnte flüchten, geriet dann aber an eine Kampfsportlerin, der er das gleiche Schicksal zudachte. Diesen Angriff überlebte er jedoch nicht. »Tja, auch Vampire können sterben«, kommentierte Alex den Bericht mit einem zufriedenen Schmunzeln auf den Lippen. Doch dieser Täter hatte bereits das zeitliche gesegnet und somit kam er nicht in Frage.
Auch der zweite Fall hatte mit einer Art Vampirismus zu tun. Eine Gruppe von sieben Jugendlichen entführten ein Mädchen und hielten es in einem verlassenen Stollen mehrere Tage gefangen. In einer Vollmondnacht vergingen sie sich an ihr und entnahmen ihr danach Nieren und Leber. Sie hatten geglaubt, durch ein okkultes Beschwörungsritual und ihrer Zugabe eines ausblutenden Opfers, die Unsterblichkeit erlangen zu können. Alle sieben wurden kurze Zeit danach festgenommen.
Alex schnaubte verächtlich und ergänzte das Stichwort *ungelöst.* Die möglichen Fälle reduzierten sich auf eintausendzweihundertsiebzig. Immerhin.
Erst nach Ergänzung von *sehnsüchtige Augen, friedlicher Blick* wurde die Liste auf übersichtliche sechsundsiebzig Morde reduziert. Acht blieben übrig, als er das Kriterium *Fälle der letzten 10 Jahre* strich und den Begriff *entnommenes Organ* durch *entnommenes Herz ersetzte.* Auf diese würde er sich konzentrieren.

Julia hatte sich gegen Mittag in den Besprechungsraum zurückgezogen, umgeben von einem dampfenden Becher Kaffee und einem Stapel Aufnahmen, die sie am grausigen Tatort gemacht hatte. Die Bilder zeigten das blanke Grauen, lieferten jedoch nicht den ersehnten Aha-Effekt, auf den sie so sehr hoffte. Im Gegenteil, sie empfand eine tiefe Frustration, während sie mit gesenkten Schultern vor der fast leeren Tafel stand. Ein leiser Seufzer entkam ihren Lippen. Ihr Bauchgefühl ließ sie ahnen, dass sie hier nichts finden würde, was sie den Tätern näherbringen könnte.
Ein Klopfen erklang an der Tür und Horst trat ein. Sein Gesichtsausdruck sprach Bände – auch er hatte keine Fortschritte gemacht. Julia nickte ihm müde zu. »Bist du weitergekommen?«
Horst brummte ein undeutliches Nein.

»Das wird Alex nicht aufmuntern, fürchte ich.«

»Bestimmt nicht! Niemand scheint irgendetwas gesehen oder gehört zu haben. Die Opfer hatten Freunde und Familienangehörige, die alle geschockt sind. Sie können nicht begreifen, wie so eine grausame Tat passieren konnte. Es gibt keinerlei Anzeichen für ein Motiv – keine Beziehungsprobleme, keine Schulden, kein offensichtlicher Ärger!« Horst ließ sich erschöpft in einen Stuhl fallen, der unter seinem Gewicht lautstark ächzte.
Julia konnte seine Verzweiflung förmlich spüren. Der Fall schien in einen undurchdringlichen Nebel aus Rätseln gehüllt zu sein, und die Zeit tickte unaufhörlich. Sie wusste, dass sie sich jetzt nicht entmutigen lassen durfte. Es gab immer eine Spur, eine winzige Verbindung, die zu den Tätern führen konnte. Sie musste nur tief genug graben und vielleicht sogar unkonventionelle Wege einschlagen. »Gib nicht auf. Wir finden etwas. Auf dem Tisch steht ein Kaffee. Kannst dich gerne bedienen. Bis ich einen Schluck nehmen kann, ist er sowieso schon zu kalt.«

»Zucker und Milch?«

»Nein. Schwarz wie Alex' Seele.« Sie wandte sich wieder der Tafel zu. Hier konnten Informationen und Bilder flexibel angebracht, umsortiert und wieder nach neuen Aspekten ausgerichtet werden, bis sich mit der Zeit ein Bild mit hoher Plausibilität daraus ergab. Den Stapel Bilder legte sie auf einen Überstand am unteren Rand. Die Arbeit begann: Sie nahm nacheinander ein Foto, vertiefte sich in dieses, entschied, ob es relevant war, und falls ja, wurde es an der Tafel mit einem Magnet geheftet. Falls nein, wurde es zur Seite gelegt. Als keine mehr übrig waren, trat sie einige Schritte zurück, betrachtete das gesamte Werk, neigte ihren Kopf in nachdenklicher Pose, um danach mit der Umverteilung der Bilder zu beginnen. Es war ein Puzzle der Informationen und Eindrücke, das nach und nach entstand. Und so setzte sich ihre Tätigkeit fort, bis sie zufrieden brummte.

Sie rieb sich die geröteten Augen. »Zuerst habe ich alle so angeordnet, dass sie den zeitlichen Verlauf der Tat widerspiegeln. Die Seitenaspekte habe ich zur Seite gelegt. Was mir jetzt noch fehlt, sind die Auswertungen der Hautpartikel und der anderen organischen Teilchen, die nicht zu den Opfern gehören. Die meisten jedoch dürften mit dem Fall nichts zu tun haben. Aber bis heute Abend habe ich hoffentlich die ersten greifbaren Zusammenhänge.« Julia betrachtete die Aufnahmen, die sie bereits angebracht hatte und schüttelte verständnislos den Kopf. »Sie haben sich definitiv nicht gewehrt!«

Ein Klicken ertönte. Sie zuckte zusammen und drehte sich ruckartig um. Horst war gegangen. Der Kaffeebecher war leer.

Julia war gerade zurück auf dem Weg ins Labor, als sie Thomas am Schreibtisch sitzen sah. Er fuchtelte mit einem angenagten Kugelschreiber in der Luft herum.

»Ah, Julia. Du bist doch so klug. Vielleicht kannst du mir helfen?«, rief er ihr zu.

Julia blieb stehen und blickte ihn entrüstet an. Sie verzog missbilligend die Mundwinkel. Voller Eifer saß er über ein Kreuzworträtsel gebeugt.

»Was ist ein Kriechtier mit vier Buchstaben?«, fragte er, ohne aufzusehen.

»Das weiß doch jeder: M A N-N«, buchstabierte sie verärgert und setzte ihren Weg fort.

Das Labor befand sich ein Stockwerk tiefer und verfügte über alle erdenklichen Hilfsmittel, die für die moderne Forensik erforderlich waren. Zwar fehlten noch einige Großapparaturen für spezielle, tiefer gehende Auswertungen, aber sie wollte sich nicht beschweren. Johann bemühte sich redlich, die Ausstattung auf dem neuesten Stand zu halten, trotz seines ständigen Gejammers über gekürzte Mittel.

In einigen Ampullen hatte sie Fremdmaterialien, die sie an den Opfern gefunden hatte, konserviert. Die organischen Teile hatte sie bereits extrahiert und für eine genetische Untersuchung an das „diagnosticum Zentrum für Humangenetik“ gesandt. Um eine Unterscheidung fremder Muster von denen der Opfer zu ermöglichen, hatte sie deren Proben ebenfalls eingereicht, doch die Ergebnisse würden wahrscheinlich erst in einigen Tagen vorliegen.

Die Kleidungsstücke zweier Opfer lagen fein säuberlich nebeneinander auf einer großen Glasplatte. Rundherum befanden sich Kamerasysteme, sodass sie an einem großen Monitor alles bis ins Detail betrachten und, falls erforderlich, auch vergrößern und festhalten konnte. Noch immer suchte sie nach Unterschieden in den Todesumständen oder nach irgendetwas, aus dem sie besondere Informationen ziehen konnte. Aber es schien tatsächlich so, dass alle fünf ihr Leben auf die gleiche Weise verloren hatten, nur dass Leiche Nummer „fünf“ länger leben *durfte*. Die Blutspritzer wiesen den gleichen Verlauf auf. Nichts Auffälliges.

Plötzlich klingelte das Telefon und Julia schreckte hoch. »Weis.« Ihre Stimme klang hart und abweisend.

»Guten Tag, liebe Frau Weis. Hier Fred Heimer vom Labor«, begrüßte er sie mit überfreundlichem Tonfall. »Ich hoffe, ich störe nicht? Gerne kann ich später noch mal anrufen.«

Julia hatte mit ihm schon des Öfteren telefoniert und mochte seine Stimme sehr.

Sie war rau, tief und hatte diesen herb-männlichen Touch, den sie liebte. Jedes Mal, wenn sie ihn hörte, lief ein warmer Schauer über ihren Rücken. Sie wusste zwar nicht, wie er aussah, aber ihre Fantasie fand eingehende Bilder. Mindestens einsneunzig groß, Dreitagebart, eine athletische Figur, schöne, gepflegte Zähne und ein bezauberndes Lächeln, das zum Dahinschmelzen einlud. Irgendwann musste sie ihn sehen und kennenlernen. »Nein, nein, alles in Ordnung. Haben Sie die Proben *schon* untersucht?«

»Was Sie mir senden, hat immer Vorrang.«

Es waren schmeichelhafte Worte, die Julia ein Lächeln ins Gesicht zauberten.

»Ja..« Seine Stimme stockte. »Nur muss Ihnen ein Fehler unterlaufen sein.«

»Fehler? Mir? Wie meinen Sie das?« Unter normalen Umständen hätte sie unüberhörbar ungehalten reagiert, doch bei ihm blieb ihre Stimme zurückhaltend freundlich.

»Sie haben mir eine Probe von Hautpartikeln geschickt. Sicher wollten Sie mich nur testen oder haben sich einen Scherz erlaubt.« Heimer lachte verlegen.

Schweigen.

»Oder?«, hakte er nach.

»Ich muss gestehen, dass ich selten zum Scherzen aufgelegt bin. Könnten Sie auf den Punkt kommen?« Das ging in Julias Augen dann doch zu weit. Selbst Fred Heimer durfte diese Grenze nicht überschreiten, sonst würde auch er ihre andere Seite kennenlernen, die ihm sicherlich nicht gefallen dürfte.

»Die besagte Probe, die Sie an einem der Opfer gefunden haben wollen, stammt von einer *Person …* „

»Und? Was ist daran so lustig?«

»Nun, es ist abgestorbenes Gewebe, zwar fantastisch gut erhalten, aber uralt. Verstehen Sie?«

Julias wurde leichenblass. Wie konnte das passiert sein? War es möglich, dass etwas vertauscht worden war? Verunreinigung? Diese Frage konnte sie sich selbst beantworten: Nein. Sie arbeitete gewissenhaft und penibel. »Hm.« Wie also kam dieser Hautpartikel auf eines der Opfer? Und von wem stammte er? »Sind Sie sich ganz sicher?«

»Absolut sicher! Ich werde die Probe morgen einer Radiokohlenstoffdatierung unterziehen, um das genaue Alter zu datieren. Es ist also tatsächlich kein Scherz?«

»Herr Heimer, ich finde diese Frage despektierlich! Ich mache bei meiner Arbeit keine Späße. Dazu ist diese Sache viel zu ernst.«

»Ich verstehe. Bitte verzeihen Sie mir. Ich wollte Sie nicht ärgern. Ich melde mich morgen Mittag bei Ihnen und halte Sie auf dem Laufenden.«

Nachdem sie sich bei Heimer bedankt und das Gespräch beendet hatte, dachte sie lange über das nach, was sie soeben erfahren hatte. Doch wie sie es auch drehte und wendete, es konnte letztendlich nur eines bedeuten: Der oder die Täter hatten die Spuren absichtlich am Tatort zurückgelassen.

In einem abgedunkelten Beratungsraum, durchflutet von dem leisen Summen der Klimaanlage, saß Alex regungslos am Tisch. Sein Blick ruhte auf den acht Akten, die von finsteren Details und geheimnisvollen Indizien nur so strotzten. Die neuen Erkenntnisse hielten ihn fest im Griff, wie ein gefährliches Schattenwesen, das sich tief in seine Gedanken eingenistet hatte.
Die unheimliche Verwandtschaft zwischen den Fällen war bisher unbemerkt geblieben. Dies lag wohl daran, weil sie zeitlich einfach zu weit auseinanderlagen.

»Reiner Zufall, mein lieber Watson?«, spottete Alex. Er verzog das Gesicht zu einem schiefen Grinsen. Die Chancen, dass diese frappanten Übereinstimmungen das Resultat einer bloßen Zufälligkeit waren, standen etwa gleich hoch wie die Wahrscheinlichkeit, dass er von außerirdischen Einhörnern aus den Tiefen eines Mondkraters gerettet wurde.

Die erdrückende Fülle der Parallelen machte ihm klar, dass er hier etwas ganz Großem auf der Spur war. Angespannt knirschte er mit den Zähnen, während seine grauen Zellen im Überstundenmodus arbeiteten.

»Verdammter Dreck, nur die verflixten Jahreszahlen passen nicht ins Puzzle.« Einige von ihnen lagen zu weit voneinander entfernt. Er zog eine Augenbraue hoch. »Na, das ist ja mal ein Konfetti widersprüchlicher Fakten.«
Nach und nach traten die Mitglieder seines Teams in den Raum. Ein leises Nicken, ein stummes Aufeinandertreffen der Blicke – sie alle hatten sich bemüht, doch es war ihnen anzusehen, dass sie nicht viel zu bieten hatten. Eine Aura von Ungewissheit hing schwer in der Luft. Wie oft er sich doch wünschte, dass der Bösewicht einfach eine Karte mit „Hier bin ich, fang mich“ am Tatort hinterlassen würde.

Doch das Leben war kein billiger Krimiroman mit einer simplen Auflösung. Die Realität war komplexer, grausamer und undurchsichtiger als die gedruckte Fiktion.

»Horst, fang du an.«

Horst rutschte ungemütlich auf seinem Stuhl hin und her und stocherte in seinen Unterlagen, als würde er darin eine brauchbare Information finden. Aber er wusste, dass es diese nicht gab. »Ach, was soll's. Es tut mir leid, aber ich habe nichts Neues. Nur, dass die Angehörigen und Freunde keinen Grund für eine solche Tat sehen und die Opfer ihres Wissens auch keine nennenswerten Feinde hatten. Alibis habe ich überprüft. Die beiden einzigen Zeugen sind unzuverlässig. Einer von ihnen glaubt, gesehen zu haben, dass ein Paar aus dem Restaurant gekommen ist. Tja, was soll ich sagen?« Fragend blickte er Alex mit ernster Miene an.

»Mehr, Horst! Diese paar Informationen kann ich mir sonst wohin stecken, die hatten wir das letzte Mal auch schon. Gib mir was Neues!« Horst nickte und senkte den Blick.

»Julia?« Alex' Stimme hallte gedämpft durch den Raum.

Ein kurzer Moment der Stille folgte, bevor sie sich erhob. Ihr Blick war fokussiert, ihr Ausdruck ernsthaft und bestimmt. »Das, wonach du suchst, kann auch ich nicht mit Sicherheit liefern, aber..« Ihre Schritte führten sie zur Tafel, die sich inzwischen mit einer Flut an Bildern geziert zeigte. »Alle Indizien weisen darauf hin, dass die Opfer eines nach dem anderen in völliger Ruhe ermordet wurden.« Ihre Finger zeigten nacheinander auf die Fotos ihrer blutgetränkten Umgebung. »Keine bahnbrechende Erkenntnis, ich weiß. Aber ich wage zu behaupten, dass es genau zwei Täter waren. Die Analyse legt nahe, dass einer von ihnen eine Frau sein könnte. Hier sind Abdrücke einer kleinen, zierlichen Hand zu sehen – dazu kann Abraham sicher mehr sagen.« Ein respektvolles Nicken in seine Richtung.

»Doch das ist nicht alles.« Julia ließ ihre Worte nachdrücklich auf die Ermittler wirken. »Es braucht eine beachtliche Stärke und einen gnadenlosen Willen, um jemandem das Herz zu entreißen. In meinen Augen war dies kein impulsiver Akt, sondern sorgfältig geplant. Keine blinden Triebtäter also. Zusätzlich müssen die Täter voller Blut gewesen sein.

Im Restaurant haben wir keinerlei Spuren oder Anzeichen gefunden, dass sie sich gereinigt oder die Blutspuren entfernt hätten. Beim Verlassen des Tatorts müssten sie folglich aufgefallen sein. Aber anscheinend war das nicht der Fall. Es gibt kaum Fußabdrucke in den Blutlachen. Die wenigen, die ich dokumentieren konnte, waren klar und kaum verwischt. Das bedeutet, dass weder die Opfer noch die Täter sich hektisch bewegten. Das ist ein Muster, wenn ihr so wollt.«

Als sie innehielt, nutzte Alex die Gelegenheit, sich zurückzulehnen. Seine Stimme klang skeptisch: »Keine verwertbaren Fingerabdrücke? Keine DNA-Spuren?«

Julia presste die Lippen zusammen und hielt stand. »Fingerabdrücke ja, aber sie sind uns unbekannt. Die wenigen Spuren und Partikel, die ich gesichert habe, wurden zur gründlichen Überprüfung geschickt. Eines der Ergebnisse sticht jedoch heraus. Momentan kann ich nicht erklären, um was es sich handelt, aber eine genaue Nachuntersuchung erfolgt. Fragt mich nicht danach, ich hätte eh keine Antworten. Sobald ich mehr Daten erhalte, werde ich euch informieren.« Sie nahm wieder Platz.

Ohne ein Wort zu verlieren, schob Abraham eine Serie von Großaufnahmen in die Mitte des Tisches. Die Bilder waren schockierend und ließen das Grauen der Tat unerbittlich auf die Anwesenden niederregnen. »Ich nehme an, jetzt bin ich an der Reihe«, erklärte er mit einem ruhigen, aber beharrlichen Ton. »Auf jedem dieser Bilder könnt ihr die Wunden der jeweiligen Opfer sehen. Ich habe sie mit Filzschreiber markiert. Der Täter muss sich direkt vor ihnen befunden haben, um mit einer Hand ihren Nacken festzuhalten und mit der anderen das Herz herauszuschneiden.« Mit einer fast schon gespenstischen Präzision demonstrierte er die Handlungen, als stünde er selbst inmitten des Grauens. »Beachtet genau, dass vier der Opfer Abdrücke aufweisen, die von einer großen Hand stammen, während ein Opfer die Spuren einer kleineren Hand zeigt. Dies bestärkt Julias These und lässt die Möglichkeit von zwei Tätern im Raum stehen.«

Abraham hob bedeutungsvoll den Zeigefinger.

»Was die Frage nach Betäubungsmitteln betrifft, konnte ich keinerlei Anzeichen dafür finden, dass die Opfer gefügig gemacht oder in irgendeiner Weise gelähmt wurden. Keine Drogen, keine ungewöhnlichen Substanzen. Lediglich bei zwei der Frauen konnte ich eine geringe Menge Alkohol im Blut nachweisen, aber das war es auch schon. Der Todeszeitpunkt liegt zwischen ein und zwei Uhr in der Nacht.«

»Na fantastisch!«, entfuhr es Alex mit einem zynischen Unterton, während er sich steif aufsetzte. »Also, was haben wir? Fünf Leichen, deren Blut aus ihnen heraussprudelte wie Wasser aus voll aufgedrehten Hähnen. Und das Beste: Mindestens zwei Täter, die mit Blut beschmiert das Lokal verlassen haben, als wären sie gerade vom Kaffeekränzchen gekommen. Nicht die geringste Spur von Motiven, die auf eine derartige Grausamkeit hindeuten könnte. Keine Drogen, keine gewalttätigen Anzeichen, die auf eine Folter deuten würden. Oh, und die Fingerabdrücke? Keine Ahnung, wessen unschuldige Bürgerhände sich da an der blutigen Sache beteiligt haben. Ganz toll.«

Er schnalzte verächtlich mit der Zunge.

»Und dann diese wertlosen Zeugenaussagen, die aber auch gar nicht helfen, als hätten wir nicht schon genug Puzzleteile, die nicht zusammenpassen. Kein Kampf, keine Schreie, nicht mal eine verdammte Silbe. Als hätten die Opfer einfach entschieden, sich freiwillig das Herz aus der Brust reißen zu lassen!« Seine Fäuste ballten sich vor Frustration und er konnte sich den Ausbruch von Wut gerade noch verkneifen. »Ganz zu schweigen von der Tatsache, dass das alles mit Sicherheit ein PR-Albtraum wird. Johann wird mich rösten wie ein Brathähnchen! Und unsere *liebevolle* Bürgermeisterin wird mich persönlich mit Voodoo-Flüchen verfolgen und an den Pranger stellen. Herrlich!«

Die Anspannung in ihm stieg wie eine Flut und er fühlte sich wie ein Schüler vor einer Prüfung, von der er keine Ahnung hatte. Er hasste solche Tage, an denen die Fakten wie ein Haufen widerspenstiger Bruchstücke wirkten, die er verzweifelt zusammenzusetzen versuchte, sie aber partout nicht zueinander passten, als wären sie aus verschiedenen Kisten zusammengeschüttet worden.

Ein feiner Schauer lief ihm über den Rücken, als er spürte, wie der Abgrund unter ihm tiefer wurde.
Mit einem tiefen Atemzug legte Alex seine rechte Hand auf die Brust, als wollte er die Unruhe darin zähmen. »Na gut«, begann er und deutete auf den Stapel Akten vor sich. »Hier haben wir ein paar alte Fälle, die ich im Archiv ausgegraben habe. Klassische Cold Cases, nie gelöst, aber hey, sie haben eine erschreckende Gemeinsamkeit mit unserem aktuellen Fall. Die Täter waren anscheinend alle Herzchirurgen im Nebenberuf.« Ein sarkastisches Lächeln huschte über sein Gesicht, während er fortfuhr. »Und das Beste ist, dass sie den Gesichtsausdruck der Opfer als friedvoll beschreiben. Es ist wie auf einem Kindergeburtstag, nur dass jeder stirbt. Aber egal. Von acht Fällen sind drei besonders interessant.« Seine Augen überflogen die Akten, bis er die erste in die Höhe hob. »Fall Nummer eins: 12. Februar 1984. Die Stadt Charlotte, USA, wurde von einer Mordserie heimgesucht und die Täter wurden nie geschnappt. Damals waren die Ermittler genauso erfolglos wie wir. Kein bisschen Beschreibung, keine heiße Spur. Aber, warum sich auf ein Mordopfer konzentrieren, wenn man gleich mehrere verschiedene Fälle mit ähnlichen Unterschriften haben kann? Insgesamt zwölf Morde, der letzte am 6. März. Dann war plötzlich Funkstille, als ob die Jungs und Mädels nur mal schnell ihren Mörder-Ausweis abgegeben hätten und in Rente gehen wollten. Das ist übrigens der jüngste Fall dieser Art, ihm werden wir uns morgen näher widmen.« Er drückte Horst die Akte in die Hand.

»Weiter geht's mit Fall Nummer zwei: 24. September 1912 in Portsmouth. Für die Unwissenden – ein pittoresker Ort im schönen Süden Englands. Auch hier eine saubere Mordserie, die am 14. Oktober endete. Einfach so. Wieder keine Festnahmen, aber diesmal wird's knifflig, denn die beteiligten Ermittler liegen inzwischen alle unter der Erde. In der Akte tauchte ein zweiseitiger Bericht auf, der mich kitzelt. Der könnte nämlich auf ein Schauspiel in Lyon hinweisen, das über hundert Jahre zuvor stattgefunden hat. Na, da hat einer wohl beim Studium der Geschichte gut aufgepasst.« Sein Gesicht verzog sich zu einem ironischen Grinsen.

»Ein Fall aus dem 18. Jahrhundert? Ist das nicht ein wenig zu lange her?« Abraham lachte kurz auf, wurde aber schnell wieder ernst, als ihn Alex' eisiger Blick aufzuspießen drohte.

»Ja, der Fall ist tatsächlich antik, aber wer weiß, vielleicht haben die Täter sich ihre Inspiration aus alten Geschichtsbüchern geholt. Und selbst wenn wir keine Verbindung finden, könnte uns das historische Gedöns vielleicht erklären, warum unsere Opfer so friedlich abtreten. Also … „ Er wandte sich an Horst. »Du und ich fliegen morgen früh nach Charlotte. 5:20 Uhr am Flughafen. Sei pünktlich. Du, Diggyboy … „, wandte er sich an den Pathologen, » … darfst dich mit Julia um die Nostalgie-Fälle kümmern. Scheint, als würdest du alte Kriminalgeschichten lieben. Findet raus, wie viel Ähnlichkeit sie mit unserem aktuellen Drama haben. Und wenn ihr schon dabei seid, schaut euch mal an, woran damals die Ermittler scheiterten. Vielleicht gab's ja zumindest einen Trottel, der verdächtig wirkte.« Ein verschmitztes Lächeln huschte über seine Lippen.

»Morgen fällt das Treffen aus, weil Horst und ich erst in der Nacht zurückkommen. Also sehen wir uns übermorgen und hoffentlich bringt ihr mehr futterreife Informationen mit.« Er beendete seine Ansprache mit einer entschiedenen Geste. »Und jetzt mehr Dampf! Denkt daran, wir sind die Besten.«

9. Mai 2020

Dunkle Wolken ballten sich am morgendlichen Himmel zusammen. Ein leichter Nieselregen begleitete Horst und Alex, als sie sich am Terminal des Flughafens trafen.

»Guten Morgen, Alex«, begrüßte Horst ihn mit einem müden Gähnen. Seine Augen verrieten eine schlaflose Nacht, aber sein Lächeln war dennoch herzlich.

»Hoffentlich hat deine bessere Hälfte dich gestern Abend nicht zu lange auf Trab gehalten und dich schlafen lassen.« Alex konnte sich ein anzügliches Grinsen nicht verkneifen, während sie über die Gangway zum Flugzeug eilten.

»Ach, weißt du, auf Trab gehalten ist gut. Wir haben uns in eine lange Diskussion verheddert.« Ein leises Stöhnen entwich Horst und er schüttelte den Kopf. »Lil ist leicht angesäuert. Von unserem Ausflug war sie ganz und gar nicht begeistert.« Er wischte die Ermüdung aus seinen Augen.

Alex nickte verständnisvoll. Er kannte diese Art von Auseinandersetzungen nur zu gut. Die Arbeit als Ermittler konnte einem das Privatleben gewaltig durcheinanderwirbeln und es war nicht immer leicht, den Spagat zwischen Pflicht und Liebe zu meistern.

»Lil liebt dich. Sie wird sich wieder beruhigen. Und jetzt auf ins Abenteuer. Vielleicht finden wir etwas über unsere Herzchirurgen.«

Horst lachte leise, während er es sich auf seinem Sitz bequem machte. »Meinst du so etwas wie eine Botschaft in Herzform?«

»So in etwa. Das wäre wirklich eine nette Geste. Wusste gar nicht, dass du so einen makabren Humor besitzt.«

Die beiden Ermittler tauschten amüsierte Blicke aus und für einen kurzen Moment wirkte die Aufgabe, die sie erwartete, ein wenig leichter. Doch ihre Mienen wurde wieder ernst. Beide wussten: Die Zeit lief ihnen davon.

Die Flugzeugkabine bebte und taumelte, als wäre sie eine Marionette an den Fäden eines tollwütigen Puppenspielers. Wetterturbulenzen waren in der Luft und der Himmel schien seine Launen an diesem Tag besonders amüsant zu finden. Die Passagiere klammerten sich an ihre Sitze, während Horst leise Flüche murmelte. »Mist. Charlotte, wir kommen«, scherzte er mit einem kranken Lächeln im Gesicht, während er seine Finger tief in die Armlehnen krallte. »Wäre ja gelacht, wenn wir nicht in einem Stück landen würden.« Doch sein aufgesetzter Humor konnte die Nervosität in seinen Augen nicht verbergen. Inmitten dieses turbulenten Spektakels begab er sich schließlich hin und her schaukelnd auf eine Odyssee zur Toilette.

Ganz anders hingegen Alex, der sich auf seine eigene Weise von der bedrohlichen Situation ablenkte. Er schien in dem Kokon seiner Gedanken gefangen zu sein, in den Tiefen eines Rätsels, das ihn in seinen Bann gezogen hatte. Die Flugzeugbewegungen und das Beben des Metalls um ihn herum schienen für ihn kaum mehr als ein entferntes Kribbeln zu sein. Als er Horst nach dessen Rückkehr sah, mit einer leichten Blässe im Gesicht, konnte er nicht widerstehen: »Ich habe gehört, die Schwerkraft hat sich beschwert, dass du sie schlecht behandelt hast. Du solltest ihr vielleicht eine Entschuldigung zukommen lassen.«

Horst schnaubte und ignorierte den Kommentar, während er sich wieder in seinen Sitz zurück zwängte.

Doch Alex ließ nicht locker. »Du musst zugeben, es ist nicht oft, dass die Elemente so persönlich werden. Sie müssen von dir beeindruckt sein.«

Letztendlich beruhigte sich der Himmel und das Flugzeug glitt in ruhigere Gefilde. Horst tupfte sich mit einer Serviette den Schweiß von der Stirn.

Die Stadt Charlotte mochte auf den ersten Blick glänzend und mächtig erscheinen, wirtschaftlich an der Spitze, aber Alex wusste, dass es auch in deren Schatten dunkle Gestalten gab. Verbrecher, die die Straßen durchstreiften und ihr Unwesen trieben, ohne Rücksicht auf das Leben anderer. Geld und Macht konnten die Finsternis nicht vertreiben. Im Gegenteil, es zog sie an.
Alex hatte noch am Vortag mit den Ermittlern der Polizei in Charlotte telefoniert und gebeten, sie am Flughafen abholen zu lassen. Man war erstaunt gewesen, dass dieser alte Fall noch relevant war. Sie hatten am Telefon nach Ausreden gesucht und nicht verstanden, was Alex von ihnen wollte. Womöglich hatten sie den Eindruck, eine deutsche Dienststelle würde an ihrer *ehrenwerten* Arbeit zweifeln. Alex musste mit Engelszungen auf sie einreden, bis sie nachgaben und einwilligten.
Der damalige Hauptermittler Jeff Jefferson war zwar inzwischen verstorben, wie man Alex am Telefon mitteilte, aber sein Assistent lebte noch und würde sich Zeit nehmen.
Als sie endlich am Charlotte Douglas International Airport ankamen, sah er zwei Polizisten am Ausgang stehen, genau wie verabredet. Doch sein Blick wurde von einem hageren Mann angezogen, der ihnen Gesellschaft leistete. Der Fremde winkte ihnen freundlich zu. Er trug einen Hut und einen langen hellen Trenchcoat. Alex musste schmunzeln, da er ihn an Humphrey Bogart in dem Film *Casablanca* erinnerte. Fehlte nur noch die liebliche Herzdame, die sich von ihm unter dem Dröhnen der Propeller eines Flugzeugs verabschiedete. Tja. Nicht jedes Ende bedeutete ein Happyend.

»Ah, Sie sind sicher Alexander Brandt, oder?«, begrüßte der Mann ihn mit einer rauchigen Stimme, die viel über seinen gesundheitlichen Zustand aussagte.

Hello, Mr. Bogart, dachte Alex, verkniff es sich jedoch, ihn so zu nennen. Stattdessen reichte er ihm die Hand. Es war offensichtlich, dass der Ermittler diese Figur alter Schwarzweißfilme liebte, in denen die Privatdetektive die Verbrecher dieser Welt im Alleingang zur Strecke brachten. Helden, die keiner kannte und die Nacht für Nacht durch die Gassen jagten, eine Zigarette nach der anderen rauchend.

»Mein Name ist Isaac Corn.« Er zwinkerte Alex zu. »Man nenn mich auch Bogart. Ist ein Spitzname.«
Alex musste schmunzeln. »Da wäre ich nie draufgekommen.« Isaac war kein unbeschriebenes Blatt. Alex hatte vor einigen Jahren einen seiner Vorträge über Ritualmorde verfolgt, den man sich online ansehen konnte. Die neuesten Erkenntnisse legten nahe, dass die Motivationen der Täter oft in tief wurzelnden Überzeugungen, psychischen Störungen und dem Verlangen nach Macht und Kontrolle zu finden war. Doch leider war ein eindeutiges Täterprofil nicht präzis festlegbar. Die Psychologie von Tätern, die Ritualmorde begingen, erwies sich als äußerst komplex und variierte von Fall zu Fall. Nur einige wenige gemeinsame Merkmale konnte man ihnen zuordnen: Fanatismus und religiöse Glaubensüberzeugungen, psychische Störungen, soziale Isolation sowie einen Hang zu Okkultismus und Esoterik. Sollte der aktuelle Fall also in dieser Schublade zu finden sein, wäre es zumindest ein kleiner Durchbruch.

»Willkommen in Charlotte, der Stadt mit der höchsten Lebensqualität Amerikas.« In Isaacs Stimme schwang Stolz. »Gerne zeige ich –«

»Herr Corn, wir haben nicht sehr viel Zeit.« *Deine höchste Lebensqualität kannst du dir sonst wohin stecken*, dachte Alex.

»Ah, okay. No problem. Dann lassen Sie uns zum Archiv fahren. Ich habe alle Akten bereitlegen lassen, muss aber gestehen, dass ich mich nur noch bruchstückhaft an die Sache erinnern kann. Aber wir werden sehen.«

Das Archiv von Charlotte, ein düsteres Bollwerk aus vergangenen Zeiten, erhob sich majestätisch am Charlotte-of-Mecklenburg Square. Warum brauchte diese Stadt eine monströse Festung, um all die ungelösten Fälle zu hüten? Alex konnte nicht anders, als zu denken, dass sie wohl das digitale Zeitalter verschlafen hatten – in der hochgelobten Stadt höchster Lebensqualität.
Doch als er den Eingangsbereich betrat, wurde er sofort eines Besseren belehrt. Überall lauerten Kameras und beobachteten misstrauisch jeden Schritt. Ein Wächter, durch dickes Panzerglas geschützt, verlangte ihre Eintrittsgenehmigung.

Erst nachdem alles penibel geprüft worden war, drückte er eine versteckte Taste auf seinem Pult und die massive Stahltür glitt lautlos zur Seite. Der lange Gang vor ihnen war hell beleuchtet und endete vor einer weiteren Stahltür. Erst, als sich die erste Tür hinter ihnen vollkommen geschlossen hatte, öffnete sich wenige Sekunden später das zweite Tor vor ihnen.
Ein weiterer Flur führte in die endlos erscheinende Tiefe des tresorartigen Bauwerks. Tür an Tür reihten sich Archive aneinander wie kostbare Perlen. Bestimmt waren es kleine Kammern, in denen die Ermittler in Ruhe Akten durchwühlen konnten. Als sie weitergingen, schwang plötzlich eine der Türen auf und Isaac geleitete sie in den dahinterliegenden Raum.
Er bedeutete ihnen, an einem kleinen Tisch Platz zu nehmen. »Hier können wir uns die alten Unterlagen ansehen, meine Herren«, verkündete er mit einem Hauch Ehrfurcht. Auch hier, in diesem Raum, glotzten Kameras auf sie herab, als würden sie befürchten, dass einer von ihnen vor Verzweiflung im Morast der Akten sein Ende suchen würde.
Horst staunte. »Gut bewacht. Liegen hier irgendwo Goldbarren?«
Isaac schüttelte den Kopf. »Na ja, Gold ist es nicht gerade, was hier liegt. Aber die Stadt hat eine interessante Geschichte, was Gold betrifft. Wussten Sie das?«
Horsts Blick verriet, dass ihn die Geschichte interessierte.
Isaacs Augen begannen zu leuchten. »Wir hatten bis 1912 die älteste Goldmine Amerikas, meine Herren! Die *Reed Gold Mine*«, hob er in besonderem Tonfall hervor. »Es war kurz vor der Jahrhundertwende im Jahre 1799, als der Junge Conrad Reed einen *siebzehn* Pfund schweren Stein mit nach Hause brachte. Und dieser Stein diente über drei Jahre als Türstopper.« Er lachte laut, nahm seinen Hut ab und legte ihn auf den Tisch. »Können Sie sich das vorstelle? Als Türstopper! Wahnsinn. Es dauerte einige Zeit, bis er erkannte, dass er aus purem Gold bestand. Das war übrigens der erste nachgewiesene Fund dieses Metalls. Da staunen Sie, was?«
Alex neigte den Kopf. »Das ist wirklich interessant, aber wir haben keine Zeit.« Alex deutete auf seine Armbanduhr.

Isaac winkte ab. »Ach, kommen Sie. Ein paar Minuten Geschichte über unsere Stadt werden nicht weh tun.«

Alex rollte die Augen. Doch wenigstens heute wollte er ein netter Mensch sein.

Und so nickte er und ließ Isaac unbeirrt weitererzählen: »Dieser Fund war dann tatsächlich der Auslöser für einen gewaltigen Goldrausch, der jeden packte, wobei man Reichtum und Elend nah beieinander fand. In dieser Region wurden viele Goldadern entdeckt, aber zum Glück wanderte die Gier nach dem schnellen Glück in den Westen ab.«

Er plapperte noch einige Zeit über das Auf und Ab dieser abenteuerlichen Begebenheit der Geschichte, bis Alex ihn – für seine Verhältnisse sanft – auf den Boden des Hier und Jetzt zurückholte. »Mister Corn, es genügt!«

Isaac rümpfte die Nase und reckte sein Kinn nach vorn. »Verzeihen Sie bitte, dass ich so abgeschweift bin«, erklärte er in frostigem Ton.

An der Stirnseite des kahlen Raumes befanden sich eine Reihe von Tastaturen. Kaum hatte Isaac einige von ihnen betätigt, öffnete sich eine rot umrandete Klappe in der Wand und offenbarte eine mit Akten gefüllte Lade.

Isaac griff hinein, entnahm diese und legte sie vor sich auf den Tisch. »Damals kam ich frisch von der Kriminalpolizei in Los Angeles hierher und wurde Jeff, der diese Mordserie bearbeitete, zugeteilt. Ich kann mich noch sehr gut daran erinnern, wie Jeff sich gegen diesen Fall gesträubt hatte. Wir hatten kaum Indizien, jeder meckerte an uns herum und der Druck der Medien begann uns zu zermalmen. Wir fanden so gut wie nichts heraus, und irgendwann riss die Mordserie wie bei dem Zodiak-Killer einfach ab. Dieser Fall bot uns keine brauchbaren Hinweise, und neue gab es nicht mehr. Ich kann kaum beschreiben, wie wir uns fühlten.« Er pustete laut aus. »Irgendwann wurde die Akte dann geschlossen. Cold case. Noch viele Jahre danach habe ich vergeblich die neuen Mordfälle auf Ähnlichkeiten im System durchforstet, aber nichts mehr gefunden.« Er bedachte Alex mit einem neugierigen Blick. »Umso mehr interessiert mich natürlich der Fall, den Sie gerade bearbeiten.«

Alex nickte zufrieden. Endlich kamen sie einen Schritt weiter. »Hier die Kurzfassung: Wir haben es nicht mit einer Serie von Morden, sondern mit einem einzigen Fall zu tun, bei dem fünf Personen getötet wurden. Zumindest bisher. Keine Zeugen, kaum Hinweise und ein richtiges Blutbad, bei dem man nasse Füße bekommen kann. Alle Opfer hatten einen friedlichen, geradezu sehnsüchtigen Blick, als hätten sie sich freiwillig geopfert. Drogen – Fehlanzeige. Ich habe recherchiert, ob es ähnliche Fälle gab, und wupps, hier sitze ich.«

»That's interesting!« Isaacs Blick wurde ernst, während er eine der verschnürten Dokumenthüllen öffnete und ihr einen Stapel Fotos entnahm. »Dieser Fall war damals sehr mysteriös. Wir konnten diesem insgesamt zwölf Morde zuordnen, wobei der letzte der interessanteste war – am helllichten Tag, mitten in einem Museum! Wow.« Isaac berichtete in einem schleppenden Plauderton. Nachdenklich schaute er sich Bild für Bild an, bevor er sie Alex hinschob. »Es war eine junge Kunststudentin, die in dem Museum ihre Dissertation komplettieren wollte. Bildhübsches Ding. Eine Schande.« Er seufzte laut.

»Was war das Besondere an diesem Fall?«, wollte Alex wissen. Isaac schaute mit entrücktem Blick zu Alex auf. Es lag ein Funken Unsicherheit in seinen dunkelbraunen Augen. Alex verstand sofort: Es war dieser Ausdruck von Selbstzweifel, der in einem schlummerte, wenn man nicht so recht wusste, wo man stand. Isaacs Stimme vibrierte, als er die verstörende Szene im Museum schilderte. »Ein ganz gewöhnlicher Tag, in einem Museum. Zweiundsiebzig Besucher, alle fein säuberlich registriert, als wäre das Museum eine Hochsicherheitseinrichtung. Keine Chance für versehentlich Eingeschlossene oder Schlafende. Doch dann, um 12:30 Uhr, durchdrangen schrille Alarmglocken die Stille und alle Ausgänge wurden eisern verschlossen. Eine Vorsichtsmaßnahme, um kostbare Exponate vor gierigen Dieben zu schützen. Aber was sie stattdessen vorfanden, war schrecklich und traurig zugleich. In einem Raum befand sich die leblose Hülle einer jungen Studentin, nackt auf einer Bank in der Ecke des Saals sitzend. Hätte sie gewollt, sie hätte wegrennen oder wenigstens schreien können.«

Isaac nahm wieder seinen Hut, legte ihn sich auf den Schoß und fuhr sanft über das weiche Material der Krempe. »Doch das war nicht das Schlimmste. Oh nein, bei Weitem nicht.« Isaac biss sich auf die Lippen. »Jemand hatte ihre Halsschlagader durchgeschnitten. Das Blut war überall, ein verdammter Albtraum. Und doch hatte niemand etwas mitbekommen. Keine Knebel, keine Drogen – als ob der Mörder wollte, dass sie all das Grauen um sie herum wahrnimmt.« Seine Worte hingen in der Luft wie ein schweres Gewicht.
Alex saugte jedes Wort auf. Er verstand das Entsetzen, das die damaligen Zeugen erfasst, das Unverständnis, das jeder haben musste, der sich fragte, warum die junge Studentin dies ohne Gegenwehr ertragen hatte.

»Ihre Augen waren geöffnet … „, fuhr Isaac fort, » … und als ich mich in sie vertiefte, schoss ein Gedanke in meinen Kopf: Erlösung. Eine kluge Studentin in der Blüte ihrer Jugend lässt sich von jemandem töten, ohne zu schreien. Sie muss gewusst haben, dass sie sterben würde. Doch ihr Blick drückte weder Grauen noch Angst um das eigene Leben aus, sondern Erlösung und Frieden.« Er schüttelte den Kopf. »Ich habe so oft darüber nachgedacht, und obwohl ich schon viele seltsame Dinge gesehen habe, war das der außergewöhnlichste Fall. Trotz intensiver Verhöre und Recherchen im Umfeld der Opfer, fanden wir keinerlei Hinweise auf mögliche Motive, geschweige denn den Täter.«
Alex konnte sehr gut nachempfinden, was in ihm vorgegangen sein musste. Als er das Foto der Studentin in der Hand hielt, gab er Isaac insgeheim recht. Sie war wirklich eine Schönheit gewesen. Wer konnte einem Menschen so etwas antun? War es ein sexuelles Motiv gewesen? War es ein Irrer? »Sie hatten also keine Hinweise auf die Täter. Waren sie vielleicht unter den Besuchern des Museums? Es muss doch jede Menge Blut geflossen sein.«

»Alle Besucher wurden fotografiert und verhört. Keiner von ihnen durfte vorher die Räumlichkeiten verlassen. Auch die Angestellten wurden vernommen, aber es gab keinerlei Hinweise. Der oder die Täter hatten das Museum entweder bereits verlassen, oder aber sie hatten eine gute Tarnung.«

Isaac zog eine dünne Mappe aus dem Stapel und reichte sie Alex. »Hier sind die Fotos aller Personen, die sich zur Tatzeit im Museum befanden. Die Protokolle der Verhöre finden Sie hinter den Bildern.«

Alex überflog flüchtig die Protokolle und betrachtete die entsprechenden Aufnahmen. War er mit einer Person fertig, reichte er sie an Horst weiter.

Auf einmal stutzte er, nahm noch einmal alle Bilder an sich und zählte sie durch. »Seltsam, es sind nur neunundsechzig Besucher abgebildet. Die restlichen sechs Fotos zeigen Angestellte, zumindest steht es so in den Protokollen. Ein Besucher war das Opfer selbst, also fehlen noch zwei Besucher. Richtig?«

Isaac zuckte die Schultern und nahm die Hülle zur Hand, in der sich die Bilder befunden hatten, aber sie war tatsächlich leer. Dann ließ er sich Bilder und Berichte geben und ordnete die Fotos den jeweiligen Berichten zu. »Tatsächlich! Es fehlen zwei Berichte und die dazugehörigen Aufnahmen. Das verstehe ich nicht.« Erstaunt blickte er Alex und Horst an. »Ich bin mir sicher, dass damals alle einundsiebzig Besucher in den Räumlichkeiten festgehalten werden konnten. Und ich glaube nicht, dass mir mein Gedächtnis einen Streich spielt.«

»Ah, wie erbaulich! Dann dürfen wir uns also noch auf elf weitere Fälle gefasst machen. Ich wage zu prophezeien, dass diese Akten ebenso durchlöchert sind wie der edelste Gruyère!« Für Alex war jegliche Form der Unachtsamkeit ein Todesurteil, insbesondere wenn es das Schicksal unschuldiger Menschen betraf.

Doch unsere Methoden sind verfeinert, präziser«, sagte sie, eine Ecke ihres Mundes hob sich in einem selbstsicheren Lächeln. Sie nahm wieder Platz. »Während meiner morgendlichen Lektüre stieß ich auf Portsmouth, ein Ort voller militärischer Macht und Geschichte. Interessanterweise liegt er in einer Linie mit Städten wie Plymouth und Southampton.« Ein geheimnisvolles Lächeln umspielte ihre Lippen. »Aber eine Stadt wird sicherlich dein Interesse wecken, besonders wenn wir das Jahr unseres Falles betrachten.«

Abraham, die Augen eng zusammengekniffen, wartete atemlos.

»Die Stadt … Daaadaaa! Southampton, mein Lieber. Trommelwirbel.«

Abraham stockte der Atem. Das war also die Überraschung.

»Gott, bin ich blöd. Warum ist das nicht *mir* aufgefallen? Du meinst … ?«

Mit hastigen Bewegungen blätterte er durch das nächste Protokoll, seine Augen hektisch über die Zeilen fliegend. Julia hingegen widmete sich den alten Fotografien, die sie in ihren Händen hielt. Die Bilder waren teilweise bereits stark vergilbt.

Das Rascheln von Papier erfüllte den Raum, während sie sich tief in die Vergangenheit begaben. Es war eine unheimliche Erfahrung, sich vorzustellen, dass die Menschen auf diesen Fotos einst gelebt hatten – mit Träumen, Ängsten und Hoffnungen, die sie genauso empfanden, wie sie selbst es heute taten. Doch jetzt waren sie alle tot, viel zu früh aus dem Leben gerissen.

Julia betrachtete die Gesichter auf den Fotografien und fragte sich, was sie wohl damals gedacht hatten? Was war ihre Geschichte? Was trieb sie an?

»Das kann doch nicht sein!«, schnaubte Abraham auf einmal verblüfft.

Julia lehnte sich gespannt vor, ihre Augen funkelten vor Neugier. »Eine Verbindung zur Titanic!«, antwortete sie, während sie Abraham aufmerksam beobachtete.

Sein Gesichtsausdruck verriet den Eifer eines Wissenschaftlers, der auf eine bahnbrechende Entdeckung gestoßen war. Abraham nickte begeistert, obwohl seine Miene ernst blieb. »Ja, es ist erstaunlich. Schau mal hier.«

Die Uhr zeigte genau 12:00 Uhr mittags, als Julia und Abraham sich im Besprechungszimmer trafen. Fahles Licht drang durch die halb geschlossenen Jalousien und tauchte den Raum in eine eleusinische Atmosphäre.

Abraham trug einen dicken Stapel Akten unter dem Arm und ließ ihn auf den Tisch plumpsen. Der Stapel kippte und die einzelnen Mappen verteilten sich wie herabfallende Blätter im Herbst. Sein Gesichtsausdruck verriet, dass er nicht viel von der Angelegenheit hielt. Die Ecken der Papiere waren leicht abgenutzt. Ein Zeichen dafür, dass sie bereits durch viele Händen gewandert sein mussten. »Morde aus dem Jahr 1912?« Abraham schüttelte den Kopf und kniff die Augen zusammen, während er über den Tisch zu Julia blickte. »Glaubt Alex ernsthaft, wir könnten in diesem Mist irgendwas Brauchbares finden? Selbst wenn der Täter von damals jetzt zuschlagen würde, müsste er doch im Rollstuhl oder zumindest mit einem Krückstock hier herumgeistern. Wie viele Über-Hundertjährige kennst du, die noch fit genug für einen Mord sind?« Er machte eine kurze Pause. »Und wer um alles in der Welt würde ein hundertjähriges Mordmotiv als Vorlage nehmen? Hab da mal kurz reingeschaut. Nichts weiter als ein Sammelsurium an verstaubten Hinweisen und Halbwahrheiten.«

Julia strich eine Strähne ihres akkurat frisierten Haares zurück. »Ach Dig, reg dich ab. Wenn Alex will, dass wir uns den alten Kram ansehen, werden wir das eben tun. Letztendlich müssen wir nach jedem Strohhalm greifen. Sollte tatsächlich jemand diese Geschichten nachahmen wollen, bekommen wir dadurch womöglich wertvolle Hinweise. Falls nicht, verlieren wir eine halbe Stunde. Das verkraften wir schon.« Julia zwinkerte ihm zu. »Übrigens, ich habe eine kleine Überraschung für dich!«

Abraham hob neugierig den Kopf, doch Julia winkte ab. »Später. Du zuerst.«
Abraham lehnte sich zurück, seine Augen fixierten Julia, während er ihr die vergilbten Blätter reichte. »Es waren zwei Morde in Portsmouth, der erste geschah am 24. März 1912.« Seine Stimme war tief und ruhig.
Julia nahm das vergilbte Papier in die Hand und lauschte gespannt, als er den Zeitungsartikel von 1912 vorlas:

»*Blutbad im Park*

Ein unschuldiges Kinderspiel endete im Alptraum! Im malerischen Middle Park stolperten ahnungslose Kinder über den grässlichen Anblick eines älteren Paares (67 und 64 Jahre) – nicht einfach entspannt auf einer Parkbank sitzend, sondern in einem schauerlichen Todestableau.

Der diensthabende Officer beschrieb den Anblick als äußerst brutal und grausam, da beiden Opfern die Hauptschlagadern aufgeschlitzt und die Herzen herausgeschnitten worden waren. Doch ist es wirklich ein Raubmord? Die Vermutungen gehen wild umher und das wahre Motiv bleibt ein düsteres Geheimnis! Werden wir jemals die Wahrheit erfahren?

Bis jetzt bleibt die Identität der beiden Opfer ein gut gehütetes Geheimnis – die Polizei? Wie lange müssen wir noch auf kompetente Ermittlungen warten? Es scheint, als ob die Polizei mehr Fragen aufwirft, als sie Antworten gibt. Ein weiterer Beweis für das ständige Versagen der Ordnungshüter! Die Bevölkerung verlangt Antworten!«

Die morbide Beschreibung ließ Julias Augenbrauen in die Höhe schnellen.

»Eine äußerst brutale Tat«, fügte Abraham hinzu und musste fast schmunzeln, als er ihre Reaktion bemerkte. »Ja, sie hatten schon damals ihren Spaß damit, die Polizei zu kritisieren. Aber glaube mir, sie werden auch auf uns herumhacken.«

»Weiter steht hier, es müsse davon ausgegangen werden, dass der Tod durch Fremdeinwirken eintrat.« Abraham schüttelte den Kopf. »Wie sollten sie sich auch selbst ein Herz rausoperieren! Witzig, witzig.

Na ja, egal. Sie fanden weder ein Messer noch sonst irgen
womit diese Verletzungen herbeigeführt worden sein kön
Sie schreiben: *Die Opfer blickten friedlich in die Ferne. Sie*
von Kindern entdeckt, die in der Nähe spielten, und deren
die Blutlache unter die Sitzbank gerollt war. Ein seltsames
mentreffen, nicht wahr?« Ein Hauch von Sarkasmus lag
Stimme.
»Der leitende Ermittler schrieb am 3. April:
Es ist ein seltsames Zusammentreffen mehrerer Morde
denen die Opfer friedvoll vor sich hinschauten. Jetzt hab
Leichen mit entfernten Herzen und diesem seltsam verkl
Dennoch stehen wir am Anfang. Die Opfer haben nichts
sam, keine Verbindungen untereinander und wir haben
einzigen Zeugen.
Merkst du was? Drei Tote mit entfernten Herzen und
sam verklärten Blick. Es ist fast so, als ob der Mörder
Art Trance zurückgelassen hat.«
Julia runzelte die Stirn, ihre eisblauen Augen flacker
dämpften Raumlicht. »Die Mörder könnten durcha
haben, uns etwas zu sagen. Eine Botschaft, verpackt
teske Show.«
Abraham nickte langsam. »Mag sein. Diese Bastard
seltsames Flair für Dramatik«, grunzte er, die Grob
Stimme wurde jedoch durch einen Hauch von Mit
dert.
Die deutliche Parallele zwischen den Morden ließ
Eine erdrückende Angst legte sich um ihren Hals,
unsichtbar, dass sie fast meinte, sie würde ersticke
so beherrschte Aura geriet ins Wanken. Sie erhob
entschlossenen Bewegung und schritt zum Fenst
Lamellen der Jalousie nach oben schnellen und
das grelle Tageslicht den Raum, als wollte es die
Taten vertreiben. Sie öffnete das Fenster weit, hu
Hauch von Freiheit in dieser erdrückenden Atm
kühle Wind ihre Haut berührte, fühlte sie, wie
Gefühl in ihrer Brust nachließ. »Die damaligen
genauso vor einem Rätsel wie wir.

Er deutete auf das Dokument vor sich und begann zu lesen:

14. April 1912, 14.20 Uhr
Die Identität des Rentnerpaares konnte ermittelt werden. Es handelt sich um Herrn George Green und seine Gattin Emily Green, geborene Smith, beide wohnhaft in London, Pinnes Street 37. Sie hatten Karten für die Überfahrt nach New York gekauft. Ihre Namen befinden sich auf der Passagierliste der Titanic. Wie uns die Hafengesellschaft mitteilte, hatte das besagte Paar für die Überfahrt eingecheckt. Wer also ist in deren Namen auf dem Schiff nach New York unterwegs? Wir werden auf der Titanic nachfragen, wer sich dort unrechtmäßig für die Opfer ausgibt, und müssen davon ausgehen, dass es sich dabei um die Täter handeln könnte.«

Abraham sog scharf die Luft ein, als die Parallele zwischen den beiden Ereignissen offensichtlich wurde. »Was sagt man dazu? Verdammt, dieser Luxusdampfer und sein Schicksal hat es mir schon immer angetan. Der Zusammenhang mit den Opfern ist offensichtlich. Das kann kein bloßer Zufall sein. 110 Jahre sind seit der Tragödie der Titanic vergangen. Es muss eine Verbindung geben.«
Julia nickte nachdenklich. »Genau das denke ich auch.«

Abraham saß gespannt im abgedunkelten Besprechungszimmer. Vor ihm lag eine dampfende Pizza, die er sich vom Italiener um die Ecke hatte kommen lassen. Eine Dose Cola aus dem Getränkeautomaten im Flur stand daneben. Insgesamt kein fürstliches Mahl, aber gut genug, um satt und zufrieden zu werden.

Die Geschichte des verhängnisvollen Schicksals der Titanic, jenes tragischen Dampfers, der einst als „unsinkbares Weltwunder" gefeiert wurde, hatte ihn schon als kleinen Jungen fasziniert. Julia hatte sich derweil bereit erklärt, die mysteriösen Morde in Lyon zu untersuchen. Der Fall wurde auf einen Schlag interessant und er freute sich, seiner kindlichen Neugier und Abenteuerlust nachzugehen.

In mühevoller Recherche hatte er bereits zahlreiche Berichte über das Schiffsunglück studiert, über neueste Erkenntnisse und die vielen verwirrenden Irrtümer, die dieses Ereignis umrankten. Die Titanic, einst stolzes Werk der Reederei „White Star Line", war mit dem Siegel der Unverwundbarkeit versehen worden. Doch der Hochmut der Menschheit, die Überzeugung, die Natur bezwingen zu können, wurde brutal und gnadenlos von einem Eisberg in jener schicksalhaften Nacht des 14. April 1912 zerschmettert. Abrahams Vision des Untergangs war erschreckend: Das riesige Schiff, majestätisch und erhaben, doch mitsamt seinen ahnungslosen Passagieren dem Untergang geweiht. Das Aufeinandertreffen mit dem Eisklumpen war ein Moment der Tragödie, ein Kollisionskurs mit dem Schicksal. Das Unglück nahm seinen Lauf und die Titanic ging in nur zwei Stunden und vierzig Minuten unter, als hätte die Hölle persönlich sie verschluckt. Das bedrohliche Quietschen des Metalls, das Panikgeschrei der Passagiere, das langsame Versinken in die eiskalten Fluten – all das zog Abraham in seinen Bann.

Die verzweifelten Versuche der Passagiere, in dieser dunklen Nacht zu überleben, ließen ihn erschaudern. Das Schicksal der über zweitausendzweihundert Menschen an Bord, von denen über eintausendfünfhundert den frostigen Ertrinkungstod fanden, rührte ihn bis ins Mark.
Mit jedem Bissen von seiner Pizza und jedem Schluck von der eiskalten Cola spürte Abraham, wie die Spannung in ihm wuchs, während er die Unterlagen las. Er hatte ständig mit dem Tod zu tun und eigentlich müsste dieser sein bester und vertrautester Freund sein, aber die Tragik dieses Mythos war etwas ganz Besonderes.
Abrahams Gedanken rasten wie wild gewordene Pferde. Was, wenn die mörderischen Schurken, die das Ehepaar kaltblütig ermordet hatten, unerkannt auf der Titanic nach New York gereist waren? Mit den gestohlenen Fahrscheinen ihrer unschuldigen Opfer? Die Vorstellung ließ ihm das Blut in den Adern gefrieren. Hatten sie das Inferno des Schiffsuntergangs überlebt und in der brodelnden Metropole New York eine neue Identität angenommen? Oder waren sie zusammen mit zahllosen anderen Seelen an Bord der Titanic in den eisigen Fluten des Atlantiks versunken? Schon fast ein ganzes Jahrhundert war seit dem tragischen Untergang des stolzen Ozeanriesen vergangen. Die Idee, dass die schattenhaften Täter ihre mörderischen Machenschaften womöglich fortgesetzt hatten, klang zwar spannend, aber auch abwegig. Dennoch … Abraham spürte, dass irgendetwas an dieser Geschichte dran sein könnte.
In Gedanken versunken, versetzte er sich zurück an jenen schicksalhaften Tag, als der damalige Ermittler mit der Besatzung der Titanic Kontakt aufgenommen hatte. Aber konnte man damals wirklich erwarten, dass die Crew sofort Jagd auf Betrüger machte? Das riesige Schiff, voller Menschen, wirkte wie ein gigantischer Irrgarten aus Gängen und Treppen, ein idealer Ort für Verbrecher, um unterzutauchen.
In der Akte war keine Rückmeldung der Titanic auf die Anfrage des Ermittlers vermerkt.

Die Daten waren zwar an die New Yorker Kriminalpolizei übermittelt worden, aber es gab auch von dort keine Hinweise auf ein Überleben der Täter, falls sie überhaupt auf dem Schiff gewesen waren. Doch selbst wenn sie mitgefahren waren und sich in eines der Rettungsboote in Sicherheit hatten bringen können, konnte es kaum überraschen, dass sie nicht aufflogen, bedachte man die erschütternden Umstände, unter denen die Überlebenden New York erreichten. Ohne Personalien, in den Tresoren des gesunkenen Schiffs verloren, waren sie wie namenlose Schatten in der Menge. Die perfekte Gelegenheit für die Täter, in diesem Meer des Unglücks zu verschwinden, unsichtbar und unbemerkt. Niemand hätte sie aufgehalten, niemand hätte sie zur Verantwortung gezogen.

Als Abraham die Akte wieder schloss, blieb ein fader Geschmack von der hastig verschlungenen Pizza in seinem Mund zurück. Er schlug sich mit der Faust leicht auf die Brust und rülpste.

»Wahnsinn!« Es war eine Geschichte vergangener Tage, in der zwei Mörder ihr tödliches Spiel trieben und womöglich auf dem legendärsten Schiff der Welt entkamen.

Julia konnte ihr Glück kaum fassen, als sie die Schlüssel zu dieser schicken, kleinen und bezahlbaren Wohnung in der Nähe des Holzhausenparks in den Händen hielt. Durch das Fenster bot sich ihr zwar kein idyllischer Ausblick auf saftige Wiesen oder majestätische Bäume, doch die Stadt mit ihren schillernden Lichtern, ihrer ansteckenden Hektik und den prickelnden Treffpunkten, von denen nur Insider wussten, hatte ihren ganz eigenen Reiz. Man gewöhnte sich schnell daran, und wenn Julia nach einem anstrengenden Tag durch die geschichtsträchtigen Mauern des ehemaligen Patrizieranwesens streifte, atmete sie tief ein, um frische Luft zu tanken und den Alltag hinter sich zu lassen.

Obwohl sie die Natur liebte, zog es sie immer wieder in diese pulsierende Großstadt. Hier konnte sie einfach sie selbst sein, ohne sich rechtfertigen zu müssen. Keiner erkundigte sich nach ihrem Beziehungsstatus oder trieb sie mit ungeduldigen Fragen zu einem möglichen Kinderwunsch in die Enge. Julia schätzte diese Anonymität, denn ihre Erfahrungen mit Männern waren alles andere als rosig. Wenn man sie danach gefragt hätte, wären die Worte „egoistische Schweine" wohl noch die freundlichsten Beschreibungen gewesen.

In ihrer letzten Beziehung, die fast zwei Jahre lang andauerte, hatte sie sich sicher gefühlt – als wäre sie auf der Zielgeraden angekommen. Julia träumte von einer baldigen Hochzeit und hatte sich sogar mit dem Gedanken an Kinder angefreundet. Für sie waren Kinder bislang eine nervige Vorstellung gewesen: laut, fordernd und chaotisch. Doch bei Jens hatte sich etwas verändert. Er hatte ihr Herz im Sturm erobert, schwor, immer an ihrer Seite zu bleiben. Aber sie hätte wissen müssen, dass man den Versprechungen eines Mannes nicht blind vertrauen durfte.

In ihren Augen konnten diese unsteten Geschöpfe höchstens eine Verabredung unter ihresgleichen einhalten, um gemeinsam ein Sportereignis zu besuchen.

»Widerlicher Idiot!«, fluchte sie wütend, als sie sich daran erinnerte, wie sie Jens im Keller auf frischer Tat ertappt hatte, als er es der Nachbarin Christine auf der Werkbank besorgte. Die ungezügelten Lustschreie drangen ihr schon am Eingang entgegen, ein verzehrender Klang, der nach *mehr* verlangte. Schockiert blieb sie über fünf endlos lange Minuten im Hauseingang stehen, bis die Hoffnung auf eine glückliche Zukunft aus ihr wich. Fünf Minuten Qual, die sie gefangen hielten.

Schließlich brach sie aus ihrer Starre aus und ging in den Keller, um mit ihren eigenen Augen zu sehen, was ihre Ohren ihr bereits offenbart hatten. Kein Schleichen war nötig, denn die Lustschreie waren so durchdringend und laut, dass sie das ganze Haus erfüllten. Als sie schließlich in der Kellertür stand und Christine mit heruntergelassener Jeans auf der Werkbank sah, während Jens sie mit seinem Werkzeug bearbeitete, starb jegliche Zuneigung zu diesem Mann in ihr – und mit ihr auch das Glück.

Sicherlich hätte sie stehen bleiben und Jens zur Rede stellen können, doch sie verschonte sich diese zusätzliche Demütigung und verließ stattdessen still und heimlich das Haus. Eine Mischung aus Wut, Schmerz und Enttäuschung erfüllte sie, während sie zu ihrem Wagen durch den liebevoll gestalteten Garten stapfte, den Blick starr nach vorne gerichtet.

Julia wusste, dass sie Jens niemals verzeihen konnte. Die Erinnerung an dieses Bild des Betrugs würde für immer in ihrem Herzen brennen und sie schwor sich, nie wieder einem Mann blindlings zu vertrauen. Denn in dieser Nacht hatte sie nicht nur die Liebe verloren, sondern auch ein Stück von sich selbst. Ein bitterer Geschmack blieb zurück und sie spürte den Verrat von Jens noch immer in jeder Faser ihres Seins.

Damals kroch eine teuflische Idee in ihre Gedanken. Mit einem Anruf erreichte sie Christines Ehemann, der nur ein paar Straßen weiter in einer Autowerkstatt arbeitete. Die verhängnisvolle Botschaft war wie ein Funke, der ein unkontrollierbares Feuer entfachte.

Schließlich lehnte Julia sich entschlossen in ihrem Wagen zurück und wartete. Der Motor des Autos des wütenden Ehemanns heulte auf und quietschte, als er vor ihrem Haus abrupt zum Stehen kam. Sie beobachtete ihn aus dem Fenster, sah den brodelnden Zorn in seinem Blick, während er aus dem Wagen sprang und einem wütenden Bullen gleich ins Haus stürmte. Die Eingangstür hatte sie weit offen gelassen, einladend wie das Maul eines gefräßigen Monsters. Es war eine kaltblütige Genugtuung gewesen, eine Art Rache für die hoffnungsvolle Zukunft, die Jens ihr gestohlen hatte. Das Tosen des Ehemanns war ein Echo ihrer eigenen gebrochenen Seele.

Dann, ohne Zögern, startete Julia ihren Wagen und fuhr davon. Sie hinterließ, was sie hatte, all ihre Habseligkeiten, sogar ihre geliebten Bücher. Jens' verzweifelte Anrufe ignorierte sie, denn seine leeren Entschuldigungen drangen ohnehin nicht mehr zu ihr durch.

Sie lebte nun allein mit ihrem Kater. Er gehörte zwar auch zur Gattung „männlich und dumm" und nutzte jede Gelegenheit, um über Nachbars Katze herzufallen, aber das gönnte sie ihm. Als sie ihre Wohnung betrat, schlich Jessebell sofort zu ihr und strich liebevoll, aber auch fordernd um ihre Beine. Dann lief er zielstrebig in Richtung Küche, miauend und wartete auf sein Futter. Julia wusste genau, dass Jessebell jetzt keine Streicheleinheiten wollte – sein einziger Wunsch war es, zu fressen!

Nachdem sie ihren Kater versorgt hatte, machte sie es sich auf dem Sofa gemütlich und streckte ihre müden Beine aus. Neben sich legte sie die Akte mit der Aufschrift „Lyon" auf den Wohnzimmertisch. Es fühlte sich gut an, allein zu sein und sich den Menschen in ihrer Umgebung entziehen zu können.

Es war nicht so, dass sie nicht gerne Zeit mit anderen verbrachte oder mit ihnen unterwegs Spaß hatte, aber sie genoss auch die Ruhe mit einem Buch in der Hand. Diese Einstellung erschwerte es, Freundschaften zu knüpfen und noch mehr, sie zu pflegen und aufrechtzuerhalten.

Angie hatte sie einmal als MOF bezeichnet – Mensch ohne Freunde – als sie die Einladung zu einem kleinen Umtrunk in ihrer Wohnung abgelehnt hatte.

Julia hatte es vorgezogen, besser gar keine Freunde zu haben, als Angies überhebliche Dummheit ertragen zu müssen. Wie diese es schaffte, sich eine Vierzimmerwohnung in Westend Süd leisten zu können, blieb für alle in der Abteilung ein offenes Geheimnis. Womöglich steckte Thomas dahinter, den in der Abteilung niemand leiden konnte. Julia wollte sich lieber nicht vorstellen, wie Angie für Thomas die Beine breit machte. Natürlich war es eine Überlegung wert, wer von beiden sich mehr überwinden musste, andererseits jedoch passten sie zusammen wie zwei schleimige Nacktschnecken. Gleiches zog nun einmal Gleiches an – das war ein Naturgesetz.
Seit Julia mit Alex zusammenarbeitete, hatte sie viel gelernt. In den Augen anderer mochte er gefühlskalt sein, aber sie bewunderte, wie er kriminalistische Fälle löste. Er arbeitete mit Instinkt und Intellekt. Alex war in seiner Direktheit abschreckend ehrlich und undiplomatisch, aber tief in seinem Inneren steckte ein verletzter Junge, der unfähig schien, Liebe zu empfinden. Wie gut sie das verstand!
Sie selbst ging die Dinge eher intuitiv an und vertraute ihrem Bauchgefühl. Es waren diese feinen Antennen, die wie Sensoren Details, Stimmungen und verborgene Zustände aufnahmen. Manchmal wurde ihr das erst in ruhigen Momenten bewusst, wenn sich vage Erkenntnisse langsam in ihr Bewusstsein bohrten. Julia kannte ihr Talent und vermutete, dass auch Alex es erkannt hatte, denn bei kniffligen Angelegenheiten zog er sie gerne hinzu. Ihre Gedanken schweiften noch ein wenig umher, bis sie sich entschlossen aufrappelte und die Akte zur Hand nahm. Es waren nur wenige Seiten, was ihr ermöglichte, sich später am Abend ihrem Roman zu widmen. Ein Roman über Liebe, Hoffnung und Glück – alles, was den meisten Menschen verlorengegangen und unerreichbar schien.
Der damalige Ermittler hatte akribisch nach ähnlichen Fällen in der Historie geforscht – eine Aufgabe, die Julia sich heute ebenso zu eigen machte. Die Unterlagen enthielten zwei handschriftliche Vermerke, festgehaltene Gedanken und ein amtliches Dokument über den Verbleib einer historischen Niederschrift.

Die Notizen waren zum Glück gut lesbar, da der damalige Verfasser sich sichtlich Mühe gegeben hatte, ordentlich zu schreiben. Julia wusste aus ihren Erfahrungen mit Graphologie, dass viel über den Charakter eines Menschen aus dessen Handschrift herausgelesen werden konnte. Selbst wenn die Aussagen nur vage Schlüsse über eine Person zuließen, konnte ein geübter Betrachter einiges erfahren.

Sie nahm einen Zettel zur Hand und las die Jahreszahl 1912. Welche Gedanken mochten den Ermittler damals bewegt haben, als er glaubte, dass die Täter auf der Titanic geflohen waren? Und welche Gefühle hatte er wohl empfunden, als dieses Wunder der Welt unterging – und mit ihm womöglich die einzigen Verdächtigen? Einige Eintragungen waren kaum verständlich, da der Kontext fehlte. Aber an einem kurzen Abschnitt blieb sie hängen:

11. April 1912

Wieder verhörten wir einen Verdächtigen, obwohl ich weiß, dass er mit der Sache nichts zu tun hat. Mein Kollege muss einen Täter liefern, egal wie und egal wen.

Gestern bin ich auf eine Akte gestoßen, in der auf eine Mordserie im Jahre 1792 in Lyon verwiesen wird. Es war das Jahr der Französischen Revolution, in dem die Köpfe reihenweise vom Rumpf unschuldiger Menschen getrennt wurden. Ich werde mir diese Akte besorgen müssen, da ihr Titel „Friedvolle Augen" genau das beschreibt, was wir hier vorgefunden haben. Außerdem wurde den damaligen Opfern, wie in unserem Fall auch, die Herzen herausgetrennt.

Damit endete die Eintragung. Abgesehen von dem Dokument, das auf eine mögliche Aufzeichnung in Frankreich hinwies, fand sie keine weiteren Informationen zu dem Fall. Die Ermittler hatten den Fall wahrscheinlich nach dem Untergang der Titanic als abgeschlossen betrachtet, da sie annahmen, dass die Täter in den eisigen Fluten verschwunden waren.

Die Worte „Friedvolle Augen" hallten in ihrem Kopf wider, als sich der warme Körper ihres schnurrenden Katers an sie schmiegte.

Kapitel 3

Ein neuer Fall

10. Mai 2020

Das Schlafzimmer war in undurchdringliche Dunkelheit getaucht, nur ein schwacher Lichtschein drang durch die halb geschlossenen Vorhänge. Doch Julias Geist war alles andere als ruhig. Die Bilder des Tatorts, die sie zuvor im Bericht studiert hatte, verfolgten sie in den Tiefen ihrer Gedanken. Als sie endlich die Augen schloss, begannen die Träume sie zu umgarnen. Sie fühlte eine unerklärliche Verbindung zu den Wirren in ihrem Kopf, als würden die Eindrücke im Bericht und die verschwommenen Bilder in ihrem Unterbewusstsein sich zu einem unsichtbaren Band verweben.
Langsam und unaufhaltsam fiel sie in eine Spirale, die sie tief in eine geheimnisvolle Geschichte hineinzog. Gesichter der Opfer wechselten sich ab, Szenen der Verbrechen verschmolzen zu einem wogenden Meer aus Eindrücken. Plötzlich, wie ein Sturm, der sich über die See erhebt und die Wellen zu einem Crescendo führt, änderte sich die Intensität ihrer Träume.
Eine geheimnisvolle Kammer aus glatt behauenen Steinen lag vor ihr, spärlich beleuchtet durch zuckende Fackeln. Die Wände waren mit Symbolen und Bildern bedeckt. Aus einer dunklen Ecke heraus beobachtete sie vorsichtig ihre unheimliche Umgebung. Eine massive Steinplatte bewegte sich zur Seite und neun Männer in schneeweißen Tuniken betraten feierlich den Raum. Hinter ihnen schritt ein junges Paar mit stolzen Gesichtern in die Mitte des mysteriösen Ortes. In ihren Händen hielten sie jeweils einen Stab, an dessen Ende sich ein Ankh-Kreuz befand, während ihre Finger vergeblich nach dem Halt des anderen suchten. Die innere Anspannung war spürbar.

Schließlich betrat ein hochgewachsener Mann mit einem Pantherfell über den Schultern die Kammer und positionierte sich an der Stirnseite des Rechtecks. In seinen Armen trug er eine majestätische Katze, die er liebevoll streichelte und behutsam absetzte. Von einem der Männer nahm er ein in Tücher eingewickeltes Bündel entgegen. Seine ruhige Miene und sein spöttischer Blick verliehen ihm eine gefährliche Aura.
Die Gefolgschaft und das Paar wirkten nervös, doch schien es niemandem aufzufallen, wie seltsam und bedrohlich der Hohepriester wirkte. Als alle ihre Plätze eingenommen hatten, erhob dieser die Hand und murmelte Worte in sonorem Tonfall. Im Raum begann es zu knistern und zu zischen. Aus dem Boden züngelten grelle Flämmchen empor, die ein leuchtendes Hexagramm bildeten. Das Steintor hinter dem Hohepriester schloss sich lautlos, und obwohl die Flammen inzwischen kniehoch loderten, blieben die Gestalten seltsam unberührt.
Julia wusste auf unerklärliche Weise, dass sie hier sein durfte. Sie hatte ein Recht darauf. Niemand würde sie fragen, was sie an diesem unheilvollen Ort zu suchen hatte.
Die Spannung in der Kammer erreichte ihren Höhepunkt. Das Antlitz des Priesters verriet eine undurchdringliche Ambivalenz, als würde er das, was nun bevorstand, zutiefst verurteilen, und dennoch seinen Pflichten folgen. Es war, als ob ein frevelhaftes Verlangen in der Luft lag, eine Schwingung, die jeden Anwesenden durchdrang und die Stille in ein tiefes Summen verwandelte. Die Blicke des Hohepriesters und des jungen Paares trafen sich. Julia spürte, dass sie in ein Geheimnis verstrickt war, das jenseits ihrer logischen Vorstellungskraft lag. Etwas Großes und Unerklärliches bahnte sich seinen Weg durch die Schleier der Zeit.
Mit feierlicher Stimme sprach der Priester: »Seid ihr *wirklich* bereit, das ewige Leben zu beanspruchen und wie Götter auf dieser Erde bis ans Ende aller Tage zu wandeln? Eurer sterblichen Hülle beraubt, dazu verpflichtet, euch den Gesetzen der Unsterblichkeit zu unterwerfen?« Seine Worte hallten durch den Raum wie ein finsteres Echo.

Die Augen des Paars strahlten voller Sehnsucht und ihre Antwort leuchtete aus ihren Gesichtern hervor. In einem verzückten Flüstern hauchten sie ein entschlossenes »Ja«, ohne den Blick voneinander zu lösen. Abenteuerlust und unendliche Leidenschaft strahlten sie aus, während sie sich sicher fühlten, dass sie endlich am Ziel all ihrer Träume angelangt waren.
Der Hohepriester sprach mit einer finsteren Entschlossenheit. Seine Worte hallten gespenstisch wider: »So soll es geschehen!« Ein unwilliges Lächeln spielte auf seinen Lippen, als er die Tücher beiseite schob und ein kleines Kind enthüllte. Die Augen des Kindes waren weit geöffnet, aber es schien, als hätte es den Atem angehalten, als wäre es selbst von der drohenden Dunkelheit erfasst worden.
Ein unheimliches Raunen durchdrang die gespannte Stille, und die Anwesenden spürten, wie die Angst in der Luft vibrierte. Der Hohepriester legte das unschuldige Wesen vorsichtig auf einen kahlen Stein und erhob ein glänzendes Messer mit bedeutungsschwerer Geste. Im Licht der Fackeln funkelte die Klinge gefährlich und es war offensichtlich, dass ein düsterer Schicksalsmoment bevorstand. Julia hielt den Atem vor Entsetzen an, als die Spannung in der Kammer auf ihren Höhepunkt stieg.

Julia kam als Letzte zur morgendlichen Besprechung und durchquerte zielstrebig den Raum, um ihren Platz in der Runde einzunehmen. Kein Wort entfuhr ihren Lippen und ihre Miene blieb undurchdringlich.

»Haben Sie wohl geruht, meine Teuerste?« Alex lächelte sie an. Ohne etwas zu erwidern, ließ Julia ihre Unterlagen auf den Tisch fallen. Einige Bilder rutschten seitlich aus der Mappe. »Lass mich einfach in Ruhe, Alex. Ich hatte einen … absurden Traum«, erwiderte sie, den Blick abwendend.

Alex kannte Julia gut genug, um zu wissen, dass er nicht weiter bohren sollte. Auch er hatte keine gute Nacht hinter sich, nachdem er mit Horst spät am Frankfurter Flughafen gelandet war. Sein Kopf war voller Gedanken, die ihn um den Schlaf gebracht hatten. Bis tief in die Nacht war er vor dem Fernseher gesessen, während sein müder Körper nach Ruhe verlangte. Doch die Ereignisse der letzten Tage ließen ihn einfach nicht los.

Es ging ihm wie diesem *Bogart*, als er die Bilder der Studentin Revue passieren ließ. Dabei war es nicht die Tat an sich, die ihn nachdenklich stimmte, sondern die dreiste Unverfrorenheit, mit der die Täter an ihr grausames Werk gegangen waren. Wie konnten sie sich so sicher gefühlt haben, mitten am Tag, umgeben von den Besuchern dieses Museums? Ohne auch nur die geringsten Spuren zu hinterlassen, waren sie den Fängen der Polizei, die alles abgeriegelt hatte, entwischt.

Was mochte dem Mädchen durch den Kopf gegangen sein, als sie an diesem öffentlichen Ort von Fremden erst entkleidet und dann ermordet worden war? Warum hatte sie nicht geschrien? Es gab keinerlei Spuren von Knebelungen oder Hinweise auf einen Kampf. Auch war ihr Leichnam auf Drogen untersucht worden. Doch Fehlanzeige.

Sie hatte sich einfach ihrem Schicksal ergeben, genau wie diese Idioten in dem Restaurant.

»Alex?« Horst schubste ihn an und riss ihn aus seinen Gedanken.

Alex räusperte sich und blickte in die Runde. »Horst und ich waren gestern in Charlotte und haben uns den dortigen Fall zu Gemüte geführt. Horst wird einen Bericht schreiben … „ Alex hörte ein leises Aufseufzen, das von Horst kam. » … und ihn euch später austeilen. So, wie ich es sehe, könnte es sich um dieselben Täter handeln. Was jedoch dagegen spricht, ist die lange Zeit, die seitdem verstrichen ist. Es ist nicht plausibel, dass mehrere Täter zwölf Morde begehen, um diese Serie viele Jahre später fortzusetzen. Aber was ist schon schlüssig und verlässlich?« Mit zusammengezogenen Brauen schaute er in die Runde. »Womöglich gibt es weitere Morde mit ähnlichen Begleitumständen. Wir müssen versuchen diese, sofern es sie gibt und soweit es möglich ist, zu finden. Erst, wenn wir ein schlüssiges Bild haben, können wir das Muster erkennen.« Alex lehnte sich mit verschränkten Armen in seinem Stuhl zurück. »So, ich hoffe, dass auch ihr etwas beizutragen habt. Wie sieht es bei dir aus Abraham?«

Abraham ließ sich nicht aus der Ruhe bringen. Er spielte mit einem Stift, den er zwischen den Fingern seiner linken Hand jonglierte. »Nicht gut, nicht schlecht. Julia und ich haben uns diesen Fall in Portsmouth angesehen und ich muss gestehen, dass er verblüffende Ähnlichkeiten aufweist. Die Spuren der Täter enden möglicherweise auf der Überfahrt von Southampton nach New York. Eine Reise, die durch ihre Tragödie in die Geschichte einging.« Ein flüchtiges Grinsen huschte über sein Gesicht, das weit mehr als Belustigung ausdrückte. »Versteht ihr, was ich meine? Ist das nicht verrückt? Im Jahr 1912 geschehen Morde mit ähnlichen Tatumständen wie in unserem heutigen Fall und die damaligen Verdächtigen flüchten ausgerechnet hierher, wo die Mordserie über einhundert Jahre später ihre Fortsetzung findet. Das ist doch ein Knaller.« Aufgeregt rutschte er auf dem Stuhl herum. »Es kann keinen *direkten* Zusammenhang geben. Zumindest können es nicht die gleichen Täter sein, es sei denn, diese würden gelegentlich einen Ausflug aus dem Altersheim planen.

Und doch …!« Der Stift glitt ihm aus der Hand und schepperte auf den Boden. Umständlich bückte er sich danach und setzte dann mit puterrotem Kopf seine Rede fort: »Ich habe mir gestern Abend noch mal die Leichen angesehen und sie mit den spärlichen Autopsieberichten, die der damaligen Akte beigelegt waren, verglichen.« Jetzt nutzte er den Stift wie einen Taktstock, um seine Worte zu untermalen. »Die Übereinstimmung ist frappierend. Zwar unterscheiden sich die Methoden, mit denen die Opfer getötet wurden, aber sie ähneln sich in einem ganz bestimmten Punkt: Alles ist darauf angelegt, die Opfer langsam sterben zu lassen. Es scheint geradeso, dass die Täter möglichst lange das Sterben miterleben wollten. Sobald Horst die Unterlagen verteilt hat, werde ich auch die Fälle in Charlotte auf diesen Punkt hin analysieren.«

Alex spürte, dass Abraham noch etwas Bedeutendes in der Hinterhand hielt. Dig war ein Profi in seinem Metier und zeigte bei seiner Arbeit nur selten Gemütsregungen. Wenn er aber etwas Besonderes entdeckt hatte, entstand diese typische „Dig-Unruhe“, die er einfach nicht verbergen konnte – wie ein kleines Kind, das mit leuchtenden Augen seiner Mutter das lange geheim gehaltene Geschenk präsentieren durfte.

»Rück endlich raus, was du gefunden hast!«

Abraham grinste über das ganze Gesicht. »Stimmt, ich habe da noch etwas.«

In diesem Moment wurde die Tür aufgerissen. Sie schlug krachend gegen die Wand. »Wir haben eben einen neuen Fall rein bekommen«, polterte Thomas in die Runde.

Alex drehte sich langsam um und schnaufte genervt. »Thomas, was fällt dir ein, uns bei der Arbeit zu stören?«

»Es wurde eine weitere Leiche gefunden, die ebenfalls diese offenen, friedlichen Augen hat. Und das Herz fehlt der Leiche auch. Johann bat mich, euch gleich Bescheid zu geben. Übrigens hat er mich beauftragt, euch bei dem neuen Fall unter die Arme zu greifen. Er sagte –«

»Wie bitte? Beauftragt? *Du* sollst uns unterstützen? Wie solltest du das können? Durch Rätselraten in der Zeitung? Oder dadurch, dass du über *Black Old Sun* rutschst, während deine Frau mit den Kindern zu Hause sitzt und glückliche Familie spielt!«

»Alex!« Horst haute auf den Tisch.

Alex schrak abrupt zurück, als wäre er von einem unsichtbaren Schatten berührt worden. Mit einem tiefen Atemzug versuchte er, sich zu beruhigen, doch seine Atmung klang hörbar und unruhig in der Stille des Raums. Seine Hände ballten sich zu Fäusten, als er sich bemühte, die aufgestaute Energie zu beherrschen. Mit viel Mühe rang er sich zu einer gezwungenen Ruhe durch.

»Also gut, wir klären das später.«

Tatorte bargen stets eine düstere Mischung aus Schrecken und Trauer. Der Tod lauerte hier, in all seiner grausamen Pracht.
Ob die Opfer verstümmelt waren oder nicht, es war immer das traurige Ende eines einstigen Lebens voller unerfüllter Träume, zerplatzter Hoffnungen und unbefriedigter Liebe. Der Geruch des Todes haftete wie eine unheilvolle Wolke in der Luft und eine unheimliche Aura durchdrang diese Orte des Grauens.
Als Alex mit seinem Team am Tatort eintraf, hatten die örtlichen Polizisten bereits alles abgeriegelt. Ein kalter Windhauch strich über die Szenerie. Er zog seine Daunenjacke enger um sich. »Was ist hier los?«, fragte er den bleich wirkenden Polizisten vor der Tür.

»Eine Frau … klebt in ihrem Stuhl. Ihr Ex-Mann hat sie so vorgefunden, als er heute Morgen hier ankam. Er ist noch ziemlich mitgenommen«, erklärte der Polizist mit ernster Miene und nickte in Richtung des Treppenaufgangs.
Das alte Haus, ein Relikt aus den Dreißigern, thronte nahe dem zwölften Polizeirevier im Dornbusch. Die Wohnungen in dieser Gegend waren heiß begehrt und die eleganten Fassaden erzählten von Pracht und Reichtum. Es war keine Gegend für arme Schlucker.

»Horst, befrag die Nachbarn und zieh ihnen die Informationen aus der Nase. Und du, Thomas, kümmere dich um den Ex-Mann des Opfers. Aber bitte behutsam!« *Da kannst du nicht allzu viel Schaden anrichten*, dachte Alex. »Aber ich will von dir einen verdammten Bericht, der alles Wichtige enthält, kein wirres Geplapper, kapiert?«
Thomas zuckte die Schultern. »Klar.«
Kaum hatte er Thomas diese Aufgabe übertragen, bereute Alex es schon wieder.

Es wäre vielleicht besser gewesen, diesen Tölpel mit der Bewachung der Dienstfahrzeuge zu beauftragen.
Missbilligend verfolgte er Thomas' aufgeblähten Gang, der wie ein Cowboy auf das Häufchen Elend zutrat, das auf der Treppe saß. Der Mann hatte das Haupt gesenkt und wirkte zerschlagen und erschüttert.
Alex betrat die noble Wohnung. Die Decken waren hoch, fast majestätisch, und der Stuck präsentierte sich verschwenderisch in verschnörkelten Verzierungen. Ein Inbegriff von Luxus und Überheblichkeit, dachte er, während er sich in der prachtvollen Gründerzeitwohnung umsah. Geld spielte hier keine Rolle. Die Diele war einladend und strahlte eine Aura von Wohlstand aus, während die auf Glanz polierten Spiegel jeden Winkel reflektierten. Das luxuriöse Badezimmer war ein Meisterwerk. Die Sauberkeit wirkte fast übertrieben und die modernen Annehmlichkeiten wie die Sauna und die mit Düsen versehene Badewanne ließen keine Wünsche offen. Alles glänzte in silberner Pracht und es schien, als wäre hier der Alltag weit entfernt. Doch Alex wusste auch, dass selbst in dieser glitzernden Welt das Dunkle lauerte. Plötzlich schlug ihm ein Hauch von tiefer Sehnsucht entgegen. Sie lag noch greifbar, aber schwach in der Luft. Erst als Alex das Wohnzimmer betrat, spürte er die Kraft dieser unheimlichen Präsenz. Seine Nackenhaare stellten sich auf und sein Instinkt schrie, dass hier etwas nicht stimmte. Er teilte einen Blick mit Julia und wusste, dass auch sie dieses beklemmende Gefühl hatte. Ihr leichtes Nicken wies zu einem Ledersessel, der mit dem Rücken zu ihnen stand. Erst dann bemerkte er die wallenden dunkelbraunen Haare, die über die Lehne hingen. Er umrundete den Stuhl.
Die Frau sah aus, als hätte sie den Tod erwartet, ihre Augen weit aufgerissen. Alex spürte, dass sie eine Geschichte zu erzählen hatte, die weit mehr verbarg als nur ihr gewaltsames Ableben. Sie war schätzungsweise vierzig Jahre alt, schlank und attraktiv. Ihre gepflegte Erscheinung passte hervorragend in diese Wohnung, in der Ordnung und Reinlichkeit dominierten. Ihre Arme waren mit Klebeband an den Armlehnen des Stuhls fixiert.

»Na, Abraham? Ist doch ein Fall für dich, oder?« Alex grinste Abraham an, dieser brummte nur und nickte.

Am Fuße der Leiche erstreckte sich eine erschreckend große Blutlache, deren Ränder bereits von der Zeit gezeichnet waren. Der Mord musste Stunden zuvor geschehen sein. Die Quelle des Blutes war offensichtlich – der Hals des Opfers war mit einem tiefen Schnitt aufgeschlitzt und noch dazu das Herz entfernt worden. Alex hatte den schrecklichen Verdacht, dass sie dasselbe Schicksal erlitten hatte wie die Opfer im Restaurant. Er durchsuchte das Zimmer gründlich, doch es schien nichts Außergewöhnliches zu geben. Kein umgestoßenes Glas, keine Kampfspuren – alles sah unschuldig und ordentlich aus.

Währenddessen hatte Julia ihre Kamera einsatzbereit gemacht und ein passendes Objektiv aufgesetzt. Sie bat Alex, zur Seite zu treten, um ihre Arbeit beginnen zu können.

Er verließ das Wohnzimmer und durchstreifte die anderen Räume. Die Küche befand sich direkt hinter dem Wohnzimmer und wirkte kaum benutzt. Offenbar hatte das Opfer es vorgezogen, auswärts zu essen, anstatt selbst den Kochlöffel zu schwingen. Geschlossene Schubladen, ein gekipptes Fenster und die leichten Bewegungen der dünnen Vorhänge im kühlen Wind – das waren die einzigen Hinweise auf ihr vergangenes Leben.

Am Ende des Ganges befand sich das Schlafzimmer. Alex blieb überrascht in der Tür stehen und blickte hinein. Etwas stimmte nicht, doch es dauerte einen Moment, bis er die Unstimmigkeit erkannte. Das Bett war zwar gemacht, aber die Bettlaken lagen nicht so akkurat glatt wie er es erwartet hätte. Ein kleines, aber bedeutsames Detail, das sein Bauchgefühl alarmierte.

Mit zwei Fingern hob er das Laken an. Als er den abgetrennten Kopf einer Babypuppe entdeckte, stockte ihm der Atem. »Ups. Kein ruhiger Schlaf für dich, mein Püppchen. Da fehlt doch etwas«, flüsterte er leise, bevor er das Laken wieder behutsam zurücklegte. Der Rest musste an anderer Stelle sein Schicksal gefunden haben.

Um keine Spuren zu verwischen, streifte er sich Latexhandschuhe über und begann den begehbaren Kleiderschrank zu untersuchen. Ein Übermaß an Schuhen und Kleidung füllte den Raum. In einer Kommode entdeckte er einen Schmuckkasten, der von funkelnden Ringen und glitzernden Ketten überquoll.

Der Mörder oder die Mörderin schien keinerlei Interesse an den wertvollen Gegenständen gehabt zu haben.

»Alex?«, ertönte sein Name vom Flur. Ohne zu antworten, drehte er sich um und verließ den Raum. In der Küche fand er Julia, die unter der Spüle kniete und gerade den Mülleimer untersuchte. »Hier ist der Torso einer –«

»Puppe? Wenn du den Kopf suchst, dann findest du ihn im Bett. Sei aber vorsichtig, vielleicht können wir etwas daraus lesen. Es kommt nicht alle Tage vor, dass jemand an so etwas Gefallen findet. Vielleicht hat es etwas zu bedeuten.« Alex wollte gerade die Küche verlassen, als er in der Tür stehen blieb. »Hast du schon irgendetwas Interessantes gefunden?«

Julia schüttelte den Kopf. »Noch nicht, aber … „

»Aber?«

»Es ist absurd und hat sicherlich nichts mit dem Ganzen hier zu tun. Denke ich.« Sie schluckte und schaute zu Alex auf. »Es fühlt sich an, wie ein Déjà-vu. Im Traum habe ich ein Ritual miterlebt, bei dem ein Kleinkind geopfert wurde. Zufall?«

Alex brummte. »Sonst noch etwas?«

»Ja, vielleicht. Wie in dem Restaurant gibt es auch hier kaum nennenswerte Spuren, wenn sie es überhaupt wert sind, so genannt zu werden. Ich meine, für das, was hier passiert ist, müsste es wesentlich mehr Hinweise auf den oder die Täter geben.«

Alex verstand. Die Parallelen der beiden Fälle waren offensichtlich. »Du darfst nichts übersehen. Jeder hinterlässt irgendwo irgendetwas.« Mit diesen Worten drehte er sich um und verließ die Wohnung.

Julia machte sich ans Werk und verteilte überall ihre kleinen Schildchen. Jedes hatte eine Nummer. Als sie damit fertig war, arbeitete sie systematisch einen Ort nach dem anderen ab, sammelte Proben und Fingerabdrücke, machte Abstriche und Aufnahmen. Jede Probe wurde in eine Plastiktüte verstaut, die sie nachträglich mit der Nummer des betreffenden Schildchens beschriftete. Ab und zu blieb sie stehen, um gedankenverloren den Kopf zu schütteln.

Was hatte der Frau ihr ganzer Reichtum genutzt? Was hatte es ihr gebracht, sich teuer zu kleiden und nur das Beste vom Besten zu genießen? Der Tod machte keine Unterschiede. Und Mörder, wie es schien, auch nicht.
Nachdem ihre Kollegen den Küchenabfall und die diversen anderen Mülleimer in der Wohnung sorgfältig eingesammelt und versiegelt hatten, packte Julia den abgetrennten Kopf ein. Dieser Fall lastete schwer auf ihren Schultern und es fiel ihr nicht leicht, ihre Arbeit ohne Emotionen zu erledigen.
Als alles eingetütet, versiegelt und das Opfer in einen schwarzen Plastiksack gepackt und weggetragen worden war, verabschiedete Julia das übrige Team aus der Wohnung. Es war an der Zeit, allein zu sein und den Raum mit Luminol zu besprühen, um später den Tathergang rekonstruieren zu können.
Jack, der Fotograf, begleitete sie bei dieser unangenehmen Aufgabe. Seine Kamera klickte leise und er bewegte sich wie ein Schatten hinter ihr, ständig präsent. In den spärlichen Lichtverhältnissen wirkte alles abstoßend gespenstisch.
Schon jetzt konnte Julia erkennen, dass kein Kampf stattgefunden hatte. Keine wütenden Blutspritzer, keine verzweifelten Kampfspuren oder andere offensichtliche Hinweise auf eine gewaltsame Auseinandersetzung. Der Mörder hatte sich in einen unsichtbaren Schleier gehüllt – und die fehlenden Spuren ließen Julia frustriert zurück.

Als Alex das Gebäude verließ, scharten sich vor dem Eingang bereits viele Schaulustige, die danach trachteten, ihr ödes Leben mit dem Prickeln einer schaurigen Geschichte zu füllen. Er blieb einen Moment stehen und verfolgte verächtlich das Treiben der sensationsgierigen Aasgeier.

Was für eine Zirkusvorstellung, dachte er zynisch. Die Reporter stürmten auf ihn zu wie hungrige Hyänen, die ihre nächste Beute witterten. Diese Kanalratten wussten eigentlich immer alles, und manchmal hatte er den Eindruck, dass sie bereits eine Ahnung von den Dingen hatten, noch bevor überhaupt etwas geschah. Er erinnerte sich an einen aufsehenerregenden Fall in Südamerika, bei dem einer der bekanntesten Reporter selbst die Morde in Auftrag gegeben hatte, nur um sich dadurch die beste Story und hohe Einschaltquoten zu sichern. Was war das doch für eine kranke Welt!

»Herr Brandt, können Sie uns schon etwas zu den neuen Fällen sagen? Wer wütet hier in unserer Stadt? Haben wir es mit einer Serie zu tun? Ist ein Irrer aus dem Gefängnis ausgebrochen?« Fragen über Fragen prasselten auf ihn ein wie ein gewaltiger Regenguss. Da half es nur, den Regenschirm wohlgeformter Worte auszupacken und aufzuspannen.

»Aus ermittlungstechnischen Gründen..«, begann er. Ein hintergründiges Lächeln huschte über sein Gesicht. Jedes Wort, jeder Hinweis, jede Andeutung, einfach alles, was er nun sagen würde, käme in die Schmiede der medial vermarktbaren Umformulierung. Aufgrund der Fragen, die er soeben gestellt bekam, ahnte er bereits, welche Headline am nächsten Tag in der Zeitung zu lesen wäre: *Monströser Serienkiller wütet in Frankfurt am Main.* So oder so ähnlich. » … kann ich Ihnen zur Zeit noch nichts in dieser Sache sagen!«

Ein Polizist kam ihm zu Hilfe und drängte die aufdringlichen Reporter zurück, während Alex in seinen Wagen stieg. Die Geräusche der Menge verblassten, als er die Tür zuschlug und den Motor startete. Es war wieder einer dieser Tage, an denen er sich fragte, warum er sich diesen undankbaren Job überhaupt ausgesucht hatte. Aber er wusste auch, dass es seine selbstgewählte Aufgabe war, das Böse zu jagen und die Unschuldigen zu schützen – selbst wenn er dafür mit den Hyänen der Medienwelt kämpfen musste.

Mit einem genervten Seufzen steuerte Alex sein Auto zurück zum Präsidium. Stockender Verkehr hatte sich mal wieder wie eine eiserne Kette um die Straßen Frankfurts geschlungen. Straßen? *Hindernisse wäre treffender*, dachte er bitter. Um es auf den Punkt zu bringen: Frankfurt hatte unzählige Baustellen, die einem von A nach B die Lebenszeit raubten. »Ist das wieder ein Scheißtag!«, fluchte er laut und drückte auf die Hupe, als ein Wagen vor ihm trotz grüner Ampel nicht losfuhr. In diesem Moment klingelte sein Telefon. Hastig fischte er in seinem Sakko danach, aber es hatte sich in den letzten Winkel seiner Tasche verzogen, sodass er einige Zeit danach suchen musste. »Irgendwann schmeiß ich dich in hohem Bogen aus dem Fenster!« Eine Drohung, von der er wusste, dass er sie niemals umsetzen würde. »Brandt«, schnauzte er ungehalten.

»Hallo, mein Bruderherz«, ertönte am anderen Ende eine fröhlich lachende Stimme. »Bist du mal wieder im Stress?«

»Ach du bist es, Sarah.« Er beruhigte sich schlagartig. Sie hatte eine bezaubernde Art, die auf die Menschen um sie herum stets positiv wirkte, und ihre Frohnatur und Unbefangenheit waren ein Schlüssel zu deren Herzen. »Warte bitte eine Sekunde, die verdammte Freisprechanlage funktioniert wieder einmal nicht bei dem Scheißwagen.«

Alex steuerte an den Straßenrand und parkte.

Er nannte sie oft ein „naives, dummes Mach-die-Augen-und-Ohren-zu-Mädchen“ und gab ihr dadurch das Gefühl, dass er sie nicht ernst nahm.

Dabei war sie der einzige Mensch, den er je an sich herangelassen hatte und für den er jederzeit sein Leben geben würde. Ohne zu zögern! »So, jetzt. Wie geht es dir? Mal wieder einen neuen Typen geangelt?«

»Momentan habe ich die Nase voll von Männern.« Sie lachte wieder. »Und wie sieht es bei dir aus?«

»Ich stehe nicht auf Typen und verzichte deshalb darauf, mir einen zu angeln.«

»Ha, ha. Deine Witze waren schon mal besser. Du weißt, was ich meine. Es ist schon einige Zeit her, dass du eine Freundin hattest«, tadelte sie ihn verschmitzt, als wäre sie nicht seine jüngere, sondern die ältere, erfahrenere Schwester.

»Sarah, wenn ich eine Frau brauche, werde ich mir eine suchen. Und bis dahin kann ich mir auch selbst einen –«

»Ja, ja, schon gut. So genau will ich es nicht wissen!«, unterbrach sie ihn rasch. »Alex, ich habe gestern mit Mama gesprochen. Papa ist mal wieder ein richtiges Ekel. Ich habe ihr gesagt, dass sie ihn endlich verlassen soll, aber du kennst sie ja. Ich glaube, er könnte tun, was auch immer er wollte, sie würde zu ihm stehen. Er hat sie wirklich nicht verdient!« Sarah schnaufte tief durch.

Sie war immer das brave Kind gewesen, Papas Liebling sozusagen. Das änderte sich erst, als sie erkannte, wie sehr ihre Mutter unter der Tyrannei ihres Vaters litt.

Er war ein Arsch. Schon der Klang seines Namens *Anton Brandt* allein verriet die eisige Härte und die unnachgiebige Konservativität dieses Mannes. Als ehemaliger Richter hatte er die Welt mit seinem selbstgerechten Charakter und seinen spießigen Ansichten in Angst und Schrecken versetzt. Seine cholerische Art war für seine Mitmenschen eine Tortur, die sie nur schwer ertragen konnten.

Seit sechs langen Jahren fristete er sein jämmerliches Dasein als Pensionär. Und sicherlich hatten die Staatsanwälte und anderen Richter den Tag seines Ausscheidens mit Schampus und Hummer gefeiert. Die unerbittliche Härte, mit der er die Angeklagten seinerzeit ins Verderben gestürzt hatte, blieb in seinem Wesen verankert – und leider nicht nur das.

Denn auch seine eigene Familie musste unter seiner rigorosen Dominanz leiden.
Für ihn gab es nur Schwarz oder Weiß, kein Dazwischen, kein Mitgefühl. Hätte er die Macht gehabt, wäre die Todesstrafe wieder unter seiner Hand eingeführt worden. Abtreibungen verurteilte er im Gegenzug wiederum mit der gleichen Vehemenz.
Während er mit seiner selbstgerechten Kaltschnäuzigkeit die Seelen seiner Angeklagten erzittern ließ, stützte ihn seine Frau als ruhender und verständnisvoller Pol. Sie war der Fels in der Brandung, der Schutzwall für ihre Kinder, wenn der Vater wieder einmal die Grenzen des Zumutbaren überschritt.
Alex hatte nie begriffen, wie jemand, der im Beruf so erfolgreich und angesehen war, im Privatleben so kalt und abweisend sein konnte. Doch er hatte gelernt. »Mach einfach einen Bogen um Psychopathen«, flüsterte er sich selbst insgeheim zu. »Auch um solche, die sich Richter nennen.«
Ein bitterer Sarkasmus erfüllte Alex' Gedanken, denn er wusste, dass sich der schreckliche Einfluss seines Vaters nicht so leicht abschütteln ließ. »Was hat er jetzt wieder getan?«

»Ach, eigentlich ist es immer das Gleiche. Verzeih mir, manchmal weiß ich nicht, bei wem ich Ballast abwerfen kann, und da du hart im Nehmen bist, melde ich mich eben bei dir.«
Ja, recht hatte sie – er war zweifellos hart im Nehmen. Die zahllosen Nächte, die er in düsteren Ecken der Stadt verbracht hatte auf der Jagd nach den finsteren Schatten, sprachen für sich. Doch was niemand zu sehen vermochte, war der Preis, den er dafür zahlte. Wenn er über seinen Vater schimpfte, konnte er die bittere Ironie nicht ignorieren, wie sehr es auch auf ihn abgefärbt hatte. Er selbst, der erfolgreiche Ermittler, der gnadenlos die Wahrheit ans Licht zerrte, befand sich in diesem Dilemma. In den Augenblicken, in denen er seine abweisende Art wie eine Rüstung vor sich hertrug, sah er im Spiegel das verhasste Ego seines verhassten Vaters.
In einem Moment des Innehaltens strich er sich über das Gesicht. Sein Lächeln war verschwunden. Wie oft hatte er sich diese Frage gestellt: War er ein besserer Mensch? Und wie oft hatte er sich fast verzweifelt einreden wollen, dass er es sei.

Aber die Wahrheit kroch langsam aus den Schatten hervor. Er war nicht der makellose Ritter, der er vorgab zu sein. Kein strahlender Held, der das Böse aus der Welt tilgte. Nein, er war nur ein Mann, gezeichnet von den Schatten seiner Vergangenheit, geplagt von den Entscheidungen, die er getroffen hatte und denen, die er noch treffen würde.

»Unsere Mutter weiß, wie sie ihn zu nehmen hat. Wenn du dich einmischst, bist am Ende du die Dumme. Verlassen wird sie ihn sowieso niemals.« Alex seufzte. »Hatten sie wieder Streit?« Es tat gut, sich für kurze Zeit mit banalen Problemen beschäftigen zu dürfen. In seinen Fällen gehörten die Menschen zu den Opfern, welche die unschönen Seiten ihres Daseins schon hinter sich hatten, oder sie waren die Täter, dann sorgte er dafür, dass sich diese noch vor ihnen befand. Im Grunde saßen Opfer und Täter in einem Boot – in einem untergehenden.

»Sie hatten mal wieder eine Auseinandersetzung über *uns*. Mama hat uns verteidigt und sich auf unsere Seite gestellt. Es hat sich hochgeschaukelt und er hat sie unter seinem intellektuellen Müll begraben.«

Alex seufzte. Vater war rhetorisch äußerst gewandt und das nutzte er gnadenlos aus. Wenn er sich über etwas aufregte, konnte er stundenlang wie eine wild gewordene Krähe darauf herumhacken, bis das rohe Fleisch offen dalag. Doch selbst dann ließ er nicht nach und versuchte weiter, den Streit zu schüren.

»Aber wem erzähle ich das«, fuhr sie fort. »Er versteht nicht, dass du mit deiner Ausbildung und den hervorragenden Abschlüssen nicht *Präsident von Amerika* oder wenigstens *Bundeskanzler* geworden bist. Na ja, und ganz besonders suspekt findet er, dass ich noch keinen *Abgeordneten* geheiratet habe, und vier kleine süße Kinder um meine Beine rennen, die lauthals *Mama* schreien.«

Alex musste schmunzeln. Es war ein schönes Bild: Sarah und vier kleine Balgen, die ständig miteinander zankten. Sie würde sich das Leben nehmen. »Gewalt beginnt im Kopf, und es machte kaum einen Unterschied, ob sie durch Taten oder Worte zur Wirkung kommt. Hör zu, reg dich nicht über sein dummes Gerede auf.

Du bist eine tolle Frau, hast einen Beruf, den du liebst, und bist frei. Schau dir dagegen das Leben unserer Mutter an.«
Es entstand eine kurze Pause.

»Liebst *du* deinen Beruf und fühlst dich frei?«, entgegnete sie ihm betont.

Diese Fragen bohrten sich in Alex‘ Bewusstsein wie ein scharfes Messer, das tief in seine Seele stach.

Frei sein – ein abgenutzter Begriff, der sich anfühlte wie eine trügerische Illusion. Sicher, er konnte tun, was er wollte, solange er die Konsequenzen akzeptierte. Doch war das *wahre* Freiheit? Ein Vogel im Käfig, der seine Flügel bewegen konnte, blieb dennoch Gefangener seiner Umgebung. Die Realität war eine zwiespältige Geliebte – heute umarmte sie dich und morgen wandte sie sich von dir ab. Diese Unabhängigkeit war ein flüchtiger Schatten, den man zu fassen suchte, nur um ihn letztendlich wieder zu verlieren.

Liebte er seine Arbeit? Ja, das tat er, denn sie bot ihm eine willkommene Ablenkung von seinem Inneren. In den Tiefen fremder Abgründe zu wühlen, ließ ihn für einen Moment die Dunkelheit seiner eigenen Seele vergessen. Doch trotz allem Zynismus spürte er die brodelnde Unruhe in sich. Die Wahrheit war, dass er inmitten der Dunkelheit seiner Arbeit nicht vor sich selbst fliehen konnte. Sein eigenes Seelenchaos holte ihn ein, wenn die grellen Scheinwerfer der Ermittlungen erloschen.

»Ach, Sarah, lenk nicht ab. Ist bei dir wirklich alles in Ordnung?«, fragte er und hoffte seinerseits, dass sie dadurch ihre Fragen vergessen würde.

»Manchmal reißt mich das mit unseren Eltern einfach runter. Und wenn ich mich nicht gut fühle, mache ich mir Gedanken, ob alles in meinem Leben gut gelaufen ist. Irgendwie möchte ich eine glückliche Familie haben. Kinder, für die ich sorgen darf. Die mich morgens lachend und spielend aufwecken. Weißt du, was ich meine?«

Alex lachte bitter auf. »Ich fürchte, da fragst du den Falschen. Glaub mir, Sarah, du *bist* ein wunderbarer Mensch. Und Kinder? Ha, die können eine wahre Plage sein. Genieß dein Leben.« Alex schaute auf die Uhr.

»Verzeih bitte, aber ich muss losfahren. Lass uns am Sonntag telefonieren, da habe ich mehr Zeit, okay?«

»Bruderherz, ich habe das Gefühl, dass du mich loswerden möchtest. Heute *ist* Sonntag, nur zu deiner Information«, entgegnete sie unbeschwert. »Aber ich lasse dich jetzt in Ruhe. Komm mich besuchen, wenn du ein wenig mehr Zeit hast, versprochen?«

»Ja, versprochen«, antwortete er. »Pass auf dich auf, Sarah.«

»Und du auf dich. Und glaube nicht, dass mir entgangen ist, dass du meine Frage nicht beantwortet hast! Ich werde sie dir wieder stellen, das darfst du mir glauben«, belehrte sie ihn vergnügt und legte auf.

Abraham schob die Leiche des Opfers aus dem noblen Apartment behutsam auf dem kalten, metallenen Wagen in Richtung Labor. Isabelle wartete bereits und hatte alles für die bevorstehende Untersuchung vorbereitet. Eine Autopsie war für Abraham immer eine einzigartige Reise in die Abgründe menschlicher Schicksale. Trotz der Routine, die mit jedem Schnitt und jeder Probe einherging, konnte er nicht anders, als von jedem einzelnen Fall berührt zu sein. Jedes Opfer besaß eine eigene Geschichte und er fühlte sich verpflichtet, ihnen eine Stimme zu verleihen. Für die Toten blieb er die letzte Hoffnung auf Gerechtigkeit.

Doch dieser Fall war anders. Seit den Leichenfunden in dem italienischen Restaurant spürte er eine Unruhe. Eine unbekannte Last schien auf seinen Schultern zu ruhen, da er nicht verstand, warum diese Opfer keinen Widerstand geleistet hatten.

»Erzähl mir, was passiert ist!«, flüsterte er zu der leblosen Gestalt auf dem Wagen. Seine Worte verloren sich in der Stille des Labors, während er sich mit einem unbehaglichen Gefühl vorbereitete. Die Knochensäge lag bereit, um der Leiche die Geheimnisse des Todes zu entlocken. Die Instrumente glänzten im kalten Licht. Jeder Schnitt war präzise, jede Probe sorgfältig entnommen. Während er den Körper des Opfers untersuchte, spürte er, dass etwas Unerklärliches in der Luft hing.

»Was ist nur mit euch los?«, flüsterte Abraham erneut und spürte, wie die Vergangenheit der Toten ihn umfing. »Wollt ihr euren Mörder entkommen lassen?«

»Dig, ist alles okay mit dir?«

Erschrocken fuhr er herum. »Gott, Isa, wenn du mich noch mal so erschreckst, kannst du mich gleich auf die nächste Bahre legen!«

»Sorry, aber du sahst eben sehr seltsam aus.«
Abraham streckte sich und atmete tief durch. »Weißt du, ich kann mir einfach keinen Reim darauf machen. Die Opfer wurden auf grausamste Art und Weise getötet, und dennoch werde ich das Gefühl nicht los, dass sie damit vollkommen einverstanden waren. Nichts deutet darauf hin, dass sie Schmerzen hatten, das ist aber unmöglich bei diesen Verletzungen.« Abraham schüttelte nachdenklich den Kopf. »Sie standen nicht unter Drogen und waren auch nicht bewusstlos, als man ihnen das antat. Und dann das Herz. Auch bei dieser Frau hier wurde es fachmännisch entfernt – ich selbst hätte es nicht besser machen können. Es muss ein Skalpell oder etwas ähnlich Scharfes gewesen sein. Siehst du … „ Er zeigte auf das Mikroskop, unter das er eine Probe gelegt hatte. » … den Verlauf des Schnittes? Vollkommen exakt. Ein einziger Schnitt, ohne abzusetzen. Schau selbst! Die Wundränder sind nur minimal ausgefranst. Der Typ versteht was von seinem Handwerk.«

»Was denkst du, was sie mit dem Herz gemacht haben? Vielleicht gegessen? In manchen Kulturen ist das üblich.«

»Ich weiß. Ich habe darüber recherchiert. Das Essen des Herzens eines Feindes war in verschiedenen Kulturen und zu verschiedenen Zeiten verbreitet. In der Aztekenkultur im präkolumbianischen Mexiko, beispielsweise. Die Azteken praktizierten rituelle Opfer, um ihre Götter zu besänftigen und das Fortbestehen der Welt zu sichern. Ein Teil dieser Rituale beinhaltete die Opferung von Kriegsgefangenen. Man legte sie auf eine Plattform und ein Priester hat ihnen das Herz herausgeschnitten, während es noch schlug. Aber heutzutage? Das glaube ich kaum.« Zumindest hoffte er das und rümpfte die Nase. »Das herauszufinden ist Alex' Job. Allerdings hätte ich eventuell etwas Interessantes. Lass uns mal weitermachen und gib dem Labor Bescheid, dass diese Proben oberste Priorität haben.«

11. Mai 2020

Die Atmosphäre war elektrisch geladen, als wäre ein Unwetter im Anmarsch, während die Ermittler nach und nach in den Versammlungsraum traten und sich setzten. Die Bürgermeisterin von Frankfurt hatte Johann und Alex am Vortag einbestellt, und das ließ bei allen die Alarmglocken schrillen. Schon zu Beginn war offensichtlich, dass etwas nicht stimmte. Thomas, der eigentlich zur Morgenbesprechung kommen sollte, fehlte ohne Erklärung.
Alex hörte sich die neuen Berichte an, blieb aber ungewohnt schweigsam. Die Zeit schien stillzustehen, als er nach nur zwanzig Minuten die Versammlung abrupt beendete. Die Tür schloss sich hinter ihm, begleitet von einem leisen Fluch.
Julia war erleichtert, dass die belastende Stimmung vorüber war. Endlich konnte sie sich auf ihre eigentliche Arbeit konzentrieren und gemeinsam mit Abraham die neuen Indizien an der Tafel analysieren.
Abraham musterte Julia mit einem Blick, der alles zu sagen schien. »Hast du das Klebeband bereits ausgewertet?«, fragte er und zog dabei eine Augenbraue hoch.
Julia nickte entschlossen. »Ja, wir haben die dazugehörige Rolle im Wandschrank neben der Küche gefunden. Ich gehe davon aus, dass die beiden Täter sie nicht mitgebracht haben. Leider gibt es an der Klebeseite keine Spuren von Hautpartikeln, außer denen des Opfers.«

»Du gehst also inzwischen von zwei Personen aus?«, hakte Abraham nach.

»Ja, ich denke, dass dieses Muster auf den Vorfall am Dienstag in dem Restaurant passt, und da war es nicht nur ein Täter. Doch mehr als zwei glaube ich nicht. Davon abgesehen hat Horst erzählt, dass der Parkplatzwächter ein Paar gesehen haben will, also wieder zwei! Mir ist bewusst, dass die Sache von 1912 nichts damit zu tun haben kann, andererseits war es auch damals ein Paar, das womöglich mit den Tickets zweier Opfer die Reise auf der *Titanic* angetreten hat. Und wenn wir nun noch den Fall in Charlotte 1984 betrachten … „

»Da waren es ebenfalls zwei Personen, die der Justiz entkommen konnten.«

»Genau, es sind jedes Mal zwei Personen! Ich bin gespannt, was bei den Proben herauskommt, die ich eingeschickt habe. Spätestens morgen früh wissen wir genaueres.«

Abraham nickte. »Übrigens habe ich noch gar nicht erwähnt, dass ich bei den Opfern etwas Elementares vermisst habe.«

Julia blickte Abraham neugierig an.

»Es ist äußerst wichtig und ich war völlig von den Socken, als es mir auffiel, aber immer kam etwas dazwischen und ich konnte es dir nicht erzählen.«

Julia drehte sich zu ihm um und sah ihn gebannt an.

»Es sind die Botenstoffe in ihren Körpern. Ich habe sie alle einer zweiten Untersuchung unterzogen – und siehe da, sie fehlen einfach!«

»Botenstoffe?«

»Ja, genau!« Abrahams Augen leuchteten. »Sie sind essenziell, wenn der Körper mit Angst oder Schmerzen konfrontiert wird. Es war wirklich unglaublich, als ich bemerkte, dass sie bei den Opfern völlig fehlen!«

Julia konnte die Bedeutung dieser Entdeckung spüren. Wenn Abraham so erregt darüber war, musste es etwas Außergewöhnliches sein. »Und das ist bei allen sechs Opfern der Fall?«, fragte sie, um sicherzugehen.

»So ist es. Ich habe jede Leiche einer gründlichen Untersuchung unterzogen und kein einziger Körper wies eine Erhöhung auf. Weder Adrenalin noch Endorphine.«

»Aber das ergibt doch keinen Sinn«, entgegnete Julia.

»Selbst wenn sie keine Angst hatten, müssen sie dennoch Schmerzen gehabt haben. Die Art ihrer Verletzungen lässt keinen anderen Schluss zu!«

Abraham nickte bestätigend. »Genau das ist das Rätselhafte daran. Egal wie tapfer und gefasst sie waren, der Körper reagiert automatisch auf solche Extremsituationen mit der Ausschüttung dieser Botenstoffe. Es ist eigentlich unmöglich, dass sie komplett fehlen.« Seine Stimme senkte sich zu einem verschwörerischen Flüstern. »Ich habe Proben aus einem alten Fall von 1984 angefordert, um zu sehen, ob es sich um einen Einzelfall handelt. Wenn das Fehlen der Botenstoffe auch dort zutrifft, haben wir eine Verbindung, die uns Hinweise geben könnte.«

»Ich glaube nicht, dass man Leichen je danach untersucht hat. Wie bist du auf diese Idee gekommen? Und erzähle mir mehr zu diesen Stoffen im Körper.«

Abraham zog ein leeres Blatt Papier aus seiner Mappe und begann, mit schnellen, entschlossenen Strichen ein Diagramm zu skizzieren. »Sieh her … „, erklärte er, » … wenn ein Mensch starke Schmerzen empfindet, setzt das Zwischenhirn eine Kette von Informationsabläufen und Gegenreaktionen im Körper in Gang.«

Julia lauschte aufmerksam, während Abraham das komplexe Geflecht von neurologischen Vorgängen auf dem Papier darstellte. Es war faszinierend und verwirrend zugleich, aber sie verstand, dass diese Entdeckung einen Durchbruch in dem ungelösten Mordfall bedeuten konnte.

»Dein Puls erhöht sich, deine Atmung wird heftiger, deine Muskeln spannen sich an und dir bricht der Schweiß aus. Diese Schmerzsignale wirken sich auf die Hormonproduktion aus. Die Bereiche deines Gehirns, die für Gefühle zuständig sind, beurteilen und kontrollieren gleichzeitig den Schmerz. Zack!« Er klatschte mit der zur Faust geballten Rechten in die geöffnete Handfläche seiner Linken. »Der Körper schreit: Es tut weh. Und was passiert dann? Endorphine werden ausgeschüttet. Dieser Botenstoff ähnelt sehr stark dem Wirkstoff Morphin. Ist also schmerzhemmend.«

Julia nickte. Sie verstand, worauf Abraham hinauswollte.

»Die Rückstände dieser Hormone müssten nachweisbar sein – und das ist in unseren Fällen eben nicht so.«

»Gibt es Ausnahmen?«

»Bei einem bestimmten genetischen Defekt, ja. Die sogenannte Analgesie bewirkt, dass sich das Empfinden verringert und in manchen Fällen sogar überhaupt nicht vorhanden ist. Aber es ist wohl kaum anzunehmen, dass in dem Restaurant das Treffen einer Analgesie-Selbsthilfegruppe stattgefunden hat, oder?«

»Das ist interessant! Wenn es *diesen* Zusammenhang zwischen den Fällen gäbe, könnten wir ein äußerst spezifisches Muster hinter den Morden entdecken und damit andere Morde eingliedern!« Julia nahm zwei mitgebrachte Fotos und heftete sie neben die anderen Bilder der Opfer an die Tafel.

»Sie haben also nicht gelitten, unabhängig von der Art ihrer Verletzungen. Sie hatten die Augen geöffnet und blickten sehnsüchtig, ohne Anzeichen von Pein und Angst. Drogen sind deinen Untersuchungen zufolge nicht im Spiel. Tja, das erklärt einiges.«

»Ach ja? Findest du? Haben wir es vielleicht mit einem Hypnotiseur zu tun?« Abraham schüttelte den Kopf. Sein Blick verriet seine Ratlosigkeit.

Julia nahm ein Bild nach dem anderen und brachte es an der Tafel an. Immer wieder betrachtete sie das entstandene Gesamtwerk. Ihre Augen verengten sich, während sie die Plausibilität überprüfte. Dabei hielt sie die Hände wie im Gebet vor ihr Gesicht mit den Fingerspitzen an der Nase.

»Was hast du?«, fragte Abraham sie, als Julia ins Stocken kam.

»Ich habe einen kleinen Stapel von Aufnahmen vorbereitet, die vornehmlich die Wunden der Opfer im Detail zeigen.«

Abraham und Julia standen Seite an Seite vor der Ereigniswand. Abraham brachte mit geübter Hand seine makabren Bilder an die Wand, während Julia gespannt zusah. Jede Verletzung hatte ihre Bedeutung und sie hofften darauf, dass diese grausamen Puzzleteile ihnen endlich die entscheidenden Hinweise liefern würden. Schweigend betrachteten sie das entstandene Szenario. Julias Verstand arbeitete auf Hochtouren, während sie die neuen Erkenntnisse in ihre Gedankenwelt integrierte.

Die Kombination aus Pathologie und Forensik brachte sie voran und sie spürte, wie sich der Knoten langsam löste.
Immer, wenn sie eine wichtige Erkenntnis hatten, fügte Julia weitere Informationen hinzu. Der Prozess war wie ein Tanz zwischen den beiden Ermittlern – mal stützten sie sich gegenseitig, mal hinterfragten sie einander, um Schwachstellen aufzudecken. Es war ein komplexes Wechselspiel, das zu einem Ganzen führte, einem Mosaik aus Details und Vermutungen.
Sie tauchten tief in den Fall ein, bis sie nicht mehr wussten, wie viel Zeit vergangen war. Die Wand war mittlerweile mit Zetteln und Bilder übersät – einige rot, andere gelb, blau und grün. Die roten Zettel standen für die Täter, die gelben für allgemeine Informationen über Opfer und Tatort, die blauen für zeitliche Zusammenhänge und die grünen für Annahmen und Wahrscheinlichkeiten.
Abrahams Miene verriet, dass er nicht besonders glücklich darüber war, seine Ergebnisse an diese Ereigniswand zu pinnen. Er hasste diesen Teil der Arbeit wie die Pest.
Doch Julia wusste, dass es der richtige Weg war, alle Aspekte zu berücksichtigen und so keine wichtigen Details zu übersehen. Alex bestand darauf, dass jeder an dieser Musterbildung teilnahm – eine Entscheidung, die sie respektierte und zu schätzen wusste.
Nach vielen Stunden harter, konzentrierter Arbeit standen sie endlich vor ihrem Werk. Die Wand war ein Kaleidoskop aus Informationen und Vermutungen. Sie hatten einen bedeutenden Fortschritt gemacht, aber das Rätsel noch nicht vollständig gelöst.

»Was denkst du?«, fragte sie Abraham und sah ihm dabei in die Augen.
Er zögerte einen Moment, bevor er antwortete: »Wir sind noch nicht am Ziel, aber wir sind auf dem richtigen Weg. Es fühlt sich an, als ob wir dem Geheimnis langsam näherkommen. Also, Zusammenfassung: Die Wunden der ersten fünf Leichen zeigen zwei verschiedene Handgrößen – nicht drei oder vier, sondern genau zwei. Die Beobachtungen des Zeugen deuten ebenfalls darauf hin. Fazit – bei den Tätern handelt es sich *höchstwahrscheinlich* um ein Paar. Eine Frau und ein Mann.

Alle Verletzungen wurden ohne Gegenwehr zugefügt und von den Opfern nicht als solche empfunden. Botenstoffe, die auf Schmerz oder Angst deuten, fehlen. Aber … „ Abraham rieb sich die Augen. » … für mich ist es jetzt genug. Diese Art von Arbeit schlaucht mich. Außerdem habe ich Hunger und will nicht irgendwann wie ein Klappergestell aussehen.«

Julia lachte. »Gib's ruhig zu, du willst nicht so aussehen wie ich. Nun, ich denke, wir sind gut vorangekommen. Horst kann jetzt noch seine Erkenntnisse einpflegen und Alex –«

»Alex kann alles wieder auseinanderreißen.«

»Genau! So wie immer. Jetzt geh du etwas essen, ich werde gleich nachkommen.« Sie scheuchte ihn aus dem Zimmer.

Julia stand vor einem Gewirr aus Herausforderungen. Der nächste Schritt war das Ergebnis der genetischen Untersuchung, das sie ungeduldig erwartete. Doch auch die Proben aus dem Jahr 1984 sollten nicht vernachlässigt werden. Die modernen forensischen Methoden und technischen Gerätschaften würden vielleicht die verborgenen Details dieser alten Abstriche enthüllen und somit wertvolle Erkenntnisse für den aktuellen Fall liefern.

Der Gedanke, dass die Fälle aus dem 18. und 19. Jahrhundert ebenfalls mit den aktuellen Verbrechen in Verbindung stehen könnten, ließ Julia nicht los. Sie nahm diese in ihre Liste auf, in der Hoffnung, aus der Vergangenheit Rückschlüsse für die Gegenwart ziehen zu können. Wenn sie die Verbindung zwischen diesen Morden entschlüsseln könnte, hätte sie vielleicht die Möglichkeit, künftige Verbrechen zu verhindern.

Ein Schmerz zuckte in ihren Magen. Sie atmete tief durch und der Krampf ließ langsam nach. »Mist«, hauchte sie. Abraham hatte irgendwie recht. Alles sollte eine Grenze haben. Es war ein durchdringendes Gefühl von Unbehagen und Leere, das sie unvermittelt überkam. Einfach so, wie ein Blitz aus heiterem Himmel. Sie fühlte sich abgestumpft von der ständigen Arbeit und Einsamkeit. Julia schleppte sich zum Fenster, öffnete es und fächelte frische Luft herein. Ihre Beine fühlten sich flau an.

Der hektische Verkehr draußen, der an ihr vorüber rauschte, war ein Spiegelbild ihrer rasenden Gedanken und vergehenden Lebenszeit. Sie fragte sich, ob dieses einsame, arbeitsintensive Leben wirklich das war, was sie wollte. Ihre Kollegen waren mit ihren Familien und Freunden am Wochenende vereint, während sie ohne echten sozialen Kreis dastand. Die einzige Gesellschaft, die sie hatte, war ihr verfressener Kater.
Die Erinnerungen an ihre Eltern holten sie ein. Ihre Mutter war früh gestorben. Krebs. Julia war neunzehn Jahre alt gewesen, als es passierte. Diagnose – Chemotherapie – Tod. Es ging so schnell. Viel zu schnell, um sich *richtig* zu verabschieden. Ihr Vater vegetierte in einem Pflegeheim vor sich hin. Sie liebte ihn sehr, aber er erkannte sie nicht, wenn sie ihn ein Mal die Woche besuchte. Er saß nur schweigend in seinem Stuhl und blickte ins Leere. Sie wusste nicht, was er noch wahrnahm, aber die Ärzte meinten, dass er sich in seiner eigenen Welt befände, die zu beschreiben unmöglich sei. Ihr Herz schmerzte jedes Mal, wenn sie ihn besuchte. Diesen Verlust hatte sie noch nicht verkraftet.

»Wie bin ich hier gelandet?«, fragte sie sich. »Was ist das für ein Leben, das ich führe?« Der Gestank der Abgase wehte herein. Sie schloss das Fenster und verließ das Büro.
Die Fragen jedoch blieben.

Es war noch früh am Morgen. Eine frische Brise pfiff zart durch die Fensterläden. Plötzlich durchbrach das schrille Klingeln des Telefons die Ruhe. Ein abruptes Geräusch, das Thomas unsanft aus den Tiefen des Schlafes riss. Seine Lider fühlten sich an wie bleischwere Vorhänge, die er nur widerwillig hob. Wer könnte zu solch einer unheiligen Stunde stören?
Ein kurzer Blick zur Seite, in der Hoffnung, dass Petra sich vielleicht regte und das Telefonat übernahm. Doch der anhaltende, durchdringende Klang ließ darauf schließen, dass sich dieser Wunschgedanke nicht erfüllen würde.
Mit einem tiefen, müden Seufzen schwang er die Beine über die Bettkante und stolperte zum Telefon. Kaum hatte er den Hörer abgenommen, durchschnitt Alex' lautstarkes Organ die Stille.

»Thomas, raus aus den Federn und an die Arbeit! Du wurdest mir zugeteilt, also fang endlich an, etwas zu tun. Du kannst nicht ewig ‚Ich versteck mich – keiner sieht mich' spielen. Ich erwarte dich und Rolf Kant in dreißig Minuten im Dezernat. Klar?«

»Mitten in der Nacht?«, murmelte Thomas mit trüben Sinnen und einer Stirn, die sich zu einer zornigen Falte zog.

»Red keinen Unsinn. Du hast jetzt noch neunundzwanzig Minuten, um hier zu sein.« Das Gespräch war beendet.
Wütend warf Thomas den Hörer aufs Bett. Er schlug einige Male auf der Matratze auf, fiel dann über den Rand und krachte zu Boden. Thomas hatte nicht einmal mehr genügend Zeit, um sich eine Zigarette zu gönnen – eine liebgewonnene Angewohnheit, um den Tag zu beginnen. »Gott, warum immer ich?« Mit einem Gefühl der Benommenheit schlüpfte er in seine Kleidung.

In der Küche suchte er nach seiner Frau. Doch die war längst fort und befand sich wahrscheinlich bereits auf dem Weg zur Arbeit. Die schlichte, doch gemütliche Behausung in Heddernheim, ein Erbe von Petras Mutter, vermittelte ihm eine heimelige Sicherheit. Er wusste, dass er sich darauf verlassen konnte, dass Petra sich um alles kümmerte, von der Gartenarbeit bis zum Einkaufen. Doch die quälende Sehnsucht nach einer stilvollen Wohnung in der Stadtmitte ließ ihn niemals los, obwohl die Immobilienpreise sämtliche Träume davon zunichte machten.
Thomas verharrte vor der Kaffeemaschine, sein Blick fixierte die Zeiger der Wanduhr, die erbarmungslos den Ablauf der Sekunden zählte. Es blieb nicht genug Zeit, nicht einmal für diesen einzigen Moment des Morgentrostes. Ein wütender Schrei, gefangen zwischen Frustration und Resignation, erfüllte die kühle Morgenluft der Küche und ließ sie vibrieren. Der Zorn, der in ihm brodelte, schickte eine dunkle Botschaft an Alex. »Ich hoffe, du verreckst.« Seine Verachtung für diesen Mann, die tiefer ging als der Unmut über den gestörten Schlaf, schlich sich in jeden seiner Gedanken.

Alex hing gerade am Telefon, als Thomas, der anscheinend noch nicht richtig wach war, in das Dezernat torkelte und sich schlaff auf einen Stuhl plumpsen ließ. Dabei gähnte er provokativ, als wäre seine Müdigkeit das Einzige, das im Moment wirklich zählte. Alex und Thomas würden niemals Freunde werden – das war so sicher wie das Amen in der Kirche. Doch er konnte nicht anders, als sich an diesem Morgen einen Seitenhieb zu erlauben. Er ließ seinen durchdringenden Blick auf Alex ruhen. In seinen Augen war Alex ein arroganter Freak, der glaubte, alles besser zu wissen. Wie verlockend wäre es gewesen, direkt zu sagen, was er von ihm dachte! Aber er hielt sich zurück. Alex zu reizen bedeutete Krieg, und das kostete nicht nur unnötig Kraft, sondern konnte auch unschön enden.
Als Alex schließlich sein Telefonat beendet hatte, schnappte er sich einen Stuhl und setzte sich Thomas gegenüber. »Ich hoffe, ich habe dich nicht geweckt?«, klang es scharf aus seinem Mund. Thomas entgegnete mit der gleichen Schärfe. »Doch, aber ich stehe dem Team natürlich *rund um die Uhr* zur Verfügung.«

Mit jedem Herzschlag, den Thomas versuchte, sich ruhig zu verhalten, verbarg er die brodelnde Abneigung, die sich in den Tiefen seines Wesens regte. Es glich dem Tanz auf einem Drahtseil, bei dem ein Fehltritt fatale Konsequenzen haben würde. Er begehrte danach, dem zynischen Besserwisser zu beweisen, dass auch er, Thomas, nicht nur eine Fußnote in dieser Geschichte war. Doch er wusste, dass ein direkter Schlagabtausch mit ihm einem psychischen Selbstmord gleichkäme.

»Das weiß ich zu schätzen. Hast du Rolf benachrichtigt, dass ich ihn hier mit dir zusammen erwarte?«

»Oh. Nein. Ich dachte … „ Thomas' Gesicht verlor die Zornesröte und machte einer Leichenblässe Platz.

»Ich sehe, du schläfst wohl noch halb. Macht nichts, das wird sich ändern. Ich habe Rolf selbst informiert. Er wartet im Auto vor dem Gebäude. Du wirst erneut den Ex-Mann befragen. Punkt zwölf Uhr will ich deinen Bericht lesen. Ist das klar?« Alex' Stimme schwang mit einem Anflug von Überlegenheit, während er sich mit einem triumphierenden Lächeln zurücklehnte. »Und wenn dieser Bericht nicht pünktlich auf meinem Schreibtisch liegt, dann schwöre ich dir, wirst du bis zu deinem Ruhestand Streife fahren. Nur im Bahnhofsviertel und natürlich die Frühschicht!«

Thomas stand abrupt auf und marschierte zur Tür.

Als er fast draußen war, hörte er Alex' spöttische Stimme. »Und, Thomas, beim nächsten Mal vielleicht etwas Frischluft und Wasser? Du stinkst, als hättest du die Nacht in einer Mülltonne verbracht.«

Die Tür krachte hinter Thomas zu, so laut, dass die Wände bebten. Erst draußen ließ er seinen Emotionen freien Lauf und kickte wütend gegen einen unschuldigen Stein. »Verdammter Bastard!«, keuchte er und schloss kurz die Augen. Er ballte die Fäuste. »Irgendwann … Irgendwann wirst du es bereuen..«

In der Nähe bemerkte er Rolf, der in einem Polizeifahrzeug wartete. Er ließ sich neben ihm ins Auto fallen.

Rolf warf ihm ein leichtes Grinsen zu. »Na, ausgeschlafen?«

Thomas schüttelte nur den Kopf. »Spar dir die Ironie und lass uns losfahren.

Du hast doch hoffentlich die Adresse von diesem Ex-Arsch, oder?«
Rolf drehte schmunzelnd den Zündschlüssel und sie fuhren los.

Bertram Port wohnte nicht weit von seiner ehemaligen Frau entfernt, an einer nicht minder guten Adresse in Frankfurt-Westend. *Ja, hier lässt es sich leben*, dachte Thomas voller Missgunst, als sie vor dem Gebäude parkten.
Sie wurden von einem schweigsamen Bediensteten durch die opulenten Gänge einer luxuriösen Wohnung geführt. Jeder Schritt hallte auf dem marmorverzierten Boden wider. Schließlich öffneten sich die prunkvollen Doppeltüren und enthüllten ein Wohnzimmer, das selbst die ausgefallensten Träume eines Königs übertreffen würde. Thomas betrat den Raum und sein Gesichtsausdruck wurde von einem Hauch von Neid getrübt. Hochpolierte Mahagonimöbel glänzten in warmen Erdtönen und schienen im Licht der Kristallleuchter zu funkeln wie Diamanten in der Nacht. »Pha!« kam es leise über seine Lippen.
Eine Sammlung teurer Porträts zierte die Wände.
Ein weicher, handgefertigter Teppich unter seinen Füßen federte jeden Schritt ab und schien den Gang der Zeit zu verlangsamen, als würde er seine Gäste zwingen, sich in dieser opulenten Welt zu verlieren. Eine Miniatur-Skulptur aus – womöglich – reinem Gold, die auf einem kunstvoll geschnitzten Beistelltisch stand, funkelte wie ein verlockender Schatz. Thomas erblasste. *Das ist so ungerecht*. Er zog eine Grimasse voller Bitternis.
Die reich verzierten Vorhänge aus schwerem Samt ließen nur karges Licht in den Raum dringen.
Thomas spürte, wie sein Herz schneller schlug, als er sich an der luxuriösen Bar vorbei schlich. Die Flakons mit Flüssigkeiten, die in allen Farben changierten, versprachen Vergessen und Verführung zugleich. Ein krasser Gegensatz zum Inhalt seines Kühlschranks, in dem sich lediglich ein paar Dosen Bier aus dem Supermarkt befanden.
Thomas blickte über die Schulter zu Rolf, der von all dem Glanz unbeeindruckt schien.

Wenige Sekunden später kam der Ex-Mann der Ermordeten in den Raum. Er begrüßte Thomas und Rolf mit einem fahlen Lächeln. »Ich habe heute Morgen erfahren, dass sie mich noch einmal zu sprechen wünschen. Es ist zwar sehr früh, aber ich verstehe, dass sie ihre Arbeit tun müssen. Nehmen sie Platz, meine Herren.«
Thomas ließ sich in einen weichen Sessel fallen. Das Polster war so üppig, dass er fast das Gefühl hatte, darin zu versinken – ein Gefühl, das beinahe zu verführerisch war, um es zu ignorieren.

»Wer zur Hölle entwirft solche Sessel?«

»Wahrscheinlich ein teuflischer Einrichtungsberater«, entgegnete der Gastherr mit einem spöttischen Grinsen. »Jemand, der genau weiß, wie man seine Gäste mit Bequemlichkeit gefangen hält.«
Rolf zog beschämt einen Notizblock aus der Tasche.
Thomas rümpfte die Nase und brummte zustimmend. »Nun denn, Herr Pfort.«

»Mein Name ist Bertram Port«, verbesserte dieser ihn steif.

»Herr Port, also. Es tut mir leid, dass wir Sie noch einmal stören müssen, aber wir haben da noch einige Fragen. Gerne hätten wir Sie zu späterer Stunde besucht, aber unsere Pflicht kennt keine Zeit.«

»Das schätze ich sehr, Herr … „

»Horn, Thomas. Profiler!« Er reckte sein Kinn nach vorn und wies mit einem kurzen Blick auf Rolf. »Und das ist Polizeiobermeister Kant. Er wird sich Notizen zu unserem Gespräch machen. Für ihn ist ein solcher Fall neu, daher werde ich ihm helfen, sich in diese Dinge einzuarbeiten.« Thomas hüstelte. »Sie haben also gestern Ihre Frau tot im Apartment vorgefunden, richtig?«

»Ex-Frau.«

»Sie fanden sie also tot in der Wohnung.«

»Ja, das stimmt. Wir haben uns vor über zehn Jahren getrennt, standen aber immer noch in einem freundschaftlichen Verhältnis zueinander. Eigentlich haben wir uns erst nach der Scheidung gut verstanden.« Port senkte langsam den Kopf und schaute nachdenklich zu Boden.

»Sie haben einen Schlüssel zur Wohnung Ihrer Ex-Frau?«

»Ja. Sie hatte auch einen Schlüssel zu meiner. Wir kennen uns bereits seit einem Vierteljahrhundert. Das ist eine lange Zeit. Wir konnten uns schon immer aufeinander verlassen. Sie wollte vorgestern für eine Woche verreisen und ich sollte nach dem Rechten sehen. Deshalb bin ich zu ihrer Wohnung gefahren und … „
Seine Stimme brach und seine Augen wurden glasig.

»Sie hängen wohl noch sehr an Ihrer Ex, wie?« Thomas verzog sein Gesicht. Würde er sich von Petra trennen, käme ihm niemals in den Sinn, noch an sie zu denken, geschweige denn, Gefühle für sie zu haben. Und einen Schlüssel bekäme sie von seiner neuen Bleibe hundert Prozent nicht.

»Natürlich mochte ich sie sehr.«

»Wer hat sich denn von wem getrennt?«

»Spielt das eine Rolle? Worauf wollen Sie hinaus, Herr Horn?«

»Haben Sie sich von Ihrer Frau getrennt oder umgekehrt? Wer profitiert von ihrem Tod?« Thomas setzte sich steif auf.

»Ich glaube, unsere Unterredung ist hiermit beendet. Sollten Sie noch weitere Fragen haben, bitte ich Sie, diese an meinen Anwalt zu richten. Er wird sich morgen bei Ihnen melden.«
Port stand auf und schritt steif aus dem Raum.

Als sie die Wohnung verlassen hatten und auf die Straße traten, fühlte sich Rolf hundeelend. Er war überwältigt von den Ereignissen und seinen eigenen Gefühlen. Die Art und Weise, wie Thomas den Verdächtigen angegangen war, hatte ihn tief verunsichert. Es hatte ihn peinlich berührt. Er hatte Mitleid mit dem Ex-Mann empfunden, als er dessen ehrliche Trauer miterlebt hatte. Die Erklärungen des Verdächtigen wirkten auf den ersten Blick schlüssig. Er konnte nicht anders, als sich an Alex zu erinnern, der Thomas in der Vergangenheit oft mit zynischen Bemerkungen bedacht hatte. Jetzt verstand er, warum.
Rolf bemerkte die verbissene Mimik auf Thomas' Gesicht, als er an der Fassade des Hauses emporblickte. Dieser schien fest entschlossen, den Verdächtigen zu überführen, koste es, was es wolle.

»Das ist typisch für Täter, die sich ertappt fühlen. Dem geht der Arsch auf Grundeis. Aber, wenn er glaubt, dass es damit vorbei ist, hat er sich geschnitten. Wir werden wiederkommen, egal wie reich er ist«, verkündete Thomas mit triefendem Neid in der Stimme. »Ich hoffe, du hast heute etwas gelernt!«, fügte Thomas hinzu und sah Rolf eindringlich an.

Rolf schwieg. Er hatte heute tatsächlich etwas gelernt: Thomas war schlicht und einfach ein Idiot.

Es war wieder soweit.

Die aktuelle Mordserie war ein Knoten, der sich hartnäckig gegen das Entwirren wehrte, und Alex stand im Zentrum dieses vertrackten Rätsels. Er hatte bereits viele verworrene und schwierige Fälle gelöst, aber dieser schien sich zu einem wahren Schlingerkurs zu entwickeln, und er fühlte sich wie ein Clown auf einem Einrad, der verzweifelt versuchte, die Balance zu halten.

Was jetzt passierte, war vorhersehbar gewesen – der ganz normale Wahnsinn, der sich immer und immer wieder ereignete, wenn die Täter nicht schnell genug gefasst werden konnten. Die Medien stürzten sich in Schwärmen auf die Polizei wie die Schmeißfliegen auf den frischen Hundekot. Sie drängten auf Antworten und stellten Fragen, als wüssten sie bereits die Lösung. Ihr Druck auf die Polizei war so intensiv wie das unerbittliche Flackern eines grellen Scheinwerfers. Dann brachen Schlagzeilen wie eine Flutwelle über die Bürger herein und überschwemmten die Leser mit wilden Spekulationen und Horrorgeschichten. Die Bevölkerung, gefangen in einem Strudel aus Angst und Sensationsgier wiederum, wandte sich an die Stadtverwaltung. Inmitten dieses Treibens sah die Bürgermeisterin ihre Wählerschaft wie eine Seifenblase zerplatzen.

Und dann geschah das, was immer geschah: Die Bürgermeisterin, umringt von Beratern, übte Druck auf die Ermittler aus. Es war, als würde ein Dompteur seine Peitsche schwingen. Doch Alex war kein zahmer Löwe, der sich dressieren ließ.

Ohne anzuklopfen, betrat Alex Johanns Büro. »Hallo, Johann, wann will uns die –« Er hatte bereits den Ausdruck „Hexe“ auf der Zunge, als ihn Johann barsch unterbrach.

»Komm rein, und sei still, verdammt!«
Sie waren nicht allein. Die Bürgermeisterin schälte sich mit einem Schritt aus der Ecke des Raums. Ihr starrer, angespannter – auf Johann gerichteter – Blick alarmierte Alex sofort. Johann saß hinter seinem Schreibtisch versunken mit einer Miene, als wäre die Welt untergegangen.

»Oh, guten Tag, Frau Bürgermeisterin«, begrüßte Alex sie so freundlich wie er vermochte – dies kostete ihn ungeheure Kraft.

»Schließen Sie dir Tür, *bitte*!« Das letzte Wort klang gepresst.
Die Tür fiel lautstark in ihr Schloss und Alex spürte, wie sich eine Schlinge um seinen Hals legte und ihm die Luft knapp wurde.
Johann lehnte sich vor. Das Leder seines Sessels knatschte laut.
»Sabine, wir arbeiten mit Hochdruck an dieser Geschichte. Es ist einer dieser komplizierten Fälle, bei denen die Spuren nicht ausreichen.«
Johanns Schlingerkurs war ein Versuch, den Kopf vor dem Fallbeil zu retten, aber Alex wusste, dass das bei Sabine Rohn vergebliche Liebesmühe war. Ihr Verständnis galt nur Themen, die ihre Chancen auf Wiederwahl sicherten oder gar erhöhen konnten.

»Johann, wir kennen uns jetzt schon lange. Überlege dir also genau, was du zu wem sagst.« Nun verschärfte sie ihren Tonfall.
Es würde also losgehen. Alex nahm einen Stuhl und setzte sich.
Was sie zu hören bekamen, konnte er auch im Sitzen hinter sich bringen.
Erst jetzt wandte sich die Bürgermeisterin ihm zu. »Herr Brandt, ich habe mich bereits mit Johann über einige Dinge unterhalten, die mir nicht nur Sorgen bereiten, sondern mich *wirklich* verärgern.« Sie hob das Kinn, die Stimmung wurde eisig. »Da draußen läuft ein Irrer frei herum und schlachtet die Einwohner *meiner* Stadt ab! Und Sie können mir keinerlei Resultate liefern. Ist Ihnen bewusst, welche Fragen die Reporter an mich richten?« Sie kniff die Augen zusammen. »*Ist Ihnen bewusst*, Herr Brandt, dass man mich für Ihre träge Arbeitsweise verantwortlich machen wird?«

»Oh, Verzeihung, Frau Rohn«, entgegnete er mit einer Spur sarkastischen Charmes. »Sie wissen ja, wie wir es lieben, unsere Ergebnisse zu verstecken und die Reporter mit unserer fesselnden Langsamkeit zu beeindrucken.

Schließlich wollen wir nicht, dass die Welt erkennt, dass wir eine Geheimorganisation der Faulenzer sind.«
Johann, der bisher wortlos gewesen war, stieß einen unterdrückten Lacher aus, den er schnell mit einem lauten hüstelnden Geräusch erstickte.
Die Bürgermeisterin hingegen schien von dem Kommentar in keiner Weise amüsiert. Mit hochgezogenen Augenbrauen fixierte sie Alex streng. Er fühlte bereits die Nadeln, die sie alsbald in ihn reinstecken würde, um ihn wie einen exotischen Schmetterling in das Album „Das-wars-dann-eben: Du-bist-erledigt“ festzusetzen.

»Verzeihen Sie meinen Kommentar. Aber ich hoffe, Sie können das als kleinen Einblick in unseren Alltag verbuchen.« Alex ließ sich nicht aus der Ruhe bringen. »Wir werden den oder die Täter finden und zur Strecke bringen. Das verspreche ich Ihnen.«
Die Bürgermeisterin schwieg für einen Moment und Alex konnte sehen, dass ihre Wut langsam einer gewissen Akzeptanz Platz machte. »Na gut, Herr Brandt«, sagte sie schließlich, »Sie haben zumindest Humor. Ich hoffe, dass Ihre Ermittlungsergebnisse genauso beeindruckend sein werden wie Ihr Sarkasmus. Da draußen steht die Presse und wird heute noch ein Statement von Ihnen fordern. Also überlegen Sie sich genau, was Sie denen sagen. Es darf nicht der Eindruck entstehen, dass Sie sich noch am Anfang befinden, sonst wird man behaupten, ich sei nicht in der Lage, die richtigen Polizisten für diese Stadt auszuwählen!«
Alex sah zu Johann, der den Blick starr auf den Schreibtisch gerichtet hielt. Er musste ihr Anerkennung zollen. Trotz der Schärfe ihrer Stimme war sie schlau genug, leise zu bleiben, sodass man sie außerhalb des Raumes nicht hören konnte. Respekt. In der Öffentlichkeit vergab sie sich nie etwas und hatte sich stets unter Kontrolle. So glaubten ihre treuen Wähler sicherlich, in das höchste Amt der Stadt eine mütterliche und fürsorgliche Frau gewählt zu haben, die mit offenem Herz ihre Sorgen verstand und immer für sie eintrat. Chapeau.
Sabine ging einen weiteren Schritt auf Alex zu. »Ich weiß manchmal nicht, wo mir der Kopf steht, wenn ich von Unfähigkeit umgeben bin.« Ihre Stimme wurde noch leiser.

»Ihre Aufgabe ist es, mir den Rücken frei zu halten und Ihre Arbeit zu erledigen. Ich reiße mir hier den Hintern auf, damit diese Stadt nicht im Chaos versinkt und abends alle ruhig in ihr Bettchen gehen können. Sie aber sitzen herum und schauen tatenlos zu, wie ein Psychopath in *meiner* Stadt – ja, sie hören richtig – in *meiner* Stadt Frankfurt am Main, Menschen abschlachtet!«

Wie gerne hätte Alex einen Kommentar dazu abgegeben. Eigentlich war es ihr doch völlig egal, ob und wie viele Einwohner ermordet wurden. Würden diese Informationen nicht durch die Medien veröffentlicht, würde es sie völlig kaltlassen.

Sie richtete sich auf und fuhr mit den Händen über ihr mausgraues Kostüm, das wahrscheinlich ein kleines Vermögen gekostet hatte. »Also, damit wir uns richtig verstehen: Sie geben der Presse, was sie hören will. Etwas, das sie beruhigt und den Bürgern *meiner* Stadt..« Sie hob den Zeigefinger. » … die Gewissheit vermittelt, dass *wir* auf dem Weg sind, den Fall zu lösen. Klar? Und danach finden Sie ihn auch! Sonst werden Sie es bereuen, so wahr ich hier stehe! Also, um sechzehn Uhr im Rathaus!« Ohne Abschiedsgruß rauschte sie aus dem Büro.

»Meine Stadt, meine Stadt, meine Stadt … zu viel Cholesterin«, murmelte Alex, während er ihr hinterher blickte.

»Cholesterin?« Johanns Blick glich einem Dackel, den man mit der Knute geschlagen hatte.

Alex nickte und zuckte die Schultern.

Johann stand auf, umrundete seinen Schreibtisch und schlug die Tür zu. »Was soll der Blödsinn? Sabine hat genug Macht, um uns in dieser Stadt auseinanderzunehmen. Alex, wir brauchen Resultate!«

»Johann, du verstehst nicht, was da vor sich geht. Dieser Fall fällt aus dem üblichen Rahmen. Wir tappen nicht nur im Dunkeln, sondern in der schwärzesten Nacht. Das Einzige, was wir bisher mit ziemlicher Sicherheit sagen können, ist, dass die Morde von den gleichen Tätern verübt wurden und dass es sich um ein Paar handeln *könnte*. Also, halt mir noch ein paar Tage die Presse vom Hals.«

Johann schüttelte resigniert den Kopf. »Das geht nicht. Sabine hat die Reporter auf uns gehetzt, um selbst aus der Sache herauszukommen. Du kennst das Spiel. Sie werden uns löchern, werden fragen, wie weit wir sind, ob wir einen Verdächtigen haben oder nicht, und sie werden uns Tag für Tag weiter in die Enge treiben.« Johann steckte die Hände in die Taschen, ging zum Fenster und schaute zur Straße hinab. »Und immer, wenn einer der Reporter auf die Idee kommt, bei der Bürgermeisterin anzuklopfen, wird dort eine eloquente, herzliche Dame stehen, die in das gleiche Horn bläst. Sie wird sagen: *Sie haben recht. Auch ich verstehe nicht, warum die Polizei nicht vorankommt. Aber ich werde daraus Konsequenzen ziehen. Mein Vorgänger hat versäumt, eine effektive Aufklärungsarbeit zu ermöglichen. Zum Glück haben die Wähler sich nun für Kompetenz entschieden, das heißt für mich.*« Er drehte sich um und schaute Alex in die Augen. »So läuft das, Alex. Am Ende schmieden sie einträchtig eine Allianz, die uns zu den Deppen der Nation abstempelt.«
Ein müdes Lächeln huschte über Alex' Gesicht. »Ich werde mir etwas überlegen, Johann.«

Alex fühlte sich ausgelaugt. Nicht nur von der Aufgabe, den Verbrechern dieser Taten auf die Schliche zu kommen, sondern auch von den sinnlosen und nervenaufreibenden Spielchen darum herum. Nur noch eine Stunde blieb ihm, bis er im Rathaus auf der Pressekonferenz erscheinen musste – ein Treffen, das sich anfühlte wie der Eintritt in eine Arena, in der er den hungrigen Medienlöwen ins Auge blicken musste.

Und so wie das Schicksal es wollte, würde er bei der Konferenz von zwei Personen genau examiniert werden: Johann, der alles tat, was in seiner Macht lag, um die Wogen der Politik zu glätten, und die liebreizende Bürgermeisterin Sabine Rohn, die bereitstand, ihn wie eine heiße Kartoffel fallen zu lassen, sollte er ihr nicht die ersehnte Lösung präsentieren.

Das Schlimmste daran war, dass die Pressekonferenz nur die Spitze des Eisbergs darstellte. Alex konnte bereits das Kreischen der Schlagzeilen in den Ohren hören, wie sie mit schneidender Kälte seine Professionalität und Integrität infrage stellten. „Ermittler tappt im Dunkeln: Hat er die Spur verloren?“, sah er die fetten Buchstaben vor sich.

Ein bitteres Lächeln huschte über seine Lippen, als er sich vorstellte, wie die Bürgermeisterin ihn wie eine Marionette an den Fäden der öffentlichen Meinung tanzen lassen würde. Sie hatte nicht den Hauch einer Ahnung, wie es war, sich in den finsteren Abgründen des Verbrechens zu verlieren, und trotzdem weiterzukämpfen wie ein einsamer Krieger in der Schlacht.

»Hi, Alex, ist alles okay?« Julia stand plötzlich vor ihm.

»Klar, was denkst du denn? Es läuft das übliche Spiel.« Er winkte müde ab. »Habt ihr etwas herausgefunden? Ich muss gleich zu einer Pressekonferenz, da wären einige positive Informationen sehr hilfreich.«

»Aha, daher weht der Wind.«

»Ja, daher! Nur würde ich den Wind eher als mittelprächtigen Sturm bezeichnen. Hm … „ Alex kam da eine Idee. »Komm mit zur Pressekonferenz. Stell dich einfach brav neben mich. Du musst nichts sagen. Wenn ich auf die Fragen der Presse antworte, nickst du einfach. Setz dabei eine ernste und entschlossene Miene auf. In Ordnung?«

Julia legte zweifelnd die Stirn in Falten. »Ich soll einfach nur nicken?«

»Ja, das gibt dem Ganzen einen Touch von Wahrheit, Tiefe und Gewissheit – oder so ähnlich.«

»Na gut, wie du meinst.«

Aus der Ferne sah Alex bereits die wissbegierigen Reporter vor dem imposanten Rathaus stehen.

Alex war sich bewusst, dass es deren Pflicht war, die Menschen aufzuklären, aber in den letzten Jahren hatte sich die Medienlandschaft verändert. Es ging nicht mehr um reine Wahrheit und neutrale Aufklärung, sondern um emotionales Spektakel. Die Nachrichten sollten sensationell sein, mit Superlativen überladen, und der Druck wurde aufgebaut, wo stattdessen ein klares Denken und gründliche Ermittlungen gefragt waren – genau wie in diesem Fall.

Die Bürgermeisterin, deren Präsenz normalerweise für das nötige politische Schauspiel sorgte, war nirgendwo zu sehen. Vermutlich hatte sie sich in ihrem Büro verschanzt, um die Verantwortung abzuschieben.

Gemeinsam mit Julia betrat Alex den Presseraum und die Reporter folgten. Mikrofone wurden gezückt und die Kameras schienen darauf zu lauern, keinen Augenblick zu verpassen.

Was für eine Show, dachte Alex. Mit bedächtigen Schritten näherte er sich dem Rednerpult. Seine Miene blieb beherrscht, ein Schleier aus professionellem Ernst legte sich über seine Gesichtszüge. Kein Lächeln, denn hier gab es nichts zu lachen – keine verbissene Mimik, denn das würde den Wölfen nur zusätzliche Nahrung bieten.

Am Pult angekommen, räusperte er sich und prüfte in aller Ruhe die Mikrofone. »Meine Damen und Herren, ich werde Ihnen natürlich jede Ihrer Fragen beantworten«, rief er mit einem charmanten Lächeln.
Eine quirlige junge Dame sprang auf und gestikulierte wild herum. Normalerweise hoben Reporter ihre Hand, um auf sich und ihre Fragen aufmerksam zu machen, doch schien diese Gepflogenheit nicht in ihr Repertoire zu gehören. »Herr Brandt, haben Sie schon einen Verdächtigen im Visier?« Ihre Worte klangen so hastig wie ihre Gestik.
Alex musterte sie kurz, ließ sich jedoch nicht von ihrer Aufgeregtheit beeindrucken. Er hatte schon so viele dieser Interviews gegeben – aber diese Frau war ihm neu. Sie war nicht groß, aber mit einer Ausstrahlung, die ihre geringe Statur in den Schatten stellte. Von einer anderen Seite hörte er die Frage, ob es sich bei den Morden um ein okkultes Ritual handeln könnte. Alex wusste, dass er mit Fingerspitzengefühl vorgehen musste. Jede Bewegung, jedes Wort würde in den Schlagzeilen landen, genüsslich zerpflückt von den sensationshungrigen Medien. Die Polizeiarbeit war nie perfekt, und das wussten sie alle.

»Nicht alle auf einmal!«, rief er mit einer Spur Sarkasmus. Die Atmosphäre war zum Schneiden gespannt. »Ja, wir haben Verdächtige im Blick und arbeiten an einem Täterprofil. Und nein, es sind keine Ritualmorde. Wir haben absolut keine Hinweise auf okkultes Geschehen.« Seine Stimme wurde entschlossener, denn er wusste, wie leicht ein Gerücht sich in die Hirne der Öffentlichkeit fräste.
Julia nickte dem Auditorium zustimmend zu und bauschte so Alex' Aussagen mit einem gewissen Hintergrund von Ernsthaftigkeit auf.

»Herr Brandt, in welche Richtungen gehen Ihre Ermittlungen dann? Können Sie uns eine Beschreibung der Verdächtigen geben?«, fragte abermals die quirlige Reporterin.
In diesem Augenblick trat die Bürgermeisterin auf die Bühne. Umgeben von Mitarbeitern der Stadtverwaltung, bewegte sie sich souverän in Richtung Mikrofone, als wäre sie die Anführerin einer Raubtierbande.

Ihr Lächeln war entwaffnend, aber Alex spürte, dass es nicht bis in ihre Augen reichte. Diese Frau war gefährlich, wie eine giftige Schlange, die ihre Beute genau beobachtete, bevor sie zuschlug.

»Meine Damen und Herren, seien Sie versichert, dass unsere Polizei mit aller Kraft daran arbeitet, diesen Fall zu lösen«, erklärte sie mit gewinnender Stimme, während sie sich neben Alex und Julia platzierte. »Herr Alexander Brandt ist einer unserer besten Ermittler und er ist dem Täter bereits auf der Spur. Leider darf er aus ermittlungstechnischen Gründen noch nicht alle Informationen preisgeben. Aber keine Sorge, wir lassen keine Mühe unversucht, um unsere geliebte Stadt zu schützen.«

Alex konnte nicht leugnen, dass er Respekt für diese Frau empfand, obwohl er ihre verborgenen Motive spürte. Sie war eine Meisterin darin, sich eloquent um klare Antworten herumzuschleichen und dennoch den Eindruck zu erwecken, dass alles unter Kontrolle sei.

»Herr Brandt wird diese *feigen* Täter zur Strecke bringen, da bin ich mir sicher«, fuhr sie fort, als ob sie bereits wüsste, wie die Geschichte enden würde. »Nun, verzeihen Sie uns bitte.« Sie führte Alex und Julia aus dem Raum, während die Reporter vergeblich versuchten, ihr noch ein paar brisante Details zu entlocken. Mit einem Grinsen dachte Alex, dass die Journalisten sicherlich mit großen Erwartungen gekommen waren, aber am Ende mit leeren Händen abreisen würden. In dieser Welt des Katz-und-Maus-Spiels blieb man selten mit der ganzen Beute zurück.

Kurz vor dem Ausgang blieb Sabine Rohn abrupt stehen und drehte sich zu Alex um. Ihr Lächeln war so falsch wie eine gezinkte Spielkarte und ihre Stimme hatte einen eiskalten Unterton, der einem das Blut in den Adern gefrieren ließ. »Herr Brandt, in den kommenden zwei Tagen brauchen wir Verdächtige. Haben wir uns verstanden?« Ihre Worte klangen wie ein Befehl und Alex konnte förmlich spüren, wie die Schlinge sich um seinen Hals zusammenzog. Diese Natter wusste, wie man die Fäden zog, um an der Macht zu bleiben.

Kapitel 4
Die vielen Gemeinsamkeiten

12. Mai 2020

Der frühe Morgen hatte einen feuchten Nebel über die Stadt gelegt und die kalte Luft betäubte fast das Gefühl in seinen Fingern, als Alex die Unterlagen vor sich sortierte. Die belanglosen Informationen türmten sich vor ihm wie eine Festung aus Papier, die er einfach nicht zu durchdringen vermochte.

Seit den ersten blutigen Morden waren nun verfluchte sechs Tage vergangen, und sie tappten noch immer im Dunkeln. Alex hatte sich mit Julia verabredet, um die mageren Anhaltspunkte und Indizien ein weiteres Mal durchzukauen. Doch zuerst kam die Morgenbesprechung an die Reihe.

Die übliche Runde war inzwischen um zwei Mitarbeiter erweitert worden, von denen einer eine wandelnde Kombination aus Dummheit und mieser Laune war. Alex' Stimmung war ohnehin schon in den Keller gesackt, aber dieser Typ schien entschlossen zu sein, sie in den Marianengraben zu versenken.

»Morgen. Wir haben nun offiziell zwei Neue im Fall *Schatten*«, begann er bedächtig. Warum ihm Johann das angetan hatte, verstand er nicht. Noch nicht. Aber sie gehörten fortan fest zum Team, obgleich es Alex schwerfiel, es sich einzugestehen. »Rolf Kant und … Thomas. Rolf ist neu in unserem Dezernat und war bereits bei den ersten Morden vor Ort. Zu Thomas muss ich wohl nichts sagen.«

Alex überlegte kurz, ob Thomas überhaupt merkte, dass er ihn nicht leiden konnte, ja ihn sogar seiner Faulheit wegen verachtete. Aber wahrscheinlich trugen besonders dumme Menschen eine Art Schutzschild, der jeden Zweifel von außen einfach abprallen ließ.

Alex' Faust donnerte hart auf die Tischplatte.
Thomas hob die Arme und rollte die Augen. Horst wich einige Zentimeter mit seinem Stuhl vom Tisch zurück.

»Du scheinst es nicht zu begreifen. Geh mir augenblicklich aus den Augen und verlass dieses Zimmer! Du bist nicht mehr in unserem Team! Ich werde das später mit Johann klären. Sofort!« Energisch wies Alex mit der Hand zur Tür.
Thomas schaute in die Runde. Horst und Rolf wichen seinem Blick aus, Abraham und Julia sahen ihn mit einer Mischung aus Unverständnis, Abscheu und Mitleid an.

»Gut, wie ihr wollt!« Er stand auf und stürmte hinaus, wobei er die Tür hinter sich offen stehen ließ.
Alex stand auf und ging zur Tür. Donnernd warf er sie zu. Nachdem er sich wieder hingesetzt und ein wenig beruhigt hatte, meldete sich Rolf kleinlaut zu Wort.

»Es tut mir wirklich leid. Ich –«

»Schon gut. Ich kenne Thomas«, unterbrach in Alex. »Ich weiß, dass es nicht Ihre Schuld war. Halten Sie sich einfach an unsere Regeln und Sie werden sich gut bei uns einfinden. Nehmen Sie den Zettel von der Tafel und setzen Sie sich.«
Dann wandte er sich an Horst. »Was hast du über diesen Port herausgefunden?«
Horst öffnete sein Notizbuch und blätterte vorsichtig einige Seiten durch. Während seine jüngeren Kollegen ihre modernen Tonbandaufnahmen machten, um alles automatisch zu digitalisieren, hielt er an seiner altmodischen Art fest, einen Notizblock zu verwenden. Jedes Detail musste gewissenhaft eingetragen werden, denn er wusste, dass es kleinste Hinweise waren, die die größten Rätsel lösen konnten.

»Er hat ein belastbares Alibi für den Tatzeitraum. Er behauptet, er wäre zum Zeitpunkt der Tat zu Hause gewesen. Sein Bediensteter bestätigt das übrigens. Meine Intuition sagt mir, dass er nichts mit der Tat zu tun hat.« Er kaute nervös am Rand seines Stiftes. »Er und seine Ex-Frau haben sich, laut seiner Aussage, im Einvernehmen getrennt, und es gibt keinen Grund, daran zu zweifeln. Port besitzt zudem mehrere Firmen in der Stadt und ist sehr wohlhabend.

Da unser Opfer aus dem Haus einer ebenso reichen Unternehmerfamilie kam, war sie nicht auf das Geld ihres Ex-Mannes angewiesen. Wie viel, und ob überhaupt, sie als Abfindung von ihrem Ex-Mann erhielt, ist spekulativ. Umgekehrt gilt das Gleiche. Auf das Geld seiner Ex-Frau war er sicherlich nicht angewiesen.« Mit einem entschiedenen Ausdruck schloss er sein Notizbuch.

Alex nickte. »Dig, bitte, hab wenigstens du eine gute Nachricht für mich.«

Abraham bedachte Alex mit einem mitleidigen Blick. »Na ja, mal sehen. Julia und ich haben uns gestern hier getroffen und die neuesten Erkenntnisse an die Tafel angebracht. Wichtig sind hauptsächlich zwei Dinge. Der oder die Täter haben zwar keine Spuren hinterlassen, aber es gibt dennoch ein verbindendes Element zwischen den beiden Taten. Um mehr Sicherheit zu gewinnen, habe ich die Proben aus dem Fall in Charlotte angefordert, um sie daraufhin untersuchen zu lassen. Weisen sie dieselben Merkmale auf, wird es tatsächlich spannend.« Abraham griff nach einem kleinen Stapel von Blättern und händigte reihum jedem eine Seite aus. »Was ihr auf dem Papier sehen könnt, ist eine Auflistung der menschlichen Botenstoffe. Sie werden ausgesandt, um gewisse Informationen schnell auf den Weg zu bringen, damit umgehend eine Reaktion des Körpers erfolgen kann. Befindet sich der Mensch in Ruhe, also ohne Stress und Angst, werden kaum Botenstoffe ins Blut abgesetzt. Das könnt ihr aus der Tabelle herauslesen.« Abraham beugte sich Alex entgegen. Seine Stimme wurde eindringlicher. »Also noch mal bildlich: Bei Angst oder Stress werden bestimmte Stoffe produziert und durch das Gefäßsystem geschossen. Peng. In Tabelle Zwei findet ihr eine typische Auflistung der Stoffe und ihrer Konzentration bei einer Person, die Angst hat und somit auch Stress empfindet. Und jetzt das Interessante: Unsere Opfer, sowohl die aus dem Restaurant als auch die Dame, die am Stuhl klebte, alle wiesen Werte auf, wie sie bei Ruhenden vorkommen. Ist das nicht seltsam?«

Rolf studierte die Tabellen und schüttelte verständnislos den Kopf. »Können Sie das noch mal genauer erklären?«

»Klar. Menschliche Hormone sind biochemische Botenstoffe. Diese Hormone tauschen innerhalb des menschlichen Körpers ständig Informationen aus, zwischen dem Gewebe und den Organen. Das ist sehr wichtig, sonst könnten bestimmte Prozessketten im Körper nicht sauber funktionieren. Der Mensch hat viele endokrine Drüsen, die unter anderem dafür zuständig sind, diese Hormone direkt in die Blutbahn einzuspeisen. Dadurch können sie sich überallhin verteilen.«

»Endokrine Drüsen?«, wiederholte Rolf.

»Die Schilddrüse ist zum Beispiel eine solche endokrine Drüse, oder auch die Hypophyse, die Nebennieren und die Bauchspeicheldrüse.« Abraham zwinkerte Rolf zu. »Daneben gibt es allerdings noch Neurohormone, die wiederum von Neuronen im zentralen Nervensystem gebildet werden. Und zuletzt sind da die Gewebshormone, die von ganz speziellen Gewebszellen ausgesendet werden können. Aber diese Informationen können nicht überall dorthin gelangen, wo es gerade wichtig wäre. Doch auch dafür hat die Natur eine Lösung parat: sogenannte Rezeptoren –«
Rolf hob abwehrend die Hände. »Halt, das geht zu weit. Ich bin nicht blöd, aber ich verstehe nur noch Bahnhof.«
Abraham lachte. »Sorry. Manchmal geht der Gaul mit mir durch.«
Abraham stand auf, ging zum Flipchart und zeichnete einen Kreis. »Das ist unser Opfer. Es befindet sich in Ruhe.« Er setzte den Stift an und malte einen Pfeil. »Jetzt fliegt etwas Gefährliches auf ihn zu. Es entsteht Angst. Adrenalin wird ausgeschüttet. Durch dieses Stresshormon wird ein Anstieg der Herzfrequenz und des Blutdrucks sowie eine Erweiterung der Bronchien bewirkt. Wird es also gefährlich, kann einem dieses Mehr an Energie das Leben retten.« Er nahm einen roten Stift und durchstrichelte den oberen Teil des Kreises. »In Windeseile duckt sich das Opfer. Gerade noch rechtzeitig. Solche Hormone lassen sich eine gewisse Zeit lang im Blut nachweisen und der Pathologe kann dadurch noch einiges über den emotionalen Zustand des Opfers zum Todeszeitpunkt aussagen.«
Abraham setzte sich wieder. »Übrigens: Bereits die Erwartung eines Schmerzes verursacht eine vermehrte Ausschüttung von Hormonen. Da muss noch nichts passiert sein.

Das nennt man den Nocebo-Effekt. Dabei übersetzen Botenstoffe Angst in Schmerz – und Angst hätten gerade die ersten Opfer in dem Restaurant haben müssen, da sie nacheinander getötet wurden. Selbst wenn wir davon ausgehen, dass sie keine Angst hatten, hätten sie zumindest einen wahnsinnigen Schmerz verspüren müssen. Aber, nichts.« Abraham runzelte die Stirn. »Ein Rätsel? Für mich jedenfalls!«

Alex nickte anerkennend. »Das ist zumindest einmal eine verbindende Besonderheit, nach der wir die alten Fälle überprüfen können. Damit vermeiden wir, dass sich Morde reinmogeln, die nicht dazugehören. Also, Dig, schau dir die Proben der Fälle aus Charlotte genau an. Sollten sie die erwarteten Ergebnisse aufweisen, analysieren wir sie genauer. Horst und Rolf, ihr werdet weiter nach Zeugen suchen. Nehmt euch den Hausmeister des Gebäudes vor, in dem das letzte Opfer gewohnt hat. Versucht, etwas Brauchbares aus ihm herauszukitzeln! Diese Hausgeister haben große Ohren, denen nur wenig entgeht.«

Alex und Julia befanden sich allein im Besprechungszimmer, dessen Luft verbraucht und stickig war. Sie zogen ihre Stühle vor die mit Bildern und Notizen zugepflasterte Tafel. Alex nahm mit einem nachdenklichen Lächeln auf einem der unbequemen Stühle Platz und fragte sich, ob diese Folterinstrumente wohl extra dafür gemacht waren, um Ermittler wach und bei der Sache zu halten.

»Na dann, Julia, lass uns diese rätselhaften Stränge im Namen der Wahrheit Schritt für Schritt entwirren«, forderte Alex sie auf. Julia trat vor und hielt einen langen Stab in der Hand, mit dem sie auf die verschiedenen Bilder an der Tafel zeigte. »Wir haben den Fall aus Charlotte hier hin gepinnt, einfach um zu schauen, ob er etwas mit unserem zu tun hat.« Julia tippte mit der Stabspitze auf die Bilder. »Und wenn Dig seine Proben analysiert hat, können wir womöglich eine Verbindung zwischen den aktuellen und den alten Morden herstellen. Aber ich möchte erst tiefer in die Charlotte-Morde eintauchen, wenn uns die Fakten vorliegen.«
Alex ließ den Blick über die Bilder streifen, während Julia sich neben ihn setzte. »Da gibt es etwas, das uns verborgen bleibt, das wir noch nicht sehen«, überlegte er und fuhr sich mehrmals mit dem Zeigefinger über die Nase, als könnte er dadurch die Lösung erschnüffeln. Seine Gesichtszüge waren angespannt und konzentriert, während er spekulierte. »Vielleicht haben wir es tatsächlich mit einem mörderischen Dreamteam zu tun, das sich zusammengeschlossen hat, um sein Unwesen zu treiben –«

»Stopp, Alex!«, riss Julia ihn unvermittelt aus seinen Gedanken. Sie sprang auf und hastete zu ihrer Tasche, die noch auf dem Tisch lag. Eilig öffnete sie den verschlossenen Briefumschlag auf, den sie vom Labor erhalten hatte.

»Oh, das wird interessant! Ich bin so gespannt, was Fred Heimer so Verwirrendes für uns hat.«
Im Umschlag befanden sich ein zusammengefalteter Zettel und ein amtliches Untersuchungsprotokoll. Julia entfaltete den Zettel und las.
Währenddessen beobachtete Alex sie genau, versuchte ihre Mimik und Reaktionen zu deuten wie ein erfahrener Detektiv, der nach den kleinsten Hinweisen sucht. Als Julia den Kopf hob, starrte sie ihn mit offenem Mund an. In diesem Augenblick wusste Alex, dass sie auf etwas gestoßen waren, das ihre bisherigen Erkenntnisse auf den Kopf stellte.

»Lass mich raten, worum es in dem Schreiben geht.« Ein wissendes Lächeln huschte über Alex' Gesicht. »Dieser Fred hat etwas entdeckt und am Telefon kurz erwähnt. Er wollte seine Vermutung jedoch nochmals überprüfen und jetzt liegt dir das Ergebnis vor. Auf dem Zettel weist er dich wahrscheinlich darauf hin, dass er nicht verstehen kann, wie dieses Etwas in die Proben, die du eingereicht hattest, gelangen konnte. Richtig?« Seine rechte Augenbraue hob sich und gab ihm das Aussehen eines Adlers auf Beutesuche. »Einerseits hat er den Eindruck, von dir auf den Zahn gefühlt zu bekommen, andererseits kennt er dich inzwischen gut genug, um dir Ernsthaftigkeit zuzutrauen. Ergo, er befindet sich in einem Zwiespalt. Und mit dem beiliegenden Dokument hat er die wissenschaftliche Fundiertheit seiner Aussage nachgewiesen.« Alex schnippte mit dem Finger.
Julie neigte den Kopf, ihre Augen funkelten. Sie war offensichtlich überrascht. Ihr Mund öffnete sich.

»Ach ja, noch etwas.« Alex schmunzelte provokant. »Am Ende des Schreibens hat er dich zu einem Glas Wein bei einem privaten Tête-à-Tête eingeladen. Natürlich nur, um sich mit dir über diese Besonderheit auszutauschen. Also *völlig* unverfänglich. Und wie ich annehme, bist du der Einladung gegenüber nicht abgeneigt. Dieses kleine Zweifel-Fältchen über deinem rechten Auge verrät mir jedoch, dass du ihn noch nicht gesehen hast. Und wir wissen alle: Ein Blind Date kann in die Hose gehen.«
Julias Mund schloss sich wieder wie die Filmklappe am Ende einer Szene. Sie nickte. »Nicht schlecht, Mister Frauenversteher.«

Frauenversteher?, dachte Alex. Wenn für jemanden die Gefühle einer Frau ein Mysterium waren, dann für ihn. Wie oft schon war er in die Falle getappt, und jedes Mal führte es zum gleichen Ergebnis: Eine Trennung mit Ansage.

»Fred hat mich tatsächlich eingeladen, allerdings zu einer Tasse Kaffee und nicht zu einem Glas Wein. In diesem Punkt hast du dich geirrt.«

»Kaffee? Nun, er scheint Angst vor dir zu haben«, mutmaßte Alex munter weiter.

»Wie kommst du darauf? Nur weil er mich nicht gleich zu Wein und Poppen eingeladen hat? Er respektiert mich eben. Das gehört sich für einen anständigen Mann.«

»Ach, Julia, ich kenne mich zwar nicht mit Frauen aus, mit Männern dafür umso besser. Respekt hat er bestimmt, fragt sich nur, wovor. Vor dir als Mensch? Vielleicht hat er auch Angst, abgewiesen zu werden, wenn seine Offerte zu durchsichtig klingt. Oder dir ist dein Ruf als männervernichtende Jungfer vorausgeeilt, die wie eine Gottesanbeterin das Männchen erst umgarnt, um es nach getaner *Arbeit* aufzufressen.«

»Alex, du hast dringend eine Frau nötig. Oder einen Therapeuten. Kommen wir zurück zur Sache.« Sie furchte die Stirn und bedachte Alex mit einem tadelnden Blick. »Hier, lies selbst.« Sie reichte ihm Zettel samt Dokument.

Liebe Frau Weis,

die Ergebnisse der mir eingesandten Proben habe ich Ihnen separat zukommen lassen. Die Analyse des besagten kleinen Hautpartikels liegt diesem Schreiben bei. Ich habe es gewissenhaft mehrere Male geprüft und bin zu folgendem Schluss gekommen:

Es sind Hautschuppen eines Lebewesens. Auch würde ich sie eindeutig einem menschlichen Wesen zuordnen, jedoch nicht einem Menschen unserer Zeit. Irgendjemand treibt sein Spiel mit mir oder mit uns beiden. Vielleicht hat der Mörder es hinterlassen, um uns in die Irre zu führen? Ich weiß es nicht. Die Analysen jedenfalls datieren das Alter der Probe auf etwa dreitausend bis viertausend Jahre. Nicht schlecht, oder? Ich werde mich deswegen noch mal bei Ihnen melden.

Übrigens wäre es sehr interessant, wenn wir uns bei einer Tasse Kaffee über diese Angelegenheit unterhalten könnten.
Liebe Grüße
Ihr Fred Heimer

Alex rümpfte die Nase. »*Ihr* Fred Heimer. Ja, ja, es wäre also interessant, das bei einer Tasse Kaffee zu erörtern.« Er schaute sich das Dokument an und gab Julia die beiden Schreiben wieder zurück. »So seltsam es ist, es passt trotzdem irgendwie in unser Puzzle. Also gut, spekulieren wir mal ganz wild und unprofessionell herum. Du, Julia, hörst in dich hinein und sagst mir, wie plausibel du das Szenario findest, okay?«
Alex stand auf und stellte sich vor die Tafel.
Julia lehnte sich in ihren Stuhl zurück, und überkreuzte die Beine. Die Präsentation konnte beginnen.

»Also … „ Alex richtete sich steif auf. »Einem geisteskranken Paar fallen Aufzeichnungen alter Fälle in die Hände, in denen Menschen gemordet haben. Vor etwa sechsunddreißig Jahren lebten die beiden in Charlotte. Dort haben sie eine Serie von außergewöhnlichen Morden begonnen, die sie nach einer Weile wieder einstellten. Dadurch verlor sich ihre Spur und sie konnten ihren Häschern entkommen. Diese Serie haben sie vor einer Woche hier in Frankfurt am Main fortgesetzt, und, wenn sie schlau sind, hören sie auch diesmal rechtzeitig auf und tauchen abermals unter.« Alex kniff die Augen zusammen und atmete tief durch. Dadurch würden sich die ohnehin spärlichen Spuren ganz verflüchtigen. »Aber was ist das Spezielle an diesen Morden? Die Opfer scheinen weder Angst noch Schmerzen zu empfinden. Drogen? Nein! Hypnose? Vielleicht. Was ist noch besonders? Sie töten ihre Opfer langsam, scheinen sie aber nicht quälen zu wollen. Sie misshandeln sie nicht. Warum töten sie ihre Opfer? Alle Opfer haben die Augen geöffnet, ihr Blick ist sehnsüchtig und friedlich.« Alex schluckte schwer, fuhr sich abermals nachdenklich über die Nase und blickte dann in Julias Augen. Sein Kopf neigte sich ihr leicht zu. »Julia, das ist das Besondere: Die Täter schauen ihnen in die Augen, wenn das Leben aus ihren Körpern rinnt. Irgendetwas ist ihnen dabei wichtig zu sehen.

Es ist nicht das Töten, das sie reizt, sondern der Akt des Sterbens an sich.«

»Verstehe ich nicht.«

»Das Herz nehmen sie höchstwahrscheinlich erst im letzten Moment heraus. Vorher beobachten sie den Vorgang des Sterbens. Wozu sie die Herzen benötigen, kann ich jedoch nicht sagen. Sind sie abartig? Psychopathen? Kaum! Sie handeln überlegt, hinterlassen keine Spuren und werden nie erkannt. Fünf Menschen werden in einem Restaurant ermordet und es gibt keine Zeugen.« In Alex' Stimme klang Unglaube und eine Spur Verzweiflung. »In Charlotte wird in *aller Öffentlichkeit* eine Studentin entkleidet und ermordet. Niemand sieht die Täter. Sie sind unscheinbar. Ich folgere daraus, dass sie nett sind, durchschnittlich, nicht auffällig, also weder arrogant noch abweisend – einfach unsichtbar. Sie tauchen auf, werden gesehen, und ohne wahrgenommen zu werden, tauchen sie wieder unter. Flüchtig wie Gas. Körperlos wie Schatten. Wie sind sie an die alten Akten gekommen? Waren sie mit den damaligen Tätern verwandt? Wurden diese womöglich nach dem Schiffsunglück der *Titanic* gerettet und kamen quicklebendig im Hafen von New York an? Sind die heutigen Täter ihre Nachkommen?« Ein langgezogener Seufzer entrang sich seiner Kehle, was sich wie ein krächzendes Klagelied anhörte. »Und das Verrückteste ist, dass es womöglich noch ältere Fälle mit diesen Merkmalen gibt. Sollten die Morde in Lyon 1792 das gleiche Strickmuster aufweisen, dann … „ Er setzte sich wieder auf seinen Stuhl und betrachtete schweigend die Tafel.

»Sehnsucht«, hauchte Julia leise, während Alex sie neugierig ansah. »Ja, du hast recht. Es ist ein Verlangen, das tief in ihnen brennt und sie zu diesen Taten treibt. Keine Morde aus Lust, sondern aus einer verzweifelten, dunklen *Sehnsucht* heraus. Sie agieren im Verborgenen und verschwinden wie Geister in der Nacht. Es sind wahre Chamäleons, Meister der Tarnung und des Verschwindens. Ihr Intellekt ist beängstigend hoch.«
Julia stockte einen Moment. Sie presste ihre Hand an die Stirn. »Ich spüre etwas Unheimliches bei diesem Fall. Etwas, das mir das Blut gefrieren lässt und meine Nerven zum Zerreißen bringt.

Es ist, als ob wir uns in einem Labyrinth befinden und je tiefer wir hineingehen, desto mehr Rätsel und Gefahren erwarten uns.«
Sie stand abrupt auf und ging ans Fenster. Mit einem Schwung öffnete sie es weit und sog die klare, kühle Luft tief in ihre Lungen, als wäre sie gerade einem düsteren Albtraum entronnen.
Alex konnte die Anspannung in ihrer Stimme hören und ihrem Gesicht sehen. »Ist alles in Ordnung mit dir?« Er kannte dieses Gefühl des Fallens nur zu gut. Man steigerte sich in eine Geschichte hinein, bis man Bilder und Emotionen an sich vorübergleiten sah. Erst ganz fern und distanziert, dann näher und näher kommend. Für Sekunden glaubte man, mit den Augen der Täter zu sehen, das Blut zu riechen, das an deren Händen klebte. Hass, Verzweiflung, Irrsinn – man fühlte jede Emotion des Mörders und trudelte, schwebte haltlos in einen fremden Wahn. »Wenn es dir besser geht, schauen wir uns noch mal die Akte Charlotte an.«
Alex spürte, wie sich eine Gänsehaut über seinen Rücken legte.

»Alex, es war ein eigenartiges Gefühl, ganz anders als sonst. Mir wurde heiß, als hätte ich Fieber. Ich kann es kaum beschreiben. Plötzlich hatte ich eine Verbindung zu diesen … „ Sie holte tief Luft, hielt sie einige Sekunden an und atmete tief und lange aus » … was auch immer. Diese Empfindung war *so* real, dass ich erschrocken bin. Es fühlte sich an, als hätte mich etwas Dunkles berührt.«
Alex legte sanft seine Hand auf ihre Schulter. »Womöglich waren es nur verworrene Gefühle aus der Vergangenheit.«
Julia drehte sich zu ihm um, ihr Gesicht war blass und ihre Augen zeigten Verwirrung. »Alex, diese kurzen Augenblicke erinnerten mich an einen Traum. Ich brachte ihn den ganzen Tag nicht mehr aus meinen Gedanken. Die Bilder waren so lebendig, als ob ich sie gerade erst erlebt hätte. Es gab ein Paar, das eine zentrale Rolle spielte. Sie … befanden sich in einem merkwürdigen Ritual. Aber wie das alles zusammenhängt, kann ich nicht sagen.«

»Das sind nur Träume, Julia.«
Sie schüttelte den Kopf. »Nein, es ist mehr.«
Alex gab ihr ein wenig Zeit, sich zu sammeln. Einfach nur dazustehen und die Gedanken zur Ruhe kommen zu lassen.
Von der Straße hallte der laute Verkehr zu ihnen herauf. Mono-

ton, wie ein stetig dahinziehender Fluss. »Lass uns die alten Akten ansehen!«
Julia nickte, ließ das Fenster weit offen stehen und folgte Alex zurück zum Tisch. »Mit welcher wollen wir beginnen? Wir haben vier Serien zur Auswahl. 1792 in Lyon, die können wir vorerst zurückstellen. Ich habe mit den französischen Behörden telefoniert, sie wollen eine so alte Akte nicht versenden. Sie haben mir jedoch angeboten, uns jederzeit vor Ort Einsicht zu gewähren. Den Fall von 1912 in Portsmouth habe ich mir zusammen mit Abraham angesehen, er ist durchaus spannend. Die Verbindung zu den anderen Morden scheint vielversprechend. Die Idee, dass die Täter womöglich verwandt sind oder eine grausame Tradition weiterführen, ist faszinierend und beunruhigend zugleich. Es waren damals insgesamt zwölf Morde, die diese Ähnlichkeiten aufweisen. Das abrupte Ende liegt auf der Hand, wenn man die Fahrt auf der *Titanic* bedenkt.«

»Untergegangen im eiskalten Wasser?«

»Ich habe in den Archiven von New York aus dem Jahr 1912 gestöbert. Natürlich besteht die Möglichkeit, dass dieses ominöse Paar gerettet wurde, wer weiß.«

»Wie viele Morde waren es in Charlotte?«

»Ebenfalls zwölf, das kann aber auch Zufall sein. Die Anzahl in Lyon kenne ich nicht. Dazu bräuchten wir die dortigen Unterlagen.«
Alex grübelte einen Moment. »Also gut. Warten wir ab, bis wir von Abraham die Ergebnisse der Charlotte-Proben erhalten. Haben wir es auch hier mit fehlenden Stresshormonen zu tun, wird es spannend. Sag *Black Old Sun*, dass sie uns für Donnerstag früh einen Flug nach Lyon buchen soll, und verständige bitte selbst die dortigen Behörden über unser Kommen. Dann werden wir sehen, was diese Morde tatsächlich hergeben. Und gib Kant Bescheid, dass er die Liste der geretteten Personen von 1912 überprüfen soll.«
Alex hatte zum ersten Mal in dieser Mordserie das Gefühl, dass sie vorankamen.

Es war einer jener düsteren Herbsttage, an denen einem die Kälte bis in die Knochen kroch. Der Wind peitschte um die Ecken der grauen Häuser und trieb die Blätter in wildem Tanz über die Straße. Der Himmel war von dichten Wolken verhangen, die sich vom Sturm getrieben über das städtische Panorama schoben.
Horst und Rolf hetzten über den regennassen Gehweg, ihre Jacken eng um sich geschlungen, um der beißenden Kälte zu trotzen. Die feuchten Blätter klebten an ihren Schuhen, als sie sich einen Weg durch das herbstliche Chaos bahnten. Ihre Schritte hallten leise auf dem Pflaster wider, während sie den Klang des Regens hörten, der auf den Asphalt prasselte. Eilig stiegen sie in den Wagen, der am Straßenrand parkte.
Horst ließ den Motor aufheulen und schaltete die Heizung ein.
»Verdammt, ist das ein ungemütlicher Tag«, brummte Horst, während er mit klammen Fingern das Lenkrad umgriff und losfuhr.
Die Heizung im Wagen begann allmählich, die Kälte zu vertreiben. Rolf rutschte auf seinem Platz nervös hin und her.
Horst hob seine Augenbraue. »Alles okay?«

»Ja, ja, es ist nichts.«

Horst setzte den Blinker und bog in die nächste Straße.
Rolf knetete seine Hände.

»Nun raus mit der Sprache, irgendetwas stimmt doch nicht!«

Rolf seufzte leise. »Die Atmosphäre im Morddezernat ist gespannt und undurchsichtig, und ich fühle mich wie ein Fremder inmitten eines verborgenen Spiels. Bisher habe ich weder klare Anweisungen noch Verhaltensregeln von Herrn Brandt erhalten. Es kommt mir vor, als ob bei uns Kommunikation ein Fremdwort ist.« Rolf schaute aus dem Seitenfenster.

»Wir beide sollen jetzt gleich einen Mann verhören und ich habe das Gefühl, dass ich in der Luft hänge. Was ist mit *Guter Cop – böser Cop*? Oder nehmen Sie das Heft allein in die Hand?«

Horst umschloss das Lenkrad fester. »Bei uns läuft das anders. Verbrechen sind Verbrechen, das ist klar, aber die Menschen in Frankfurt am Main sind sehr … Wie soll ich mich ausdrücken? Hm, sie können nett sein, aber auch trocken und hart wie alte Nüsse. Und damit meine ich nicht gerade die Leute im Strichviertel beim Bahnhof. Ich lebe mit meiner Familie bereits seit über zwanzig Jahren hier und suche noch immer einen Weg, sie zu knacken. In unserem Team weiß jeder, was er zu tun hat. Dass man Ihnen im Moment kaum Anweisungen gibt, liegt schlicht und einfach daran, dass Sie noch Welpenschutz genießen. Gewöhnen Sie sich erst ein wenig an die Stadt und ihre Einwohner. Alles Weitere kommt nach und nach.« Horst bremste und reihte sich in die Schlange vor der roten Ampel ein. Er wandte sich Rolf zu. »Verstehen Sie, was ich meine?«

Rolf erinnerte sich lebhaft an die zahllosen Ratschläge und Warnungen, als er voller Enthusiasmus seiner Polizeidienststelle verkündet hatte, dass er zur Kriminalpolizei nach Frankfurt wechseln würde. Doch anstatt auf aufmunternde Worte zu stoßen, traf er auf eine Mauer der Verständnislosigkeit. Jeder Kollege schien ihm von dieser Entscheidung abraten zu wollen – als sei sie ein fataler Fehler.

Besonders die Worte seines Vorgesetzten hatten sich tief in sein Gedächtnis eingebrannt. »Geh hin, mein Junge, aber bleib nicht zu lange dort«, hatte er gesagt und dabei einen Hauch von Melancholie in der Stimme gehabt. »Du wirst viel lernen, aber es kann dich kaputtmachen.«

Und nun fühlte er sich, als wäre er auf einer Insel voller Gefahren gestrandet. Statt ihm den Weg zu weisen und ihm Schutz zu bieten, ließ man ihn im Unklaren herumtappen.

Rolf schürzte die Lippen. »Herr Brandt scheint oft anzuecken.«

»Alex hat ein gutes Gespür und eine penetrante Art an sich, den Dingen auf den Grund zu gehen. Unterschätzen Sie ihn nicht. Er ist einer der Besten. Vielleicht ist er deswegen nicht sehr beliebt.

Er wird Sie mit der Zeit in das Team einfügen, aber er wird es auf seine Weise tun. Er weiß genau, ob Sie gute Arbeit abliefern, da er von allem, was mit der Kriminalistik zu tun hat, viel versteht. Wenn Sie gut sind, haben Sie einen Felsen hinter sich, der Ihnen den Rücken frei hält. Ansonsten wird er Sie aus dem Team werfen oder Ihnen das Leben so schwer machen, bis Sie freiwillig gehen. Ganz einfach.« Er legte den Rückwärtsgang ein und parkte das Auto. »So, jetzt wollen wir mal den Bediensteten ein wenig kitzeln.« Horst schmunzelte. »*Guter Cop – böser Cop* zieht hier nicht. Wir werden einfach nur *böse Cops* sein, das erwarten die Frankfurter Bürger von uns.« Er lachte und stieg aus.

Horst und Rolf standen vor dem kameraüberwachten Eingang. Horst betätigte die Klingel.
Eine metallische Stimme erklang aus der Sprechanlage. »Zu wem möchten Sie?« Die Kamera fixierte sie unnachgiebig.
Horst und Rolf wechselten einen kurzen Blick, bevor Horst sich äußerte. »Kriminalpolizei. Horst Cham und Rolf Kant, wir hätten einige Fragen an Sie wegen des gestrigen Vorfalls.« Horst hielt seinen Dienstausweis vor die Kamera.
Ein Moment der Stille folgte. Dann erklang die Stimme erneut, diesmal ein wenig entspannter. »Sie werden erwartet. Sie können eintreten.«
Wie von Geisterhand öffnete sich die Tür, von einem leisen Surren begleitet. Ein älterer Herr in den Sechzigern kam ihnen mit gemäßigtem Tempo entgegen. Die grauen Haare des Portiers und sein sehr gepflegtes Äußeres passten ebenso gut zu dieser Wohnanlage wie sein eloquentes Auftreten.

»Wie kann ich Ihnen helfen?«, fragte er, die Hände hinter dem Rücken verschränkt.
Horst fixierte ihn mit einem intensiven Blick, während er sein Notizblock hervorholte. »Zuerst einmal mit Ihrem Namen!«

»Gustave Molier.«

»Sie sind Franzose?«

»Nein, aber meine Vorfahren kamen aus Frankreich.«
Horst nickte kurz. »Nun gut, Herr Molier. Hatten Sie gestern Dienst, als der Mord geschah?«

»Ja, das hatte ich. Ich bin hier den ganzen Tag tätig. Es ist eine große Anlage mit mehreren Gebäuden.«

»Haben Sie irgendetwas oder irgendjemanden bemerkt, der hier nichts zu suchen hatte?« Horst beobachtete ihn genau. Jede Regung konnte wichtig sein, um die Wahrheit zu entdecken.

»Ich habe gestern bereits alle Fragen beantwortet«, antwortete Molier leicht gereizt.

Horst trat einen Schritt auf ihn zu, sodass sie nur noch wenige Zentimeter voneinander entfernt waren. Sein Blick durchdrang sein Gegenüber förmlich. »Herr Molier, beantworten Sie meine Fragen oder wir nehmen Sie mit aufs Revier. Dort können wir uns dann weiter unterhalten.« Obwohl er stets einfühlsam war und Menschlichkeit ausstrahlte, konnte er auch hart und unnachgiebig sein, wenn es sich um seine Arbeit drehte. Jetzt hatte er eine undurchdringliche Maske aufgesetzt, die selbst Rolf erschrecken ließ. Horst wusste genau, wie er Menschen unter Druck setzen konnte, um die Wahrheit zu erfahren.

»Ich bin mir *relativ* sicher, dass hier kein Fremder war. Nun, bis auf eine, vermutlich unbedeutende, Beobachtung, die ich gemacht habe«, gab Molier schließlich nach. »Gegen etwa 19.30 Uhr sah ich einen Mann und eine Frau das Haus verlassen. Ich dachte erst, es wären Herr und Frau Schmitt vom dritten Obergeschoss, aber sie waren es nicht.«

»Sondern?«

»Keine Ahnung.« Er zuckte mit den Schultern. »Ehrlich.« Hort blieb wachsam. Das Hinzufügen des Wortes „ehrlich" bedeutete nicht immer, dass die Aussage tatsächlich der Wahrheit entsprach. Einige Menschen verwendeten dieses Wort, um zu manipulieren oder zu täuschen. »Ehrlich?«

»Ja. Ich vermute, dass es Bewohner oder deren Gäste waren. Ich konnte sie nur von hinten sehen.«

»Sie? Waren es mehrere?«

»Ja, ein Paar.«

»Ein Paar? Mann und Frau?« Horsts Augen verengten sich.

»Schwer zu sagen. Es waren zwei Personen und ich sah sie, als sie das Haus verließen. Wie gesagt, nur von hinten. Sie waren beide nicht sehr groß.

Ich schätze die eine Person auf etwa einssiebzig bis einsfünfund-siebzig. Die andere etwas kleiner und schlank. Aber in Erinnerung blieb das Gefühl, dass es sich um Mann und Frau handelte. Nur ein Gefühl eben.« Wieder zuckte er die Achseln. »Mehr weiß ich nicht.« Auf der hohen Stirn des Portiers bildeten sich feine Schweißperlen.

»Sie können sich nicht genau erinnern? Was trugen diese beiden? Hosen, Kleider?«

»Mein Gott, keine Ahnung.«

»Und was ist mit den Überwachungskameras?«

»Die schalten wir nur ein, wenn etwas verdächtig ist. Die Privatsphäre der Bewohner ist das höchste Gut!«

»Und ich dachte, deren Leben.«

Molier nickte stumm.

»Also noch mal, was trugen die beiden?«

Es entstand eine Pause. Zum ersten Mal löste der Portier seine Arme hinter dem Rücken, zog ein Tuch aus der Gesäßtasche und tupfte sich die Stirn. »Sie waren völlig unauffällig. Es ging so schnell … Ich weiß nicht, welche Kleidung sie trugen und welche Haarfarbe sie hatten. Sie sind wie aus meinem Gedächtnis ausradiert.« Resigniert ließ er die Schultern fallen.

Horst warf Rolf einen kurzen Blick zu und sah dann drohend dem Hausmeister in die Augen. »Herr Molier, wir melden uns morgen wieder bei Ihnen und hoffentlich können Sie sich bis dahin an ein paar Details erinnern. Was ich brauche, ist eine genaue Beschreibung des Paares, verstanden?«

Molier nickte. »Ja, meine Herren. Ich verspreche Ihnen, ich werde versuchen, mich daran zu erinnern.« Wahrscheinlich hätte er das Blaue vom Himmel versprochen, um weiteren Fragen zu entgehen.

Sie verließen das Gebäude. Rolf warf einen Blick zurück. »Ich habe nicht den Eindruck, dass dieser Molier uns angelogen hat.«

»Das glaube ich auch nicht«, erwiderte Horst nachdenklich.«

13. Mai 2020

Die Stadt lag noch in den Fesseln der finsteren Nacht, ein undurchdringliches Schattendickicht, als Alex einen skeptischen Blick auf die verlassenen Straßen warf. Es war 4.30 Uhr früh – eine Zeit, die nur von unentwegten Nachtschwärmern oder idiotischen Ermittlern wie ihm selbst frequentiert wurde. Bald jedoch würden die schlaftrunkenen Einwohner der Stadt wie eine Armee wuselnder Ameisen hervor strömen und das Stadtbild mit pulsierendem Leben erfüllen.

Alex' Bett war ein Schlachtfeld, das den verzweifelten Kampf eines müden Geistes widerspiegelte. Ein Kampf, den er in jeder verdrehten Decke und dem zerwühlten Kissen spürte. Sein Schlaf war von düsteren Visionen geplagt gewesen, von einem Krieg zwischen Fragen und Antworten, und er wusste, dass dies mit seinem aktuellen Fall verbunden war.

Alex machte sich einen Kaffee und versuchte verzweifelt, sich an seinen Traum zu erinnern. Ein Traum, der ihn schweißgebadet zurückließ – eine Vorahnung, die sich ins Unbekannte verzogen hatte, als er die Augen öffnete.

»Scheiße«, knurrte er, während er mit seiner Kaffeetasse am Fenster lehnte. Die dumpfen Lichter der Stadt tanzten auf dem schwarzen Kaffee und spiegelten die Dunkelheit wider, die in seinen Gedanken lauerte. Alex hatte sich in einem Schachspiel widerwillig auf die Rolle des Königs eingelassen, der mit jedem Zug darauf wartete, von seinen eigenen Emotionen und Zweifeln geschlagen zu werden.

Plötzlich riss das Telefon ihn aus seinen Gedanken.

»Morgen, Alex. Erreiche ich dich auch mal? Meine Anrufe gestern hast du wohl ignoriert? Na ja, egal.« Ein Blick auf das Display war unnötig. Johanns Stimme, die klang wie Schmirgelpapier, das man über eine Tafel rieb, war aus Millionen anderer unverwechselbar herauszuhören. »Was soll denn dieser Mist mit Thomas? Warum hast du ihn aus dem Team geworfen?« Das Sandpapier klang besonders grobkörnig.

»Das ist meine Entscheidung. In seiner hässlichen Rübe ist nichts als Müll, Unverschämtheit und Ignoranz.«

»Thomas hat mir von einem Verdächtigen erzählt. Er meinte, dass dieser Ex-Mann der Ermordeten ihm suspekt sei. Ist da etwas dran? Du weißt genau, dass ich etwas Brauchbares benötigen.«

»Dieser Port war es nicht«, erklärte Alex dezidiert. »Wenn wir ihm die Schuld zuschieben, wird er uns eine Horde von teuren Anwälten auf den Hals hetzen. Kannst du dir vorstellen, wie die Medien uns zerfleischen werden? So einen Schachzug kannst du nur bei den kleinen Fischen bringen, die nichts als Ärger und keinen Einfluss haben. Unsere hochwohlgeborene Bürgermeisterin sollte einen ihrer Schleimer aus der Stadtverwaltung nehmen. Diese Arschkriecher haben doch ohnehin alle Dreck am Stecken.« Johanns Schweigen sprach Bände. »Entschuldigung, das war wohl etwas zu unverblümt, aber wir wissen beide, wie das Spiel läuft.«

»Komm wieder runter. Du hast ja eine elende Laune heute Morgen. Ich kann Thomas nicht nur am Schreibtisch sitzen und Däumchen drehen lassen. Du weißt genau, dass er der Neffe des Polizeipräsidenten ist.«

»Dann soll er Blumen vor seinem Bürofenster pflücken. Wenn er unten auf dem Pflaster aufklatscht, hast du das Problem mit ihm ein für alle Mal gelöst.« Alex ballte die Faust. »Er ist nicht nur zu nichts zu gebrauchen, er schadet dem Team. Keiner will mit ihm zusammenarbeiten, weil jeder weiß, dass er sich nur profilieren will. Wenn man ihm die Wahrheit sagt, rennt er zu deiner Sekretärin, die dann wiederum dir die Ohren vollheult.« Alex redete sich in Rage. »Es ist mir sowieso ein Rätsel, wie du so eine Sekretärin wie *Black Old Sun* überhaupt ertragen kannst.

Wenn sie morgens auf die Straße tritt, verdunkelt sich die Sonne, weil sie ihren Anblick nicht erträgt. Die ist genauso hohl wie Thomas.«

»Okay, okay, es reicht. Mit dir kann man heute Morgen kein vernünftiges Wort reden. Ich werde Thomas weiter seine Kreuzworträtsel machen lassen. Vorerst. Wenn ihr aber nicht bald greifbare und verwertbare Resultate bringt, hetze ich ihn euch wieder auf den Hals, klar? Und es ist mir scheißegal, ob dir das passt oder nicht. Also strengt euch an.« Es klickte am Ende der Leitung. Alex wusste nur zu gut, dass Johann jetzt richtig sauer war.

Abrahams Reich der Obduktionen war ein Ort, den seine Kollegen nur widerwillig betraten. Hier, zwischen den kalten Wänden, fanden spezielle Untersuchungen von Leichen, Gewebeproben und Organen statt, also Dinge, bei denen niemand gerne zusah. Die Atmosphäre war gesättigt von einer Mischung aus Spannung und Neugierde, während Abraham die Proben und Gewebepräparate auf den eisernen Arbeits- und Untersuchungstischen sorgfältig betrachtete.

Hochwertige Mikroskope standen wie wachsame Wächter auf einem der Tische – ihre Linsen auf die winzigsten Details fokussiert, die das bloße Auge sonst niemals erkennen konnte. In der Mitte des düsteren Raumes standen zwei Schneidetische, auf denen Abraham die Leichen obduzierte, um ihnen ihre Geheimnisse zu entnehmen.

Ein großer Kühlschrank und zwei mächtige Gefrierschränke bargen die kostbaren Proben, um sie für die nächsten Schritte der Ermittlung zu bewahren. In den schmalen Regalen ruhten Formalinbehälter, jeder von ihnen ein Gefäß, in dem sich die Essenz des Lebens in stummer Stille bewahrte.

Eine Absauganlage durchzog den Raum mit leisem Summen und sorgte für eine zuverlässige Luftqualität – eine Vorsichtsmaßnahme angesichts der unheilvollen Substanzen, Gase und Gifte.

In einem verborgenen Winkel des Raumes befanden sich eine Notdusche und eine Augenspülstation, die im Falle eines unvorhergesehenen Unglücks bereitstanden.

Alles in allem, keine Oase des Glücks und des Frohsinns, die gerne besucht wurde.

Isabelle betrat das Labor mit einer kleinen Kiste. »Vor der Tür stehen die Proben aus Charlotte. Sie sind gerade eben abgegeben worden.« Sie zwinkerte ihm zu. »Ich weiß, wie ungeduldig du darauf wartest.«

Ein amüsiertes Lächeln huschte über Abrahams Gesicht. Sie hatte recht. »Gut. Lass uns das neue Material gleich anschauen. Ich hoffe, dass es auch etwas taugt.« Wie oft schon hatte er ältere Proben zur Prüfung erhalten, die sich letztlich als unbrauchbar erwiesen. Falsche Aufbewahrung und menschliche Nachlässigkeit konnten alle Spuren und Indizien zunichtemachen – ein Desaster für den Erfolg einer Ermittlung. Ebenso gut hätte man einen großen Anteil der sichergestellten Proben in die Kloschüssel schütten können, hatte Alex einmal gesagt, womit er in Abrahams Augen absolut recht hatte. Ausnahmsweise!

Isabelle blieb unschlüssig stehen.

Abraham blickte sich neugierig nach ihr um. »Bring sie doch rein, oder brauchst du einen Sklaven?«

»Ja, Unterwürfiger.« Sie streckte ihm mit starrer Miene die Zunge entgegen. »Da draußen steht eine Menge Zeug. Du hast zwei Beine und zwei Hände, also hilf mir.«

Nur widerwillig erhob sich Abraham, um selbst nachzusehen. Als er die Tür geöffnet hatte, blieb er mit offenem Mund stehen. »Wow!« Die Polizei von Charlotte hatte sich offensichtlich alle erdenkliche Mühe gegeben, die Morde aufzuklären: Sechs riesige Kisten thronten in der Mitte des Vorzimmers. »Das nenn ich mal ein Pröbchen. Die haben die halbe Stadt eingepackt.« Abraham kratzte sich am Hinterkopf. »Das sieht nach Arbeit aus.«

An jedem Behälter befand sich eine transparente Hülle, in der Dokumente steckten.

Isabelle klopfte sachte auf einen von ihnen. »Charlotte ist eine Stadt der Superlative. Sie haben jede Menge Beweise gesammelt und uns freundlicherweise das komplette Material zur Verfügung gestellt. Da hast du einiges zu tun. Freust du dich nicht, Dig?«

Er holte nacheinander die Dokumente aus den versiegelten Hüllen. »Und wie ich mich freue! Ich hoffe, du dich auch. Das wird *unsere* Arbeit werden. Du wirst also sämtliche Verabredungen absagen müssen.«

Isabelle lächelte. »Dachte ich mir. Schon getan.«
Abrahams Augen glitten konzentriert über die Unterlagen, die vor ihm ausgebreitet lagen. In den alten, verstaubten Kisten versteckte sich das düstere Vermächtnis vergangener Morde. Jeder Fall hatte seine eigene Schachtel, in dem die Spuren ruhten, die zu einem Phantom führten – einem gnadenlosen Mörder, der zwölf Leben ausgelöscht hatte und dennoch der Gerechtigkeit entkommen war.

»Kiste I – das erste Opfer«, murmelte Abraham. Die Kälte der Vergangenheit umfing ihn, als er die verblassten Ermittlungsergebnisse überflog. Es war der grausame Mord an einer vierunddreißigjährigen Frau – ein Verbrechen, das die ganze Stadt in Angst und Schrecken versetzt hatte.
Kiste II – drei Opfer. Jeder Name auf den Akten war ein Echo der Verzweiflung und des Verlusts.
Und so ging es weiter. Alle bargen Zeugnisse, Kleidungsstücke und Spuren von Menschen, die zu früh aus dem Leben gerissen worden waren.
Das letzte Blatt war ein handschriftliches Schriftstück – ein vergilbtes Zeugnis. Es war von Jeff Jefferson, dem damaligen Hauptermittler, verfasst.

„Dies ist die seltsamste zusammenhängende Mordserie, die mir je untergekommen ist. Selbst jetzt, nachdem über ein halbes Jahr keine weiteren SAOH-Opfer mehr aufgetaucht sind, stehe ich noch immer am Anfang. Normalerweise wollen Serientäter früher oder später bewundert und entdeckt werden. Dies jedoch scheint eine neue Gattung von Tatmotiven zu sein, die einzuordnen mir schwerfällt. Wir werden die Ermittlungen zwar noch nicht einstellen, früher oder später jedoch wird uns nichts anderes übrigbleiben. So traurig es auch klingt, wir können nur hoffen, dass die Mordserie nicht endet. Abwarten und Tee trinken.
Jeff Jefferson
PS: SAOH-Opfer sind Sehnsuchtsvolle-Augen-ohne-Herz-Opfer.“

»Tja, Jeff, ich kann dir sagen, es geht tatsächlich weiter, aber leider bist du nicht mehr am Leben«, flüsterte Abraham, schnalzte mit der Zunge und packte die Dokumente wieder in ihre Plastikhülle zurück. »Also gut, lass uns mit der ersten Truhe beginnen.« Sie war fein säuberlich und transportsicher verpackt. Darin befand sich ein kleinerer Karton mit einem Aufkleber *Akte*, ein zweiter mit der Beschriftung *Proben/Abstriche* und so weiter. Nacheinander brachten sie diese ins Labor und öffneten sie.

»So, wen haben wir denn da?« Abraham blätterte in den zugehörigen Schriftstücken. Das Opfer war eine Frau, vierunddreißig Jahren alt, einsfünfundsechzig groß, zweiundfünfzig Kilogramm schwer. Sie wurde in ihrem Auto aufgefunden – tot natürlich. Abraham ersparte es sich, ihre persönlichen Daten durchzulesen. Auf den vielen Ablichtungen waren ihre Leiche und besonders die ihr zugefügten Wunden dargestellt. Er nahm eine Lupe zur Hand. »Isa … „ Fassungslos starrte er auf die Bilder. »Dieser Mordfall ist verstörend. Schau dir die Ähnlichkeiten an.« Er reichte ihr die Lupe, stand auf und machte ihr Platz.

»Das ist wirklich heftig«, erwiderte sie mit einer Mischung aus Ehrfurcht und Entsetzen. »Es sieht aus, als hätte der Täter Erfahrung im Umgang mit einer Klinge. Eine saubere Arbeit.« Abraham nickte zustimmend. »Ja, diese Schnitte sind präzise und professionell ausgeführt. Das deutet darauf hin, dass der Täter weiß, was er tut. Aber warum diese Inszenierung?« Nach den blutbespritzten Front- und Seitenscheiben des Wagens zu urteilen, mussten sie die Hauptschlagader am Hals beim ersten Schnitt erwischt haben. Offensichtlich hatte sich das Opfer nicht gewehrt. Er zeigte auf die Wunde am Brustkorb, dem Hals und auf die weit geöffneten Augen. »Identisch zu den Leichen aus dem Restaurant und der einsamen Dame, die am Stuhl –«

»Klebte. Ich weiß. Meinst du, das ist ein Zufall?«

Abrahams Augenbrauen zuckten. Er nahm einen beigelegten Zettel und las laut vor:

»Bericht 15. Januar 1984

Das Opfer wurde am 12. Januar 1984 um 6.34 Uhr auf einem Parkplatz neben dem Highway 51 von einer Polizeistreife tot aufgefunden. Die Frau saß mit teilweise entblößtem Oberkörper auf dem Fahrersitz. Am Hals war ihr mit einem scharfen Gegenstand ein Schnitt zugefügt worden, der zum Verbluten führte. Die Hinweise und Spuren deuten auf mindestens zwei Täter hin.

Weder wurde die Tatwaffe gefunden, noch konnte ihre Art genau festgestellt werden. Die Augen des Opfers waren geöffnet, die Mimik zeigte keine Merkmale von Angst. Das Herz wurde entfernt.«

Abraham betrachtete die alten Aufzeichnungen des Gerichtsmediziners und runzelte die Stirn. »Eine scharfe, dünne und zweischneidige Klinge – genau wie bei unserem Fall. Und dann diese Beschreibung der Augen.« Abraham schnaubte verächtlich. »Mag sein, dass ich mir da etwas zusammenreime, aber ich wäre nicht überrascht, wenn es sich um dieselben Täter handeln würde.«
Abraham konzentrierte sich auf die Abstriche von Hals und Gesicht, die von den Opfern genommen worden waren. Seine Augen suchten nach winzigen Details, nach etwas Ungewöhnlichem.
»Wenn ich hier auch diese seltsamen, uralten Schuppen finde, dann könnte es ein Markenzeichen der Täter sein. Es würde uns einen Einblick in ihre Psyche geben.«
Die Atmosphäre im Labor war gespannt und aufgeladen. Die Uhr tickte laut, als die Sekunden wie Stunden vergingen. Isabelle arbeitete mit flinken Fingern an der Blutprobe, während Abraham die Abstriche genau unter die Lupe nahm. Jeder Moment fühlte sich an, als hinge das Schicksal der nächsten Opfer von ihren Entdeckungen ab.
Die Spannung im Labor war greifbar, als sie sich den Geheimnissen des Verbrechens Stück für Stück näherten. Die Apparatur vor Isabelle war hochmodern und präzise und schon ein getrockneter Abstrich des Bluts konnte hier eine Fülle von Informationen preisgeben.
Die neueste Generation von Blutanalysegeräten war beeindruckend, jedoch hatte auch sie ihre Grenzen bei der Erfassung hormoneller Konzentrationen.

Daher nahm Isabelle sich vor, jedes Hormon einzeln zu untersuchen. Ganz oben auf ihrer Liste standen die Endorphine – die körpereigenen Glückshormone, die schmerzlindernd wirkten. Hinzu kamen die Stresshormone Adrenalin und Noradrenalin. Sie waren die Beschleuniger, die in Sekundenschnelle Herz und Kreislauf auf Hochtouren brachten und das Gehirn in Alarmbereitschaft versetzten.
Abraham war gerade dabei, alles wieder in die große Kiste zu verstauen, als Isabelle zu ihm trat und ihm eine Auflistung der kompletten Blutwerte in die Hand drückte. Seine Augen huschten über die Zahlen. Ein faszinierter Ausdruck erschien auf seinem Gesicht. Doch dann hob er verwundert den Kopf und starrte Isabelle an. »Verdammt noch mal, wenn ich ehrlich sein soll, habe ich nicht damit gerechnet, dass es tatsächlich eine Verbindung zwischen diesen Mordserien geben könnte. Ich habe es zwar theoretisch in Erwägung gezogen, aber Mordserien, die sechsunddreißig Jahre auseinanderliegen? Wer weiß, womit wir es da zu tun haben? Die Blutwerte zeigen tatsächlich eine verblüffende Übereinstimmung zwischen den aktuellen Opfern und denen vor über drei Jahrzehnten. Es ist unglaublich!«

»Konntest du etwas finden?«

»Nein, bei mir keine Auffälligkeiten. Auch keine uralte Hautstücke. Nichts. Also machen wir uns an die nächste Kiste.«

Bis tief in die Nacht arbeiteten Abraham und Isabelle ohne Rast, während die Stunden unbemerkt an ihnen vorüberzogen. Erschöpft setzten sie sich schließlich zusammen, um alles, was sie bisher herausgefunden hatten, noch einmal zusammenzufassen. Isabelle lächelte müde und begann, die schrecklichen Details der Morde zu schildern: »Zwei Tage nach dem Fund der jungen Frau wurde die Kriminalpolizei zum *Fronham College* gerufen. Dort entdeckten sie drei männliche Opfer, jung und athletisch, nebeneinander an eine Wand gelehnt. Mit weit geöffneten Augen – ihr Hals aufgeschlitzt, das Herz entfernt. Die Schnitte waren präzise, deuteten auf einen scharfen Gegenstand hin. Und natürlich war auch hier keine Tatwaffe zu finden.«

Sie blätterte in den Akten, atmete tief durch und fuhr fort: »Nur einen Tag später fand ein Waldarbeiter einen Mann und eine Frau in ihrem Auto im Wald. Entkleidet, eng umschlungen, der Motor lief noch. Die ersten Ermittler dachten zunächst an einen gemeinschaftlichen Selbstmord, da sie sich mit aufgeschnittenen Pulsadern an den Händen hielten und sich in liebevollem Blickkontakt befanden. Doch als sie die Leichen trennten, entdeckten sie das Unfassbare – ihre Brustkörbe waren geöffnet, ihre Herzen gestohlen worden. Der Verdacht auf Selbstmord wurde verworfen.«

Isabelle presste die Lippen zusammen, ihre Miene wurde nachdenklich. »Es ist irgendwie traurig«, murmelte sie leise. Dann fuhr sie fort: »Diese apathische Hingabe hat damals auch Jeff Jefferson in einem schriftlichen Vermerk verwundert. Na ja. Weitere zwei Tage danach fanden sie fünf Leichen im Hinterzimmer eines Clubs. Drei Männer und zwei Frauen im Alter von siebzehn bis zwanzig Jahren. Keine Anzeichen eines Kampfes.«

Isabelle schloss ihre Notizen und sah Abraham ernst an. »Das letzte Opfer war eine junge Frau im Museum der Stadt Charlotte. Die gleiche entsetzliche Vorgehensweise.«

Ein eisiger Schauer durchfuhr Abraham. Die Verbindung zwischen den Mordfällen war klar und schockierend. Das grausame Puzzle begann sich langsam zu formen, und sie spürten, dass sie einem diabolischen Verstand gegenüberstanden, der die Zeiten überdauerte.

»Gut, was ist mit den Blutwerten?« fragte Abraham, während er die Unterlagen des letzten Falles wieder in die Kiste verpackte. »Es ist gleich Geisterstunde, bald werden die Toten aus den Kisten krabbeln und Antworten von uns haben wollen.«

»Witzig, witzig«, antwortete Isabelle und verzog ihr Gesicht zu einer Grimasse. »Hier sind die letzten Werte.« Sie reichte ihm die Liste.

Alle Opfer wiesen tatsächlich die gleichen Symptome auf und hatten das eigene Abschlachten ohne Angst, Stress und ohne Schmerzen über sich ergehen lassen.

Abraham nickte ihr zu. »Damit können wir Alex sicherlich eine Freude machen.«

Kapitel 5
Die bedeutungsvolle Zwölf

14. Mai 2020

Julia war zum ersten Mal in Lyon und die pulsierende Stadt faszinierte sie sehr. Auf dem Flug dorthin hatte sie bereits ihre Nase in Reiseführern und Geschichtsbüchern über die Stadt vergraben. »Hör mal, Alex«, flüsterte sie aufgeregt, »Lyon hat eine fesselnde Vergangenheit.«

»So?« Alex gab vor, zu schlummern. Ihn interessierte die Akte, die Stadt jedoch nicht.

Julia ließ sich dadurch nicht beirren. Sie las mit leiser, aber begeisterter Stimme vor: »*Lyon, die Perle der Vergangenheit, schmiegt sich in ein Tal zwischen den majestätischen Flüssen Rhône und Saône. Ihre Geschichte reicht weit in die Antike zurück, als keltische Stämme diese fruchtbare Region ihr Zuhause nannten. Doch die wahre Blütezeit von Lyon begann während der Römerzeit. Als Lugdunum gegründet, stieg sie auf zum politischen und wirtschaftlichen Zentrum Galliens.*« Ein Schubser von Julia rüttelte Alex wach. »Komm schon, das wird dich interessieren«, lockte sie.

Während ihre Finger über die Zeilen flogen, fand Julia eine weitere aufregende Passage. »Hier!«, rief sie gedämpft. »Das könnte wichtig sein: *Im Laufe der Jahrhunderte musste Lyon schwere Zeiten durchleben. Im 16. Jahrhundert tobten blutige Religionskriege zwischen den Hugenotten und den Katholiken in der Stadt. Die Gassen und Plätze waren Schauplätze grausamer Auseinandersetzungen.*«

Alex gähnte. »Meinst du, die Hugenotten haben ein Geheimnis gehütet und uns etwas vorenthalten, das uns bei unserem Fall weiterbringen könnte?« Seine Stimme triefte von Sarkasmus.

Julia tadelte ihn mit einem ernsten Blick. »Jetzt kommt der wichtige Teil: *Lyon zur Zeit der Französischen Revolution war ein brodelnder Kessel aus Aufständen, Unruhen und leidenschaftlichem Streben nach Freiheit und Gleichheit … Die herrschenden Kräfte, die ihre Privilegien und ihren Reichtum bedroht sahen, wehrten sich gegen die aufständischen Massen. Die Stadt wurde zum Brennpunkt gewalttätiger Auseinandersetzungen zwischen den revolutionären Bürgern und den königstreuen Truppen. Das Jahr 1793 war ein Wendepunkt für Lyon. Die Stadt hatte sich zur ‚Hochburg der Gegenrevolution' entwickelt und ihre Bewohner leisteten Widerstand gegen die radikalen Ideen der Revolution. Als Reaktion darauf griff das revolutionäre Pariser Komitee hart durch.*
Du verstehst, worauf ich hinaus möchte?«

»Ja, unser Fall steckt mitten in den Wirren der Französischen Revolution. Viele haben damals durch das Fallbeil ihren Kopf verloren. Aber nicht ihr Herz.«
Julia zuckte mit den Schultern. »Stimmt.«

»In dieser Stadt gab es dennoch ähnlichen Morde«, flüsterte Alex, als ob er seine Gedanken vor sich selbst verbergen wollte. Eine unerklärliche Verbindung hatte sich in seinem Inneren gebildet, als ob unsichtbare Fäden aus der Vergangenheit in seine Gegenwart reichten. Er konnte es nicht erklären, aber er spürte, dass in Lyon ein verborgenes Geheimnis lauerte, das mit dem aktuellen Fall verwoben war – ein weiteres Puzzlestück, das es nicht geben dürfte. Über zweihundert Jahre waren seitdem vergangen, eine Zeitspanne, die zu groß zu sein schien, als dass es heute noch etwas bedeutete. Und doch stand er jetzt hier, auf dem Lyoner Flughafen.

»Holt uns jemand ab?«

»Tut mir leid, aber die Franzosen waren nicht gerade übermäßig kooperativ, was das angeht. Sie haben mir die Adresse und den Namen des Ansprechpartners gemailt und mich gebeten, mich direkt an ihn zu wenden. Ein Monsieur Justimar hat mir versichert, dass die dortige Stelle informiert sei. Ich fürchte, wir brauchen ein Taxi.«

»Das nenne ich mal fundierte europäische Zusammenarbeit.« Alex grinste spöttisch.

»Konzentrieren wir uns auf die Jahre der Morde. Was hast du noch über Lyon gelesen?«
Sie steuerten auf den Ausgang zu.

»Du willst mehr erfahren? Im Flugzeug hatte ich das Gefühl, dass ich dich langweile.« Julia räusperte sich. »Also, wie ich dir vorlas, wurde Lyon während der Revolution zum Hauptwiderstandszentrum gegen den Nationalkonvent im südlichen Frankreich. Erst im Oktober 1793, etwa ein Jahr nach unserer Mordserie, wurde die Stadt von den Truppen des Nationalkonvents erobert. Das muss eine verlustreiche Angelegenheit gewesen sein, da die Stadt belagert wurde. Als die Truppen Lyon unter ihrer Kontrolle hatten, folgte die Zeit der blutigen Abrechnung, bei der viele Stadtbewohner hingerichtet wurden.» Julia wischte mit der flachen Hand waagerecht über den Hals.
Ohne Julia zu unterbrechen, öffnete Alex die Tür eines wartenden Taxis und reichte dem Fahrer einen Zettel mit der Adresse der Polizeistation. Dann ließ er sich neben Julia auf den Rücksitz fallen. Ein kurzes Nicken signalisierte ihr, dass sie ihre Erzählung fortsetzen sollte.

»Zur Zeit der deutschen Besatzung im Zweiten Weltkrieg wurde Lyon erneut zum Zentrum des Widerstandes, nämlich der Résistance. Und nun sind wir hier und erhoffen uns Hinweise, die uns aufgrund der damaligen Mordserie auf die Spur helfen sollen. Das klingt spannend, oder?«, sagte Julia mit einem Hauch von Begeisterung.
Alex schnaubte leise. *Oh ja, so spannend wie ein Gastank von innen. Dunkel und tödlich.*
Die chaotische Taxifahrt begann. Der Fahrer trat das Gaspedal durch und das Taxi schoss wie eine Rakete in den wütenden Verkehr von Lyon. Es wurde zu einem erbitterten Kampf der Fahrzeuge auf den asphaltierten Straßen. Jeder schien entschlossen, sich einen Weg durch das dichte Gewirr aus Autos und Bussen zu bahnen, ohne Rücksicht auf Verluste. Es war ein Tanz auf dem Drahtseil rivalisierender Fahrzeuge, bei dem sich die Fahrer wagemutig und ohne Zögern in die kleinste Lücke quetschten.
Alex konnte nicht umhin, sich angespannt an die Sitzlehne zu klammern.

»Sieht so aus, als ob man sich hier jeden Tag ein Rennen liefert«, kommentierte Julia mit einem nervösen Lachen.

Als die Taxifahrt endlich zu Ende war und sie an ihrem Ziel ausstiegen, atmeten beide erleichtert auf. Der Fahrer nahm das Geld, das Alex ihm bis auf den Cent ausgezählt in die Hand drückte, und quittierte es mit einem entsprechend griesgrämigen Blick. Alex schaute dem davonrasenden Auto hinterher. »Offenbar war er der Meinung, dass er etwas Extra verdient hätte, da er uns lebend und unversehrt ans Ziel gebracht hat. Weit gefehlt!« Er wandte sich dem Polizeidepartement zu und betrachtete es genauer. »Dieses alte Haus stand bestimmt bereits zur Zeit der Guillotinen. Bist du sicher, dass wir an der richtigen Adresse sind?« Das Gemäuer reckte sich düster in die Höhe, eine schmutzige Erinnerung an vergangene Zeiten. Schmale, zum Teil vergitterte Fenster spähten aus der Fassade hervor und erzählten stumme Geschichten. Jede sandsteinerne Verzierung schien die Last der Jahrzehnte auf sich zu tragen, als ob die Zeit ihre Spuren in jede Kerbe und Ritze eingebrannt hätte.

»Genau so sicher, wie du es bist, Alex.«

»Na dann komm, gehen wir an die Arbeit. Unsere Maschine fliegt schon in fünf Stunden zurück, das wird knapp.«

Am Eingang des Gebäudes befand sich ein Empfangsbereich, in dem ein älterer Herr hinter einem Haufen von Unterlagen zu verschwinden drohte. Als Alex und Julia direkt vor ihm stehen blieben, blickte er mürrisch über seine dicken Brillengläser hinweg. Seine Miene verriet, dass er wenig erfreut darüber war, von seiner Arbeit abgelenkt zu werden.

»Monsieur?«, fragte er unwillig.

»Mein Name ist Alexander Brandt und das ist Julia Weis«, stellte Alex sie beide in gebrochenem Französisch vor. »Wir wurden angekündigt.«

Der Ausdruck im Gesicht des alten Mannes zeigte unverhohlen, dass er nicht gerade erpicht darauf war, den beiden zu helfen. Alex konnte es nicht lassen, etwas Sarkasmus in seine Worte zu legen. »Stören wir Sie etwa bei Ihrem entspannten Mittagsschlaf?«

Julia verdrehte die Augen und schnaufte genervt. »Alex, nicht streiten. Das bringt uns nicht weiter.«
In diesem Moment näherte sich ihnen ein Mann mittleren Alters und begrüßte sie überschwänglich. »Ah, Monsieur Brandt et Madame Weis. Ich freue mich, Sie hier in Frankreich willkommen heißen zu dürfen. Mein Name ist Cosino Cordales. Mon dieu, leider habe ich erst sehr spät erfahren, dass Sie heute kommen, sonst hätte ich Sie natürlich vom Flughafen abgeholt. Wie war Ihre Reise?«
Alex reichte ihm überrascht die Hand. »Ich bin froh, dass Sie unsere Sprache verstehen.«

»Mais, oui. Ich habe drei Jahre in Bonn gelebt. Folgen Sie mir, Madame et Monsieur.«
Cordales' Büro hatte die Größe einer Hutschachtel, besaß aber ein gewisses Flair. Ein schmaler Schreibtisch mit Computer stand vor dem Fenster, dahinter befand sich ein mit Papieren überladener kleiner Tisch, um den vier Stühle gruppiert waren.

»Nehmen Sie Platz in meiner guten Stube.«
Schnell umrundete er Julia, zog einen Stuhl zurück und bot ihn ihr mit einer angedeuteten Verbeugung an.

»Oh, vielen Dank. Diese Sitte kennen die Männer in unserem Land nicht.« Julia streifte Alex mit einem vorwurfsvollen Blick.

»Na, na, Madame, das kann ich mir nicht vorstellen. Schöne Frauen muss man behandeln wie Diamanten.«
Alex räusperte sich. »Können wir uns jetzt mit den Akten beschäftigen? Die Zeit drängt.«

»Mais naturellement. Wollen Sie einen Kaffee vielleicht oder –«

»Danke, wir hatten Kaffee im Flieger.«
Cordales zog ein verschnürtes Bündel aus der Schublade und reichte es Alex. »Bitte bedienen Sie sich. Pardon, erlauben Sie mir die Frage, was Sie an dieser alten Geschichte interessiert. Mon dieu, ich kann mir nicht vorstellen, dass dieser uralte Fall für irgendjemanden von Relevanz sein könnte.«

»Wir ermitteln in einer Serie von Morden«, erklärte Julia, »die Ähnlichkeiten mit alten, nicht abgeschlossenen Fällen aufweist.«

»Cold Cases, Madame?«

»Genau. Es könnte ein Trittbrettfahrer sein.

Die Tatmuster haben übereinstimmende Charakteristika. Es ist denkbar, dass sich ein Psychopath von alten, nicht aufgelösten Mordfällen inspirieren lässt.«

Cordales nickte. »Oui, verstehe. Dieser Fall ist sehr alt und die Akten waren gut verwahrt. Mais oui, versuchen Sie Ihr Glück.«

Auf dem runden Tischchen, zwischen verstaubten Bergen von Papieren und einem ebensolchen Geruch, entfaltete Alex das Päckchen. Die Seiten, von der Zeit gezeichnet, legte er vorsichtig eine nach der anderen vor sich. Er betrachtete die altfranzösischen Schriftzeichen, die wahrscheinlich schon im Mittelalter Verwendung gefunden hatten. Die anderen Dokumente waren im Jahre 1912 ergänzt worden. »Siehe da, 1912.« Das Datum ließ Alex innerlich aufmerken. »Die Jungs, die damals im Fall „1912, Portsmouth" ermittelten, hatten scheinbar die gleiche Idee wie wir. Auch sie schauten nach ähnlichen Mordserien und stießen ebenfalls auf die Lyoner Geschichte. Die Franzosen haben sich daraufhin tatsächlich die Mühe gemacht, einiges nachzutragen und die Ermittlungen in England zu unterstützen. Ich nehme jedoch an, dass man nach dem Untergang der *Titanic* keine weiteren Nachforschungen mehr betrieb. Sie dachten wohl, die Täter seien abgesoffen.«

»Très intéressant, n'est-ce pas? Nachdem Sie uns angekündigt wurden, habe ich ein wenig in den Archiven der damaligen Epoche gestöbert, muss aber gestehen, dass sie lückenhaft und politisch gefärbt sind. C'est la vie, es waren chaotische Zeiten, voller schlimmer Ereignisse. Diese Mordserie wurde nie aufgeklärt und endete abrupt, c'est très triste. Aus den alten Unterlagen geht hervor, dass man die Täter unter den Personen vermutete, die 1793 unter die Guillotine kamen.« Dabei schlug Cordales mit der Handkante sachte auf den Tisch. »Man hatte damals ein sehr wohlhabendes Paar verdächtigt. Beweise fand man nicht. Aber die Köpfe rollten schnell zu jener Zeit.«

Alex und Julia schnappten nach Luft.

»Ein Paar?« Alex furchte die Stirn. Damals wie heute waren zwei am Werk gewesen. Zufall?

»Oui, aber es wurden leider keine Namen genannt. Hier steht … „
Er blätterte in dem schmalen Stapel Papiere, zog eine Seite heraus und legte sic auf den Stapel.

»… dass ein Paar gesichtet wurde, das aus einer Kutsche stieg. Direkt danach fand der Kutscher darin zwei Tote, ohne Herzen. Vier stiegen ein, nur zwei wieder aus. Voilà, diese Rechnung geht nicht auf. Tja, mehr steht da leider nicht.«
Er zuckte die Schultern und lehnte sich wieder zurück.

»Warum glaubte man denn, dass dieses Paar 1793 enthauptet wurde?«, wollte Julia wissen.

»Das geht aus den Unterlagen nicht hervor, Madame. Die Französische Revolution begann 1789 und endete etwa zehn Jahre später. Es war also keine kleine Revolte, un petit tête-à-tête, sondern ein andauernder Prozess. Das Paar wurde als extrem wohlhabend beschrieben und somit dem Hofstaat zugeordnet. Man kam damals meist nur durch gute Beziehungen zum König zu Reichtum, und da vornehmlich reiche Personen ermordet wurden, ging man davon aus, dass die Täter ebenfalls zu diesem Kreis gehörten.«
Cordales schnippte mit den Fingern.

»Grande malheur. Man nahm an, dass sie in der zweiten Phase der Revolution hingerichtet wurden. Die erste dauerte bis etwa 1791, als der Kampf um die Freiheit tobte, ihr folgte die zweite Phase, in der die sogenannten Gegner der Republik von der selbst ernannten Revolutionsregierung verfolgt und geköpft wurden. Mon dieu, eine schrecklich verfahrene Situation und Zeit. Aber, so ist es immer bei Aufständen.«
In der gedämpften Beleuchtung des Büros erhob sich Cordales langsam. Mit ernstem Blick durchwühlte er seine Papiere und zog mit einer theatralischen Geste eine vergilbte Akte hervor. Das Rascheln alter Seiten füllte den Raum, als er sich wieder setzte und die Dokumente bedächtig auf seine Knie legte.

»Écoutez!«, begann er mit leiser, dunkler Stimme und richtete seinen Blick auf die Anwesenden.

»Lassen Sie mich von dieser stürmischen Zeit berichten, von der Verzweiflung, die über Paris herrschte … und was die Ermittler damals dachten.« Er hob belehrend den Zeigefinger. »Im August 1792 wurde bei Tagesanbruch die Stadtverwaltung gestürzt, der Kommandeur der Nationalgarde in der kalten Dunkelheit ermordet und, unglaublich aber wahr, ein einfacher Bierbrauer übernahm die Führung. Es lebe die Dummheit!«

Er ließ einen Moment der Stille verstreichen, um die Gravität des Gesagten zu unterstreichen. »Obwohl die Leibgarde erbitterten Widerstand leistete, wurde sie überwältigt und die königliche Familie verschleppt und eingekerkert. Die Geburt der neuen Republik am 22. September 1792 versprach zwar einen Neuanfang, doch der Schatten des Todes und der Unruhe hing immer noch schwer über der Stadt.«

Seine Stimme sank zu einem verschwörerischen Flüstern. »In dieser dunklen Phase wurden Morde begangen. Viele Morde. Und immer waren es die Eliten, die Reichen und Mächtigen, die im Schutz der Nacht ausgelöscht wurden. Was lässt das vermuten?« Cordales musterte die Anwesenden eindringlich. »Voilà, die Mörder waren höchstwahrscheinlich in den eigenen Reihen zu suchen! Die Dokumente sprechen Bände und nennen Namen – jene von Verrätern und Loyalisten, die im Netzwerk der Macht gefangen waren.«

Er seufzte schwer. »Im Dezember 1792 fiel das Urteil gegen den König und er verlor nur einen Monat später seinen Kopf auf dem blutgetränkten Stein der Place de la Concorde. Quelle destinée. Et puis: Die Mordserie endete fast zeitgleich. Alle waren sie froh. Doch der Tod von zwölf armen Seelen, denen man das Herz herausgerissen hatte, blieb im Dunkeln dieser Epoche verborgen.«

Mit einem Ausdruck tiefer Melancholie warf Cordales die Unterlagen zurück auf den Stapel. »Et c'était tout.«

Alex kniff die Augen zusammen. »Zwölf Opfer?«

»Oui, Monsieur, zwölf. Fünf Damen und sieben Herren. In der Akte steht, dass alle zwölf einen verklärten und glücklichen Ausdruck in den Augen hatten, allen wurde eine Wunde zugefügt, an der sie langsam starben, ebenso wurde ihnen das Herz geraubt.

Et voilà, hier habe ich noch ein kleines Geschenk für Sie aus unseren historischen Archiven.« Stolz hob er die dünne Mappe hoch, die er die ganze Zeit auf dem Schoß gehütet hatte. »Madame et Monsieur, es passiert selten, dass Serientäter einfach aufhören. Habe ich nicht recht? Oui? Wenn es aber doch geschieht, hat es meist einen banalen Grund. Der Täter ist verstorben oder krank oder anderswie daran gehindert, seine Serie fortzusetzen. Demzufolge war und ist die Annahme, dass die Täter damals tatsächlich hingerichtet wurden, plausibel. Très plausible.»

Cordales räusperte sich leise. Er zog seinen Stuhl näher heran, und die knarzenden Holzbeine schienen im stillen Raum wie das Rasseln einer Schlange. Langsam neigte er sich vor und sein dunkler Blick fixierte Alex eindringlich.

»1888.« Er begann mit einer tiefen, feierlichen Stimme. »Ein Jahr, das in den dunklen Annalen der Kriminalgeschichte seinen Platz gefunden hat. Ein Sommer, der mehr war als nur Sonne und Fröhlichkeit. Ein *Sommer*, der für einige zur ewigen Dunkelheit wurde.« Er schluckte schwer. »Der junge Baron von Arles, bekannt für seine extravaganten Gelüste, lud die Crème de la Crème der Pariser Gesellschaft zu einem Fest, das in den Chroniken als das schrecklichste aller Zeiten verewigt wurde.«

Cordales' Finger glitten über die Tischoberfläche, als würde er die alten Geister, die in der Geschichte verankert waren, zum Leben erwecken wollen. »Die Luft war durchtränkt von Lachen, Musik und dem süßen Duft von Parfüm, bis sie von Schreien und dem Geruch von frischem Blut überlagert wurde. Siebenundzwanzig Seelen tanzten in jener Nacht, doch zwölf sollten den Morgen nie wieder erblicken. Das Erschreckendste daran war … „ Seine Stimme sank zu einem flüsternden Hauch. » … dass die Überlebenden, obwohl sie Zeugen dieses Gräuels wurden, nichts auffälliges bemerkt hatten. Oder besser gesagt, sie konnten sich an nichts Konkretes erinnern. Ein Geheimnis, das bis heute ungelöst bleibt.«

Er ließ das soeben Erzählte nachklingen und lehnte sich zurück. »Die Straßen von Paris sind niemals wirklich sicher gewesen.

Aber von einer Bedrohung wie dieser? Es geht über das Vorstellbare hinaus. Schurken, Wahnsinnige, Monster in Menschengestalt, sie alle lauerten in den Schatten. Doch diese Geschichte … Sie taucht in ein Reich der mystischen Absurdität.«
Alex atmete tief durch. Es war nicht ungewöhnlich, dass die finsteren Taten vergangener Zeiten Imitatoren anlockten. Schon immer hatte der Wahnsinn eine gewisse Anziehungskraft besessen, die morbide Faszination, die von solchen Ereignissen ausging, zog kranke Seelen magisch an. Aber dieser Fall war anders. Es war, als ob die Dämonen der Vergangenheit beschlossen hatten, sich zu vereinen und in Form dieser Nachahmer wiederzukehren. Diese Kreaturen kamen und gingen in erschreckender Regelmäßigkeit und jedes Mal hinterließen sie ein Band des Grauens. Doch ebenso schnell, wie sie in Erscheinung traten, verschwanden sie wieder, verschmolzen mit den Tiefen der Zeit, und blieben so ungestraft. Wer waren sie? Was trieb sie an? Und warum zog diese dunkle Vergangenheit immer wieder neue Anhänger in ihren Bann?

»Wurde dieser Fall damals publik? Das muss doch ein aufsehenerregendes Spektakel für die Presse gewesen sein, oder?«, fragte Julia neugierig.

»Madame, leider wurde dieses Geschehnis nur knapp erwähnt. Ich habe mir aber Gedanken gemacht, warum so wenig darüber berichtet wurde. In der hohen Gesellschaft ein Massaker und kaum Erwähnung in der Öffentlichkeit? Ha!« Sein Lachen war nicht fröhlich oder ausgelassen, sondern es trug eine Schicht von Spott, Verzweiflung und eine eigenartige Schärfe, die einem kalte Schauer über den Rücken jagte. Seine Augen, die zuvor noch klar und fokussiert waren, nahmen nun einen fernen, fast manischen Glanz an. Die Atmosphäre im Raum verdichtete sich, und ein schweres Gefühl der Beklemmung legte sich um die Anwesenden. »Oui, entweder, eine sehr mächtige und einflussreiche Person hat die Publikation eingeschränkt, oder es lag an der Serie von Morden in London, die zeitgleich den Atem der Nationen stocken ließ.«
Ein breites Grinsen spielte um Alex‘ Mundwinkel, als er Cordales‘ Andeutung sofort erfasste. »Jack the Ripper«, murmelte er.

»Wer kann diesen Namen schon vergessen? Die Morde in den schmutzigen Gassen Londons – sie wurden zu einer verqueren Unterhaltungsshow für die Massen. Ein Spektakel für Verschwörungstheoretiker.«
Er ließ sich in den Stuhl zurückfallen. »Und während die Reporter sich an den schaurigen Details dieser Gräueltaten labten, blieben viele andere Ereignisse im Schatten, gedruckt in winzigen Spalten auf den hintersten Seiten.« Sein Ton war von einem kalten Hohn geprägt. »Selbstverständlich entfachte der Tod der Prostituierten eine Sage, und was für eine! Eine, die den hungrigen Geist der Öffentlichkeit auf Trab hielt. Autoren und Historiker schnüffelten in den blutigen Spuren der Vergangenheit herum, gierig nach einer geheimen Intrige, einer unerzählten Geschichte. Und die Zeitungen? Oh, sie rieben sich die Hände in höllischer Freude, zählten die steigenden Verkaufszahlen, während die Polizei von denselben Medien als Trottel und Versager dargestellt wurde. Oft war der Mörder nur einen Atemzug entfernt, und doch stets unerreichbar.«
Alex' Blick wurde finsterer, seine Stimme weicher. »Aber die wahren Opfer, die Frauen aus den untersten Schichten, die sich in den schmutzigen Straßen von Whitechapel verkaufen mussten, um nicht zu verhungern, wer dachte an sie? Es waren ja nur Objekte des gesellschaftlichen Elends. Für einen Penny käuflich und menschlich wertlos. Frauen, deren Kehlen an öffentlichen Orten durchschnitten, deren Körper verstümmelt und aus denen Organe mit einer erschreckenden Präzision entnommen wurden.«
Alex schüttelte den Kopf. Es blieb stets das gleiche Spiel. »Das Publikum giert nach Sensationen, nach blutigen Geschichten. Und sie bekommen, was sie wollen. Brot und Spiele für die Masse.« Er schloss kurz die Augen. »Manchmal glaube ich, wir könnten im Paradies wohnen, doch wir ziehen es vor, die Hölle in unseren Köpfen zu kultivieren.« Seine Worte hingen schwer im Raum.

15. Mai 2020

Am frühen Morgen betraten Alex und Julia das Dezernat in Frankfurt. Julia stand die Erschöpfung ins Gesicht geschrieben, ihre hellblauen Augen waren umrahmt von dunklen Ringen. Alex beobachtete sie aus den Augenwinkeln. »Unser kleiner Ausflug hat dich ganz schön mitgenommen, hm?« Er zog seinen Mantel aus und trug ihn über dem Arm.

Julia schenkte ihm ein schwaches Lächeln. »Vielleicht. Aber diese Reise hat mehr Fragen aufgeworfen, als Antworten gebracht. Es wird von Mal zu Mal absurder.«

»Willkommen im Club der Ewig-Genervten. Aber schau es mal so: Das Puzzle wird immer spannender, je mehr Teile fehlen.«

Thomas saß wie gewohnt entspannt hinter seinem Schreibtisch und ließ eiligst ein Journal in der Schublade verschwinden. »Morgen, Julia. Na, wie war der Urlaub? Wir hatten wieder einen Mord, während ihr in Frankreich geturtelt habt.« Er vollführte dabei dümmliche Luftküsse.

»Ach, Thomas, du kannst deine Vorlage wieder aus der Lade nehmen und dir auf der Toilette einen runterholen. Nimm Lupe und Pinzette mit, damit du dein dafür notwendiges Organ überhaupt finden und greifen kannst.«

Julia betrat das Besprechungszimmer. »Guten Morgen, die Herren. Stimmt es, dass ein neuer Mord passiert ist?«

»Den Guten Morgen kannst du dir sparen!«, antwortete Johann mit brummiger Stimme. Seine Kaumuskeln mahlten unablässig. Seine Lippen fest zusammengepresst, glich er einer angeketteten Bulldogge.

Ein Ruck ging durch seinen Körper, er verließ schnaubend den Raum und zog die Tür hinter sich zu. Ein donnerndes Krachen ertönte.
Julias Blick wanderte zu Alex, der die verschlossene Tür anstarrte.

»Was ist los?«

»Er steht unter gewaltigem Dampf. Unsere geliebte Bürgermeisterin hat ihre Schießeisen angelegt und zum High Noon geblasen. Ach egal. Komm, lass uns den neuen Tatort besichtigen. Abraham, Horst und Rolf sind bereits mit einem anderen Team aus der Weststadt dort.«

Der Sturm, der sich am Horizont zusammenbraute, trieb die dunklen Wolken vor sich her, die wie tanzende Schatten über die gespenstischen Silhouetten der Stadt hinwegfegten.

»Passt doch wie die Faust aufs Auge«, dachte Alex, während er sich durch den dichten Verkehr kämpfte. »Selbst die verdammten Wolken trauern. Wer weiß, vielleicht weinen sie einfach nur über den Zustand des Straßenverkehrs heute.« Nach einer gefühlten Ewigkeit und dank mehrerer unerfreulichen Staus erreichten sie schließlich das Ziel ihrer Reise: Ein Gelände außerhalb von Eschborn.
Bereits aus der Fernung war der Tatort durch das rhythmische blaue Blinken und Rotieren unverkennbar. Das Licht brach sich im dichten Geäst des angrenzenden Waldes, in dem sich das alte, längst vergessene Gebäude verbarg. »Na, wenn das mal nicht festlich aussieht. Ein bisschen früh für die Weihnachtszeit.« Eigentlich war es ihm nicht nach Scherzen zumute, doch es half, die Tristesse zu ertragen.
Julia kannte Alex' Sinn für schwarzen Humor und schwieg.
Das halb verfallene, von der Zeit verschlungene Gemäuer vor ihnen war kein gewöhnlicher Ort. Es war der ehemalige Militärflughafen – einst Zeuge von Macht und Stärke, nun eine stumme, vergessene Ruine. Und jetzt, aus irgendeinem verfluchten Grund, die Bühne für einen weiteren Akt des Todes.

»Ziemlich einsam hier.« Julia rümpfte die Nase.

»Tja, hier kann ein krankes Arschloch machen, was es will. Niemand hört hier Schreie.«

Vor der Tür trafen sie auf Horst, der sich eifrig Notizen machte, während er sich mit einem Polizisten unterhielt. Als er Alex und Julia entdeckte, gab er seinem Gegenüber ein kurzes Zeichen zu warten und kam sofort zu ihnen herüber. »In der Halle. Echt übel«, berichtete er mit bleichem Gesicht. »Ein anonymer Anrufer hat die Polizei verständigt. Er sagte, er werde im Namen Luzifers weitermorden, bis die Pforten der Hölle sich öffneten und die Menschheit vernichtet werde. Einfach nur krank.«
Die Schatten der Vergangenheit, dachte Alex, lauerten oft in den Ecken des Bewusstseins und suchten nach einem Weg, sich zu offenbaren. Manchmal in abartiger Form. »Sind wir nicht alle ein bisschen krank?«, murmelte, als er die Schwelle der gewaltigen Halle überschritt.
Es war ein eindrucksvolles Gemäuer, das von einer verlorenen Größe zeugte, von einer Epoche, die langsam von der Gegenwart verschlungen wurde. Das gelbliche Licht, das von den Polizeilampen ausging, tanzte auf dem Boden und beleuchtete die Absperrbänder, die ihm den Weg zu einem makabren Altar zeigten.
Dort lag sie, eine junge Frau, zierlich, völlig entkleidet, vielleicht ein Meter siebzig, mit einer Tätowierung, die „Destiny" um ihren Bauchnabel verkündete. Ihre Gliedmaßen, grotesk an den Holztisch gebunden, erzählten eine Geschichte von Gewalt und Unterwerfung. Ein Schauer lief ihm über den Rücken. Dieser Fall war anders. Wo bei den bisherigen Tatorten dieses Falls eine beklemmende Schwere lag, schien diese Halle von einer eher normalen Art Dunkelheit durchzogen zu sein. Es fehlte die Melancholie, die stumme Sehnsucht, die in den Räumen hing und er auch in den Augen der anderen Opfer gesehen hatte.
Alex schüttelte langsam den Kopf. »Jeder Tatort hat seine eigene Melodie. Und diese hier klingt nicht nach unserem Lied.«
Abraham suchte gerade etwas in seinem Koffer, als Alex neben ihn trat. »Hallo Dig, was meinst du?«
Abraham sah kurz auf.

»Schwer zu sagen, Alex.«
Diese Frau wurde gequält.

Überall am Körper befinden sich Hämatome, die von dumpfen Schlägen stammen. Striemen auf den inneren Schenkelbereichen könnten von einer Peitsche, Gürtel oder einem ähnlichen Gegenstand herrühren. Brandwunden auf den Brüsten, die wahrscheinlich von Zigaretten stammen.« Abrahams Blick wies zum Boden neben der Leiche, wo zertretene Zigarettenstummel lagen. »Die Todesursache konnte ich noch nicht feststellen. Bin gerade dabei, Blutproben zu nehmen.«

»Ist sie vergewaltigt worden?« Alex betrachtete die gespreizten Beine, die von blauen Malen übersät waren.

»Sieht so aus. Ich habe bereits Abstriche genommen. Die äußeren und inneren Schamlippen sind wund und es zeigen sich viele tiefe Risse, als hätte jemand etwas Breites hineingesteckt. Vielleicht eine Faust oder etwas in dieser Art. Frag mich morgen, okay?«

Abraham klang müde und desillusioniert.

In den dunklen Wassern des menschlichen Geistes tauchte Alex oft in Abgründe, die selbst seine harte Schale nicht unberührt ließen. Er stand vor dem Opfer, dessen Augen – obwohl starr und leblos – immer noch die letzte verzweifelte Bitte um Gnade zu flüstern schienen. Ihr verzerrtes Gesicht erzählte eine Geschichte von roher Gewalt und dem bösen Spiel ihres Peinigers. »Und wieder einer dieser Abende, an denen die Augen mehr erzählen als der Mund.« Ein sarkastisches Lächeln umspielte seine Lippen. *Allerdings wäre es mir lieber, du hättest in einer Bar zu mir herüber geschaut und mir ein Getränk spendiert*, dachte er.

Es war so sinnlos.

Die Bilder in seinem Kopf waren schneidend klar, fast greifbar. Wie bei einem Film projizierte sein Verstand das Profil des Täters. Ein Mann, irgendwo zwischen dreißig und vierzig, ein Monster, das sich hinter einer harmlosen, vielleicht sogar vertrauenserweckenden Fassade versteckte. Womöglich verbrachte er den Sonntag beim Grillen mit der Familie oder saß allein in einer abgedunkelten Wohnung und blättert durch Fotoalben voller Erinnerungen.

Ein gescheitertes Individuum, das seine vermeintliche Macht über die Schwächeren ausübte und seinen Opfern die tiefe Verzweiflung und Angst einbrannte, die er möglicherweise selbst einmal gefühlt hatte.

»Ein zerbrochener Geist, der versucht, andere zu brechen, um seine eigenen Risse zu überdecken«, resümierte Alex, während er sich von der Szenerie abwandte.

Er verließ die Halle und trat in die raue Umarmung der Nacht. Er ließ den Kopf nach hinten sinken, die Augen geschlossen, während eiskalter Regen auf sein Gesicht prasselte. Im Gegensatz zu der jungen Frau, die wohl stundenlang gequält worden war, bis ihr letzter Atem entwich, durfte er das Leben noch spüren.

Alex winkte Horst zu sich. »Das ist nicht unser Fall. Helft dem anderen Team, alles aufzunehmen, und übergebt ihnen eure Daten. Seht zu, dass alle zur Abendbesprechung da sind!« Mit einem resignierten Gesichtsausdruck setzte er sich in Bewegung, die Konturen seiner Figur verschmolzen schon bald mit den Schatten der Nacht.

Als die Uhr auf den frühen Nachmittag zu tickte, machte Alex sich auf den Weg zur Frankfurter Universität. Dort erwartete ihn Professorin Victoria Coolman, die eindrucksvolle Figur hinter dem begehrten Lehrstuhl für Psychologie. Stand die Polizei vor einem okkulten Rätsel, dann war es „Nici the Witch", wie sie halb ehrfürchtig, halb scherzhaft hinter ihrem Rücken genannt wurde, die Licht ins Dunkel brachte.
Alex erinnerte sich an ihren ersten gemeinsamen Fall. Als er damals die Szenerie eines grausamen Ritualmordes betrat, wusste er, dass er fachkundige Unterstützung benötigte. An ein rustikales Holzkreuz genagelt befand sich der Körper eines Mannes, dessen bleiche Haut von einem grob eingeritzten, kopfüber stehenden Pentagramm entstellt wurde. Neben ihm ein stumpfes, blutverschmiertes Messer. Die ersten Wochen der Ermittlung waren wie ein Labyrinth aus widersprüchlichen Hinweisen und Sackgassen gewesen. Einzelne Indizien wiesen auf einen Kult hin, aber andere schienen persönlicher, fast intimer Natur zu sein. Unterstützt von Victoria, deren Fachwissen in okkulten Praktiken Gold wert war, gelang es ihnen, eine Spur zu einer Untergrundgruppe zu verfolgen, die sich „Die Jünger der letzten Tage" nannte. Diese Gruppe, bestehend aus einer Mischung aus abtrünnigen Priestern, enttäuschten Gläubigen und einigen Charismatikern, hatte sich darauf spezialisiert, in verzerrten Ritualen ihre eigene Form von Gerechtigkeit zu praktizieren. Durch einen Tipp gelang es, die Jünger in einer verlassenen Kirche aufzuspüren. Es stellte sich heraus, dass der Anführer niemand anderes als ein aus der Gemeinde ausgeschlossener katholischer Priester war, der sich von der Kirche verraten fühlte und in seinem Wahn glaubte, dass nur durch solche Opfer die Welt gerettet werden könnte.
Hätte er den Fall ohne Victorias Hilfe so schnell lösen können?

Wohl kaum. Die dunklen Augen der Professorin, umrahmt von einer wilden Mähne schwarzen Haares, verliehen ihr das Flair einer modernen Hexe. Obwohl sie gerade einmal bis zu Alex' Schulter reichte, strahlte sie eine Autorität und Präsenz aus, die so manchen Zwei-Meter-Typen vor Neid erblassen ließ. Ihre stämmige Statur tat ihr Übriges, um vor dieser Dampfwalze Respekt zu haben. Sie war nicht nur eine brillante Psychologin, sondern bewegte sich auch geschickt auf den schmalen Pfaden von Parapsychologie und Ritualistik.

Als er an ihre Bürotür klopfte, antwortete eine Stimme, die eher an das Grollen eines vorbeiziehenden Gewitters erinnerte als an menschliche Laute. »Herein!«

Alex schmunzelte. Diesen besonderen *Charme* hatte er beinahe vergessen. *Wenn der Berg ruft, muss man wohl antworten*, dachte er, während er die Tür öffnete und auf Victoria zutrat. »Guten Morgen, Professorin Coolman, es freut mich, Sie nach so langer Zeit wiederzusehen.«

»Ach, sieh mal einer an. Alexander Brandt«, begrüßte sie ihn mit einem schelmischen Lächeln, das kaum zu ihrem wissenschaftlichen Status passte. »Erinnern Sie sich noch an *Ihren* Kosenamen für mich? *Big Rock*, glaube ich?«

Alex zog eine Augenbraue hoch, unerwartet amüsiert. Das letzte Mal, als er diesen Spitznamen benutzte, hatte er beobachtet, wie sie herzlich gelacht und ihre unkonventionellen Rundungen in einem, wie er fand, beeindruckenden Takt wippten. »Hätte nicht gedacht, dass Sie sich daran erinnern, Professorin.« Die Andeutung eines Lächelns umspielte seine Lippen.

»Unterschätzen Sie niemals das Gedächtnis einer Frau, besonders, wenn sie einen Professorentitel trägt«, konterte sie schlagfertig.

Alex musste zugeben, dass, obwohl sie nicht das typische Bild eines Akademikers verkörperte, ihre geistige Beweglichkeit und Schärfe unbestreitbar waren. In einer Welt, in der viele ihrer Kollegen über theoretische Bücher stolperten und der Realität verlorengingen, schien Victoria Coolman erfrischend erdverbunden zu sein.

Die meisten Experten, die er kannte, besaßen einen Tunnelblick, der so eng war, dass sie oft die naheliegendsten Schlüsse übersahen. Doch Victoria? Sie kombinierte ihre akademische Brillanz mit einer Art von Straßenintuition, die man selten sah. Sie konnte Menschen lesen, ihre Motive, ihre Ängste, und das machte sie zu einem wertvollen Verbündeten.

»Wie ich sehe, haben Sie Ihren Humor nicht verloren.«

Sie lachte derb. »Den brauche ich auch, bei dem, was ich lehre. Was haben Sie auf dem Herzen, so Sie denn eines haben?«

Es war nicht schwer zu erkennen, dass Alex mehr Narben in sich trug, als man mit bloßem Auge sehen konnte. Und doch schien sie, entgegen aller Wahrscheinlichkeit, zu ihm zu halten und ihn sogar eine Spur zu mögen. Victoria Coolman mit ihrem messerscharfen Blick, der tiefer zu schauen schien als nur in die Seele, war nicht leicht zu beeindrucken.

»Frau Coolman, haben Sie die jüngsten Schlagzeilen über die Morde verfolgt?«

Ihre Antwort, ein einfaches Kopfschütteln, verriet ihm, dass sie immer direkt zur Quelle ging und Zeitungsberichte verachtete.

»Ah, die wunderbare Welt des Journalismus entgeht Ihnen also. Gut, dann lassen Sie mich die Bühne ein wenig ausleuchten.« Alex begann, den finsteren Pfad der Mordserie, der sich bis ins Jahr 1792 nach Lyon erstreckte, zu skizzieren. Während er sprach, konnte er ihren Blick auf sich spüren, intensiv, forschend, das ständige Kratzen des Bleistifts auf ihrem Block eine stetige Begleitung seiner Erzählung. Er war sich nicht sicher, ob sie nur abstrakte Gedanken zu Papier brachte oder ob sie jedes seiner Worte festhielt. »Vor kurzem besuchte ich das Archiv in Lyon mit einer Kollegin, Julia Weis. Je tiefer ich grabe, desto mehr fühle ich mich wie in einem Labyrinth ohne Ausgang.«

Victoria lehnte sich langsam vor, ihre Stimme klang geheimnisvoll und doch klar. »Die Zwölf, Herr Brandt. Diese Zahl hat sich in meinem Kopf eingenistet. Jedes Mal zwölf Opfer, oder wie Sie es gerne nennen würden.. *Erlöste*? Es ist beinahe, als ob die Geschichte sich ständig wiederholt.«

»Ja, klingt doch wie eine Liebesgeschichte. Ein turtelndes Pärchen, mit einem seltsamen Hang zu alten Ritualen und Jahreszahlen, tingelt lustvoll durch die Zeit.«

Coolman strich sich eine Locke aus dem Gesicht. »Trifft den Nagel seltsamerweise auf den Kopf. Die Zahl Zwölf hat in vielen Kulturen eine bedeutende Symbolik, weit über das Normale hinaus. Wenn diese Ritualmorde nach einem bestimmten Muster ablaufen, dann müssen wir die Bedeutung dieser Zahl entschlüsseln. Angenommen, Sie hätten recht und es sind tatsächlich zwei Täter, ein Paar also. Nehmen wir weiter an, dass die Taten zu bestimmten Jahreszahlen stattfinden. Demnach müssten wir eine Bestätigung finden, die auf der Zwölf basiert. Wir müssen also viel genauer hinsehen!«

»Gerne würde ich einfach behaupten, es könne eine Zufälligkeit sein. Die Zahl Zwölf ist genauso … wichtig oder unwichtig, wie jede andere Zahl.«

»Herr Brandt, ich habe mir hier mal die Jahreszahlen aufgeschrieben. Wenn wir uns die Abstände genau ansehen, liegt jedes Mal eine durch zwölf teilbare Zahl von Jahren zwischen den Taten.« Sie streckte ihren Bleistift in die Höhe. »Das ergibt ein Muster, das uns schon einiges verrät.«

Alex lehnte sich in seinem Stuhl zurück. »Zwölf?« Er hob eine Augenbraue. »Eine ganze Menge Aufhebens um eine Zahl, oder nicht?«

Professorin Coolman lächelte distanziert, als ob sie auf diese Frage gewartet hätte. »Ach, Herr Brandt. Die Mathematik ist mehr als nur Zahlenchaos. Sie ist der Schlüssel zum Universum. Manche Menschen sehen in ihr einen Funken des Göttlichen, so wie viele Menschen sie in der Kunst oder Musik finden. Andere betrachten die Zahlen und sehen darin das Antlitz Gottes selbst.«

Alex unterdrückte ein Grinsen. »Sie meinen Leute, die von Pi geradezu hypnotisiert werden? Ich habe gehört, dass einige von ihnen sich in ihrer Obsession verlieren.«

Die Professorin schnippte mit den Fingern. »Machen Sie sich ruhig lustig darüber. Pi ist faszinierend, ja. Aber heute sprechen wir von der Zwölf. Lassen Sie mich Ihnen zeigen, warum diese Zahl so verdammt wichtig ist.«

Mit einem theatralischen Flair, das Alex nicht von ihr erwartet hatte, stand sie auf und zog mehrere altertümliche Bücher aus ihrem Regal. Sie blätterte durch die alten Seiten, ihre Finger tanzten über die Zeilen.

»Die griechischen Götter? Zwölf an der Zahl. Die Prüfungen des Herakles? Ebenfalls zwölf. Die nordischen Legenden sprechen von zwölf Palästen im Asgard. Und in unserer eigenen Kultur, die Bibel? Zwölf Stämme Israels. Zwölf Tore von Jerusalem. Zwölf Apostel. Und die Liste geht weiter und weiter.«

Alex lehnte sich vor. »Warten Sie. Sie sagen also, diese Mörder sind besessen von dieser Zahl, weil ... weil sie überall ist? Weil sie eine universelle Bedeutung hat?«

Sie sah ihm tief in die Augen. »Genau das sage ich. Von den Kelten bis zu König Artus, von Mithras bis Horus. Sie ist ein gemeinsames Band, das durch unsere Kulturen und unsere Geschichte gewoben ist. Und diese Täter? Sie sind vielleicht ebenso besessen davon wie manche Menschen von Pi oder dem goldenen Schnitt, der im Kathedralbau immer wieder Verwendung fand.«

Alex starrte sie einen Moment an. »Sie haben wirklich einen Weg, Dinge interessant zu machen, Professorin. Das muss ich zugeben.«

»Danke, deshalb habe ich auch einen Lehrstuhl.« Sie streckte eine Hand aus, als ob sie eine unsichtbare Sphäre berühren wollte. »Die Zwölf ist mehr als nur eine Zahl, sie ist ein Code, ein Schlüssel. Eingewoben in den Stoff unserer Kultur, unserer Erzählungen, unserer Religionen.«

Alex neigte seinen Kopf, ein Lächeln, das eher einem gequälten Grinsen glich, zierte sein Gesicht. »Eindrucksvoll. Aber was hilft mir das bei einem Serienmörder?«

Coolman lehnte sich zurück, die Lederlehne ihres Stuhls knarrte leise. »Es ist selten, dass ein Mörder einem so alten Muster folgt. Das erfordert Disziplin. Eine Besessenheit. Womöglich ist das genau der Punkt. Diese Obsession könnte uns zur Lösung führen. Wichtig wäre es herauszufinden, was die Täter in dieser Zahl sehen.«

»Disziplin ist das eine. Aber zwölf Jahre zu warten, um zu töten? Das ist nicht die Art von Serienmörder, die ich kenne.«

Sie zuckte mit den Schultern. »Vielleicht haben Sie einfach noch nicht diese Sorte kennengelernt.« Ihr Blick wanderte zu den Büchern in ihrem Regal. »Das Christentum könnte ein Ansatz sein, aber wir müssen weiter graben, tiefer. Es gibt so viele Wege, auf denen die Zwölf uns begleitet.«

»Können Sie bis morgen herausfinden, welcher dieser Wege der richtige ist?« Alex' Stimme klang eindringlich.

»Für Sie?« Coolman schenkte ihm ein schiefes Lächeln. »Ich werde heute Nacht kein Auge zumachen. Aber ich verspreche nichts.«

Als die schwere Holztür des Besprechungszimmers hinter Alex zuschnappte, schien die Luft noch dichter zu werden. Die unheimliche Stille versuchte, in sein Innerstes vorzudringen, verstärkt durch das unsichtbare Gewicht des Geheimnisses, das er zu lüften versuchte. Er ließ seine Finger über die akribisch arrangierte Tafel gleiten, tapeziert mit Fotos und Zeitungsartikeln. Zwischen all den Hinweisen hing womöglich die kaum greifbare Theorie der Zwölf. Ein Mysterium, das er am liebsten mit einem Handstreich beiseite geschoben hätte. Doch das Grollen in seinem Bauch hinderte ihn daran. Alex konzentrierte sich auf alle Hinweise, die Jahreszahlen enthielten. Diese nahm er ab und sortierte sie am Rand der Tafel neu.

Ein leises Scharren der Tür verkündete, dass jemand den Raum betrat.

Alex wandte sich kurz zum Geräusch. Abraham kam herein.

» Alles okay, Dig?«

»Klar«, antwortete Abraham mürrisch und setzte sich an den Tisch. »Versuchst du, eine Zeitschiene aufzubauen?«

»So etwas in dieser Art. Ich hab mich mit Coolman unterhalten. Sie glaubt, dass die Zahl Zwölf eine Bedeutung haben könnte.«

»Na dann, viel Spaß beim Rätselraten.«

Alex trat einige Schritte zurück und betrachtete sein Werk. Doch richtig zufrieden fühlte er sich nicht. »Was sagst du zu dem Mord an der Kleinen heute Morgen, Dig?«

»Ich bin mit der Obduktion fertig, aber ich muss den Bericht erst noch vervollständigen, da sie wirklich übel zugerichtet wurde. Ihr Name ist Monalisa Lahmer, sie ist deutschstämmig, ein Meter neunundsechzig groß und wog zum Zeitpunkt des Todes sechsundfünfzig Kilogramm.

Neunzehn Jahre alt, wohnte bei ihren Eltern in besseren Verhältnissen. Das ist alles, was ich über ihre Herkunft weiß. Julia und Horst können dazu mehr sagen. Sie wurde vergewaltigt und im Scham- und Analbereich malträtiert. Wie es aussieht, hat dieses Schwein ihr erst seine Faust in die Vagina und den Arsch gestoßen, bevor er seinen Schwanz reingesteckt und in ihr abgespritzt hat. Vielleicht hilft uns seine DNA weiter. Wenn er je registriert wurde, dann hat er jedenfalls so viele Beweise hinterlassen, dass ihn selbst ein Blinder mit Krückstock findet. Einige der Wunden wurden ihr viele Stunden vor dem Tod zugefügt, und es sieht so aus, als hätte er sie sadistisch lange leiden lassen, ehe er ihr den erlösenden Todesstoß verpasste. Es sind so viele Wunden, dass ich Stunden bräuchte, um sie dir aufzuzählen. Hier hast du eine Übersicht.« Abraham öffnete einen Aktendeckel und holte eine lange Liste heraus, die er auf den Tisch legte. »Verdammt«, fluchte er dabei laut. »Es muss fürchterlich sein, wenn du als Eltern erfahren musst, dass jemand so etwas mit deiner Tochter gemacht hat.« Er schüttelte den Kopf und blickte zu Boden.
Alex streifte die Liste nur mit einem flüchtigen Blick, doch das genügte, um sich ein Bild zu machen. Wer auch immer diese junge Frau in seine widerliche Spielwiese verwandelt, sich an ihrer Pein genährt und in seiner verdrehten Vorstellung von Lust ertränkt hatte, verlor sich in einer perversen Machtdemonstration. »Dieses Ungeheuer liegt außerhalb unseres Zuständigkeitsbereichs. Gib die Ermittlungen an das andere Team ab!«, erklärte er gelassen.

»Was sagst du da?« Abraham schäumte vor Empörung. »Ich bin ganz bei dir, das passt nicht in das Muster unserer Mordserie. Aber wenn wir unseren Kollegen hier im Stich lassen, bleibt da draußen ein Monstrum auf freiem Fuß und sucht sich sein nächstes Opfer. Verdammt, Alex, das können wir nicht einfach ignorieren! Stell dir nur vor, es wäre deine Tochter, die –«

»Abraham, denk doch mal nach«, unterbrach Alex ihn scharf. »Erstens besitze ich keine Tochter, zweitens hast du doch eben angemerkt, dass selbst ein Blinder diesen Täter ausfindig machen kann. Und drittens sind wir schon bis zum Hals in unserem eigenen Sumpf versunken. Also beeil dich, fertige deinen Bericht an und leite ihn an das zuständige Team weiter!«

Mit einem hörbaren Schnauben lehnte sich Abraham zurück, verschränkte seine Arme und ließ sich in seinem Stuhl versinken. In diesem Moment traten Julia und Rolf ein und gesellten sich zu ihnen.

»Alex will, dass wir unsere Finger aus dem heutigen Fall lassen« erklärte Abraham, der sich schwer tat, sich zu beruhigen. Julia und Rolf richteten vorwurfsvolle Blicke auf Alex, hielten aber ihren Mund.

»Lasst uns eines klarstellen.« Alex Stimme nahm einen eisigen Unterton an. »Der tragische Fund, den wir heute gemacht haben, ist nicht Teil unserer Reihe von Verbrechen. Ich habe keinen Zweifel, dass der Täter, der wie ein geschlagenes Tier nach Aufmerksamkeit schreit, bald hinter Gittern sein wird.«
Rolf Kant warf ihm einen skeptischen Blick zu. »Ich bin nicht überzeugt, dass das zuständige Team mit der nötigen Effizienz agiert. Sollten wir ihnen wirklich nicht beistehen?«

»Nein, verdammt noch mal! Wir können uns nicht die Zeit leisten, uns mit fremden Fällen zu befassen, Herr Kant. Wir müssen uns auf das fokussieren, was uns betrifft!« Mit einem herrischen Fingerzeig deutete Alex auf die Tafel, während Horst als Nachzügler durch die Tür schritt.

»Freut mich, dass du es auch noch geschafft hast.« Alex' stechender Blick ließ keine Zweifel an seiner Stimmung zu.

»Entschuldige, ich war damit beschäftigt, gemeinsam mit einem der Ermittler aus der Weststadt den Eltern die schreckliche Nachricht vom Tod ihrer Tochter zu überbringen.« Horst atmete tief durch. »Es ist zum Kotzen. Manchmal frage ich mich, warum ich diesen Job überhaupt mache. Wohin man auch blickt, überall sieht man die Abgründe dieser perversen Wahnsinnigen.« Mit einer angewiderten Geste schüttelte er den Kopf.

»Horst, willkommen in der Realität. Es ist an der Zeit, sich daran zu gewöhnen«, mahnte Alex. »Schnapp dir einen Stuhl und setz dich. Nun, ich habe ein Zeitraster erstellt, das uns möglicherweise auf einige Muster hinweist. Es scheint, als ob unsere Täter mit der Zahl Zwölf turteln.« Mit hochgezogenen Augenbrauen sah er seine Kollegen an.

»Sie töten womöglich immer zwölf Menschen, und das mit einem Mindestabstand von zwölf Jahren. Horst, du überprüfst die Jahre 1960 und 1936 noch einmal gezielt. Es gibt bisher kein eindeutiges Psychogramm unserer Täter in Bezug auf Motivation oder Hintergrund, aber sie scheinen einen bestimmten Zeitrhythmus zu bevorzugen. In den Jahren 1792, 1888, 1912 suchten sie Europa heim und 1984 sowie heute haben ihre … Imitatoren auf unserem Terrain gewütet. Horst, du fokussierst dich erst einmal auf Europa, verstanden?«

Julia rieb sich nachdenklich über die Nase. »Mir fällt da gerade etwas ein. Wenn wir davon ausgehen, dass das Zeitraster und die Abstände von Bedeutung sind, dann könnten wir es mit einer Art Kult oder Glaubensgemeinschaft zu tun haben, die diese Mordserie weiterführt. Es müsste sich dann um eine alte Gruppe handeln, die aus irgendeinem uns noch unbekannten Grund tötet. Vielleicht, um einen Gott zu ehren. Das würde auch zu dem Umstand passen, dass die Opfer nicht übermäßig gefoltert wurden. In diesem Fall könnte die Aufgabe alle x Jahre an die nächsten Täter weitergegeben werden. Das würde auch die Kontinuität über so lange Zeit erklären.«

»Guter Gedanke!« Alex nickte anerkennend. Es war der erste greifbare gemeinsame Nenner, den sie aus den spärlichen Fakten herausfiltern konnten und der eine gewisse Plausibilität barg. »Eine Gemeinschaft von gleichgesinnten Wahnsinnigen, die über Jahrhunderte hinweg Menschen opfert. Es gibt allerdings nur wenige Organisationen, die bereits so lange existieren.«

Alex wandte sich an Rolf Kant. »Erstellen Sie eine Liste aller Organisationen, die bereits 1792 existierten. Professorin Coolman wird versuchen, uns noch mehr zu ihrer Zwölf-Theorie zu liefern. Mal sehen, was dabei herauskommt. Irgendwelche weiteren Ideen?«

Stille.

»Gut, dann legen wir los.«

Alex trat aus dem Raum, doch er verharrte im Flur vor der Türschwelle. Die Tür stand noch einen Spalt offen.

»Das ist verflucht nochmal Bullshit!« Die Wut in Abrahams Stimme ließ die Wände erzittern und das Scheppern von umstürzendem Mobiliar hallte in den Gang. »Wenn wir die andern unterstützen, könnten wir diesen Abschaum schneller aufspießen, als er seinen nächsten verdammten Kaffee schlürfen kann.«

Alex' Mundwinkel zuckte.

»Nun, Alex sieht die Gefahr, dass wir uns zwischen den Spuren zweier unabhängiger Fälle verirren. Der Druck von oben auf ihn wächst und er braucht umgehend Ergebnisse«, vernahm er Horsts mäßigende Stimme.

»Julia?«

»Ja?«

»Ist alles in Ordnung?«

»Ja! Unser Fall ist faszinierend. Eine Mordserie, die sich über Jahrhunderte hinwegzieht. Es hat etwas Einzigartiges, etwas Beunruhigendes und Faszinierendes. Etwas voller Mystik.«

Genau so sehe ich das auch, dachte Alex und setzte seinen Weg fort, während die Stimmen seiner Kollegen hinter ihm verhallten.

Kapitel 6
Ein zarter Hauch von Schatten

16. Mai 2020

Mit der Kontinuität einer stillen Zeremonie starrte Alex in den frühen Morgen, dessen wolkenverhüllte Sonne die kalte Welt nur schemenhaft beleuchtete. In der Hand hielt er eine Tasse dampfenden Kaffees, während seine Gedanken wild durch die Landschaft der jüngsten Ereignisse jagten.
Julia hatte eine Theorie zur Existenz einer Organisation aufgestellt, die endlich einen roten Faden in dem dunklen Gewebe ihrer Untersuchungen erkennen ließ. Dennoch nagte der Zweifel an Alex – die Vorstellung, dass eine Organisation über Jahrhunderte hinweg so kohärent agierte, widerstrebte ihm. Es ging nicht um Kleinigkeiten. Es waren brutale Morde mit rituellen Aspekten – Herzen, die aus den Opfern geschnitten wurden. Keine Aufgabe, die man als Profi einem unerfahrenen Nachfolger überlassen würde.
Das abrupte Klingeln seines Handys riss ihn aus seinen Gedanken. »Verdammt nochmal, Brandt hier«, knurrte er ins Gerät.

»Ich bin es, Angie«, meldete sich eine unfreundliche Stimme am anderen Ende.
Black Old Sun? Was konnte die von ihm wollen? Doch er ahnte im selben Augenblick, dass es eine schlimme Nachricht sein musste. Für Alex hatte Angie eine Art dunkle Aura, die wie geschaffen dafür war, Unheil zu verkünden.

»Was willst du zu so früher Stunde? Lass doch erst mal die Sonne richtig aufgehen. Jetzt hat sie keine Chance mehr.«

»Ja, ja, Alex, ich weiß genau, was du über mich denkst. Spar dir deinen Sarkasmus. Meinst du, ich bin blöd?«
Alex schwieg.

»Es gibt einen neuen Fall", fauchte sie in den Hörer. »Johann bat mich, dir Bescheid zu geben. Am Mainhafen wurde ein Boot an Land gezogen, auf dem zwei Leichen tot herumliegen. Mit geöffneten Augen und fehlendem Herzen.«

»Angie, Leichen sind immer tot.«

»Was meinst du? Klar sind Leichen immer tot. Meinst du, ich bin –«

»Schon gut, das hatten wir schon.«

Es fuhr ihm in den Magen. Zwei weitere Morde – das Letzte, was sie brauchen konnten. Ein bisschen Trost wäre es gewesen, wenn die Opfer Thomas und Angie gewesen wären. Aber da er Angie gerade am Telefon hatte …

»Sende mir die Adresse und alarmiere mein Team. Danach kannst du wieder in deinem Sarg schlafen gehen.« Er legte auf. Seine Gedanken begannen wild zu pulsieren. Immer zwölf Morde – das war das Muster. Doch diese Komponente erzeugte letztendlich einen noch höheren Druck. Die Zeit zerrann ihm zwischen den Fingern. Wenn es ihm nicht gelänge, die Täter vor der zwölften Tat zu fassen, würden sie wieder untertauchen. Und dann?

»Scheiße!«

Während Alex durch die Straßen fuhr, begleitete ihn das hypnotische Crescendo von Queens „Who wants to live forever", das aus den erbärmlichen Lautsprechern seines Dienstfahrzeugs hallte. Die Vorstellung von der Unsterblichkeit hatte die Menschheit stets fasziniert. Dank medizinischer Fortschritte war man dieser Utopie näher gekommen, doch für Alex waren acht Milliarden Menschen bereits genug Fluch für die Erde. Besonders sein konservativer Vater, ein wandelndes Beispiel für unerbittliche Intoleranz und spießiges Verhalten: Würde ihm die Gabe der Unsterblichkeit gewährt, so wäre Alex durchaus bereit, ihm auf andere Art einen Weg ins Jenseits zu weisen.

Jene morbide Mordserie, die er verfolgte, bot in gewisser Weise ein Echo dieser Unsterblichkeit. Eine unaufhörliche, blutgetränkte Ballade von Leben und Tod, die durch die Jahrhunderte widerhallte.

Als Alex in die Lindleystraße einbog, verriet die Flut der Polizeifahrzeuge und das hastige Errichten von Absperrungen den Tatort. Am Ende einer schmalen Gasse, die zum Riedgraben führte, schaukelte eine luxuriöse Jacht wie eine Fehlplatzierung im trüben Wasser.
Es schien, als ob die Täter eine sardonische Vorstellung von Gerechtigkeit hatten, da es wieder nicht die Ärmsten der Armen getroffen hatte.
Der scharfe Wind des Mains trug eine Note von Unheil mit sich, als Alex den Tatort am Ufer erreichte. Uniformierte mit aufgesetzten „Ich-bin-so-wichtig"-Gesichtern versperrten ihm den Weg. Ein übereifriger, grün hinter den Ohren wirkender Polizist sprang vor. »Wo wollen Sie denn hin? Das ist kein Sightseeing-Platz!«
Alex ließ ein belustigtes Grinsen zu. Mit einer fließenden Bewegung zog er seinen Dienstausweis.
Der Polizist nickte zögernd zur Jacht. »Leichen. In der Kajüte. Der Sicherheitsdienst entdeckte sie und hat uns sofort informiert. Offensichtlich sind es Fremde, da dieses Boot nicht hierher gehört. Mein Instinkt sagt mir, dass –«

»Oh, Ihr Instinkt?«, unterbrach Alex. Mit einem knappen Nicken ließ er den jungen Polizisten hinter sich und betrat das Luxusschiff. Der Hauch des Todes war ihm nur allzu vertraut. Der gleiche morbide Geruch, der gleiche traurig-sehnsuchtsvolle Schimmer in der Luft.
Die Tür zur Kajüte stand weit geöffnet. Es war ein Paar in den Vierzigern, modisch gekleidet und wohlhabend. Wahrscheinlich wollten sie die Nacht in Zweisamkeit verbringen, entweder um zu vögeln oder um einen Deal zu feiern.
Wie aber waren die Täter hierher gelangt? Und was genau war passiert? Nach welchem Muster suchten sie ihre Opfer aus? Wer waren diese Menschen, die schattengleich töteten und ihren Opfern beim Sterben zusahen? Alex knurrte frustriert.
Der Raum trug keinerlei Spuren von Kampf. Alles vermittelte den Eindruck absoluter Alltäglichkeit. Man traf sich, hielt einen unbedeutenden Plausch, prostete sich zu. Nach dem Aufschlitzen der Adern beobachteten die Täter, wie das Leben der Opfer verrann.

Und zu guter Letzt, das gehörte sich so, wurden die Herzen entnommen. Also nichts, worüber man nachdenken müsste. Kein Zeichen der Angst, kein Schmerz und kein Wunsch zu flüchten.
Eilige Schritte hallten von draußen, und Julias vertraute Stimme durchschnitt die schwere Atmosphäre. »Morgen, Alex. Unser Paar?«
Er antwortete nicht sofort, sah noch einmal zu den Leichen hinüber und seufzte. »Ja.« Ein kurzes, bündiges Wort, das den ganzen Horror dieses Mordszenarios zusammenfasste.

Der Main leckte gierig an den verwitterten Stützen des Anlegers. Jedes Schmatzen, jeder Strudel klang wie ein düsteres Flüstern. Alex lehnte sich an das rostige Geländer des Stegs und blickte zum Boot, das im leichten Wellengang hin und her schwankte. Horst stand stumm neben ihm. Das Licht der Morgenröte ließ die Wasseroberfläche in geheimnisvollen Glanz erscheinen. Es war ein Moment des Innehaltens, bevor der ganz normale Wahnsinn seinen Platz einnehmen würde.

Alex seufzte. »In Momenten wie diesen … „ Aus der stillen Melancholie riss ihn sein Handy. Ein störendes, mechanisches Läuten. »Brandt.«

»Coolman am Apparat.« Ihre Stimme klang elektrisiert, mit einer Mischung aus Nervosität und Eifer. »Ich habe meine Gedanken zur Zahlensymbolik geschüttelt und gerüttelt. Es ist faszinierend, beinahe berauschend, aber auch irgendwie dämonisch. Sie werden mich vielleicht in die Nähe von Sherlock rücken … „

Alex lachte leise.

» … und ich bin da auf etwas gestoßen. Doch bevor ich direkt zum Punkt komme, wollen wir uns einen Moment der Zahl Zwölf widmen. Sie ist nicht bloß eine Zahl, sie ist fast schon … mystisch. In vielen Kulturen gilt sie als göttliches Siegel, das den Lebenspuls des Universums bestimmt. Denken Sie daran: Unsere Uhren ticken im Takt von zwei Zwölfern. Für den Menschen gelten sechzig Pulsschläge, also fünfmal Zwölf pro Minute – perfekt synchronisiert mit dem Uhrwerk des Kosmos. Und wenn Sie noch einen Schritt weiter gehen wollen: Zwölf Monate, zwölf Sternzeichen. Sie sehen, es ist ein ewiges Ballett dieser Zahl in unserer Existenz.«

Coolmans Stimme war tief, rau und hypnotisch, mit einem fast fiebrigen Eifer.

Alex musste schmunzeln, als er sich das leidenschaftliche Funkeln in ihren schwarzen Augen vorstellte, wenn sie so über ihr Fachgebiet sprach. Ein schiefes Grinsen zuckte über Alex' Lippen, als er sich nochmals an den Song erinnerte, der aus seinem Autoradio geträllert hatte: *Who wants to live forever*. Hatte die Professorin nicht gerade das Göttliche und das Ewige mit dieser Zwölf verknüpft? Waren diese wiederkehrenden Mordserien ein dunkles Echo des Ewigen? Ein morbides Ritual, um die Unendlichkeit darzustellen?

»Halten Sie sich fest, das wird jetzt ein wilder Ritt.« Coolmans schnaufender Atem ließ ihm das Bild einer älteren Dame mit einer Lupe und einem antiquierten Geschichtsbuch vor sein inneres Auge treten.

»Gehen Sie gerade einer zweiten Karriere als Showmasterin nach?«, bemerkte er. Seine Stimmung schwankte zwischen Belustigung und dem Wissen, dass er mit etwas konfrontiert wurde, das er nicht einfach ignorieren durfte.

Coolman lachte kurz auf. »Ein wenig Drama hat noch nie geschadet. Vor allem nicht bei der Analyse antiker Zahlenmystik. Die Zwölf – beinahe so universell wie Ihre morgendliche Tasse Kaffee, nur göttlicher. Denken Sie an das Pantheon der griechischen Götter, die zwölf Titanen. Und dann haben wir da noch unseren guten alten Gilgamesch. Jener, der sich auf ein episches Abenteuer begab, nur um seinem haarigen besten Freund Enkidu die beständige Jugend zu schenken, während Herakles sich mit seiner Selbstsucht in die Ewigkeit hievte. Stellen Sie sich diese Zahl als das Elixier der Unsterblichkeit vor, die Essenz des *ewigen Lebens* selbst«, Coolmans Stimme besaß einen dramatischen Unterton.

Alex schaute zu Horst, der nervös von einem Bein auf das andere trat. Die Zeit drängte. »Das klingt, als hätten Sie da eine ganze Vorlesung in petto. Soll ich das Strickzeug rausholen?«

Coolman kicherte. »So verlockend es auch ist, Sie mit den Facetten der antiken Mythologie zu quälen, ich werde mich zurückhalten. Überprüfen Sie später Ihre E-Mails; ich werde Ihnen die Kurzversion der zwölf Aufgaben des Herakles zukommen lassen.«

Alex konnte förmlich hören, wie sie sich zurücklehnte, jedes Wort sorgfältig abwägend.

»Und ja, sie sind mehr als nur heroische Heldentaten. Es sind Prüfungen der Seele, Reflexionen unseres menschlichen Daseins. Ein Tanz zwischen Leben und Tod, eine Erinnerung an die Dualität unserer Existenz.«

Die eindringliche Stille nach Coolmans Worten ließ Alex frösteln. Nie hätte er geglaubt, dass ihm einmal eine simple Zahl so schwer zusetzen würde. Sie schien ein Schlüssel zu sein, der mit den Taten zusammenhing; und doch passte dieser nicht. Eine Organisation, die sich die Mühe machte, regelmäßig zwölf Menschen zu töten, würde nicht unerkannt bleiben. Andererseits konnten die zwölf Morde auch Zufall gewesen sein. In Lyon wurden die Täter womöglich geköpft. 1912 beendete der Untergang der *Titanic* – und damit auch der Täter – das Morden. Und in Charlotte?

»Ich habe noch etwas für Sie.« Coolman räusperte sich. »Ich bin nur zufällig bei Zahlenspielereien darauf gekommen. Betrachten wir die Städte, in denen die Mordserien stattgefunden haben, dann gibt es folgende Auffälligkeit: Legt man ihre Namen in ein Zahlenraster, so kommen wir immer wieder zur Zwölf. Beginnen wir mit Lyon. Ordnen wir jedem Buchstaben den Wert ihrer Position im Alphabet zu. A gleich Eins, B gleich zwei und so weiter. Es entsteht die Zahlenreihe „12-25-15-14“. Addiert ergibt das die Summe 66. Die Quersumme hieraus ist wieder die Zwölf. Zufall? Für Portsmouth stehen die Zahlen „16-15-18-20-19-13-15-21-20-8“, mit der Summe 165. Und die Quersumme? Wieder Zwölf.« Sie schnalzte mit der Zunge.

Alex konnte sich ihre Augen vorstellen, wie sie bei diesen Zahlenspielen hell leuchteten.

»Charlotte im Jahre 1984 liefert als Summe 36. Bei Frankfurt wird es ein wenig komplizierter, da die Quersumme nicht durch zwölf teilbar ist. Bedenkt man aber, dass der Name eine Komposition aus *Frank* und *furt* ist und kennt deren historische Bedeutung, dann stoßen wir auf den historischen Namen Francenfort. Und dieser Name ergibt die Summe 120, also abermals die Quersumme Zwölf.«

Alex stöhnte theatralisch in den Hörer. »Professorin, ich schätze ja Ihren Elan fürs Mysteriöse. Aber ich habe den Eindruck, wir schwimmen hier in einem Meer von Konjunktiven.

Was wäre, wenn. Was wäre, wenn ich fliegen könnte? Wäre doch auch nett.«

»Ich verstehe, dass Sie sich gegen diesen Gedanken wehren. Aber stellen Sie sich vor, die Mörder aus 1792 und unsere heutigen sind ein und dieselben Personen? Eine Art Zeitreisende? Oder ... noch besser, Unsterbliche?«

»Unsterblich? Ach du meine Güte. Na klar, und morgen tanzen Einhörner auf meiner Fensterbank! So ein Mumpitz bringt die Boulevardpresse in Wallung. Bitte, Professorin, falls Sie damit an die Öffentlichkeit gehen, lassen Sie mich aus dem Spiel. Sonst bekomme ich am Ende noch einen Exorzisten als Partner!«

Coolman seufzte. »Herr Brandt, ich weiß, es klingt unglaublich. Ich treffe mich morgen mit einem Experten für antike Mysterienkulte. Und ich bin mir sicher, dass es da eine Verbindung gibt. Ich bitte Sie, lassen Sie mich das für uns beide herausfinden. Wir haben es mit etwas zu tun, dem wir nicht gewachsen sind. Glauben Sie mir!«

Bevor Alex antworten konnte, hatte sie aufgelegt. Er starrte auf sein Handy, als hätte es ihm gerade ein Rätsel aufgegeben. Vertrauen? In eine Theorie, die so abwegig klang wie eine märchenhafte Erzählung?

»Alles klar bei dir, Alex? Du siehst aus, als hättest du gerade einen Geist gesehen«, bemerkte Horst, während er eine Augenbraue hochzog.

Alex schüttelte den Kopf und schnaubte. »Besser wär's. Würde den Fall vielleicht einfacher machen. Sag mal, Horst, was denkst du wirklich über diese verdammte Sache?«

Horst lehnte sich zurück und streckte sich, als würde er für einen Moment der Schwere des Falles entfliehen. »Weißt du, wir haben schon viele Nüsse geknackt, auch wenn es uns nicht immer leichtfiel. Aber diese hier ist besonders hart! Es fühlt sich an wie ein schlechtes Puzzle – je mehr Teile man einfügt, desto weniger ergibt es Sinn. Aber das kriegen wir schon hin, oder?« Er grinste und in diesem Lächeln lag die beruhigende Gewissheit, dass sie gemeinsam jede Hürde überwinden konnten.

Alex jedoch spürte, wie der Fall ihn fest in seinen Klauen hielt, fast wie ein Albtraum, aus dem er nicht aufwachen konnte. Das Gefühl, in einem Dickicht zu stecken und den Faden zu verlieren, war neu für ihn – und er hasste es. Er musste die Kontrolle zurückgewinnen, bevor der Fall ihn völlig verschlang.

Die Wellen des Mains schlugen sacht gegen die verwitterten Steine des Hafenbeckens, während die trübe Sonne schwach auf dem Wasser reflektierte. Dort, wo der Fluss auf das Industriegelände des Hafens traf, war die Atmosphäre durchtränkt von einer Mischung aus Moder, Rost und etwas, das an dunkle Geheimnisse erinnerte.

Mitten in diesem morgendlichen Tableau stand Alex, starr, fast wie eine Statue, die Augen fest auf die emsigen Bewegungen der Spurensicherung gerichtet. Sein Gesicht war von tiefen Furchen gezeichnet – Spuren einer Karriere voller gelöster Fälle und schlafloser Nächte. Seine scharfen, stechenden Augen verfehlten kein Detail, beobachteten jeden Handgriff, jedes Aufblitzen von Beweismaterial, das zwischen den Händen der Experten hin und her ging.

Sein grauer Mantel flatterte leicht im kühlen Wind und die Atmosphäre um ihn herum wirkte durch seine Anwesenheit noch bedrückender. Der Kragen seines Hemdes war leicht geöffnet und man konnte das dunkle Haar an seinem Hals und das leichte Zucken seiner Kiefermuskulatur sehen. An diesem frühen Tag vernahm Alex vom Main nur ein Hintergrundrauschen, eine ständige Erinnerung an den unaufhaltsamen Fluss der Zeit, der auch das schlimmste Verbrechen irgendwann mit sich fortspülte.

Alex ließ den Blick über das morbide Ambiente des Tatorts schweifen. Es war wie das Zusammensetzen von Scherben, wobei jedes Fragment, jedes verdächtige Härchen und jeder Fleck eine bedeutsame Rolle spielte. Der Ort, an dem ein Verbrechen verübt wurde, konnte genauso viele Geheimnisse bergen wie der Verbrecher selbst. Aber hier, an diesem Schauplatz, schienen die Täter keinerlei Vorlieben zu haben – Ort, Zeit, Opfer. Alles schien gleichgültig.

Julias Theorie über eine Organisation summte in seinem Kopf wie ein hartnäckiger Ohrwurm. Sie war weit hergeholt, sicher, aber inmitten dieses chaotischen Kriminalgewirrs der einzige feste Anker. Trittbrettfahrer? Die Idee war lachhaft. Wer konnte von Morden wissen, die in den Wirren von 1792 begangen worden waren? Diese Epoche war ein heilloses Durcheinander gewesen und die damaligen Verbrechen waren wie zahllose Fußnoten in einem weit größeren Drama.
Aber dann war da noch Professorin Coolmans Theorie. Eine störrische Annahme, die die Grenzen des Lächerlichen sprengte. Die Vorstellung, dass ein Wesen mehr als zwei Jahrhunderte lang umherstreifte und sich alle zwölf Jahre ein Dutzend Opfer aussuchte, war nicht nur absurd – sie war reiner Unsinn. Alex schnaubte leise, während er versuchte, den Gedanken an solch märchenhafte Spekulationen abzuschütteln.

Horst stieß Alex sanft an, sein Blick schwer mit unterdrücktem Amüsement. »Du solltest besser dort rüber schauen.« Er nickte in eine bestimmte Richtung.
Alex wandte sich um und sah das anschwellende Medienspektakel. Jenseits der neugierigen Menge, die stets wie Motten zum Licht an Tatorte strömte, waren diesmal ganze vier Fernsehteams angereist. »Na großartig«, murmelte er, während er sich die Schlagzeilen der kommenden Tage ausmalte: *„Monster machen unsere Straßen unsicher“* oder *„Schlafwandelnde Polizei lässt Bürger im Stich“*. Der Tenor der Artikel würde mit Sicherheit immer schriller und weniger objektiv werden.
Mit einem theatralischen Seufzer ging Alex gemächlich auf die Reporter zu, die hektisch ihre Gerätschaften aufstellten, scheinbar im Wettstreit darum, wer die schaurigste Geschichte servieren konnte. Die Polizeiabsperrungen hielten sie zwar von der eigentlichen Szenerie fern, aber das würde sie nicht davon abhalten, mit ihrer Fantasie zu füllen, was die Kameras nicht einfangen konnten.

Als die Medienleute Alex erkannten, stieg der Lärmpegel an. Mikrofone wurden ihm entgegengereckt, Kameras wurden auf ihn gerichtet – jeder Reporter wollte das exklusivste Stück vom Kuchen. *Showtime!*

»Herr Brandt, haben die Schattenmörder erneut zugeschlagen?«

Alex' Mundwinkel zuckte leicht, doch hinter seinen scharfen Augen versteckte sich ein Feuerwerk von Fragen. *Schattenmörder?* Diese Bezeichnung war seine Kreation und sie sollte eigentlich nicht über die Bürowände hinausgelangen.

Er räusperte sich, seine Stimme klang so ruhig und kontrolliert wie der Seegang an einem windstillen Tag. »Meine Damen und Herren, wir stehen vor einem weiteren tragischen Fall. Ob dieser mit früheren Vorfällen in Verbindung steht, ist derzeit ungewiss. Wir analysieren gerade die Umstände und versuchen, Licht ins Dunkel zu bringen.«

Einem Beobachter hätte auffallen können, dass Alex seine Worte geschickt wählte – genug, um Interesse zu wecken, aber auch zu wenig, um tatsächlich Informationen preiszugeben. Die Reporter rochen sicherlich den Mangel an konkreten Fakten, doch was blieb ihnen anderes übrig, als die Krümel, die er ihnen zuwarf, zu fressen?

Ein etwas rundlicher Reporter, dessen Gesichtsfarbe an eine überreife Tomate erinnerte, pflügte sich energisch durch die Menge. »Herr Brandt, es gibt Gerüchte, dass die Eliten der Stadt hinter diesen Verbrechen stehen. Wie kommentieren Sie das?«

Für einen flüchtigen Moment hätte man bei Alex das Schimmern eines verschmitzten Grinsens erkennen können. Doch er schaffte es, seine Mimik eisern zu beherrschen und antwortete gelassen. »Gerüchte sind oft wie Nebel – wenig Substanz und schwer zu greifen. Wir folgen der Spur des Realen, um die Wahrheit zu enthüllen. Aber, wie Sie verstehen werden, ist es nicht ratsam, alles ins Rampenlicht zu ziehen.«

»Könnte es vielleicht so eine Art Reinkarnation von *Jack the Ripper* sein? Es heißt, damals schützten ihn auch hohe Tiere.«

Ein amüsiertes Funkeln in Alex' Augen verriet, dass er die Bemühung des Reporters, alte Mythen mit der Gegenwart zu verknüpfen, durchaus schätzte. »Ein moderner Jack the Ripper? Ist er nicht irgendwo in einer düsteren Gasse des 19. Jahrhunderts stecken geblieben?«, erwiderte er trocken. Es war Zeit einen kleinen Angelhaken in das trübe Wasser undurchsichtiger Beweggründe zu werfen. Etwas, das gedruckt werden würde und die Täter zumindest ein wenig unvorsichtiger werden ließ. »Ich vermute eher, dass es sich um ein psychisch krankes Pärchen handelt, das wahllos Menschen ermordet.«

»Psychisch krank? Könnten es auch Polizeiangehörige sein? Oder jemand aus der Oberschicht, wie damals in London?«, hakte eine aufdringliche Reporterin nach, die Alex schon einmal gesehen hatte.

Alex hob abwehrend die Hände. »Ich kann mich nur wiederholen. Wir müssen zuerst einmal herausfinden, ob es sich um die gleichen Täter handelt oder nicht. Aber es gibt keinen mit London vergleichbaren Fall. Wir haben auch keine Mörder aus einer bestimmten gesellschaftlichen Schicht.«

»Wie kann es sein, dass Sie uns im Dunkeln lassen, Herr Brandt? Haben Sie etwas zu verbergen?« Die Reporterin ließ nicht locker. Sie war eine Frau mit spitzer Zunge und noch spitzerem Gesichtsausdruck, die ihre Fragen abschoss, als wären sie Pfeile.

Alex, unbeeindruckt von der Direktheit der Fragen, ließ eine Sekunde der Stille verstreichen. Ein Moment, der die Spannung unter den Anwesenden fast greifbar machte. »Man könnte meinen, Sie haben einen Krimi zu viel gelesen. Hier wird niemand geschützt oder gedeckt. Das Spiel ist komplizierter, als Sie denken.«

Die Reporterin schien nicht nachgeben zu wollen. »Sie nennen es ein Spiel? Führen die Täter die Polizei etwa an der Leine, Herr Brandt?«

Alex' Miene wurde ernst. »Ich mag es, wenn Sie theatralisch werden. Aber egal, wie Sie es wenden und drehen, mein Antwortrefrain bleibt derselbe. Die Täter hatten bisher ihren Lauf, das ist alles.«

»Dann sagen Sie uns, Herr Brandt, wie will die Polizei in Frankfurt dieses vermeintlich *kluge* Paar dingfest machen? Haben Sie nicht einmal einen Hauch von einem Verdächtigen? Und stimmt es, dass es bereits ähnliche Fälle gab, die nie gelöst wurden?«

Alex stockte der Atem. Es war, als hätte die Reporterin eine unsichtbare Grenze überschritten. Ein flüchtiges Zittern in den Augenwinkeln, ein kaum merkliches Zusammenbeißen der Zähne. »Ihre Informationsquelle scheint recht ergiebig zu sein. Doch ich sage Ihnen noch einmal: Wir werden derzeit keine weiteren Einzelheiten preisgeben. Ende der Diskussion.«

Mit einem energischen Schritt kehrte er der Schar der Reporter den Rücken und verschwand im pulsierenden Licht der Tatortbeleuchtung. Doch eine Frage brannte ihm im Hinterkopf: Woher wusste diese görenhafte Reporterin von den *Schattenmördern* und den älteren, nie geklärten Fällen?

17. Mai 2020

In der Stille des Morgens, als das erste Licht des Tages zögerlich die zarte Wolkenschicht durchbrach, lag Frankfurt, mit seiner Mischung aus historischem Glanz und moderner Architektur, den beiden Bewohnern der Penthouse-Wohnung zu Füßen. Von dieser erhabenen Höhe aus schienen die Hektik und der Lärm der Stadt weit entfernt, nur ein stilles, fast unwirkliches Gemälde der Zivilisation blieb.

Mit einem sachten Rascheln des edlen Stoffes ihres Morgenmantels trat die Frau an das raumhohe Fenster. Ihr Blick wurde von der erwachenden Stadt eingefangen, doch dann lenkte eine vertraute Stimme ihre Aufmerksamkeit zurück in den Raum.

»Guten Morgen, mein Liebling.« Er sprach mit einer sanften Wärme, die sie jedes Mal aufs Neue berührte.

Ein Lächeln, das in seiner Zartheit und Aufrichtigkeit dem Morgenlicht glich, erhellte ihr Antlitz. Sie drehte sich zu ihm um, die Augen voller Zuneigung und Tiefe.

Mit einem eleganten Schwung ihres Armes fuhr sie durch ihr dunkel-braunes Haar, dessen Glanz im flackernden Licht tänzelte. »Einen erhabenen Morgen wünsche ich, mein Liebster«, hauchte sie ihm zu, während der Duft des Bergamotte-Tees sie einhüllte – ein vertrautes Odeur, welches den Beginn ihres Tages markierte. Von ihrem luftigen Zuhause aus hatten sie einen unvergleichlichen Ausblick, der sich jeden Tag vor ihnen ausbreitete. Doch mehr als die beeindruckende Szenerie schätzten sie die Intimität inmitten des städtischen Wirrwarrs.

Sie trat hinter ihren Mann, der bereits am Tisch saß und in der Morgenzeitung blätterte, küsste ihn zärtlich auf die Wange und setzte sich ihm gegenüber.

»Hm, interessant.« In einen Artikel vertieft, beugte er sich über den Bericht.

In einem Akt der Selbstbeherrschung verweilte sie einen Moment, bevor sie ihr Interesse bekundete. Ihr gemeinsames Morgenritual, diese stille Verbindung, die sie seit jeher pflegten, war ihr heilig.

Als er ihr die Zeitung reichte, schimmerten seine Augen in geheimnisvollen Glanz. Sie trank und stellte die Tasse mit vernehmlichem Klirren auf die Untertasse zurück. Sie las den Titel und ihr Lächeln verschwand. »Schattenmörder-Duo schlägt erneut zu«, flüsterte sie und las den Artikel laut vor:

»Schattenmörder-Duo schlägt erneut zu: Polizei rätselt über Verbindung zu vergangenen Mordserien.

Die Angst greift um sich: Zwei weitere Opfer fielen dem berüchtigten Schattenmörder-Duo zum Opfer, während die Polizei noch immer ohne greifbare Spur ist. Kriminalhauptkommissar Alexander Brandt, der die Ermittlungen in diesem Fall leitet, zeichnet das Bild eines geistesgestörten Paares, das versucht, unsere Metropole in ein Echo des nebelverhangenen Londons aus der Zeit Jack the Rippers zu verwandeln.

»Ich vermute eher, dass es sich um ein psychisch krankes Pärchen handelt, das wahllos Menschen ermordet«, kommentierte Herr Brandt. Aktuell sind den unheimlichen Tätern acht brutale Morde zugeordnet. Doch der wirklich beunruhigende Aspekt dieser Ermittlung könnte weit in die Vergangenheit reichen.

Informationen, die unserer Redaktion vorliegen, deuten darauf hin, dass dieses mörderische Paar möglicherweise schon vor 24 Jahren in der Stadt Charlotte zuschlug. Zusätzliche Untersuchungen legen nahe, dass es in der Vergangenheit ähnliche, bisher unaufgeklärte Mordserien gab, die dem aktuellen Modus Operandi auffallend ähneln.

Die Chronologie des Grauens weist eventuell noch weiter zurück: Die ersten Berichte deuten darauf hin, dass dieses unheimliche

Duo bereits in Charlotte aktiv war. Ältere, nicht geklärte Mordfälle könnten ebenfalls ihrer Handschrift entsprechen.

Mit keinerlei Verdächtigen im Visier und ohne greifbare Spuren steht die Polizei vor einem Rätsel und der wachsenden Frustration der Öffentlichkeit gegenüber. Inmitten dieser Krise stellt sich die Frage, ob das Sicherheitsversprechen unserer Stadt tatsächlich eingehalten werden kann. Bewohner werden angehalten, besonders wachsam zu sein, während die Ermittlungen andauern.«

Sie lehnte sich in ihrem Stuhl zurück. »Aha, ein psychisch krankes Paar, das bisher nur Glück hatte.«

»Und Charlotte … interessant«, konstatierte der Mann gelassen.

»Ein gewisser Alexander Brandt ermittelt. Meinst du, er ist gut?«

Er zuckte die Schultern. »Wer weiß? Jedoch beschäftigt er sich mit etwas, das ihm nicht zusteht, oder was meinst du, mein Herz?«

Ein mildes Lächeln umspielte ihre Lippen. »Ja, vielleicht.«

Wie ein Raubtier hinter Gittern glitt Alex durch die Gänge des Dezernats. Seine Augen, verschlossen wie ein Tresor, suchten keinen Augenkontakt. Das Interview am gestrigen Nachmittag hatte offenbart, dass interne Informationen nach außen gedrungen waren. Fakten, die nur im kleinen Zirkel der engsten Mitarbeiter bekannt waren.

Im Besprechungszimmer saß das gesamte Team. Das Getuschel verstummte schlagartig, als er den Raum betrat und an das Kopfende des massiven Tisches trat. Er ignorierte die Morgengrüße und sah jedem seiner Mitarbeiter einige Sekunden lang in die Augen. »Ich hoffe, ihr habt alle gut geschlafen. Denn für einen von euch könnte es die letzte ruhige Nacht gewesen sein.« Ein dunkles Lächeln spielte um seine Lippen. »Details unserer Ermittlungen haben offensichtlich den Weg an die Öffentlichkeit gefunden. Details, die nur unser engster Kreis kennt.«

Er verweilte einen Moment, studierte jede Reaktion. »Wenn ihr glaubt, dass ihr mit einem Verrat davonkommt, überlegt euch das gut. Ich werde es herausfinden. Das ist kein leeres Gerede. Das ist ein Versprechen.« Sein Tonfall hatte die Härte von Stahl. »Also, wer von euch hat geplaudert?«

Das Zischen seiner letzten Worte hing in der Luft wie der Geruch von verbranntem Gummi. Die Anwesenden blickten betroffen, fast verschreckt, tauschten flüchtige, fragende Blicke aus. Jeder spürte das Gewicht des Verdachts. Es war eine unangenehme Morgenrunde, eine, die keiner so schnell vergessen würde.

Horst räusperte sich. »Alex, ich kann mir nicht vorstellen, dass einer von uns irgendwelche Informationen ausgeplaudert hat. Worum handelt es sich genau?«

Alex' Kiefermuskeln mahlten. Seine Augen durchbohrten jeden im Raum, als er die zerknitterte Zeitung mit einem wütenden Schnauben auf den Tisch warf.

Unser allseits beliebter Horst, der naive Bursche, dachte Alex, sprach es aber nicht aus. »Es gibt eine Journalistin, die Dinge weiß, die nur wir wissen sollten. Und bevor eure Gedanken wild kreisen: Nein, ich beschuldige keinen von euch direkt. Aber derjenige, der plaudert, sitzt unweigerlich in unserem Kreis.« Sein Tonfall wurde schärfer, als er fortfuhr. »Diese Informationen könnten uns gefährlich werden! Sie sind unser Trumpf, unsere Karte im Ärmel. Und jetzt? Jetzt spielen wir mit offener Hand, während die Täter gewarnt sind. Diese Journalistin hat über Charlotte geschrieben, über die alten Morde und die Parallelen zur jetzigen Serie. Das war keine bloße Spekulation.«

Alex' Hand zitterte leicht, als er seine Finger zu einer Faust ballte. »Der Schattenmörder – ein Name, der inzwischen beinahe ikonisch ist. Und wer, denkt ihr, verschlingt solche Artikel wie ein hungriger Wolf? Richtig, die Täter! Wir haben es hier mit raffinierten Mördern zu tun, nicht mit dahergelaufenen Amateuren!« Ein scharfes Einatmen und er setzte sich mit einem Ruck in den Stuhl. »Also, ich frage noch ein letztes Mal: Wer von euch hat den Mund nicht halten können?«

Die Antwort war ein gespenstisches Schweigen im Raum und das verzweifelte Kopfschütteln seiner Kollegen.

Horst beugte sich leicht vor. »Könnte es sein, dass Johann etwas weitererzählt hat?«

»Johann? Das glaube ich nicht.« Alex schnippte mit den Fingern in Richtung des frisch gedruckten Zeitungsartikels, der zerknüllt auf dem Tisch lag. »Nun, ich möchte nicht unterstellen, dass einer von uns zu so einer Farce fähig ist, doch ignorieren kann ich diese Möglichkeit nicht«, bemerkte er beißend. Er wandte sich an Horst. »Nimm dir diese neugierige Journalistin vor. Ich erwarte, dass du herausfindest, welche Schlupfwinkel sie in unseren Reihen gefunden hat. Ihren Namen solltest du im Handumdrehen über diese *ach so investigative* Zeitung herausfinden können. Vielleicht können wir diese Sache von hinten aufrollen.«

Er machte eine kurze Pause. Langsam beruhigte er sich.

»Ich möchte nicht noch einmal in eine solchen Situation geraten. Deshalb gilt ab jetzt folgende Regel: Jedes Flüstern, jedes Gerücht, jeder winzige Hinweis – alles bleibt hier. Bei uns. Im Kreis. Und wenn es unbedingt heraus muss, dann nur durch mich. Ist das allen klar?«

Einhelliges Nicken.

»Gut! Dann beginnen wir die übliche Fragerunde. Horst, konntest du inzwischen etwas zu 1960 oder 1936 herausfinden?« Horst wollte schon seinen Block nehmen, zog die Hand aber wieder zurück. »Nein, nichts.« Er seufzte. »In diesen Jahren scheinen keine weiteren Taten vorgekommen zu sein, die unserem Muster entsprechen, zumindest nicht mit den von uns definierten Tatmerkmalen. Ich habe jedoch eine Liste mit allen ungelösten Morden angefordert, die ich dann gezielt auf diese beiden Jahre einschränken werde. Ich werde auch eine Liste von Kanada und Mexiko erhalten. Danach kann ich Genaueres sagen.«

»Dig?«

»Ich werde die beiden aktuellen Opfer unters Messer legen und auch ihr Blut untersuchen. Eine Tatwaffe konnte auch diesmal nicht gefunden werden. Wen wundert es inzwischen?« Abraham ließ seinen Blick zu Julia schweifen.

»Dig hat recht. Neue Opfer, gleiche Vorgehensweise. Es ist mir ein absolutes Rätsel! Jemand erstickt am eigenen Blut und bewegt sich nicht, ringt nicht verzweifelt nach Atem. Einfach verrückt. Ich habe Fotos gemacht und die gesamte Umgebung festgehalten. Heute Abend bringe ich alles an der Tafel an.«

Rolf räusperte sich und begann mit fester Stimme: »Ich habe mich um in Frage kommende Organisationen gekümmert: Die Kirche, religiöse Kulte und Vereine mit langer Tradition.« Er machte eine kurze Pause und schaute in die Runde, bevor er fortfuhr. »Selbstverständlich gibt es die naheliegenden Verdächtigen: Freimaurer, 1717 in London gegründet, und die Illuminaten, 1776 in Ingolstadt ins Leben gerufen. Aber … diese haben nicht die makabre Note, die wir suchen. Ihre Götter sind eher konzeptionell.« Er formte die Worte, als ob sie ihm schmeckten.

»Trotzdem könnte es radikalere Untergruppen in den tieferen Reihen religiöser Gemeinschaften geben, verborgen, verschleiert. Eine eiserne Wand des Schweigens könnte unser größtes Hindernis sein.«

Er lehnte sich zurück, sein Blick durchzogen von einer Spur Unsicherheit, die er vor Alex nicht verbergen konnte. »Wir sollten nicht die Möglichkeit außer Acht lassen, dass einige dieser Gruppierungen zuvor außerhalb Europas aktiv waren und erst im 20. Jahrhundert ihren Weg zu uns fanden. Das könnte die zeitliche und geografische Verschiebung der Morde erklären. Aber, und das ist ein großes *Aber*, nur, wenn unsere Annahme zutrifft, dass die Mordserien von 1792 und 1912 mit unseren aktuellen Fällen verbunden sind.« Er hob die Hand vor den Mund und hüstelte.

»Ich werde versuchen, dazu mehr herauszufinden.«

»Tun Sie das.« Alex' Unzufriedenheit sprach Bände. »Ich gebe Ihnen bis morgen Zeit, Herr Kant. Sollte es sich wirklich um eine sektenartige Organisation handeln, haben wir zweifellos das Problem, an brauchbare Informationen zu kommen. Du, Horst, kennst deine Aufgabe. Abraham und Julia, geht noch mal alles durch. Vielleicht haben wir etwas übersehen.«

»Aber zurück zu unserer undichten Stelle. Wer hätte das gedacht?«, murmelte Alex bitter. »Irgendwo hier drin schleicht ein kleiner Schakal herum, der sich an unserem Versagen delektieren will.«

Seine Augen, kalt wie Stahl, scannten die Gesichter um sich herum auf der Suche nach dem geringsten Aufzucken des Schuldbewusstseins.

Er schwor sich, er würde den Maulwurf aufdecken, und wenn es das Letzte wäre, was er täte.

Alex war an diesem Abend mit seiner Schwester verabredet, die ihn flehentlich um ein Treffen gebeten hatte. Wahrscheinlich hatte sie wieder Streit mit den Eltern oder andere Probleme am Hals, worüber sie mit jemandem reden musste. Alex grübelte noch, welche Gründe sie für diese eilige Zusammenkunft haben könnte, als ihn das Telefon aus seinen Gedanken riss.

»Brandt? Professorin Coolman hier«, kam die Stimme, kratzend vertraut, doch mit einem Anhauch von etwas, das Alex als unheilvolles Omen deutete.

»Ah, Professorin«, erwiderte er. »Haben Sie neue Erkenntnisse für mich oder nur weitere esoterische Fantasien?«

»Herr Brandt, es ist schlimmer, als Sie denken. Mein Gespräch mit Daniel Forster, einem Parapsychologen – und ja, ich sehe bereits Ihr skeptisches Augenrollen – hat einige Dinge ans Tageslicht gefördert, die Sie nicht ignorieren sollten. Es gibt Realitäten, die sich Ihrer Analytik entziehen. Wir haben uns lange über den Fall unterhalten. Ich musste ihm einige Details offenbaren, Ross und Reiter jedoch kennt er nicht. Daniel ist absolut verschwiegen, das dürfen Sie mir glauben«, versicherte sie in einem verschwörerischen Tonfall. »Jedenfalls hat er mich eben angerufen und um ein Treffen mit Ihnen gebeten. Es scheint sehr wichtig zu sein, denn er klang äußerst aufgeregt. Er glaubt, etwas gefunden zu haben, das Sie interessieren dürfte.«

Alex rollte tatsächlich die Augen. Wieder ein Wahnsinniger, der meinte, mystische Kräfte würden sein Ermittlungsfeld infiltrieren? Seine Erfahrung zeigte, dass die Wahrheit immer bodenständig war. In der unendlichen Verwobenheit der Welt lag eine verborgene Einfachheit, die nur jenen offenbart wurde, die mit aufmerksamen und durchdringenden Blicken suchten.

Die Komplexität, diese verschlungene Kette von Ereignissen und Beziehungen, erschien nur auf den ersten Blick als ein unentwirrbares Netz. Doch je tiefer man in das Gewirr eindrang, desto klarer wurde die Erkenntnis, dass im Kern alles auf simplen, grundlegenden Wahrheiten beruhte.

Verschwörungen, jene dunklen, versteckten Pläne, die im Verborgenen geschmiedet wurden, waren in Wahrheit eine Seltenheit. Warum? Weil die menschliche Natur nur selten fähig war, die schweren Türen der Geheimnisse fest verschlossen zu halten. Die meisten Menschen, getrieben von Egoismus, Unachtsamkeit oder gar Torheit, konnten das Gewicht eines echten Geheimnisses nicht tragen. Sie plapperten und prahlten, oft ohne es zu bemerken, und enthüllten so Stück für Stück die Wahrheiten, die sie zu verbergen suchten.

In dieser Welt, in der das Verborgene selten so dunkel war, wie man es sich vorstellte, lag die wahre Herausforderung darin, hinter die Fassade zu blicken. Die Kunst, das Einfache in der Verwirrung zu erkennen.

Während er kurz davorstand, Coolman mit einem ironischen Dank abzuwimmeln, zögerte er. Vielleicht war es dieser unerklärliche Instinkt oder womöglich nur die schiere Neugier, die ihn daran hinderte, die Tür ganz zuzuschlagen.

»Nun, Professorin Coolman, wann darf ich die ehrenvolle Bekanntschaft dieses werten Parapsychologen machen?« Sein Tonfall klang, als erwarte er eine Einladung zu einer lächerlichen Séance.

Coolman blieb ruhig. Jedes ihrer Worte war sorgfältig gewählt, ihre Stimme fest. »Morgen – achtzehn Uhr – Universitätsbibliothek – Bockenheimer Landstraße.«

Aber klar doch. Warum nicht? Ein Treffpunkt, der genauso mysteriös klingt wie der gesamte Fall. Alex rieb sich müde die Augen. Statt handfester Informationen betrat er einen Schlingerkurs durch die Botanik der Mystik. Ebenso gut konnte er versuchen Tarotkarten zu legen, um mehr über die Täter zu erfahren. »Ich werde da sein«, antwortete er knapp.

»Gut. Ich informiere ihn. Und trotz Ihrer sarkastischen Abwehrhaltung, Herr Brandt: Seien Sie vorsichtig.«

Das sanfte Licht des Abends fiel durch die beschlagenen Fenster von „Freddy's Hamburger Paradies". Sarah saß an einem Fenstertisch. Sie winkte Alex eifrig zu, als sie ihn entdeckte, während er sein Auto parkte.

Alex hielt einen Moment inne. Der schwache Duft von Bratfett und Ketchup durchdrang die Luft. Diese bescheidene Snackbar war mehr als nur ein gewöhnlicher Treffpunkt für sie beide. Hier, zwischen der altmodischen Jukebox und den Bildern von Rock ‚n' Roll-Ikonen, hatten sie als Kinder das Eintauchen in die verlockenden Aromen amerikanischer Burger und fettiger Pommes erlebt. Inmitten des pulsierenden Lebens der Stadt war dieses Kleinod zu ihrem Zufluchtsort geworden – einem Ort, an dem sie abtauchen und sich unbeobachtet fühlen konnten.

Die leuchtende Neonschrift über der Eingangstür von *Freddy's* flackerte ein wenig als wäre sie ein Überbleibsel aus einer anderen Zeit. Im Inneren erzeugten die nostalgischen roten Lederbänke und Barhocker eine fast zeitlose Atmosphäre, als ob sie direkt aus einem alten amerikanischen Film stammten, der den ewigen Glauben vermittelte, dass hier, inmitten des träumerischen American *Way of Life*, alles erreichbar und möglich sei.

Als Alex eintrat, war es nicht nur die Geschichte ihrer gemeinsamen Jugend, die ihn umarmte, sondern auch die Wärme und das Verständnis seiner Schwester Sarah. Das war ihr Ort, ihr kleines Paradies.

Das gedämpfte Licht der Hamburger-Bude warf lange Schatten auf die Tischplatte, als Alex zu ihr schritt. Als er in ihre Augen blickte, erkannte er nicht den gewohnten Glanz, jenen lebendigen Funken ausgelassener Freude, den er so gut an ihr kannte. Etwas war anders.

Es war, als hätte sich ein unsichtbarer Schleier sanft über ihre sonst so strahlenden Augen gelegt, der ihre übliche Lebhaftigkeit dämpfte. Ein Hauch von Melancholie umspielte ihre Augenwinkel, und in diesem Moment fühlte er eine stille, beunruhigende Veränderung, die in der Luft zwischen ihnen hing.

»Hallo, Sarah.« Sein müdes Lächeln berührte kaum die Lippen. Er nahm ihr gegenüber Platz, die vertrauten Linien in seinem Gesicht, gezeichnet von Nächten der Ermittlung und der Spannung, zeigten ihre Spuren.

»Hallo, mein Bruderherz. Ich bin froh dich zu sehen«, erwiderte sie mit einem erzwungenen Lächeln, aber ihre Stimme trug die Bürde einer unausgesprochenen Nachricht.

»Ist alles okay bei dir?«

»So, so. Ich habe eine Neuigkeit. Ich fürchte, nicht die beste.«

Er schaute sie an, spürte, dass etwas im Argen lag. »Heraus damit!«

Sie zögerte, atmete tief durch. »Ich bin schwanger, Alex. Im zweiten Monat.« Ihre Stimme flackerte und sie vermied seinen durchdringenden Blick.

Für einen Moment schien die Zeit stillzustehen. Alex starrte sie an, versuchte, die Bedeutung ihrer Worte zu verarbeiten. »Was? Bist du dir sicher?«

Sie nickte. »Du hast richtig gehört. Ich bin schwanger und … Ach, ich weiß auch nicht« Sarahs Stimme klang brüchig und schwach. Alex kannte seine Schwester und wusste, was sie *eigentlich* sagen wollte: *»Ich bin schwanger, der Vater des Kindes ist ein Arsch und ich weiß nicht, was ich tun soll.«* Alex lehnte sich in das weiche Leder zurück. »Im zweiten Monat? Hast du es erst jetzt bemerkt?«

»Nein.«

Alex rieb sich die Schläfen. »Haben unsere Eltern bereits Wind davon bekommen?«

Sie schüttelte den Kopf, die Angst deutlich in ihren Augen. »Nein, und ich fürchte Vaters Reaktion, besonders wegen der, nun ja, Umstände. Und Mutter … Ich möchte sie nicht noch mehr belasten.«

Alex spürte die Schwere ihrer Worte und verstand die Tiefe ihrer Befürchtungen. Das war nicht einfach irgendeine Nachricht, sondern eine Bombe.
Alex konnte es nicht fassen. Er beobachtete Sarah. Ihre Augen, sonst so voller Leben und Ausdruck, trugen jetzt eine sichtbare Müdigkeit in sich und ihre Finger tanzten nervös über die Tischplatte. Er verstand, dass in ihrem Herzen ein Meer aus Gefühlen wogte, das von dem Konflikt, der in ihrem Innersten tobte, aufgewühlt wurde. Ein Kind – das fehlende Puzzlestück in ihrem Leben oder ein Albtraum, der gerade erst begonnen hatte?
Er, der so oft mit den dunkelsten Geheimnissen der Menschen konfrontiert wurde, fühlte sich plötzlich hilflos. Er kannte die Geister, die Sarah quälten. Die Vorwürfe, das Stigma, das sie tragen würde in den Augen ihres Vaters, der seine Moralvorstellungen wie einen Hammer schwang. Sicher gab es auch eine andere Möglichkeit, dem zu entfliehen: Den Weg der Abtreibung, der legale, aber herzzerreißende Ausweg, den viele Frauen mit Scham und tiefem Schmerz verbanden. Doch war es das, was er sich für seine Schwester wünschte?

»Scheiße, das wird nicht einfach«, flüsterte er. Er verstand ihren inneren Konflikt – das ewige Spiel von Hoffnung und Verzweiflung. Beide Wege waren mit Dornen gesäumt. Er konnte für sie zwar nicht entscheiden, aber er würde an ihrer Seite stehen, während sie sich durch diesen Sturm kämpfte. Durch einen Sturm, der keine klare Lösung bot, sondern nur die Entscheidung zwischen zwei schmerzhaften Alternativen.
Mit einer müden Geste strich er sich über das Gesicht, bevor er den Kopf hob und Sarahs verstörtem Blick begegnete.

»Sarah … „ Er lehnte sich leicht vor, seine Hand berührte ihren Arm, um ihr Trost und Halt zu spenden. »Wer hat dir das angetan?«
Ihre Augen fixierten irgendeinen Punkt auf dem Tisch. »Es ist vielleicht besser, wenn du es nicht weißt.«

»Wer?«

»Wozu –«

»Sarah, sag endlich, wer der Vater ist!«

»Es ist Jimmy.« Ihre Stimme war kaum mehr als ein Flüstern.

Alex' Augen verengten sich. »Jimmy? Der Kerl, den du vor ein paar Jahren getroffen hast?«
Sie nickte traurig, die Erinnerungen scheinbar schmerzhaft und frisch. »Wir haben uns anfangs kaum beachtet. Aber dann, an einem Abend, nach zu viel Alkohol … na ja, dann ist es eben passiert.«
Dann ist es eben passiert. Das Herz in seiner Brust hämmerte. In solchen Situationen fehlten selbst ihm manchmal die Worte. »Hör zu«, begann er langsam. »Du stehst jetzt an einer Wegegabelung: Mit dem Kind. Oder ohne. Beide werden dich verändern. Das Leben, wie du es kennst, wird nicht mehr dasselbe sein.«
Sarah schloss die Augen. Tränen bahnten sich ihren Weg.

»Es ist deine Entscheidung, Schwesterherz. Aber … egal für was du dich entscheidest, ich stehe an deiner Seite. Was unseren Vater betrifft … nun, er wird lernen müssen, damit zu leben. Und Mutter wird, wie immer, deinen Rücken stärken.« Er versuchte, ein aufmunterndes Lächeln zu zeigen, während er die Tragweite ihrer Offenbarung begriff.

»Habe ich da herausgehört, dass du es in Ordnung fändest, wenn ich das Kind bekäme?« Sie schaute zaghaft auf.

»Halt, halt, halt, ich habe nichts dergleichen gesagt.« Alex schüttelte energisch den Kopf. »Was ich meinte, war … was ich meinte … „ Ja, was wollte er eigentlich sagen? Hölle oder Hölle, keine große Auswahl. Aber ein Kind abtreiben? Er wusste, dass sie das zerreißen würde. »Ich stehe zu dir. Und ja, ich verstehe es absolut, wenn du das Kind behalten möchtest. Nur ist es eben *deine* Entscheidung. *Du* musst mit den Folgen leben. Ich jedenfalls werde immer dein Bruder sein, Mutter wird dir zur Seite stehen, und was Vater angeht … „ Er hielt inne, ein sarkastisches Lächeln umspielte seine Lippen. » … er predigt doch ständig gegen Abtreibungen.«
Alex streckte sein Kinn, ein schiefes Lächeln auf den Lippen. »Wenn du also dieses Kind behältst, kannst du ihm gegenüber mit erhobenem Haupt bestehen. Du könntest ihm einfach sagen, dass es *Gottes Plan* war«,
sagte er mit einer Stimme, die so durchtränkt von Ironie war, dass sie fast zu tropfen schien.

»Es wäre doch zu schön zu denken, dass Vater bei dieser Nachricht vielleicht endlich den Atem verliert.« Seine dunklen Augen blitzten gefährlich auf, während er weitersprach. »Und sich in seinem verqueren Weltbild verliert. Oder daran erstickt.« Er zwinkerte ihr zu. »Wichtig ist nur eines: Unser *frommer* Vater wird sich daran gewöhnen müssen, ob es ihm gefällt oder nicht.« Als Sarahs Mundwinkel sich zu einem kleinen Lächeln hoben, wurde Alex misstrauisch. Hatte sie ihn gerade manipuliert? Hatte sie das Thema nur angeschnitten, um seine Zustimmung zu erhalten? Mit einem tiefen Seufzen rieb er sich die Stirn. »Okay, jetzt gib mir Jimmys vollen Namen und seine Kontaktdaten. Es gibt einige Dinge, die ich klären möchte.«

»Alex, lass ihn in Ruhe!«

»Sarah, gib mir seinen Namen. Weiß er denn von seinem Glück?«

»Nein, und so soll es auch bleiben. Ich schaffe das schon allein.«

»Gib mir seinen Namen, sonst muss ich ihn auf eigene Faust finden. Ich werde mit ihm reden, und glaub mir, ich werde ihm gefühlvoll beibringen, dass er dich zu unterstützen hat.«
Sarah lachte. »Ich werde es ihm sagen, okay? Wenn überhaupt, dann soll er es von mir erfahren. Und anschließend werde ich es Mutter beichten. Ach je.« Sie seufzte laut auf. »Aber du hast recht, ich will das Kind nicht abtreiben. Ich werde es bestimmt schaffen, auch allein, oder?«

»Du hast mich reingelegt, aber ich kann dich verstehen. Ein Kind zu haben, wird dich fordern wie nichts in deinem Leben zuvor. Du weißt nie wirklich, was als Nächstes kommt. Die einen Tage sind es liebevolle Momente, die dich salben für diese Entscheidung. Die anderen Tage werden schrille Schreie an deine Nerven zerren, als würde jemand mit einer Sirene direkt neben deinem Ohr stehen. Und an solchen sind es jene stillen Momente, in denen du dich fragst, ob du vielleicht in der Lage wärst, einen perfekten Mord zu planen, ohne Spuren zu hinterlassen.« Er lehnte sich näher zu ihr, ein schelmisches Funkeln in den Augen.

»Aber überwiegen werden Momente, in denen sie dich mit diesen unschuldigen Augen anschauen, und du denkst dir, vielleicht … nur vielleicht … haben sie das Potenzial, der nächste große Ermittler zu werden. Oder zumindest ein erstklassiger Betrüger.«
Seine Schwester lachte, obwohl sie genau wusste, dass hinter Alex' sarkastischem Humor immer auch ein Fünkchen Wahrheit lag.

»Ja, Sarah, es wird dein Leben auf den Kopf stellen. Aber womöglich ist es das wert. Und … ich werde dir helfen, wo ich kann!« Alex stand auf, setzte sich neben sie und in einer Geste, die bei ihm selten war und von einer versteckten Zartheit zeugte, legte er den Arm um sie. In dieser Welt voller Finsternis war sie das einzige Licht, das in seiner Seele nicht erloschen war. Sie war der einzige Mensch, der noch wirklich zu ihm durchdringen konnte.

Kapitel 7
Der unheilvolle Kontakt

18. Mai 2020

Die Dunkelheit ergoss sich wie Tinte über Alex' Wohnzimmer. Er saß auf seinem Sessel und stierte vor sich hin. Ein leeres Glas lag neben ihm auf dem Boden, Zeuge seiner verzweifelten Versuche, die Geister in seinem Kopf zu vertreiben, die ständig zwischen einem ungelösten Fall und dem Schicksal seiner Schwester pendelten.
Sarah, das blühende Leben mit einer Zukunft, die nun ungewiss war dank der Schwangerschaft und eines Vaters, der sich anmaßte, über ihr Schicksal zu bestimmen. *Wie viele Vorwürfe wird ihr Vater dieses Mal herausschleudern*? Reden mit dem Alten war wie der Versuch, den Wind zu überzeugen, nicht zu wehen – sinnlos und ermüdend. Aber wenn er seinen Zorn auf sich selbst lenken konnte, um Sarahs Last zu erleichtern, würde er es ohne zu zögern tun.
Und dann war da noch der aktuelle Fall – ein makabres Schachspiel mit einem unbekannten Gegner, der ständig im Schatten blieb. Jede Spur, jedes noch so kleine Detail schien in ein Labyrinth aus Rätseln und Widersprüchen zu führen. War es möglich, dass er den Mörder übersehen hatte? Oder hatte der Mörder ihn die ganze Zeit über am Haken?
Er lehnte sich zurück, die Augenlider schwer wie Blei, während die Gedanken durch seinen Verstand wirbelten und ihn in einen unruhigen Schlaf zogen.

Aus der Ferne hallte ein sanftes »Hallo, Herr Brandt.« Es klang gedämpft, wie ein Flüstern durch einen dichten Vorhang. In der trügerischen Realität des Traumes richtete Alex seinen Blick suchend auf den unendlichen Nebel, der ihn umschloss.

»Hier«, kam es wieder, fast wie ein Echo aus einer anderen Dimension.

Zwei Schatten formten sich aus dem leuchtenden Dunst, nahmen langsam konkrete Formen an, bis Alex zwei Silhouetten erkannte, deren Präsenz die Atmosphäre mit Spannung auflud. Der Atem stockte, und seine Instinkte warnten ihn.

»Kennen wir uns?«, fragte Alex mit misstrauischem Stirnrunzeln.

»Verzeihung, unsere Manieren lassen fürwahr zu wünschen übrig. Unsere Namen jedoch würden Ihnen nicht viel sagen. Vielleicht wird irgendwann der Zeitpunkt kommen, an dem Sie mehr erfahren. Nur glaube ich nicht, dass das ein Freudentag für Sie sein würde, obwohl Sie zumindest *uns* eine kleine Abwechslung ins Leben brächten.« Das Lächeln des Fremden war ebenso rätselhaft wie der ganze Traum. »Dass wir hier stehen, sollten Sie als Chance begreifen. Stochern Sie nicht in Dingen herum, die Sie nicht verstehen und kehren Sie um, solange es noch möglich ist!«

Alex, verwirrt und unruhig, versuchte, das geheimnisvolle Paar zu identifizieren. Er fühlte ein leises Déjà-vu, das von ihnen ausging, doch konnte er es nicht einordnen.

Er wollte gerade aufstehen, als die fremde Frau auf ihn zukam und ihre kalte Hand auf seine Schulter legte. Sie neigte ihm ihren Kopf entgegen, ihre Augen, dunkel wie ein bodenloser Abgrund, fixierten ihn. Es war ein Blick, der ihm bis ins Mark ging und den er nie vergessen würde.

»Liebster, sollen wir ihm nicht die Geheimnisse unseres Seins offenbaren? Vielleicht, wenn er begreift, wird er zur Vernunft kommen«, flüsterte sie. Das gedämpfte Licht des Traumes spielte in ihrem Augenaufschlag und verlieh ihrer Stimme ein bezauberndes Echo.

Alex spürte die Tiefe hinter ihren Worten und war sich unsicher, was ihn erwartete. »Mich interessiert nur, mit wem ich es zu tun habe.«

»Sie ahnen doch bereits, wer wir sind, wollen es aber nicht wahrhaben. Ihr logischer Verstand will nicht akzeptieren, was er nicht versteht. Ihr Menschen seid oft so blind für das, was jenseits des Greifbaren liegt.« Sie richtete sich auf und sah nachdenklich auf ihn herab. »Wir begleiten Sie auf eine kleine Reise und bieten Ihnen diese Chance bewusster Umkehr. Doch … Sie haben natürlich die Wahl: Sie können versuchen, uns weiter zu jagen und so in Ihr Verderben schreiten, oder sie können Ihr Ansinnen, uns zu finden, ruhen lassen und weiter die wahren Verbrecher dieser Welt stellen.«

Aus dem Schatten schritt ein Mann von erhabenem Erscheinungsbild hervor, stellte sich neben seine Begleiterin und legte den Arm um sie. Seine Präsenz war mächtig und wirkungsvoll, als würden Weisheit und Macht durch seine Adern pulsierten. Sein Äußeres war eine bemerkenswerte Kombination aus moderner Eleganz und zeitloser Schönheit. In einer Statur, die perfekt zwischen Kraft und Anmut balanciert war, stand er da, weder übermäßig groß noch zu klein. Sein Gesicht wurde von dunkelbraunen Augen dominiert. Sie waren warm, dennoch schien es, als könnten sie bis in die tiefsten Abgründe der Seele blicken. Seine Kleidung, ein perfekt sitzender Anzug in zartem Hellgrau. Darunter blitzte ein Hemd von solch makellosem Weiß hervor, dass es im schummrigen Licht hell leuchtete. Das tiefschwarze Haar, welches sich von seiner Kleidung abhob, war sorgfältig gestylt und verlieh ihm eine zeitlose Eleganz.

Es war offensichtlich, dass hier nicht nur zwei beliebige Menschen standen, sondern zwei Seelen, die in Liebe vereint waren.

»Hören Sie, mein Freund. Meine Königin hat Ihnen eine Wahl gegeben. Es ist eine Gunst, ein Geschenk, das Sie würdigen sollten. Wägen Sie Ihre Entscheidung weise ab. Denn das Ergründen alter Mysterien hat ihren Preis.« Er erhob den Finger, um seinen warnenden Worten Nachdruck zu verleihen.

Sie streckte ihre zarte Hand aus und mit einem kaum wahrnehmbaren Lächeln berührte sie Alex Schulter. Eine Energie, so alt wie die Sterne, strömte durch ihn, und plötzlich wurde er von Lichtern umhüllt, die in einem rasanten Tempo tanzten.

Als das Licht verblasste, fanden sie sich in einem schlichten Flur wieder, wo jede Tür zu einer anderen Wohnung führte. Alex' Instinkte schrien nach Flucht, aber die neugierige Faszination überwältigte ihn. Dieser Ort, dieser Gang hielt eine Geschichte bereit. Aber war er offen dafür, diese zu erfahren?
Die Frau neigte sich zu ihrem Begleiter, wobei ihre Lippen dicht an seinem Ohr verweilten. »Hier wohnen zwei reizende Studenten – tief in ihrer Zuneigung zueinander verbunden, wie es das Schicksal vorsah.« Ihr Lächeln war verführerisch und dennoch enigmatisch, und ein Hauch von Wehmut schimmerte in ihren tiefen Augen.
Mit einer anmutigen Handbewegung öffnete sie die Tür, die scheinbar ihrer stummen Aufforderung folgte. Hand in Hand schritten sie voran und Alex war sich bewusst, dass er dem Paar in ein Reich folgte, das jenseits seiner Vorstellungskraft lag. Einen Ort, wo Ewigkeit und Sterblichkeit miteinander tanzten.
Die winzige Wohnung, die sie betraten, machte einen unordentlichen Eindruck. Ein minimalistisch eingerichtetes Einzimmerapartment mit einer Küchenzeile, durchbrochen vom neonfarbenen Schimmer einer Reklame, die durch das Fenster drang. In der Ecke stand ein Bett, in dem sich ein eingemummeltes Knäuel befand.
Das Paar löste sich voneinander. Beide blickten auf die beiden Studenten herab. Ihre Haltung hatte etwas Beschützendes, als wollten sie ihren schlafenden Kindern einen Gutenachtkuss geben und so in Sicherheit wiegen. Die Stimmung im Raum veränderte sich. Ein Gefühl der unerklärlichen Melancholie durchzog jeden Winkel. Alex kannte dieses Gefühl nur zu gut und ahnte plötzlich, was nun kommen würde. Er stand jedoch still, wie der Beobachter eines morbiden Balletts.

»Erwacht aus eurem Traum, ihr jungen Liebenden«, flüsterte die Frau zärtlich und strich sanft über die Stirn eines der Studenten. Als wäre es das Natürlichste der Welt, richteten sich die beiden jungen Menschen auf, ihre Blicke klar und doch entrückt. Der Mann nahm neben ihnen Platz.

Ein Blickaustausch zwischen ihm und seiner Gefährtin schien, als würden Welten aufeinandertreffen – ein Lächeln, das Geschichten von ewiger Liebe und Tragödie offenbarte.

»Sind sie nicht schön, diese beiden? Eine solche Tiefe der Zuneigung sieht man selten«, bemerkte die Frau. Ihre Augen funkelten vor Bewunderung, während sie das junge Paar mit einer kunstsinnigen Ehrfurcht betrachtete.

Der Mann nickte nachdenklich. »In der Tat, ihre Liebe gleicht einem seltenen Juwel in dieser hektischen Zeit.«

Die Szenerie, die sich Alex bot, schien aus einer anderen Welt zu stammen. Dort saß eine anmutige junge Frau in einem schlichten weißen T-Shirt neben einem athletischen jungen Mann, dessen nackte Haut im fahlen Licht schimmerte. Und da war dieses merkwürdig zeitentrückte Paar, das dieses junge Pärchen betrachtete, als würden sie eine seltene Blüte bewundern.

Und doch brach der Anblick der silbrig glitzernden Klinge, die plötzlich in der Hand des Mannes erschien, die fast surreale Stimmung. »Darf ich dir den Vortritt lassen, meine Teure?« Seine Stimme trug eine Spur von Hingabe und ein dunkles Versprechen.

Sie lächelte sanft, strich ihm zärtlich über die Konturen seiner Wange und schüttelte sanft den Kopf. »Nein, ich möchte, dass du diesen Tanz beginnst.«

In aller Ruhe nahm er behutsam die Hand des jungen Mannes, hob sie an und setzte die glitzernde Klinge an den Pulsadern an.

In Alex regte sich ein Gefühl der Resignation. Eingefroren in einem Moment der Spannung beobachtete er nur noch, gefangen zwischen Faszination und Entsetzen.

Die Hand des Mannes zog die Klinge über die Haut des anderen, aus der sich ein rubinroter Strom ihren Weg bahnte, um das unschuldige Weiß des Lakens in ein erschreckendes Rot zu tauchen.

Tief blickten die Augen des Mannes in die des Sterbenden, die überraschend von einer friedlichen Erleichterung erzählten. Das Leben des jungen Mannes erlosch ohne Eile, und der Fremde griff ihm um den Nacken, um ihn sanft zurück in die Kissen zu betten.

Danach reichte er den Dolch seiner Partnerin, die das Ritual mit der jungen Frau wiederholte.

Der gleiche Fluss färbte das Laken, mischte sich mit dem ihres Partners und schuf ein ebenso erschreckendes wie intimes Gemälde des Todes. Mit einem zarten Kuss auf deren Stirn verabschiedete die Fremde sich von der jungen Studentin, legte sie behutsam neben ihren Gefährten und zog sacht das Oberteil der Verstorbenen nach oben. Der Dolch ruhte in ihrer Hand.
Ein Brechreiz überkam Alex. Benommen blickte er zum Fenster. Zwar wich die Dunkelheit inzwischen dem erwachenden Tag, doch noch war es nicht hell genug, um viel erkennen zu können. Er wusste nur zu gut, was nun folgte. Von der gegenüberliegenden Hausfront blinkte ihm nervös das bläuliche Licht einer Leuchtreklame entgegen: *Petty's Hundesalon*.
Alex wandte sich wieder dem toten Pärchen zu, doch nach und nach verlor er den Halt und tauchte ab in eine Welt des Vergessens.

Der dröhnende Klang des Weckers drang durch das Halbdunkel. Alex fühlte, wie er abrupt aus den Nebelschwaden eines grausamen Dramas gerissen wurde. Für einen Moment, eingefroren zwischen Wachsein und Schlaf, schien es ihm, als sei die groteske Pantomime des Traums zur materiellen Wirklichkeit geworden. Hatte er nicht eben noch das Blitzen eines Dolches gesehen?
»Scheiße.«
Er setzte sich auf und fuhr sich mit den Händen über das Gesicht, als könne er damit die Überreste des Traums wegwischen. Schon oft hatten die düsteren Fantasien des Schlafes ihren Weg in sein Tagesbewusstsein gefunden, aber selten mit solch penetrierender Klarheit.
Alex erinnerte sich an „Petty‘s Hundesalon". Die schillernde Leuchtreklame, die in seinem Traum die nächtliche Szenerie beleuchtet hatte. Es kam ihm unwirklich vor. Zögernd griff er nach seinem Handy. Als Alex die Nummer wählte, benötigte das Signal nur wenige Augenblicke, um eine Verbindung herzustellen. Ein zartes Knistern ertönte, gefolgt von einer vertrauten Stimme: »Morgen, Alex. Schon so früh auf den Beinen?« Horst klang, als wäre er schon seit Stunden wach.

»Das wird sich noch rausstellen, ob ich auf die Beine komme.« Alex versuchte, die quälenden Bilder dieser Nacht aus seinem Kopf zu verbannen. Die Atmosphäre, die Aura des Todes vermischt mit einer unergründlichen Sehnsucht, war so greifbar gewesen. Doch sollte er wirklich von solch einer Halluzination erzählen? »Hör zu, Horst. Es ist vielleicht nichts, aber … pack deinen Kram zusammen. Ich bin in zwanzig Minuten bei dir.« Ohne auf eine Antwort zu warten, beendete Alex das Gespräch.

Horst würde viele Fragen haben. Fragen, auf die er keine Antworten hatte. Doch jetzt war nicht der Zeitpunkt, sich den Dämonen seiner Psyche zu stellen. Es war Zeit, zu handeln.

Das Morgengrauen breitete sich nicht nur über dem Himmel aus, sondern auch auf den Straßen der Stadt. Ein feiner Nieselregen, so trübselig wie die Gedanken in Alex' Kopf, perlte an der Windschutzscheibe seines Wagens ab. Der morgendliche Radiobericht dröhnte zwischen den Nachrichten vom gestrigen Fußballspiel und dem aktuellen Wetterbericht in seinem Ohr. Doch seine Gedanken waren bei dem nächtlichen Traum.

Der Verkehr wirkte wie eine hinterhältige Metapher seines Lebens: chaotisch, unvorhersehbar und voller Leute, die es ihm schwer machten. Das ständige Hupen klang wie ein ungeduldiger Wecker, der einen an den unausweichlichen Montagmorgen erinnert.

»Was haben die alle?«, knurrte Alex, während er vergeblich versuchte, eine Lücke im unendlichen Strom der Blechkavalkade zu finden.

Ein sanftes Winken unterbrach seine dunklen Gedanken. Eine elegante Dame mit langen brünetten Haaren, schenkte ihm ein warmes Lächeln von ihrem Sportwagen aus.

Vielleicht gibt es doch noch Hoffnung für diese Stadt, dachte Alex, als er höflich zurückzwinkerte. Aber dieser kurze Moment des Friedens wurde abrupt von einem massigen LKW unterbrochen, dessen Fahrer mit drohender Miene und geballter Faust an ihm vorbeirauschte.

Alex atmete tief durch, versuchte den Ärger hinunterzuschlucken und erinnerte sich an die Worte seines Kollegen: »Atme, Alex. Die Straße ist wie ein Kriminalfall. Beobachte, analysiere und finde deinen Weg.« Aber manchmal, während er langsam durch den Verkehr kroch, manchmal wünschte er sich einfach nur, dass der Fall sich von selbst löste.

Das Surren des Motors mischte sich mit seinen schweren Gedanken. Mit vor Anspannung zittriger Hand wählte er Horsts Nummer. Er bat ihn, nach einem Geschäft namens „Petty's Hundesalon" zu suchen, wobei in ihm die leise, bittere Hoffnung keimte, dass dieses Schild nur ein Fragment seiner nächtlichen Einbildungen war.

Doch als Alex in Horsts Straße einbog und dieser einstieg, nannte er ihm Straße und Hausnummer des Salons. Die Adresse lag wie ein Betonklotz in seiner Magengrube. »Gott, was machst du mit mir?«, murmelte er mehr zu sich selbst als zu seinem Kollegen. Er hoffte verzweifelt, dass sich dieser Alptraum als ein Hirngespinst entpuppen würde.

Horsts Stirn legte sich in Sorgenfalten. »Ist bei dir alles in Ordnung?«

»Das werden wir bald herausfinden«, antwortete Alex knapp. Alex arbeitete gerne mit Horst zusammen. Sie ergänzten sich, er mit seiner zynischen Schärfe und Horst erfüllt von unerschütterlicher Ruhe.

Dann, wie ein unvermittelter Schlag ins Gesicht, tauchte das grelle Neonschild von Petty's Hundesalon auf. Alex' Herz pochte ihm bis zum Hals.

Das Gebäude vor ihnen war alt und verwittert, wie ein Relikt vergangener Zeiten. Jedes Fenster schien eine andere Geschichte zu erzählen.

»Das hier ... das könnte es sein«, flüsterte Alex, während er einem unheimlich vertrauten Gang folgte. Vor einer abgenutzten Holztür hielt er inne. Ein eisiges Gefühl kroch ihm den Rücken hinauf.

Horsts Miene verfinsterte sich. Er zog seine Waffe, bereit für das, was kommen mochte. Alex klopfte, doch es kam keine Antwort. Mit einem entschlossenen Tritt öffnete er die Tür, und ein schwerer, süßlicher Duft schlug ihnen entgegen.

Beide traten ein und blieben mitten im Raum stehen. Ein junges Paar lag, seiner Herzen beraubt, nebeneinander im Bett und starrte mit friedvollem Blick in die Unendlichkeit. Die Laken waren beinahe vollends mit dem roten Nass ihres Lebens durchtränkt.

»Heilige Scheiße … „, hauchte Horst.
Die Neonlichter des Salons zuckten draußen durch das Fenster wie eine Symphonie des Wahnsinns. Das groteske Blinken erinnerte Alex an die quälenden Bilder seines Traums – nein, seiner Vision. Das hier war kein Spiel seiner Fantasie, es war brutal und sehr real.
Er lehnte sich an die kühle Wand des Raumes.
Horst hatte bereits das Dezernat kontaktiert. Alex hörte seine sachliche Stimme gedämpft, während dieser den Tatort beschrieb. In so einem Moment war es fast beruhigend, Horst mit seiner gefassten Art an seiner Seite zu wissen. Doch trotzdem zitterte etwas in Alex – etwas Tieferes als bloße Furcht.

»Wenn das Schicksal mir jetzt schon Alpträume in Voraussicht schickt … „, murmelte er, » … dann könnte es mir auch gleich die Lottozahlen mitgeben.« Er versuchte sich mit seinem gewohnt bitteren Humor zu schützen. Doch die Mauern, die er über die Jahre errichtet hatte, bröckelten, Stück für Stück. Es war nicht nur der Anblick des jungen Paares, sondern die unangenehme Erkenntnis, dass seine Instinkte versagt hatten.
Hinter sich hörte er, wie Horst das Telefonat beendete. Horst trat neben Alex und starrte ebenfalls hinaus. Für einen Moment herrschte Stille zwischen den beiden, eine stumme Kommunikation, die mehr sagte als Worte.
»Es ist wie ein übler Witz, nicht wahr?«, sagte Alex schließlich. *Dass meine Traumwelt besser im Job ist als ich*, dachte er weiter, wagte aber nicht, es auszusprechen.
Kurze Zeit später trafen Abraham und Rolf ein. Zuletzt kam Julia angehetzt. Horst hatte den Polizisten aufgetragen, den Tatort abzusperren und niemanden ohne Berechtigung in die Nähe der Wohnung zu lassen.
Fassungslos beobachtete Alex das Geschehen. Er empfand lediglich eine dumpfe Taubheit, die wie eine Nebelwand zwischen ihm und dem Tatort stand. Er wusste, dass man ihn bald mit der Frage konfrontieren würde, woher er von diesem Verbrechen erfahren hatte. Doch was sollte er antworten? Dass er im Traum daneben gestanden war und alles mit ansehen musste?

Das Pochen in seinen Schläfen schien ihm zu versichern, dass er noch lebte, doch dieses Gefühl stand in schmerzhafter Disharmonie mit dem, was er vor sich sah. Die Konturen der Realität verschwammen und er fühlte sich, als würde er in einem Ozean aus Undurchsichtigkeit und Verwirrung ertrinken.

»Julia, siehst du das?« Alex wies auf den Dolch am Boden, dort, wo ihn die fremde Frau hatte fallen lassen. »Ich nehme an, das ist Tatwaffe.« Er gab sich gelassen, als hätte er nicht gerade die tiefen Schnitte in den Handgelenken der Opfer, als hätte er nicht jeden Tropfen Blut gesehen, der aus ihnen herausgequollen war.

Er musste einen Weg finden, dieses Dilemma zu lösen, diese Diskrepanz zwischen dem, was er gesehen hatte, und dem, was er sagen konnte. Dieser Fall schien ihm nicht aus den Fingern zu gleiten – er war ihm bereits entglitten, und das wusste er in diesem Augenblick.

Das monumentale Bauwerk der Universitätsbibliothek thronte an der Kreuzung der Bockenheimer Landstraße und der Zeppelinallee. Selbst die stets gehetzten Großstädter hielten häufig für einen Moment inne, um das beeindruckende Gebäude mit einer Mischung aus Ehrfurcht und Bewunderung zu betrachten.
Alex erinnerte sich an die Tage und Nächte, die er hier während seines Studiums verbracht hatte. Es war ein Tempel des Wissens, gefüllt mit Jahrhunderten von Gelehrsamkeit.
Bevor er die Stufen des Eingangs betrat, näherte sich ihm ein hagerer Mann, dessen Brillengläser so dick war, dass sie seine Augen zu vergrößern schienen. »Herr Brandt?«, fragte er zurückhaltend, während er vorsichtig seine Hand zur Begrüßung ausstreckte. »Ich bin Daniel Forster. Professorin Coolman hat mich informiert.«
Alex' Blick war kritisch und abschätzend. »Ah, der Geisterjäger?« Er nahm Forsters Hand und schüttelte sie. »Ich bin erstaunt, dass Sie mich gleich erkannt haben. Ich hoffte, ich wäre hier unsichtbar.«
Forster zuckte mit den Schultern, ein Lächeln, das halb verlegen, halb amüsiert war, erschien auf seinem Gesicht. »Die Medien sind allgegenwärtig, Herr Brandt. Sie sind nicht unbekannt. Nun, folgen Sie mir, wenn Sie bitte so freundlich wären.«
Alex schaute dem Parapsychologen hinterher, der angespannt durch die Gänge eilte. Jedes Mal, wenn Forster kurz innehielt, warf er einen heimlichen, verschwörerischen Blick über die Schulter, als wäre er auf der Flucht vor unsichtbaren Feinden. Alex konnte sich ein belustigtes Schnauben nicht verkneifen. *Ein echter Geheimagent oder nur eine zu oft gesehene Filmsequenz?*, dachte er.

Endlich kamen sie zu einer abgelegenen Nische, in der sich ein Tisch mit zwei Stühlen und einem beeindruckenden Bücherstapel darauf befanden. »Unser kleines Refugium«, meinte Forster mit theatralischem Flair. »Hier, setzen Sie sich. Diese Bücher könnten die Antworten enthalten, nach denen Sie suchen.« Mit einem dramatischen Schwenk seiner Hand präsentierte er den beachtlichen Turm aus Fachliteratur.
Alex ließ seinen Blick über die Bücher schweifen und hob eine Augenbraue. »Das wird ein langer Tag, nicht wahr? Professorin Coolman sprach von Ihnen, Herr Forster. Sie meinte, Sie hätten etwas für mich. Und, um ehrlich zu sein, ich stecke bis zum Hals im Nebel mit diesem Fall. Hokuspokus jedoch nützt mir nichts.«
Forster lehnte sich so brüsk vor, dass seine Brille auf der blassen Hakennase wackelte. Er warf einen schnellen, beinahe ängstlichen Blick über die alten Bücherreihen der Bibliothek, als ob sie Augen hätten. »Verstehen Sie, auch wenn ich kein gewöhnlicher Wissenschaftler bin, so ist das, womit ich mich beschäftige, dennoch seriös. Das Paranormale ist mein Spezialgebiet, und ob Sie es glauben oder nicht, einiges davon sind keine bloßen Hirngespinste.« Forster rückte seine Brille zurecht. »Die meisten Geschichten sind natürlich Unsinn, Trugbilder aus den Tiefen traumatisierter Seelen. Scharlatanerie oder Fehlinterpretationen.« Ein Seufzer entwich ihm. »Doch manchmal, nur manchmal, stoße ich auf etwas … Echtes. Und was Ihren Fall betrifft, ich muss sagen, habe ich ein ungutes Gefühl. Sie wollen einen Rat von mir hören? Lassen Sie die Finger davon. Sie können sie daran nur verbrennen.« Sein Blick verhärtete sich und er neigte sich näher zu Alex. »Wenn ich in Ihrer Haut stecken würde, ich würde fliehen, solange ich noch kann. Dies ist kein Spiel.«
Ein kalter Schauer lief Alex über den Rücken. Einen Moment lang war er versucht, Forsters Warnung ernst zu nehmen. Aber seine eigene Sturheit, gepaart mit dem unstillbaren Drang, die Wahrheit herauszufinden, ließ ihm keine Wahl. »Ich bin schon zu tief drin. Ein Zurück kann ich nicht akzeptieren.« Ein gefährliches Funkeln trat in seine Augen. »Und ich werde diesen Fall lösen, komme, was da wolle.«

»Nun gut«, sagte Forster. »Ich sehe Ihnen an, dass Sie Ihren Weg bis zum bitteren Ende gehen werden, und es *wird* ein bitteres Ende nehmen. Professorin Coolman hat mir von den Begleitumständen der aktuellen Morde erzählt und einige Details genannt, darunter die Auffälligkeit der Zahl Zwölf, die sich durch das Geschehen zieht.«

Forster zog ein ledergebundenes Buch aus dem Stapel und legte es vor Alex auf den schweren Eichenholztisch. »Herr Brandt … „ Die Intensität in seiner Stimme war unverkennbar. »Was Sie hier vor sich sehen, umfasst Informationen aus den Tiefen des antiken Ägyptens, einem Zeitalter, in dem Legenden und Realität oft untrennbar miteinander verknüpft waren.«

Alex runzelte die Stirn. »Worauf wollen Sie hinaus?«

Forster fuhr unbeirrt fort: »Trotz des erbarmungslosen Zahns der Zeit, der viele Erzählungen verschluckt hat, gibt es Legenden, die ihre Präsenz über die Jahrtausende bewahrt haben. Sie sind wie ein Phönix, der aus der Asche aufersteht, immer und immer wieder. Eine dieser Legenden wurde in den späten Dynastien des Pharaonenreiches geprägt.«

Forster blätterte vorsichtig in dem alten Buch und zeigte auf eine Seite. »Hier, im ‚Buch der Tore' aus der 18. Dynastie, wird von zwölf geheimnisvollen Toren gesprochen. Und selbst Sethos I., der mächtige Pharao der 19. Dynastie, erwähnte sie. Diese Tore symbolisieren die zwölf langen Stunden, in denen die Sonne sich auf ihre nächtliche Reise begibt.« Forster machte eine Pause, nahm seine Brille ab und putzte sie nachdenklich. »Doch die wahre Faszination liegt in der Vision der ägyptischen Unterwelt. Es heißt, dass sie in zwölf Schattenregionen unterteilt ist, jede repräsentiert durch ein Höllentor. Dort, tief in der Dunkelheit, verbringt der mächtige Sonnengott Re seine Nacht.«

Alex wurde zunehmend unruhig. »Warum erzählen Sie mir das alles, Herr Forster?«

Forster lehnte sich vor, seinen Blick fest auf Alex gerichtet, die Atmosphäre im Raum wurde noch dichter. »Weil, mein lieber Skeptiker, in dieser Legende der Schlüssel zu *dem* verborgen liegen könnte, was wir gerade erleben.«

Alex horchte auf. Mit seiner scharfen Miene und mit misstrauischem Blick beobachtete er Forster genau, während dieser nachdenklich ein weiteres Buch aufschlug und es Alex zuschob.
Mit einem tiefen Atemzug rückte Forster seinen Stuhl näher an Alex heran. Die Intensität seiner Augen verriet, dass er etwas Wichtiges zu enthüllen hatte. »Bevor ich fortfahre, mein Freund, muss ich Sie durch die verschlungenen Pfade der ägyptischen Geschichte führen. Doch ich werde die Reise so kurz wie möglich halten.«
Alex' zynisches Lächeln erschien nur kurz. »Ich hoffe, es wird keine Geschichtsstunde.«
Forster ignorierte den Einwurf. »Es gibt einen Namen, der im kollektiven Gedächtnis der Zeit verloren gegangen scheint: Amanemhet IV., ein Herrscher der zwölften Dynastie. Eine Figur, die von Mysterien und Mythen umgeben war. Seine Regentschaft war nur ein kurzes Kapitel im großen Buch Ägyptens, und doch ist seine Geschichte voller Rätsel.«
Er machte eine kurze Pause, um die Wirkung seiner Worte zu verstärken. »Er trat das Erbe seines Vaters in einem fortgeschrittenen Alter von fast vierzig Jahren an. Es war üblich, den Thronerben als Mitregenten einzusetzen, lange bevor ein alter König starb. Eine Art Sicherheitsnetz, um ein Machtvakuum zu verhindern und die Stabilität des Königreichs zu gewährleisten.«
Forsters Finger tanzten über die Buchrücken. »Doch hier beginnt das Paradoxon. Obwohl Amanemhet IV. der designierte Nachfolger war, wurde er von den wirklichen Regierungsangelegenheiten ferngehalten. Warum? Was fürchteten sie? Welches Geheimnis umgab diesen zukünftigen Pharao?« In der gedämpften Stille der Bibliothek legte Forster behutsam einen Folianten auf den Tisch. Er hob seinen Blick und fand Alex' kritische Augen, die ihn forschend fixierten. »Um das Rätsel, das uns jetzt beschäftigt, zu begreifen, muss man in die Tiefe der Zeit eintauchen.«
Forster schlug den Folianten auf und zeigte auf ein Gemälde das Amanemhet IV. darstellte. »Hier sehen Sie einen Mann, dessen Lebensgeschichte voller Widersprüchen steckte. Sein Vater war ein mächtiger Herrscher, der sein Reich zu neuer Blüte führte. Jeder Tropfen Macht war für ihn wie der süßeste Nektar.

Warum sollte er ihn mit einem Sohn teilen, der, wie man munkelte, kein Verlangen nach der Krone zeigte?«
Alex' Augenbraue hob sich, doch er schwieg und ließ Forster fortfahren.

»Amanemhet IV. war kein typischer Thronfolger. Anstatt in den Palästen der Macht zu verweilen, seine Zeit mit der süßen Verführung junger Damen zu verbringen, verlor er sich in den Tiefen der Geschichte, der Kulturen und den geheimen Künsten. Besonders die Magie hatte es ihm angetan.« Forster schüttelte seinen Kopf, als wäre er selbst von dieser Tatsache entsetzt. »Sie müssen verstehen, Magie war in Ägypten allgegenwärtig, aber sie war das Reich der Priester, nicht das eines königlichen Prinzen. Und dann, im vierten Jahr seiner Mitregentschaft, übernahm er den Thron, nicht aus eigenem Willen, sondern auf Befehl seines Vaters. Und damit begann die wahre Tragödie.«
Forsters Stimme wurde leiser, seine Worte waren von einem Hauch Melancholie durchzogen. »Amanemhet IV. war gezwungen, seine Schwester zu heiraten. Aber sein Herz, so sagen die Legenden, gehörte einer anderen. Einer Sklavin namens Hasobek. Ihre Schönheit war im ganzen Land bekannt, doch was von ihr übrig blieb, war nur ein Name. Nach seinem Tod sorgte seine Schwester dafür, dass jegliches Andenken an sie ausgelöscht wurde. In Rom hätte man dies als ,"damnatio memoriae" bezeichnet – die Ächtung des Andenkens.«
Alex sah sein gegenüber direkt an. »Und was hat das mit unserem Fall zu tun?«
Forster ließ sich nicht aus der Ruhe bringen. Mit bedächtigen Bewegungen rückte er abermals seine Brille zurecht. »Bevor Sie voreilige Schlüsse ziehen, müssen Sie sich diesen Auszug aus dem Turiner Königspapyrus näher ansehen.« Seine Hand schob ein vergilbtes Buch zu Alex hinüber, auf dessen Deckel ägyptische Hieroglyphen prangten. »Ein besonderes Werk aus meiner privaten Sammlung. Neun Jahre, drei Monate und siebenundzwanzig Tage. Das ist die genaue Länge seiner Regentschaft, aber was danach geschah, bleibt ein Rätsel.«
Alex runzelte die Stirn und schaute auf das Buch.

»Herr Forster, ich verliere langsam die Geduld. Ich habe nicht die Zeit, mir die ganze Geschichte Ägyptens reinzuziehen.«
Forster hingegen schien die Intensität des Moments zu genießen, seine Augen bohrten sich in die von Alex. »Haben Sie noch ein wenig Geduld. Seine Expeditionen, Herr Brandt, könnten der Schlüssel sein. Alle führten in den Sinai. Inschriften in Serabit el Chadim und Spuren im Wadi el-Hudi bezeugen dies. Aber die eigentliche Frage ist: Warum baute ein König, der neun bis zehn Jahre regierte, keine Pyramide für sich selbst?«
Alex' Augen verengten sich, während er versuchte, die Verbindung zu erkennen. Doch bevor er antworten konnte, fuhr Forster fort. »Einige glauben, dass die südliche Pyramide von Masghuna ihm gehörte. Aber sie wurde zerstört, vielleicht von seiner eigenen Schwester, die nach seinem mysteriösen Verschwinden den Thron bestieg.«
In einem Atemzug, in dem die Anspannung fast greifbar war, tastete Forster in das Durcheinander von Unterlagen auf dem Tisch und zog ein weiteres Buch hervor. »Hier ist die Legende, von der ich spreche. Sie könnte das fehlende Puzzlestück sein, das uns beiden die Antworten liefert, nach denen wir suchen.«
Er drückte das Buch in Alex' Hand. Der Einband war erstaunlich gut erhalten, trotz seines Alters. Es war, als hielte Alex ein Stück Vergangenheit in den Händen, das unerklärlicherweise die Zukunft beeinflussen konnte.

»Warum sollte eine Legende, die so alt ist, irgendeine Relevanz für die Gegenwart haben?«, fragte Alex.

»Dieses Buch wurde im späten 19. Jahrhundert verfasst, ja. Aber es basiert auf dem Inhalt einer Schriftrolle, die bei einer der frühen Expeditionen entdeckt wurde. Eine Reliquie, die Zeugnis von einer noch älteren Geschichte ablegt. Ich gebe zu, die Jahre mögen einige Aspekte verfälscht haben, dennoch … in ihrem Kern liegt eine Wahrheit, die möglicherweise Ihren Fall betrifft.«
Alex nahm das Buch und strich mit den Fingern über den Einband, als könne er so dessen Geheimnisse ertasten. Mit einem Seufzer öffnete er es, seine Neugierde war geweckt.
Er begann zu lesen.

Das dunkle Vermächtnis der Zwölf

In den Schatten jenseits der Zeit und des menschlichen Bewusstseins verweilten sie – zwölf unsterbliche Entitäten, deren Spiele den Lauf der Geschicke bestimmten. Ihre Existenz war ewig, ihre Macht allumfassend. Doch ihrer Unsterblichkeit wegen plagte sie die Tristesse. Zum Amüsement verstrickten sie die Menschen in schwindelerregende Verschwörungen, während sie wie Voyeure das Drama beobachteten, gespannt auf jedes unvorhersehbare Ende.

Menschliche Gebete nach Langlebigkeit, gar nach Unsterblichkeit erreichten ihr Ohr, ein Frevel, der sie in ihrem Stolz kränkte. Aus einer Laune heraus schenkten sie den Menschen ein mysteriöses Manuskript. Ein Test, ein Spiel – wie würden die Sterblichen reagieren, wenn sie das Geheimnis der Götter in ihren Händen hielten?

Doch die Menschen, in ihrer Ignoranz, erkannten die Falle nicht. Verführt von dem Gedanken, göttlich zu sein, begingen sie den größten Hochmut.

Zwei Liebende, beides mächtige Gestalten, gaben dem Verlangen nach ewigem Leben nach. In einer Zeremonie, die vor magischer Energie vibrierte, zelebrierten sie ein dunkles Ritual, geleitet von Priestern, mit zwölf unschuldigen Opfern, die sich ihrem schrecklichen Schicksal ergaben.

Doch als die archaischen Verse aus dem Buch der Zwölf verlesen wurden, erwachten die Götter. Mit einer Macht, die die Erde zum Beben brachte, straften sie das Paar nicht mit dem Tod, sondern mit dem, wonach sie sich so verzehrt hatten: Einem Leben ohne Ende – ohne die süße Gnade des Todes. Seitdem durchstreifen die beiden die Welt, ewiglich verdammt, ihren Fehler zu bereuen.

Alex schlug das antike Buch langsam zu und schob es über den Tisch zurück. »Herr Forster.« Seine Stimme klang abschätzig. »Dies sind Legenden. Mythen. Nette Erzählungen für naive Geister. Die Vorstellung eines ewigen Lebens ist verlockend, ja, aber wir wissen beide, dass es so etwas nicht gibt.« Trotz seines vernünftigen Plädoyers hegte er zunehmend Zweifel. Es gab im Grunde nur eine Möglichkeit: Jemand musste von dieser alten Sage erfahren haben.

Doch wer könnte so vernagelt und grausam sein, diesen Humbug nachzuspielen? Womöglich sogar zu glauben, es könne funktionieren? Alex schüttelte nachdenklich den Kopf. Irrte er sich? Gab es diesen Blödsinn in der Realität? Ohne seinen klaren und eindringlichen Traum, hätte er Forster belächelt und ihn als wirren Esoteriker abgetan. Aber er konnte es nicht.
Forsters Stimme zitterte vor Anspannung. »Herr Brandt, verschließen Sie sich vor dem, was so deutlich vor Ihnen liegt? Können Sie die Muster nicht erkennen oder wollen sie es nicht?« Er nahm seine Brille ab, die Erschöpfung in seinen Augen war deutlich zu sehen. Er ließ die Brille mit einem leisen Klacken auf den Tisch fallen. »Ja, es handelt sich um eine Legende. Aber hinter Mythen lauern oft Wahrheiten, die wir übersehen. In der Parapsychologie erklären wir neunundneunzig Prozent der Phänomene als natürliche Vorgänge, aber es gibt dieses eine Prozent, das jenseits unseres Verständnisses liegt.« Forster zögerte kurz. »Wir sind nicht die wahren Beherrscher dieser Erde. Es gibt Wesen, Entitäten, die in unserer Welt agieren, unsichtbar für unser bloßes Auge. Sie sind nicht göttlich und auch keine gottgesandten Engel, aber sie haben Macht. Ja, Herr Brandt, *Macht*! Und es liegt an uns, zu entscheiden, ob wir gegen sie oder mit ihnen arbeiten.« Alex' skeptischer Blick traf auf die verängstigten Augen des Esoterikers, der mit eindringlicher Stimme versuchte, ihm eine jahrhundertealte Legende näherzubringen. Sein Verstand wollte sagen: ja, es schein etwas dran zu sein. Aber sein Innerstes wollte und konnte es nicht akzeptieren. »Sie wollen mir doch nicht ernsthaft einreden, dass ein turtelndes Liebespaar, unsterblich geworden durch ein Ritual, unter uns wandelt und miteinander schmusend Menschen tötet?« Alex schluckte schwer, weil er verstand, dass seine Worte im krassen Widerspruch zu dem standen, was er erlebt hatte. Dennoch … oder vielleicht gerade deshalb, versuchte er alle Argumente vom Tisch zu wischen, wie ein trotziges Kind, das nicht zu Bett gehen wollte, obwohl es wusste, dass es keinen Weg daran vorbei gab.
Forster zögerte. Er presste die Lippen hart aufeinander. »Herr Brandt.« Seine Stimme wurde beinahe flehend.

»Amanemhet IV. regierte neun Jahre, drei Monate und siebenundzwanzig Tage. Nach der Legende fand das Ritual am 27. Tag der neuen Sonne statt, wo sich neun Priester um das Dreieck des Wissens zusammenfanden. Das Dreieck des Wissens symbolisiert den Oberpriester und das Paar, die im Zentrum des Geschehens standen.«

»Wunderbare mathematische Kunststücke. Aber es ist irrwitzig, all das blind miteinander zu verknüpfen. Vielleicht hat die Legende eine historische Grundlage. Mag sein. Vielleicht ist dies das Werk eines Nachahmers. Auch möglich. Aber ein *unsterbliches* Liebespaar? Lächerlich!« Seine Stimme erhob sich und er schlug mit der Hand auf den Tisch, dass Forsters Unterlagen leicht in der Luft wirbelten.

Forster blickte besorgt um sich. »Sie wollen einfach nicht verstehen. Alle zwölf Jahre, genau zwölf Morde. Die Götter könnten sehr wohl real sein und ihr Unwesen treiben.« Fast flüsternd fügte er hinzu: »Ich weiß, dass Sie mir nicht glauben. Aber ich rate Ihnen, vorsichtig zu sein. Wir sollten uns nicht wiedersehen, zumindest nicht persönlich.« Gehetzt sammelte er seine Bücher und Folianten zusammen. Er stand auf und blickte auf Alex herab.

»Seien Sie kein Narr, Herr Brandt.«

Alex wollte etwas erwidern, blieb aber stumm. Er beobachtete, wie der Parapsychologe so hastig verschwand, als wäre er auf der Flucht.

19. Mai 2020

Die Lichter der Stadt warfen einen zwielichtigen Schimmer in Alex' Schlafzimmer. Er schaute auf die Uhr, deren rote Ziffern mit stummem Vorwurf auf 1.15 Uhr standen. Schlaf war ein Luxus, der ihm seit der Enthüllung der alten Legende verwehrt blieb. Sein Innerstes verhöhnte die Idee, dass ein altes ägyptisches Paar die Zeiten überdauert haben könnte. Und dennoch, eine unausweichliche Stimme, tief in ihm, zischte Warnungen, während er die Fäden der Fiktion zu entwirren versuchte.
Scheiße! Ein echter Schmöker für die Nachtlektüre, dachte er voller Wut. »Warum nicht gleich Geister in meinem Schlafzimmer?«
In einer ruckartigen Bewegung drehte er sich im Bett, vergrub sein Gesicht im Kissen und versuchte, die quälenden Gedanken zum Stillstand zu bringen. Doch sie kreisten, kehrten zurück und tauchten immer wieder auf. Seine Resignation, gepaart mit der wachsenden Müdigkeit, gipfelte schließlich in einem zermürbenden Schlummer. Aber statt in eine friedliche Dunkelheit abzutauchen, fand er sich in einem Labyrinth aus Schatten und Geflüster wieder.

Ein seidener Schleier aus Dunkelheit umgab Alex, als die feine, doch einprägsame Stimme einer Frau durch den Nebel zu ihm drang. »Herr Brandt, verbergen Sie sich etwa in den Tiefen Ihrer Träume?«
Alex spürte ein seltsames Ziehen. Ein vertrautes Echo, das er nicht einordnen konnte. *Nicht schon wieder.*

»Sie könnten wenigstens den Anstand besitzen, uns Ihre ungeteilte Aufmerksamkeit zu schenken«, sagte eine zweite, tiefere Stimme. Alex spürte, wie eine Hand sanft, fast zärtlich, seine Schulter berührte, was ihn abrupt zurück in eine schattenhafte Vision riss.

Vor ihm stand die Frau, deren dunklen Augen ihn erst gestern in seinen Alpträumen gefangengenommen hatten. Sie lächelte – ein Lächeln, das mehr Versprechungen und Geheimnisse verbarg, als es preisgab. »Wir dachten, es wäre an der Zeit, unser kleines Gespräch fortzusetzen, Herr Brandt.«

Aus dem Dunkel trat ihr Gefährte hervor. Sein Haupt erhoben, schaute er voller Stolz auf Alex. »Nun möchten wir Ihnen unsere Identität anvertrauen. Mein Name ist Amanemhet IV. und der Name meiner –«

»Nein. Sagen Sie bloß, Hasobek!« Alex erinnerte sich an Forsters wirre Erzählung. »Was für ein Traum!«

»Ah, wie ich sehe, sind wir einen Schritt vorangekommen. Nun, gut. Ich und meine Liebe haben uns entschlossen, Ihnen einen Einblick in unsere Zeitlosigkeit zu gewähren. Ein Privileg, das wir bisher nur äußerst wenigen gewährt haben.«

»Wie großzügig.« Alex richtete sich mühsam auf, seine Gedanken immer noch im Nebel. »Und womit habe ich die Ehre verdient?«

»Nun, lassen Sie es uns als … eine pädagogische Maßnahme betrachten«, entgegnete die Frau geheimnisvoll. »Bereiten Sie sich vor, die Schatten der Vergangenheit zu durchstreifen und die Ereignisse zu enthüllen, die Sie so verzweifelt zu verstehen suchen.«

Die Welt um ihn herum waberte und verdichtete sich, als würde er durch einen Spiegel in eine andere Dimension gezogen. Vorüberfliegende schimmernde Schatten, die sich um ihn schlängelten, trugen ihn hinfort. Er fühlte, wie der Nebel ihn umhüllte, ihn wieder freigab und in eine völlig andere Umgebung katapultierte. Nach einem Moment der Desorientierung wurde Alex schlagartig von einer erstickenden Hitze getroffen, welche das angenehme Gleiten des Traums schnell vertrieb. Das gleißende Sonnenlicht brannte in seinen Augen und ließ ihn für einen Moment geblendet.

Als er seine Augen schützend schloss und langsam wieder öffnete, erstreckte sich vor ihm eine Landschaft von unglaublicher Pracht und gewaltiger Dürre.
Unter seinen Füßen spurte er den heißen Boden, der sich anfühlte wie glühendes Glas. Vor ihm erhob sich ein beeindruckender Palast, der inmitten der Wüste thronte – ein Ozean aus goldenem Sand, soweit das Auge reichte. Die üppige Architektur, die mit kunstvoll verzierten Säulen und Torbögen geschmückt war, verriet die Handschrift einer längst vergangenen, glorreichen Zivilisation.

»Nun, das sieht nicht wie mein Schlafzimmer aus.« Alex verstand nicht, was um ihn her geschah. Er versuchte, das beklemmende Gefühl der Verlorenheit zu unterdrücken und sich zu orientieren. »Scheiße, was passiert mit mir?«
Ein vertrautes Lachen ließ ihn herumfahren. Amanemhet IV. trat aus dem Schatten des Palastes, sein Gesicht von einem amüsierten Lächeln gezeichnet. »Ein Traum, sagen Sie? Nun, dies ist weit mehr als nur die Fantasie eines schlafenden Menschen. Erkennen Sie, wo Sie sich befinden?«

»In Ägypten, nehme ich an«, entgegnete Alex so trocken wie die Natur um ihn herum.

»Richtig. Das Jahr, in das Sie Einblick erhalten, ist 1798 vor Christus – nach Ihren Maßstäben. In gewisser Weise war es eine goldene Ära.« Ein Hauch von Melancholie schlich sich in seine Stimme. »Mein Vater war ein unvergleichlicher Stratege. Sein Genie schuf nicht nur militärische Triumphe, sondern auch politische Meisterwerke. Ich hingegen … „ Amanemhet IV. machte eine bedeutungsschwere Pause. »Ich strebte nach den Geheimnissen des Kosmos, nach einer Magie, die sich weit über das materielle Reich erstreckte. Während mein Vater von Machtdurst und Habgier getrieben wurde, lebte ich in diesem prachtvollen Palast – einem Zeugnis trivialer Ambitionen.« Mit einer ironischen Geste breitete er seine Arme aus und blickte umher. »Sie kannten nur die materiellen Grenzen ihres Reiches und blieben blind für dessen wahre Schönheit. Wie kurzsichtig sie doch waren. Was heute von ihrem mächtigen Reich übrig ist, sind nur Ruinen und verblasste Erinnerungen.

Doch so ist das Schicksal aller Zivilisationen: Sie blühen auf und verfallen, während die Menschheit sich ständig in einem zyklischen Tanz mit dem Tod befindet. Die Ironie dabei ist, dass der Tod, den sie so sehr fürchten, oft das größte Geschenk der Befreiung in sich birgt.«

Alex konnte nicht anders, als bissig zu lachen. »Eine Lebensgeschichte mit ein wenig zu viel Drama, wie es scheint.« Er begutachtete den Mann vor sich. Obwohl der Fremde kleiner als er war, hatte er dennoch eine majestätische Ausstrahlung, die durch sein pechschwarzes Haar und die durchdringenden dunklen Augen, die er mit seiner Frau teilte, noch verstärkt wurde. Es war ein Blick, der, obwohl weich in der Artikulation, eine unbestreitbare Autorität ausstrahlte.

»Mäßigen Sie Ihren Sarkasmus, Herr Brandt!« Die Gesichtszüge von Amanemhet IV. wurden hart und kantig. »Als ich dem wahrhaftigen Licht meiner Existenz begegnete, meiner Liebe, erkannte ich das Schicksal, das mir auferlegt war. Doch die Fesseln der Tradition hielten mich fest, und mein Vater sah nur einen vorgegebenen Pfad – seinen eigenen. Es war mir bestimmt, meine Schwester zu ehelichen. Mit dieser Verbindung sollte das Reich gefestigt und die Grenzen erweitert werden. Aber zu welchem Preis? Warum verfallen Menschen in diese gnadenlose Jagd nach Besitz, in Gewalt und Missgunst? Selbst nach all dieser Zeit finde ich keine Antworten auf diese Fragen.« Ein Schleier trübte seine Augen. »Es ist ein Rätsel, dass jene, die auf Erden wandeln, so nach Herrschaft und Materie gieren. Ist es nicht grotesk, wie sie nach vergänglichen Schätzen suchen, während sie dabei die Essenz des Lebens übersehen? Sie sind so versessen auf Reichtum, dass sie, blind vor Gier, über die Seelen ihrer Brüder und Schwestern trampeln. Doch die Zeit, sie ist die ewige Sphinx, die alle Geheimnisse kennt. Sie schlingt mit unerbittlichem Hunger alles hinunter, was der Mensch je geschaffen hat. Und auch wir Herrscher, die glauben, durch monumentale Bauwerke und epische Taten in der Erinnerung der Zukunft verewigt zu sein, werden eines Tages vom Sand der Zeit begraben. Vergessen. Als wären wir nie dagewesen.«

Seine Worte hingen schwer in der Luft.

»Meine Auserwählte und ich waren *ein* Wesen, *ein* Herzschlag – zusammen kosteten wir jede Sekunde des Lebens aus. Doch wie jeder Sterbliche fürchteten auch wir die unvermeidliche Vergänglichkeit. Ja, auch wir waren blind und unersättlich. Und wir zahlten einen unermesslichen Preis für ein Wissen, das uns niemals gehören sollte – ein Fluch, der ewig währt.«
Er wandte sich vom Alex ab, und blickte zu Hasobek. »Alle Geheimnisse, die ich enträtselte, all mein erworbenes Wissen bot keinen Schutz vor dem unvermeidlichen Verfall des Körpers. Deshalb schickte ich meine treuesten Priester auf eine Mission, das Objekt unserer Begierde zu finden: Die Tafel der Zwölf. Es wurde erzählt, sie sei der Schlüssel zur Unsterblichkeit. Sie können sich nicht vorstellen, welcher Rausch uns ergriff, als dieses Artefakt in unseren Händen lag. Wir fühlten uns wie Götter, bereit, die Erde zu unterwerfen. Und genau das taten wir. Nur … erkannten wir zu spät: Ewiges Leben bringt nicht zwangsläufig ewiges Glück mit sich.« Ein sardonisches Lächeln umspielte seine Lippen. »Es war, als hätten wir die Welt erneut betreten, doch diese zweite Chance war nicht so glorreich, wie wir sie uns ausgemalt hatten.«
Es ist, als hätte die Zeit bei Amanemhet IV. Halt gemacht, ihn in einem ewigen Moment des Glanzes und der Jugend gefangen, dachte Alex bei der Betrachtung seiner faltenlosen kaffeebraunen Haut. Die kantigen Züge seines Gesichts malten das Porträt eines Mannes von gewaltiger Willenskraft.

»Ich ließ, den geheimen Versen der Priester folgend, einen Schrein errichten. Ein Ort, an dem das alte und das neue Zeitalter sich berührten. Die Stille an jenem Tag war fast schon erdrückend, als ob selbst die Götter den Atem anhielten. Wer hätte gedacht, dass wir es wagen würden, gegen das höchste Gebot, das Altern, zu rebellieren?« Ein selbstgefälliges Lächeln tanzte auf seinen Lippen.

»Doch wir brachen dieses Tabu. Unter unseren Füßen schien der Boden zu wanken. Blitze zuckten, als ob der Höchste selbst seinen Unmut zeigte, obwohl der Raum von der Außenwelt abgeschottet blieb. Ich kann mich nicht entsinnen, ob es Angst oder Euphorie war, die in diesem Moment in uns tobte.

Dann, begleitet von einem Donner, so mächtig, als ob die Welt zerbrechen würde, spürten wir eine überwältigende Energie, die uns umhüllte. Alles verstummte. Erschöpfung umfing uns, und selbst unser Hohepriester, dieser stolze Mann, sank ermattet zu Boden. Als wir uns wieder erhoben und diesen heiligen Raum verließen, der nun das Herz der Ewigkeit zu sein schien, brannten die Worte des Priesters unauslöschlich in unseren Seelen.« Amanemhets Brust hob und senkte sich schwer.

Alex begann zu verstehen: »Es heißt nicht umsonst, dass man für jedes Vergnügen einen Preis zahlt.«

»Sie scherzen gerne, Herr Brandt. *Wir* haben uns versündigt an den Grenzen des Menschen, *Sie* aber versündigen sich an der Wahrheit. Beides fordert einen hohen Preis. Sind Sie bereit, einen solchen zu zahlen?«

»Zahlen? Ich zahle jeden Tag für das, was ich tue – und selbst für das, was ich nicht tue.« Etwas Gehässiges lag in Alex' Gesichtszügen. »Jeder zahlt für irgendetwas. Der eine mehr, der andere weniger. Hatten es diese Studenten verdient, dass man ihnen ihr Leben genommen hat? Was haben ihre Opfer verbrochen, dass sie einen solchen Preis zahlen mussten?«

Die Atmosphäre verdichtete sich und Alex fürchtete, zu weit gegangen zu sein. Aber es war die Wahrheit, seine Wahrheit. Und die durfte er sagen.

Amanemhet IV. wandte sich von ihm ab und blickte zur Tempelanlage, ohne seine Fragen zu beantworten. »Ich überließ meiner Schwester den Thron, nachdem ich mit meiner Herzensdame das ewige Gelübde eingegangen war. Unser Herz pochte vor Entzückung, denn wir waren nun unberührt von Zeit und Schicksal. Wir zogen mit Reichtümern, die jenseits menschlichen Vorstellungsvermögens lagen, von dannen, während mein Heimatland und seine Geschicke in meiner Schwester Händen verblieben. Doch die Dunkelheit, die wir unachtsam über uns gebracht hatten, beschattete auch ihre Herrschaft. Mit ihrem Fall verklang das Echo der 12. Dynastie.«

Er seufzte schwer und eine unsichtbare Melancholie umhüllte ihn.

»Wir beobachteten aus der Ferne, wie unsere Heimat, der wir einst dienten und die uns für Generationen ans Herz gewachsen war, in politischen Unruhen zerfiel. Ohne Stärke und Einheit war es ein leichtes Spiel für die Hyksos, unsere Heimat zu überrennen und das Ruder an sich zu reißen. Das Ägypten, das wir einst kannten, verblasste, und so begannen wir, wie Geister durch Jahrhunderte und Kulturen zu wandern.«
Amanemhet IV. wandte sich Alex wieder zu. »Hören Sie gut zu, Herr Brandt. Unsere Schicksale sind nun miteinander verknüpft, aber sie müssen es nicht bleiben. Setzen Sie Ihre Jagd nach uns nicht fort. Leben Sie Ihr Leben, und wenn der Tod ruft, begrüßen Sie ihn als alten Freund.«
Und so, wie der Wind einen flüchtigen Gedanken mitnimmt, lösten sich Amanemhet IV. und Hasobek aus dem Traum und ließen Alex in traumloser Schwärze zurück.

Das Echo der Vergangenheit hing schwer in der Luft, während Horst im Besprechungszimmer saß. Die gedämpften Gespräche der Kollegen, die nacheinander eintrafen, drangen kaum zu ihm durch. Seit vierzehn quälenden Tagen standen sie vor dem Rätsel der brutalen Morde und der Knoten der Wahrheit schien sich mit jeder weiteren Untersuchung nur noch fester zuzuziehen.

Horsts Blick verlor sich in der Tiefe des Raumes, die Last auf seiner Seele war deutlich sichtbar. Der vorherige Abend war von einem ehrlichen Geständnis gegenüber seiner Frau geprägt gewesen – einem Geständnis der Verzweiflung, der Unsicherheit. Es war, als ob sie in einem dunklen Spiel verstrickt wären, in dem der Mörder, gleich einem unsichtbaren Puppenspieler, alle Fäden in der Hand hielt.

Der heutige Morgen hatte jedoch noch eine weitere Bürde für Horst bereitgehalten: Ein scharfer Wortwechsel mit seiner Frau, die ihm vorwarf, gegenüber Alex nicht genug für seine eigenen Interessen einzustehen. Alle Beteuerungen, dass es ihm nur darum ginge, Verbrecher und Mörder von den Straßen fern zu halten, wischte sie weg. Aber, wer würde dann seine Kinder beschützen?

Von den Gedanken überwältigt, tauchten Bilder aus einer Zeit auf, in der die Welt noch unschuldig schien. Ein sonniger Tag, ein junger Horst, Seite an Seite mit seinem besten Freund Henry, lachend auf dem Weg zur Schule. Ihre kindlichen Streiche waren legendär, ihre Eltern verbrachten viele gemeinsame Stunden miteinander, und so wuchs zwischen den Jungen eine unzertrennliche Verbindung. Doch es gab diesen einen, schicksalhaften Tag, der ihre Leben für immer veränderte: Einen Tag, an den sich Horst stets erinnerte, wenn er an die Verletzlichkeit des Lebens dachte.

Ein Tag, der ihre Wege in verschiedene Richtungen lenkte und ein dunkles Kapitel in Horsts Leben markierte.

Der August hatte die Stadt in seinem schwülen Griff gehalten, wobei der Morgen bereits mit einer lähmenden Hitze begann. Der Schulkorridor, ein tägliches Ritual für Horst und seinen Freund, wurde zu einer vertrauten Bühne für ihre jugendlichen Gespräche. Sie diskutierten über jene Lehrer, die ihre Geduld auf die Probe stellten, flüsterten einander vertraulich ihre ersten Schwärmereien für Mädchen zu und lachten über ihre naiven Träume.

Doch eine Besonderheit prägte diesen Weg: Die eindrückliche Silhouette einer alten Zigarrenfabrik, deren bröckelnde Fassade und schmutzige Fenster einen morbiden Charme ausstrahlten. Dieses Gemäuer, einst Zeuge besserer Tage, diente ihnen oft als Bühne für Mutproben und gruselige Geschichten, die sie sich an lauen Sommerabenden erzählten. Wenn sie an ihnen vorbeigingen, wurde ihr Schritt schneller, fast gehetzt – eine Tatsache, die sie sich nie eingestanden hätten.

Nachdem sie das unheimliche Gebäude hinter sich gelassen hatten, stand ihnen noch die Herausforderung bevor, die wackelige Brücke über den „Rattenkanal", wie sie ihn nannten, zu überqueren. Dieser schmutzige, fließende Graben verströmte stets einen widerlichen Geruch, und oft fragten sie sich, welche Geheimnisse er verbarg.

In der Spätsommerdämmerung jenes Jahres wirkte Henry, obwohl er im selben Alter wie Horst war, wie ein mächtiger Turm neben ihm. Seine Größe verlieh ihm eine natürliche Autorität, und nur selten wurde sie von Unsicherheiten erschüttert. Doch die Schatten eines Alptraums, den dieser erlebt hatte, hafteten sichtbar an ihm. Horst erinnerte sich, wie er versucht hatte, Trost zu spenden, indem er seine Hand auf Henrys Schulter legte. Doch der männliche Stolz ihrer Jugend gebot, Schwäche nicht zu zeigen, und Henry schüttelte sie schnell ab. Die elfenbeinfarbene Blässe seiner Wangen jedoch verriet Horst, dass der Schrecken dieses Traumes nicht so leicht abzuschütteln war wie eine Freundeshand.

Während sie die knarrende Brücke überquerten, zerriss das Heulen von Sirenen die sonst so friedliche Morgenstille. Neugierig und von dem plötzlichen Lärm fasziniert, blieben sie stehen, beobachteten, wie ein tiefschwarzer Opel quasi aus dem Nichts auftauchte, dicht gefolgt von Polizeistreifen. Als aus der entgegengesetzten Richtung ein weiteres Polizeiauto heranbrauste und den Weg versperrte, schoss der Opel in ihre Richtung, die Reifen qualmten und stießen schwarzen Rauch aus. In einem dramatischen Bremsmanöver kam er schließlich wenige Meter vor ihnen zum Stehen. Aus dem Wagen sprang ein Mann, elegant, trotz der Umstände, in einem dunklen Anzug und Hut.
Wie in Trance verfolgten die Jungen das Geschehen, ohne zu realisieren, dass sie sich inmitten einer gefährlichen Aktion befanden. Die schimmernden Pistolen der Polizisten blitzten im Sonnenlicht auf, während der Flüchtige, augenscheinlich in die Enge getrieben, verzweifelt nach einem Ausweg suchte.
Der Verbrecher stürmte unmittelbar auf Horst und Henry zu. Für einen flüchtigen Moment kreuzten sich ihre Blicke. Henry wurde rüde gepackt, als würde sich der Verbrecher an einen Strohhalm inmitten eines Sturms klammern. Mit blitzschnellem Griff zog er eine Pistole und richtete sie drohend auf die herannahenden Polizisten. Die stille Kommunikation zwischen Horst und Henry, ein flüchtiger Blickaustausch, verriet alles. Henrys frühere Erzählung über den Traum hallte in Horsts Ohren wider – und er begriff mit schrecklicher Klarheit. Der Lärm der Welt um ihn herum verstummte – Schreie und Schüsse wurden zu einem unverständlichen Hintergrundrauschen.
Dann, in einer qualvollen Verzögerung der Zeit, stolperte der Verbrecher zurück und stieß Henry mit einer grausamen Gleichgültigkeit ins reißende Wasser darunter. Die verzweifelten Armbewegungen, Henrys Gesicht, gezeichnet von blankem Entsetzen und der Horror seines Alptraums, wurden für Horst zur brutalen Realität. Das Wasser schloss sich gnadenlos über seinem Freund, schluckte ihn hinunter wie ein Raubtier seine Beute.
Horst war sich kaum bewusst, dass Kugeln den Verbrecher niederstreckten, der schließlich regungslos auf dem Boden liegen blieb.

Seine Augen, starr und voller Schrecken, waren auf den Fluss gerichtet, der Henrys unschuldiges Leben genommen hatte. Als man einige Tage später seinen Körper fand, gezeichnet von der Gewalt des Wassers, folgte ein weiterer tragischer Schlag: Henrys Vater, gebrochen und unfähig, den Schmerz zu ertragen, nahm sich das Leben. Seine Mutter verließ die Stadt, ein Ort, der zu einer ständigen Erinnerung an das Verlorene geworden war.
War es Zufall? Oder war Henry das Opfer einer zerrütteten Gesellschaft, die ihre Kinder nicht schützen konnte, die sich im Schatten von Armut und Reichtum verlor? Horst wusste nur, dass sein Freund für Sünden bezahlen musste, die er nie begangen hatte. Ein unschuldiges Leben, zerstört von den Auswüchsen einer ungleichen Welt.

In der Stille des Besprechungsraums hing Alex' Laune schwer lastend über den Anwesenden. Wie in dem Film „Und täglich grüßt das Murmeltier", wiederholten sich die Tage, die ewigen Besprechungen, doch greifbare Resultate blieben aus.

»Horst«, begann Alex mit einem säuerlichen Ton, während er ihm direkt in die Augen sah. Horst reagierte nicht. »Horst! Wäre es nicht an der Zeit, uns an deinem neuesten Gedankenspiel teilhaben zu lassen? Oder brauchst du noch einen roten Teppich und eine Fanfare, um uns deinen Bericht vorzutragen?« Alex' flache Hand klatschte auf die Tischplatte.
Horst zuckte sichtlich zusammen, während der Rest des Teams betreten zu Boden schaute, wohl wissend, dass Alex' Geduld am seidenen Faden hing. Horst klang wie jemand, der gerade aus einem Traum erwacht war. »Entschuldige.« Er zog sein Notizbuch aus der Tasche und schlug es auf.

»Also … nachdem ich die Königin der Medien, unsere Reporterin Martha Collins, verfolgt habe, kam mir die Idee, ihre Telefonnummern zu recherchiert – mit einem überraschenden Ergebnis. Unsere *diskrete* Dame hat nicht nur eins, nicht zwei, sondern siebzehn Telefone – einige davon sind sogar offiziell registriert. Faszinierend, oder?«
Er klopfte theatralisch auf sein Notizbuch.

Alex schnaufte ungeduldig. »Und? Was hast du herausfinden können?«
Horst konnte sich ein Grinsen nicht verkneifen. »Ich habe ihre Nummern mit allen Anrufen, die in den letzten zwei Wochen in unserem Dezernat reinkamen, verglichen.« Er schaute in die Runde. »Ratet mal, mit wem sie hier flirtet?«
»Thomas?«, fragte Alex.
»Nein, sondern mit unserer lieben Angie Christ, dem Mauerblümchen des Dezernats.«
Alex' Augen verengten sich. »Diese … „ Er atmete tief durch, um sich zu sammeln. »Bist du sicher?«
»Ja!«
»Gut. Richte eine Fangschaltung an ihrem Telefon ein. Ich will alles wissen, alles. Und denk daran, dies bleibt unter uns.« Er wandte sich Julia und Abraham zu. »Habt ihr auch etwas Spannendes zu erzählen? Etwas Erhellendes?«
Julia neigte ihren Kopf und schaute Alex mit einem durchdringenden Grinsen an. »Erinnerst du dich an den Dolch in dem Studentenappartement, auf den du mich hingewiesen hast?«
Alex verzog keine Miene. Er konnte sich nur allzu gut daran erinnern. Die Bilder dieses Abends blieben wie Sekundenkleber in seinem Gedächtnis haften.
Julia beugte sich vor, ein Funke Triumph in den Augen. »Erstens – es ist zu einhundert Prozent unsere Tatwaffe. Zweitens – der Dolch wurde bei allen Morden dieser Serie benutzt. Und nun halte dich fest.« Sie hob die Hand und streckte drei Finger. »Der Dolch ist antik. Uralt und sicherlich auch wertvoll.«
»Uralt?« Alex schluckte schwer.
»Erste Anzeichen deuten darauf hin, dass dieses Relikt einige Jahrhunderte alt sein könnte. Herr Heimer wird uns heute Abend mehr erzählen.« Ihr Lächeln war kurz, aber intensiv, dann verschwand es.
»Ah, Herr Heimer.« Alex' Augen blitzten spöttisch. »Der Mann mit der sanften Stimme.«
Julia ignorierte seine Stichelei.

Ein intensiver Blick aus Alex' kalten Augen traf jeden seiner Kollegen. Nur Abraham hielt stand, während der Rest nervös den Raum inspizierte, als ob sie gerade einen Fluchtweg suchten. »Wir sind im Blindflug. Kein Verdächtiger. Kein belastbares Motiv. Und ehrlich gesagt, nicht einmal ein verfluchtes Täterprofil, das den Anschein erweckt, als könnte es irgendetwas Nützliches für uns tun. Wir könnten genauso gut einem Gespenst aus der Vergangenheit hinterherjagen, das uns wie Narren durch Zeit und Raum tanzen lässt.«
Er richtete sich auf, die Müdigkeit in seinen Augen kaum zu übersehen, aber auch mit einer unerschütterlichen Entschlossenheit. »Es gibt da draußen Antworten. Es *muss* sie geben! Und ich weigere mich zu glauben, dass diese Verbrecher so unantastbar schlau sind, dass sie uns nicht wenigstens einen Brotkrumen hinterlassen haben.« Seine Stimme sank zu einem Flüstern. »Wir müssen nur wissen, wo wir suchen müssen.«

Mit einem dumpfen Klacken schloss die schwere Tür des Besprechungszimmers hinter Alex. Doch er kam nicht weit. Eine Tür im Flur flog mit einem Ruck auf und Johann fixierte Alex wie ein wütender Büffel, der mit den Hufen scharrte. »Ins Büro, Alex! Und mach die verfluchte Tür hinter dir zu«, zischte er. Seine Stimme besaß den Klang von rostigem Metall.

»Eine liebliche Einladung mit Kärtchen und Blümchen wäre auch nett gewesen.« Alex sah die Gewitterwolken über seinem Kopf, doch anmerken wollte er es sich nicht lassen. In seinem Inneren spürte er, dass der Tag sich in gefährlich düsteres Terrain bewegte.

Johanns Faust schlug auf den Tisch, seine Wut war greifbar. »Die verdammte Bürgermeisterin will uns auf den Zahn fühlen. Also eine Verabredung heute. Aber nicht genug, morgen dürfen wir uns der Heulerei der Presse stellen! Mein Revier wird zum Affenzirkus, Alex! Ein Wahnsinniger treibt hier sein Unwesen, reißt unschuldige Leben aus unserer Mitte! Und diese Schreibtischtäter fragen mich, was ich mit ihren Steuergeldern mache! Und weißt du, was ich dann sage?«

Alex zuckte die Schultern.

»Nichts sage ich. Was auch? Ich bekomme ja von euch kein Futter!«

Alex lehnte sich gegen die Wand. »Möchtest du, dass ich ein Kaninchen aus meinem Hut ziehe? Dass ich diesen Nebel, in dem unser Täter sich verbirgt, einfach wegpuste?« Seine Stimme wurde härter. »Schaff mir Raum. Halte die Raubtiere ab. Sonst kann ich nicht arbeiten.«

Johanns Gesicht rötete sich, seine Stimme glich einem tiefen Grollen. »Was zum Teufel meinst du mit *Nebel*, Alex? Red nicht in Rätseln!«

»Johann, es ist einer der verrücktesten und zugleich schwersten Fälle meines Lebens. Ein Schauspiel der Extraklasse. Aber weißt du, was der wirkliche Dorn im Auge ist?« Er hob eine Augenbraue und ein kühles Lächeln spielte um seine Mundwinkel. »Der Beweggrund dieser Täter.«
Er machte eine theatralische Pause, als er mit seiner flachen Hand auf die Schreibunterlage des Schreibtisches klopfte. »All die Zeit über habe ich diesen entscheidenden Faden nicht verfolgt, bin dieser Frage aus dem Weg gegangen.« Sein Blick bohrte sich in Johanns Augen. »Und jetzt das Kuriose daran – keiner meiner Mitarbeiter hat auch nur einmal den Impuls verspürt, das Motiv zu ergründen. Normalerweise ist das unser Anker, unser erster Hinweis. Doch hier ist es, als würde die Frage selbst in der Finsternis verschwinden.«
Er stützte sich mit beiden Händen auf Johanns Schreibtisch, sein Gesicht nur wenige Zentimeter von dem des anderen entfernt. »Warum töten sie, Johann? Diese beiden sind wie Gespenster – nicht greifbar, immer einen Schritt voraus. Sie agieren wie Schatten, man sieht sie zwar, kann sie aber nicht fassen. Sie sind immer in unserer Mitte, und dennoch nie wirklich da. Und das Erschreckendste? Die Opfer, sie wehren sich nicht, nicht ein Jota von Angst oder Schmerz. Es ist, als ob sie rufen würden: *Hier bin ich, nimm mich, ich bin bereit*. Aber das macht keinen Sinn! Die Opfer sind Durchschnittsbürger – manche zapfen Bier, andere liegen vielleicht gerade in den Laken – und dennoch nehmen sie ihr gewaltsames Ableben willig hin.«
Alex trat zurück, seine Haltung ein wenig gebeugt, als würde das Gewicht dieser Erkenntnis auf ihm lasten. Ein tiefes, zittriges Einatmen folgte. »Johann, was zur Hölle geht hier vor sich?« Seine sonst so kühle und kontrollierte Fassade war verschwunden. Ein Hauch von Verzweiflung, selten und roh, zeigte sich in seinen Augen.
Die Luft im Büro schien zu vibrieren, als Johann mit einer Mischung aus Wut und Verzweiflung in den Raum brüllte. »Das ist der Gipfel des Wahnsinns!« Seine Faust krachte abermals auf den Schreibtisch, wobei die Tischlampe bedrohlich zitterte. »Alex«, fuhr er fort, seine derbe Stimme bebte.

»Du wirst jetzt nicht schwach, nicht hier, nicht heute! Ich brauche irgendetwas Konkretes, irgendwas, um die gierigen Medienhunde zu beruhigen!« Seine Augen blitzten. »Bring mir endlich irgendeinen Verdächtigen. Irgendeinen! Was, zum Teufel, glaubst du, was die Schreiberlinge über uns raunen? Dass wir hier nur Kaffee schlürfen und *Fang den Hut* spielen? Bisher hatten wir nur einen Einzigen, dem wir etwas unterstellen konnten. Und der war ein verdammter Reinfall.« Seine Worte hallten im Raum wider. »In deinen Glanzzeiten hättest du mir binnen eines Tages ein Profil präsentiert, das wie ein Schuh passt! Was, bei allen Heiligen, ist mit dir los? Und noch etwas! Woher kam der Hinweis zu den letzten beiden Morden?«

Alex erstarrte. Ein Moment des Zögerns. »Jemand hat mir … anonyme Informationen gegeben«, erklärte er, seine Stimme kalt und distanziert, doch ein Funke Unsicherheit durchbrach seine Fassade. »Ich nehme die Spur auf, glaub mir.«

»Dann beeil dich. Und sei pünktlich um Eins hier, wenn die *hochgeschätzte* Bürgermeisterin ihr königliches Erscheinen gibt. Liefer mir endlich was Brauchbares, damit diese Frau sich wieder ins Rampenlicht stellen kann und ich aus der Schusslinie komme.«

»Weißt du, was mich die Bürgermeisterin mal kann?«

»Ja, das Gleiche wie mich, aber sie hat Nägel auf der Zunge, Alex. Vergiss das nicht!«

Das Läuten des Telefons durchschnitt die gespannte Stille in Alex' Büro. Mit angespanntem Nacken griff er zu dem Gerät, checkte jedoch erst das Display. Sarah, seine Schwester. Eigentlich hatte er dafür keine Zeit. Zu sehr stand er unter Spannung. Aber er wusste, dass sie ihn brauchte und wollte für sie da sein. Er presste die Kiefer aufeinander und nahm das Gespräch an. »Hallo, Sarah.«

»Ach, Alex.« Ihre Stimme zitterte, als wären ihre Worte auf einem hauchdünnen Seidenfaden aufgefädelt. »Es ist so schön, deine Stimme zu hören.«

Es bedurfte nur dieser wenigen, brüchigen Worte, um in ihm die schmerzhafte Klarheit auszulösen, dass ihr Gespräch mit dem Vater des ungeborenen Kindes katastrophal verlaufen sein musste. »Nenn mir seinen vollständigen Namen und wo er wohnt.«

»Alex, bitte, das führt zu nichts … „ Ihre Worte waren wie ein zartes Pflänzchen in einem Sturm.

Er unterdrückte den aufsteigenden Zorn. »Seinen Namen, Sarah. Und die Adresse.«

Es folgte eine quälende Pause. Er konnte fast spüren, wie sie in Gedanken versuchte, einen Ausweg aus dieser Situation zu finden, und sicherlich bereute sie, überhaupt angerufen zu haben. Doch schließlich erklang ihr Seufzen am anderen Ende der Leitung. »Jimmy Carsen. Neugasse 23. Hier in Frankfurt, Eschborn. Aber bitte, Alex, lass ihn in Ruhe. Er ist es nicht wert.«

»Ruhig bleiben. Ich werde mich um alles kümmern. Professionell, wie immer«, versicherte er.

»Versprich mir, dass du auf dich aufpasst!« Sie flehte, und er konnte den Unterton der Angst deutlich hören – die Furcht, ihn zu verlieren, den einzigen Menschen, der immer für sie da war.

»Ich verspreche es dir, Sarah. Ich melde mich wieder.«

Alex legte auf.

Die Adresse lag in einem ordentlichen Vorort von Frankfurt, wo Kinder noch sorglos auf der Straße spielen konnten. Kleine Häuser reihten sich gepflegt aneinander und die perfekten Vorgärten mit ihren großzügigen Einfahrten gaukelten den Besuchern eine Idylle des Friedens vor. Alex wusste, was hinter den sauberen Fassaden passierte: das Gleiche wie anderswo auch. Frauen wurden geschlagen und Kinder missbraucht.
Während der Fahrt, hatte Alex diesen Jimmy Carsen durchleuchten lassen. Die Datenbanken zeigten ihn als den Musterbürger schlechthin, der brav seine Steuern entrichtete. Doch das Leben schrieb seine eigenen Geschichten. Jimmy, der heimliche Polygamist. Der die Herzen von Frauen brach, ohne dabei mit der Wimper zu zucken. Was Jimmy seiner Schwester nicht mitgeteilt hatte: Er war verheiratet und hatte bereits zwei Kinder.

»Jimmy, Jimmy«, brummte Alex, während er sein Auto im Halbschatten eines alten Baumes vor Jimmys vorstädtischer Villa abstellte. »Du denkst also, du könntest mit meiner Schwester spielen und dann einfach im Dunkeln verschwinden?«
Plötzlich kam Alex eine Idee. Ein schelmisches Lächeln spielte auf seine Lippen, seine Augen leuchteten raffiniert. Ein Plan, perfide und genial zugleich, formte sich in seinem Kopf. Er warf einen Blick auf die Uhr – zwölf Uhr mittags. Es war wie im Film, High Noon, nur fand der Showdown hier und jetzt statt. »Heute ist Zahltag. Für uns beide.« Er ließ den Blick schweifen, betrachtete Jimmys Heim und spürte die Adrenalinschübe. »Oder noch besser, für uns drei!«
Doch da war noch etwas. Etwas, das sich in seine Überlegungen einfügte. Schnell griff er nach seinem Handy und wählte Horsts Nummer. »Horst, hör zu! Ich habe eventuell den Kerl, der uns den Tipp zu den Morden gegeben hat. Jimmy Carsen. Neugasse 23, Eschborn. Gib den Hinweis an *Black Old* … ähm, *Angelheart* weiter, und wir schauen, was passiert. Vielleicht schlagen wir so zwei Fliegen mit einer Klappe.«

»Bist du dir da sicher?« Überraschung lag in Horsts Stimme.

»Mach es einfach!«

Mit einem Klicken beendete er das Gespräch.

Der antike Dolch, der in einer verschlossenen Beweismitteltasche ruhte, wog schwer in Julias Hand. Die U-Bahn ratterte durch das Labyrinth der Stadt und ihre Gedanken schweiften zu dem Mann, dessen Stimme sie nur aus dem Telefon kannte. Alex hatte recht; sie war gespannt auf dieses Treffen. Seine sarkastischen Kommentare deswegen hatten sie kalt gelassen – sie war hier, um zu arbeiten, nicht um zu flirten. Liebe und Romantik waren in ihrem Leben ohnehin Luxusgüter, die sie sich selten gönnte.

Das Kriminallabor, eingebettet in die graue Architektur der Stadt, verströmte eine strenge, fast sterile Aura. Von außen wirkte das Gebäude unscheinbar, quadratisch, praktisch, gut. Aber die schweren Türen und die überall angebrachten Sicherheitskameras zeugten von seiner wirklichen Bedeutung. Davor erstreckte sich ein kleiner Park, der mit seinem sonnigen Grün.

Julia nahm einen Moment lang die friedliche Stille des Parks in sich auf, atmete tief durch und spürte, wie das Adrenalin in ihren Adern pulsierte. Die große Eingangstür des Labors, gesichert durch Panzerglas, wirkte wie die Pforte zu einer anderen Welt. Hinter dem Empfang, abgeschirmt von einer schusssicheren Scheibe, saß eine ältere Dame. Ihre grauen Augen lächelten Julia an, ein tröstlicher Anblick inmitten dieser Hochsicherheitsumgebung. »Guten Tag«, hallte ihre Stimme leicht metallisch durch das Mikrofon. »Wie kann ich Ihnen behilflich sein?«

»Julia Weis«, antwortete sie, während sie ihren Ausweis gegen das Glas hielt. »Ich habe einen Termin mit Dr. Fred Heimer.«

Ein eigenartiges Prickeln durchfuhr sie, als sie den Namen aussprach. Er klang so vertraut, und doch war er ihr ein Rätsel. Das Spiel hatte begonnen.

Das sanfte Summen von elektronischen Geräten war das Einzige, was die gespannte Stille durchbrach.

»Sobald sich die Tür öffnet, schreiten Sie durch. Im Raum dahinter wartet bereits jemand auf Sie«, sagte die Empfangsdame mit einer Stimme, die eine Mischung aus Autorität und Professionalität ausstrahlte, während sie das Telefon abnahm.

Ein mechanisches Surren ertönte, als sich die schwer gepanzerte Tür vor ihr allmählich auftat. Bevor sie eintrat, warf sie einen kurzen Blick auf ihr Spiegelbild in der Tür und glättete hastig ihre Kleidung – eine Geste, die sie sich heute schon öfter erlaubt hatte, als sie zugeben wollte.

Es blieb kaum Zeit, die schlichte Einrichtung des Wartebereichs zu begutachten, als sich eine weitere Tür öffnete und ein Mann in den Raum trat. Sein stämmiger Körperbau, kombiniert mit einem breiten, selbstsicheren Grinsen, stand in starkem Kontrast zu seiner freundlichen Stimme.

»Oh«, hauchte sie.

Unwillkürlich fragte sie sich, ob dies der Mann war, dessen Stimme sie so oft am Telefon gehört hatte. Ein kleiner Schimmer Hoffnung lag darauf, dass er es nicht sei.

»Sie sind also Julia Weis? Deutschlands Star auf dem Gebiet der Forensik!« Er schritt energisch auf sie zu, wobei sein rundes Gesicht, gekrönt von einem dünnen Schnurrbart, vor Begeisterung strahlte.

»Und Sie sind … Dr. Fred Heimer?« Julia versuchte, ihre Überraschung zu verbergen.

Er nickte zustimmend.

»Der Einzige und Unvergleichliche«, antwortete er scherzhaft und zwinkerte ihr zu.

Ein enttäuschter Seufzer entrang sich ihrer Kehle. Er war so nett, wirklich intelligent, strotzte nur so vor Freundlichkeit, aber er entsprach überhaupt nicht ihrem Typ!

Julia folgte ihm durch ein Labyrinth aus Gängen, vorbei an hochgesicherten Türen, die nur durch spezielle Karten zugänglich waren. Die Flure glichen mehr einer High-Tech-Festung als einem Laborkomplex. Jeder Raum war mit klarem Glas versehen, das einen unverfälschten Blick auf die emsigen Wissenschaftler und ihre Arbeit bot.

Inmitten eines Netzwerks aus Technologie und Wissen schien Dr. Fred Heimer seine Domäne geschaffen zu haben. »Willkommen in meinem Heiligtum«, sagte er mit einer leisen Spur von Ironie in seiner Stimme. »Von hier aus haben wir Zugang zu fast allen forensischen Datenbanken und den führenden Pathologien rund um den Globus.« Sein Grinsen war beinahe spöttisch, doch es lag eine Spur von Stolz darin. »Und ja, die Finanzmittel, die uns zur Verfügung stehen, ermöglichen es uns, mit den neuesten technologischen Wunderwerken ausgestattet zu sein.« Er deutete auf die verschiedensten Apparate, von denen einige Julia völlig unbekannt waren.

Sie starrte in den Raum, ihr Blick war fest und undurchdringlich. »Wenn es um Budgets geht, werden die Ermittlungsbehörden oft zurückgestellt«, antwortete sie mit einem bitteren Unterton. »Die Gelder werden woanders verschwendet, während die öffentliche Sicherheit leidet.«

Er nickte verständnisvoll. »Das ist leider eine traurige Wahrheit, der sich viele meiner Kollegen aus der Polizeiarbeit stellen müssen. Aber jetzt zeigen Sie mir, was Sie mir Feines mitgebracht haben.« Sein Blick fixierte sich auf das Paket in Julias Händen.

Vorsichtig legte Julia das Päckchen auf einen der Edelstahltische und entfernte die Verpackung. Als sie den Dolch freilegte, konnte sie das Aufblitzen von Interesse in Dr. Heimers Augen sehen.

»Gefunden an einem Tatort. Der Dolch ist vermutlich eine antike Waffe, aber ich benötige eine genauere Bestimmung. Sein Alter könnte uns einen entscheidenden Hinweis auf die Identität des Täters liefern.« Sie trat zurück und ließ den Dolch im Schein des Labors glänzen.

Dr. Heimer blickte ehrfürchtig darauf herab. »Ich bin gespannt. Beginnen wir also mit dem Spiel des Unbekannten.« Er räusperte sich. »Erhielten Sie meine Analyse des Hautfragments? Es ist beinahe so, als ob es dort durch eine Laune des Schicksals gelandet wäre. Das Unerwartete – das ist es, was unsere Arbeit so fesselnd macht. Eine schlüssige Begründung für dessen Präsenz wird sicherlich schwer zu finden sein.« Er hielt inne und sah kurz in die Ferne, als ob er einen Augenblick der Erleuchtung erwartete. Dann nickte er entschlossen.

»Aber jetzt zum Dolch.«
Sein Blick verweilte auf dem metallenen Gegenstand. »Zuerst werde ich Detailaufnahmen anfertigen und diese an einen Fachmann senden. Er wird sie mit unserer umfangreichen Datenbank vergleichen und versuchen, uns eine vorläufige Einschätzung des Zeitalters zu geben. Parallel dazu werde ich die chemische Zusammensetzung des Dolches untersuchen. So fügen sich unsere Puzzleteile nach und nach zu einem Bild zusammen.«
Obwohl Julia genau wusste, wie forensische Untersuchungen funktionierten, genoss sie es, ihm zuzuhören. Seine methodische Herangehensweise war beinahe beruhigend.
Er legte den Dolch behutsam auf eine gläserne Plattform. Nach einigen präzisen Einstellungen aktivierte er ein automatisches Bilddokumentationssystem. Die Kamera, die über dem Dolch schwebte, rotierte und machte aus unterschiedlichen Winkeln Detailaufnahmen, welche sofort archiviert und digital an seinen Kollegen weitergeleitet wurden.
Julia dachte daran, wie oft sie für ein ähnliches System in ihrer eigenen Abteilung nachgefragt hatte – und wie ihre Anfragen jedes Mal abgeschmettert worden waren.
»Ich schlage eine Radiokohlenstoffdatierung vor, das würde uns wohl am besten dienen. Was denken Sie?« Mit einem Augenzwinkern setzte er hinzu: »Einverstanden, Frau Expertin?«
In dem abgedunkelten Raum, in dem jedes Gerät eine Geschichte von ungelösten Fällen und forensischer Meisterleistung erzählte, fixierte Julia Dr. Heimer mit einem durchdringenden Blick. War das ein Versuch, sie auf die Probe zu stellen? Ein Hauch von Spott lag in ihren Augen. Sie war keine Anfängerin auf diesem Gebiet und würde sich auch nicht von ihm unterschätzen lassen. Die Radiokohlenstoffdatierung war nicht nur eine Methode, sondern eine bewährte Wissenschaft, die hauptsächlich in der Archäologie Anwendung fand, immer unter der Bedingung, dass das zu analysierende Material Kohlenstoff enthielt.
Ein leises, fast schuldbewusstes Lachen entwich Dr. Heimer und er nickte anerkennend.

»Entschuldigen Sie meinen Übereifer. Ich sollte besser wissen, wen ich vor mir habe. Es ist mir eine Ehre, mit einer Koryphäe wie Ihnen zusammenzuarbeiten. Und das meine ich ehrlich!« Ihr renommierter Ruf schien ihm bewusst zu sein und er respektierte ihn offensichtlich. Julia entspannte sich wieder.

»Die Radiokohlenstoffmethode benötigt nur minimale Mengen des Probenmaterials. Ihre Revolution begann vor über drei Jahrzehnten, aber die Präparation bleibt anspruchsvoll. Reinster Kohlenstoff ist erforderlich, und dies erfordert mehrere chemische Verfahren.« Er machte eine kurze Pause, um ihre Reaktion zu beobachten. »Wir nutzen hier die Beschleuniger-Massenspektrometrie – eine Fusion aus Massenspektrometrie und kernphysikalischen Techniken.«

Julias Augen funkelten vor Begeisterung. »Bemerkenswert. Dieses Gerät würde ich zu gern einmal in Aktion sehen.«

Er lächelte. »Es erfordert nur etwa ein Milligramm der Probe und bietet eine beeindruckende Präzision von plus minus vierzig Jahren.« Er brummte und sein Kopf schwankte abwägend hin und her. »Der einzige Nachteil sind die Kosten. Sie sind astronomisch. Die Technologie dahinter ist weit anspruchsvoller als die veralteten Zählrohrmethoden.«

»Sollten Sie jemals beschließen, sich von einigen dieser Wunderwerke der Technik zu trennen, wäre ich ein überaus dankbarer Abnehmer«,

bekundete Julia ihr Interesse mit einem halb ernsten, halb scherzhaften Unterton in der Stimme.

Sie hoffte, dass ihre Bemerkung als humorvoll aufgenommen werden würde, doch der mitleidige Blick, den Dr. Heimer ihr schenkte, verriet, dass ihre Wehmut nur allzu offensichtlich war. Vermutlich war er mit solchen Bemerkungen von Mitarbeitern von weniger gut ausgestatteten Laboren durchaus vertraut.

Trotz der beeindruckenden Anzahl an Hightech-Geräten, die in dem Raum blinkten und leise summten, war das Labor von einer peinlichen Ordnung geprägt. Jeder Quadratzentimeter schien optimal genutzt zu werden.

Überall, wohin ihr Blick auch fiel, waren Maschinen und Apparaturen, von denen sie in wissenschaftlichen Journalen gelesen, aber die sie nie zuvor mit eigenen Augen gesehen hatte. Ein kleines Vermögen, sicherlich über hundert Millionen Euro, stand hier auf knapp dreißig Quadratmetern.

Ein tiefer Seufzer entwich ihr, als sie sich in Gedanken verlor, wie sehr sie sich wünschte, täglich mit solcher Präzisionstechnik arbeiten zu dürfen. Sie betastete fast liebevoll die verschiedenen Instrumente, bemüht, ihre Begeisterung nicht allzu offensichtlich zu zeigen.

»Es ist an der Zeit, dem Dolch ein wenig Material zu entnehmen.« Behutsam platzierte er den Dolch unter einen filigranen Bohrer. Mit minimalem Eindringen in den Knauf entnahm er die benötigte Probe.

Was folgte, war ein beeindruckendes Schauspiel chemischer Prozessabläufe. Schritt für Schritt wurde die Probe von störenden Fremdkohlenstoffen befreit, die das Endergebnis hätten trüben können. Das verbleibende Material wurde in reines Kohlendioxid umgewandelt, das anschließend im Massenspektrometer sorgfältig analysiert wurde. Nach einigen weiteren technischen Prozeduren konnte endlich die Massenspektrometrie ihre Arbeit beginnen, deren Ergebnisse später kalibriert und in ein konkretes Kalenderjahr umgewandelt werden konnten.

»Nun, was halten Sie von meinem bescheidenen Labor?«, fragte Dr. Heimer mit einem verschmitzten Lächeln, während er Daten in ein Terminal eintippte.

Julias Augen glitten ehrfürchtig über die Reihe von wissenschaftlichen Apparaturen, die im Labor standen. Sie fühlte sich wie ein begeisterter Bergsteiger, der am Gipfel angelangt, ehrfürchtig die umgebende Natur in sich aufsog. In ihrem Innersten hätte sie, ohne zu zögern, gestanden: »*Ich könnte inmitten dieser Technik mein Leben verbringen.*« Doch stattdessen entschied sie sich für einen kühleren, fast gleichgültigen Tonfall. »Nicht schlecht.« In Freds Augen zeigte sich daraufhin ein amüsiertes Funkeln.

»Unglaublich!« Er starrte mit einem gemessenen Blick auf den Bildschirm.

»Dieser Dolch.. er stammt aus einer Zeit zwischen zehn und vierzig nach Christi Geburt. Ein wahrhaftes historisches Juwel.« Er schaute Julia an. Seine Miene war ernst. »Sie haben das an einem Tatort gefunden? Wer in Gottes Namen lässt so etwas Wertvolles einfach liegen?«

»Gute Frage.« Julia nickte. Ein solches Artefakt konnte keinem durchschnittlichen Dieb oder Mörder gehören. Es musste mit Absicht am Tatort zurückgelassen worden sein.

Ein abruptes Klingeln des Telefons ließ sie zusammenzucken. Fred hob ab, lauschte kurz und legte den Hörer wieder nieder. »Das wird immer rätselhafter.« Er schob seine Brille zurecht. »Ein Kollege meint, dass dieser Dolch speziell für Senatoren des Römischen Reichs gefertigt wurde. Es gab eine kurze Zeit, in der es Brauch war, dass sie vom Imperator einen Dolch als Symbol ihrer Macht erhielten. Und dieser Dolch hier könnte tatsächlich einer dieser wenigen sein. Das passt zu dem, was unser Gerät uns flüstert.«

Julias Gesicht zeigte nur die harte Fassade der Professionalität, als sie die Ergebnisse der Untersuchung entgegennahm. Ein kurzes Kopfnicken war das einzige Zeichen ihrer Anerkennung an den Mann mit der markanten und dennoch weichen Stimme.

Beim Verlassen des Instituts schlich sich eine kühle Leere in Julias Herz, so intensiv, dass es ihr fast den Atem nahm. Jeder Schritt nach draußen fühlte sich schwer an, als hätte sie Bleischuhe an. Es war nicht der Dolch oder die verblüffenden Ergebnisse, die diese Verlorenheit in ihr hervorriefen, es war Dr. Heimer. Die schillernden Bilder, die sie sich von ihm in ihrer Vorstellung gemalt hatte, zerschellten an der rauen Realität. War es das grausame Spiel des Schicksals, das ihr versprach, sie könne den Mann ihrer Träume treffen, nur um dann diese Hoffnung erbarmungslos zu zerstören? Oder war es einfach nur eine schmerzhafte Erinnerung daran, dass das Leben, anders als in den Geschichten, meist nicht das bot, was man sich tief im Inneren wünschte?

Während sie durch die verregneten Straßen ging, beruhigte sie sich allmählich und der Dolch rückte in den Vordergrund ihrer Gedanken.

Warum zur Hölle würde jemand ein solch unschätzbares Stück Geschichte als Mordwaffe verwenden und es dann sorglos am Tatort liegen lassen? Wollten die Täter, dass der Dolch gefunden wurde? Eine Art Botschaft? Sie konnte ein bitteres Lachen nicht unterdrücken. Ein jahrtausendealter Hautpartikel und ein Dolch aus der Zeit der Römer. »Pha, wahrscheinlich rennen zwei Mumien mit römischen Dolchen rum und suchen Herzen.«
Oh Gott, nein, jetzt fange ich an, genauso zynisch wie Alex zu denken.

Alex verstand bevor er das prunkvolle Rathaus betrat, dass ihn keine offene Herzlichkeit erwarten würde. Mit der gelassenen Miene eines Mannes, der wusste, dass er in ein Gefecht zog, schritt er die marmornen Treppen hinauf. Die Bürgermeisterin war bekannt für ihre unbarmherzige Schlagfertigkeit und heute würde er ihr Ziel sein. Ihre Munition? Unerschöpflich. Ihre Treffsicherheit? Legendär.

Der schimmernde Boden des Vorzimmers reflektierte das Licht, als wäre es die angemessene Beleuchtung für ein bevorstehendes Drama. Der Sekretär lächelte ihm entgegen, die Zähne so weiß wie die unschuldigen Wolken am Himmel. »Herr Brandt, unsere Bürgermeisterin ist am Telefon. Bitte nehmen Sie Platz.«

Alex schüttelte den Kopf, ein Grinsen umspielte seine Lippen. Sein Instinkt riet ihm, einfach umzudrehen und zu gehen. Aber das konnte er nicht. Wie ein Panther im Käfig lief er unruhig auf und ab, seine Augen ständig auf die massive Tür gerichtet. Schließlich schwang diese auf und Sabine Rohn trat heraus.

»Ah, Herr Brandt«, sagte sie, ohne ihren Blick von der Mappe zu heben, die ihr der Sekretär reichte. Jede Geste, jedes Wort war ein Pfeil, abgeschossen, um ihn zu entwerten.

»Nehmen Sie sich alle Zeit der Welt«, antwortete Alex und ließ sich demonstrativ in einen der Sessel fallen. Es gab eine Armee von Lakaien, die vor ihr krochen; er würde nicht einer von ihnen sein.

Sie hob eine Augenbraue, ihre Lippen zuckten kurz zu einem spöttischen Lächeln. »Ist das der Eifer, mit dem Sie Verbrecher jagen?«, fragte sie, während sie demonstrativ die Nase rümpfte.

Die Luft zwischen ihnen knisterte, geladen mit ungesagten Worten und versteckten Andeutungen. Es war das Vorspiel zu einem Duell, in dem es keinen Gewinner geben konnte.

Doch für Alex war es mehr als das; es war eine Frage der Prinzipien, eine Linie, die nicht überschritten werden durfte.
Alex blickte Sabine Rohn unverhohlen in die Augen. »Nein. Aber wenn meine Zeit, die ich dafür verwenden sollte, Mörder zu jagen, darauf verschwendet wird, Akten zu durchblättern, dann kann ich das genauso gut im Sitzen tun.«
Für einen Augenblick schien der Sekretär hinter seinem Schreibtisch zu verschwinden, als befürchte er, zwischen die Fronten eines unsichtbaren Feuergefechts zu geraten. Seine Augen hafteten auf seiner Chefin, deren frostiger Blick einen orkanartigen Wutausbruch ankündigte.
Sabine Rohns Augen verengten sich zu schmalen Schlitzen, ihr Blick so scharf, dass er die Raumtemperatur zu senken schien. Doch sie beherrschte sich. »Kommen Sie mit!«
Mit einem spöttischen Lächeln erhob sich Alex, als ob er einer harmlosen Einladung zu einer Tasse Tee folgte. Er begab sich in das Büro der Bürgermeisterin und es war, als würde er eine andere Welt betreten – eine Welt, die so kühl und abweisend war, wie ihre Bewohnerin selbst. Lederbezogene Sessel von der Farbe gebleichter Knochen standen um einen gläsernen Tisch, an dem gut zwanzig Personen Platz finden konnten. An den Wänden hingen Werke lokaler Künstler, deren dunkle Töne die strenge Atmosphäre des Raumes noch verstärkten. Große Fenster auf einer Seite des Raumes ließen Licht einströmen, doch es wirkte seltsam steril, als ob es durch ein Prisma aus Eis und Autorität gefiltert worden wäre.
Alex schloss die Tür hinter sich mit der behutsamen Vorsicht eines Kriegers, der ahnt, dass er ein Minenfeld betritt. Das Klicken des Schlosses war der Startschuss.
Sie fixierte ihn, ihre Augen waren wie zwei eisige Sterne, die in der Dunkelheit ihrer Verachtung strahlten. »Herr Brandt, für wen halten Sie sich eigentlich?«

»Für jemanden, der versucht, seine Arbeit zu machen, ohne von der Politik behindert zu werden«, entgegnete Alex. Es war ihm gleichgültig, was sie dachte; wenn sie ihm den Fall entziehen wollte, umso besser.

Warum nicht Thomas die Freude gönnen, der Mann war ja kaum fähig, die Straße zu überqueren, ohne über die eigenen Füße zu stolpern.

»Ich hoffe, Sie finden das alles sehr amüsant, Herr Brandt.« Die Worte verließen ihre Lippen wie vergiftete Pfeile. »Ich stehe mehr und mehr im Kreuzfeuer der Medien. Das Letzte, was ich brauche, ist negative Publicity.«

Alex konnte den Druck in der Luft spüren, ein energetisches Knistern, das beinahe greifbar war.

»Ich habe bereits mit Johann gesprochen. Er glaubt immer noch, Sie seien der Beste für diesen Fall. Wenn er sich da mal nicht irrt.« Sie verschränkte die Arme vor der Brust. »Klären Sie mich auf, Herr Brandt. Legen Sie es mir so dar, dass es selbst ein Laie verstehen kann. Wie ist es möglich, dass zwei Verrückte ein Massaker anrichten und Sie nicht einen einzigen Verdächtigen finden?«

Alex hielt ihrem Blick stand, die ungesagten Worte zwischen ihnen hingen schwer wie Blei in der Luft. »Ich bin kein Zauberer, Frau Bürgermeisterin. Ich kann nicht einfach einen Verdächtigen aus dem Hut ziehen, nur weil die Medien oder die Politik es erwarten. Polizeiarbeit ist kein Fang-den-Hut-Spiel, und manchmal gibt es einfach keine schnellen Antworten. Die Grenzen der Kriminalistik sind nicht immer sichtbar, aber sie existieren. Wir sind keine allmächtigen Götter. Wir erstellen Täterprofile, analysieren Spuren, suchen nach Mustern. Gewöhnlich führt uns das zu einer handverlesenen Gruppe von Verdächtigen. Doch dieses Mal ist das Labyrinth weit komplizierter, die Fäden verworren.«

Er rieb sich die geröteten Augen, als würde er die Schleier des Unbegreiflichen beiseite wischen wollen. Ein kurzes, müdes Lächeln zuckte über seine Lippen, verschwand aber so schnell, wie es erschienen war. »Ich hasse es, das zuzugeben, aber wir tappen im Dunkeln. Wir haben nicht einmal Schatten, die wir verfolgen könnten.

Und das, was wir sehen, gleicht einem Rätsel, eingebettet in eine bizarre Geschichte, die Jahrzehnte, wenn nicht Jahrhunderte zurückreicht.« Alex streckte den Arm aus und deutete durch das Fenster auf die pulsierende Stadt.

»Da draußen, in dieser vermeintlich zivilisierten Welt, treiben ein Mann und eine Frau ihr Unwesen. Mörder. Warum? Wissen wir nicht. Sind sie Sadisten? Möglich, aber unwahrscheinlich. Haben sie den Verstand verloren? Das wäre die einfachste Erklärung, und doch scheint selbst die unzureichend. Wir finden das Motiv nicht, Frau Rohn. Wir stehen vor einem Abgrund aus Fragen und wissen nicht einmal, wo wir anfangen sollen zu graben.«
Sabine Rohns Augen bohrten sich in ihn, als würden sie versuchen, die Barrieren seiner Seele zu durchdringen. Schweigend zog Alex einen der Stühle hervor und ließ sich mit der erschöpften Schwere eines Mannes fallen, der wusste, dass er entweder vor einem Neuanfang stand oder am Rande des Abgrunds. Es war die ungeschminkte, rohe Wahrheit. Und während er dort saß, wusste er, dass die nächste Entscheidung, die gefällt wurde, den Unterschied zwischen Triumph und Niederlage bedeuten könnte. Nur, wer würde entscheiden? Und zu welchem Preis?
Sabine Rohn stand hinter ihrem Schreibtisch, auf dem jedes Dokument, jedes Schreibgerät seinen festen Platz zu haben schien. Ihr Blick traf Alex mit einer unnachgiebigen Härte, doch in ihrer Stimme schwang eine unerwartete Nuance. »Ich kenne Ihren Ruf: Ein verkorkstes Genie der Ermittlungsarbeit«, begann sie, die Kanten ihrer Stimme abrundend. »Sie sollten jedoch nicht annehmen, dass ich auf einem Meer grenzenloser Optionen segle.« Sie ließ ihre Schultern leicht sinken, ein kaum wahrnehmbares Zeichen dafür, dass auch diese eiserne Frau an ihre Grenzen stieß. »Ich muss mich da draußen beweisen. Jeden Tag, jede Stunde. Meine Gegner haben längst begonnen, ihre Schachfiguren zu bewegen, bereit, meinen politischen Tod einzuläuten. Ich spüre das. Das ist der Grund, warum ich auf diesem Stuhl sitze und nicht jemand anderes. Ich werde Sie nicht von diesem Fall abziehen. Was ich jedoch tun werde, ist, Johann anzuweisen, eine zusätzliche Ermittlungseinheit zu aktivieren.
Ich muss mich absichern, auf jede erdenkliche Weise. Falls beide Teams scheitern sollten, dann kann wenigstens niemand behaupten, ich hätte unverantwortlich gehandelt. Und ja, dann habe ich die bequeme Option, das kollektive Versagen Ihnen und dem zweiten Team anzulasten.«

Ihr Blick haftete abschätzig an Alex, berechnend, aber auch mit einem Funken des Respekts, den man nur für einen ebenbürtigen Gegner empfindet. Sie hatte ihre Karten offen auf den Tisch gelegt.

Alex konnte ein Lächeln nicht unterdrücken, als er die unverblümte Offenheit der Bürgermeisterin registrierte. In einem anderen Leben, unter anderen Umständen, hätte er sie vielleicht sogar gemocht. Ihre Art zu denken, zu reden, sie erinnerte ihn an sich selbst. Doch in diesem Augenblick standen sie auf den entgegengesetzten Seiten einer unsichtbaren Schlachtlinie. »Ich verstehe, Frau Rohn«, antwortete er, die Nuancen seiner Stimme perfekt kalibriert. »Führen Sie Ihre Schachzüge aus, wie es Ihnen gebührt. Darf ich nun gehen?«

»Ja«, entgegnete sie, die Fassung bewahrend, als würde sie ein weiteres Kästchen auf ihrer Checkliste abhaken. »Und noch etwas, Herr Brandt: Ich hoffe aufrichtig, dass *Sie* diese Ungeheuer schnappen.«

Alex nickte, drehte sich um und schritt aus dem Büro.

Mit einer Last von Erschöpfung und Ärger, die wie schwarze Wolken seine Seele umzogen, lenkte Alex seinen Wagen die Auffahrt hinauf. Er hätte es vorgezogen, den ungelösten Fall weiter zu analysieren, die unzähligen verwirrenden, wenn auch schwachen, Erkenntnisse zusammenzufügen, die bisher keinen Sinn ergaben. Doch eine unbequeme Verpflichtung rief. Er musste seiner Schwester unter die Arme greifen und mit ihren Eltern reden. Das Haus vor ihm war ein stummer Zeuge seiner Jugend, ein Mahnmal an die Jahre, in denen sein Vater ihm rigoros die „Pflichten des Lebens“ einpaukte. Während die Klangwellen von Kinderlachen die Straßen füllten und sein gleichaltriges Pendant Freiheit und Freude erleben durfte, war er in diesen Wänden gefangen gewesen, wo er dogmatische Geschichten über die Verkommenheit der Menschheit ertragen musste. Sein Vater hatte ihm jahrelang eingebläut, dass Schwäche ein Verbrechen und Mitgefühl eine Torheit seien.

»Verdammtes Arschloch«, zischte Alex durch zusammengebissene Zähne, während er aus dem Wagen stieg. Ein kurzer, beinahe nicht existenter Augenblick des Zögerns durchzog ihn, dann schritt er zur Haustür, sich bewusst, dass er ein emotionales Minenfeld betrat.

Dort drinnen lebten sein Vater, ein Mann, dessen Egozentrik die Raumluft verpestete, und seine Mutter, eine Frau, die in dieser düsteren Welt einen Lichtstrahl der Güte darstellte, allerdings ein Lichtstrahl, der von der erdrückenden Dunkelheit ihres Gatten ständig bedroht war.

Dies würde keine leichte Konfrontation werden. Aber er würde es für Sarah überstehen. Selbst das.

Als Alex die Türschwelle des elterlichen Hauses überschritt, umfing ihn sogleich die liebevolle Umarmung seiner Mutter. Für einen flüchtigen Moment konnte er sich in dieser Geste verlieren, als wäre er noch der kleine Junge, der noch nicht die kalte Härte des Lebens zu spüren bekommen hatte. Doch er wusste, dass er längst das geworden war, was seine Mutter an seinem Vater zutiefst verabscheute – eine verkümmerte Seele. Sie jedoch sah in ihm nicht den gebrochenen Mann, sondern den Sohn, den sie immer geliebt hatte, durch die verzeihende Linse einer Mutter und nicht durch die klinische Brille eines Psychiaters.

»Es ist so schön, dass du da bist, Alex. Ich habe heute dein Lieblingsessen zubereitet.« Ihre Augen strahlten auf, als sie zärtlich seine Wange tätschelte.

»Wo ist er?« Alex' Stimme war rau und ohne einen Anflug von Sentimentalität.

Seine Mutter warf ihm einen tadelnden Blick zu. »Alex, *er* ist immer noch dein Vater! Wo wird er schon sein? In seinem Büro natürlich.« Ein kaum wahrnehmbares Zucken ihrer Mundwinkel entging ihm nicht, ein subtiles Zeichen der Bedrückung, die auch sie nicht verbergen konnte.

»Wie ist seine Laune?« Alex' Frage war kaum mehr als eine Formalität, eine leere Geste des Respekts gegenüber seiner Mutter. Er hatte die sinnlose Jagd nach der Zustimmung seines Vaters schon vor Jahren eingestellt und war sich bewusst, dass die Verbindung zwischen ihnen ein verblassendes Relikt einer zerbrochenen Vergangenheit war. Doch er wusste auch, dass seine Schwester Sarah eine seltsame Zuneigung zu diesem Tyrannen empfand, die an der Grenze zur Hassliebe balancierte.

»Seine Laune?« Seine Mutter schaute ihn mit einem vielsagenden Zwinkern an. »Oh, er ist in Hochstimmung, wie immer.« Das Zwinkern seiner Mutter diente als kodifizierte Botschaft, ein geheimes Zeichen, dass trotz der scheinbaren Gelassenheit ein Vulkankrater voller emotionaler Lava unter der Oberfläche brodelte. Und wie jeder, der in diesem Haushalt gelebt hatte, wusste Alex „in Hochstimmung" richtig zu deuten.

Es war vielmehr ein Prädikat, das darauf hindeutete, dass ihr Mann die ihm eigene Form der toxischen Hochspannung ausstrahlte, die jeden in seiner Nähe zu vergiften drohte.
Der Raum, den sein Vater *Büro* bezeichnete, war mehr als nur ein Arbeitsplatz. Er war eine Festung, ein Spiegelbild seiner eisernen, unzugänglichen Persönlichkeit. In diesem schattigen Kämmerlein stapelten sich Bücher wie Barrikaden, hinter denen er sich verstecken konnte. Das Telefon auf dem schweren Eichenholzschreibtisch diente als sein verlängerter Arm zur Außenwelt und die kleine, abgeschiedene Bar beherbergte Schätze, die nur für ihn selbst bestimmt waren. Hier befand sich das Epizentrum seiner selbstzentrierten Existenz, wie es Sarah bitter benannte. Schwere Regale aus dunklem Teakholz und opulente Stühle, mit rauchigem Leder bezogen, verrieten den Charakter des Mannes, der sich hier einschloss.
Wie sehr Alex diese finstere Krypta hasste. Er hätte seinen Vater gern aus seinem Leben radiert, als wäre er eine unschöne Fußnote in einem sonst lehrreichen Kapitel. Aber es gab eben auch seine Mutter und Sarah, zwei Seelen, die ihn mit unsichtbaren Fäden an dieses Elend banden.

»Alex, was ist los?« Ihr Kopf neigte sich, Sorgenfalten bildeten sich auf ihrer Stirn, als wäre sie ein lebender Seismograf für die emotionalen Erdbeben ihres Sohnes.

»Sarah ist schwanger.« Die Worte fielen schwer und wirkten wie ein Plumpsack, der den Boden unter ihren Füßen erschütterte. Ihre Hand flog instinktiv vor den Mund und ihr Blick schwenkte zur Tür des Büros.

»Mutter, sie braucht euch jetzt mehr als je zuvor. Enttäusch mich nicht!« Seine Stimme war eine Mischung aus Befehl und Flehen, während er sich der Tür zu dem Raum näherte, den er verachtete. Ein Raum, in dem er wieder einmal für das kämpfen würde, was richtig war, selbst wenn es bedeutete, das Bollwerk der Kälte und des Egoismus zu durchbrechen, das sein Vater so sorgfältig um sich errichtet hatte.
Die schwere Eichentür zum Büro gab einen quietschenden Ton von sich, als Alex sie ohne anzuklopfen aufstieß.

Ein bewusster Affront, eine Verletzung des heiligen Territoriums seines Erziehers, den er in diesem Moment weniger als Familienoberhaupt, denn als Gegner betrachtete. »Ich hoffe, ich störe nicht.« Alex' Stimme triefte vor Verachtung. Jedes Wort war wie ein gezücktes Messer.

Vater ließ seinen Blick wie einen eiskalten Strahl von seinem Buch aufsteigen. »*Jedes Mal*, Alex. Kannst du nicht einmal die elementaren Regeln der Höflichkeit befolgen? Anstand und Respekt sind doch wohl nicht zu viel verlangt. Oder ist dein detektivischer Verstand so überlastet, dass du vergessen hast, wie man anklopft?«

Die Gedanken in Alex' Kopf formten sich zu einer schneidenden Retourkutsche, die er sich jedoch verkniff. »Ja, ja, wie geht es dir?«

»Mir?« Vaters Augen verengten sich, ein Argwohn schimmerte durch. »Seit wann interessiert dich mein Befinden? Brauchst du etwa Geld?«

Alex setzte sich auf einen Sessel, lehnte sich zurück und schlug die Beine übereinander. »Keine Sorge, wenn ich jemals auf den finanziellen Ruin zusteuern sollte, wäre dein Vermögen das letzte, was ich anrühren würde. Meine Frage kannst du also getrost ignorieren, wenn sie dir nicht zusagt.«

Sein Vater schüttelte den Kopf, ein bitteres Lächeln zeichnete sich auf seinen Lippen. »Wie soll es mir schon gehen? Ich bin umgeben von Idiotie. Weichlinge, allesamt! Blödsinnige Richter lassen Verbrecher laufen und nennen es Gerechtigkeit. Wo soll das hinführen, hm? Wir stecken sie in Gefängnisse, geben ihnen Smartphones und Flachbildfernseher und nennen es Resozialisierung. Dieses liberale Geschwätz macht mich krank. Was wir brauchen, ist eine eiserne Faust!«

Alex rollte mit den Augen. »Ja, natürlich. Du würdest am liebsten einen deutschen Edgar Allen Hoover sehen, der das Ruder übernimmt, nicht wahr?«

»Und was ist daran verkehrt? Der Mann hatte Prinzipien, er –« Alex hob die Hand, um ihn zu unterbrechen. »Lass es gut sein. Hoover ist tot und vermodert irgendwo, also spar dir die Lobgesänge. Ich bin hier wegen einer ernsteren Angelegenheit.

Es geht um Sarah.«
Die Atmosphäre im Raum wurde spürbar dichter, als würden die Worte zwischen Vater und Sohn eine unsichtbare Barrikade aufbauen. Alex wusste, dass er die Aufmerksamkeit seines Vaters jetzt, in diesem kurzen Moment emotionaler Stille, auf das Wesentliche lenken musste.

»Ah, um Sarah geht es also. Hat sie sich wieder mal eins von diesen Goldstücken angelacht? Oder hat sie gerade eine Trennung hinter sich? Das ist das Problem mit ihr. Warum kann sie nicht einfach einen ordentlichen Deutschen finden und eine Familie gründen?« Vaters Stimme klang giftig.
Alex' Rücken versteifte sich, als würde ihm ein unsichtbares Korsett angelegt. »Sie ist deine Tochter und sie braucht Unterstützung.«

»Unterstützung? Für was? Sie hat sich so viele Möglichkeiten verbaut, dass sie bald für keinen anständigen Mann mehr interessant sein wird. Ihr Lebenswandel ist für alle offensichtlich. Wer will schon so eine Frau, die eine –«

»Schlampe ist?«

»Ja, warum nicht, nehmen wir diesen vulgären Ausdruck. Passt zu dir. Deine Mutter und ich haben uns ein anständiges Leben aufgebaut, euch eine gute Ausbildung ermöglicht. Und wofür? Damit ihr –»
Alex unterbrach ihn erneut. Die Luft im Raum war stickig, gefüllt mit dem Schwefel von Jahrzehnten unausgesprochener Wahrheiten und unbeantworteten Fragen. »*Du* sprichst von einem *anständigen Leben*, und trotzdem sitzen wir hier, gefangen in dieser tragischen Farce, die du Familie nennst. Eure *gute Ehe* ist nichts als eine Illusion, gestrickt aus Erwartungen und Vorurteilen. Es ist Zeit, dass du das erkennst, bevor noch mehr Schaden entsteht.«
Die Worte hingen im Raum wie schwarzer Rauch, der sich nicht verziehen wollte. Alex blickte in die Augen seines Vaters und wusste, dass er ihn zwar nicht ändern konnte, aber zumindest den Versuch unternommen hatte, eine weitere Katastrophe abzuwenden. Das allein zählte. Jedenfalls heute. Jedenfalls jetzt.

»Schaden?« Vaters Ausruf schnitt durch den Raum wie die Klinge eines Rasiermessers, scharf und unerbittlich. »Ihr seid selbst die Architekten eures Elends. Ihr seid nichts als eine bittere Enttäuschung für mich.«

»Ja, ja, ja! Der alte Refrain, nicht wahr?« Alex erhob sich, seine Worte eine eiskalte Festung gegen den moralischen Bankrott seines Vaters. »Spar dir deine narzisstischen Tiraden für diejenigen, die sie noch ertragen können.« Alex unterdrückte die Worte, die auf seiner Zunge brannten, drehte sich um und verließ das Büro. Er knallte die Tür mit Wucht hinter sich zu.

In der Küche stand seine Mutter. Alex beobachtete, wie ihre Hände zitterten, während sie die Abendmahlzeit zubereitete. Tränen perlten von ihren Augen und hinterließen feuchte Spuren auf ihren eingefallenen Wangen.

Ohne ein Wort zu sagen, trat er auf sie zu und nahm sie fest in die Arme. Er spürte das Beben ihres Körpers gegen seinen. Sanft küsste er sie auf die Stirn, eine Geste, die mehr sagte als tausend Worte. Alex fühlte bittere Enttäuschung. Alles war vergebens gewesen. »Ich habe es ihm *nicht* erzählt. Er würde es sowieso nicht verstehen.« Behutsam löste er sich und schritt langsam zum Ausgang. Bevor er jedoch hinaustrat, drehte er sich nochmals zu ihr um.

»Steh Sarah bei, so gut du kannst. Und überlege dir.. ihn endlich zu verlassen.«

Kapitel 8

Die letzte Warnung

20. Mai 2020

In den grauen Zonen zwischen Schlafen und Wachsein vernahm Alex eine Stimme, die durch die Schichten seiner Träume schnitt.

»Herr Brandt?« Es war Amanemhet IV., dessen Worte sich in die Dunkelheit einwebten. »Sie sollten uns ein wenig Ihrer kostbaren Aufmerksamkeit schenken. Die Zeit ist für Sterbliche wie Sie ein flüchtiges Gut.«

Widerstrebend öffnete Alex die Augen. Amanemhet IV. stand neben seinem Bett, sein Blick war so tief wie ein bodenloser Ozean, sein Lächeln glich einer geheimnisvollen Reise in die Unendlichkeit.

»Ich habe nicht die Absicht, Ihre nächtliche Ruhe zu stören, aber es gibt Dinge, die Sie über uns wissen sollten.«

Mit einem Seufzer richtete sich Alex auf. »Die Morde von gestern. Die waren echt, oder? Ich war dabei. Was zum Teufel..?«

Amanemhet IV. ließ ein rätselhaftes Lächeln über sein Gesicht huschen, eine Geste, so flüchtig wie ein Windhauch. »Die Realität ist vielschichtig, Herr Brandt. Doch das ist nicht unser Anliegen heute. Was Sie wissen sollten, ist, dass meine Frau und ich seit vielen Zeitaltern diese Erde durchwandern: Unsere Existenz war anfangs eine Symphonie der Freiheit und der grenzenlosen Möglichkeiten. Wir haben mit der Zeit gespielt, sie verlacht und ihre Vergänglichkeit ignoriert.« Amanemhet IV. nahm einen Stuhl und setzte sich vor das Bett. »Im Laufe der Jahrhunderte lernten wir, dass die Zeit, so illusorisch sie uns vorkommen mochte, ihre eigene Grausamkeit kennt. Unsere Freunde verschwanden in der Vergänglichkeit.

Doch ich will mich heute nicht in philosophischen Betrachtungen verlieren, sondern Ihnen etwas über den Preis unseres Daseins erzählen.«

Hasobek trat sanft aus dem Schatten, ihr Erscheinen hatte die Eleganz eines Mondstrahls, der durch die Dunkelheit der Nacht bricht. »Unsere Existenz gleicht einem ewigen Tanz am Rande des Abgrunds, eine fortwährende Frage nach dem Wert und der Bedeutung unseres Daseins.« Ihre Sprache war ein geflochtenes Band aus Schönheit und Distanz.

Alex spürte die schwere Bürde dieser Worte, die ihm in diesem seltsamen Traum, der realer war als seine manchmal absurde Realität, entgegengeschleudert wurden. Es war, als ob die Schicksalsfäden sich zusammenzogen, und er fühlte, dass die Zeit – so ungreifbar sie auch war – begann, ihm davonzulaufen. Mit einer klinischen Kälte, die sein ganzes Wesen durchdrang, fixierte Alex den einstigen Pharao. Seine Augen verfolgten jede noch so feine Bewegung, jede subtile Regung.

»Wie bereits erwähnt, hat unsere Unsterblichkeit ihren Tribut gefordert.« Bedauern lag in Amanemhets IV. Stimme. »Wir hatten gute, enge Freunde, menschliche Seelen, deren Endlichkeit uns letztlich zu erdrückenden Erkenntnissen führte. Als diese uns so nahestehenden Menschen starben, brach etwas in uns. Es war der Schmerz verlassener Seelen, der uns irgendwann dazu brachte, alle Banden sterblichen Wesen gegenüber zu kappen. Aber es ist nicht allein die Flüchtigkeit des Lebens, die uns quält. Wir mussten miterleben, wie dumm, kalt und egozentrisch viele sind. Wir sahen die Menschheit in ihrem Kern, entblößt von Illusionen. Es sind nicht wir, die als Monster gelten sollten, es ist der Mensch.«

»Ja, der Mensch, in seiner unaufhaltsamen Vergänglichkeit, hat uns viele bittere Lektionen erteilt.« Hasobek legte die Hand auf die Schulter ihres Mannes. »Wir wandeln auf Erden, als Zeugen einer Tragödie, die sich in jedem menschlichen Herzen abspielt.« Amanemhet IV. ließ eine andächtige Pause entstehen, bevor er sich vorbeugte. »Der antike Dolch, den wir als Zeichen hinterließen, ist nicht nur ein Artefakt. Er ist ein Teil unseres Vermächtnisses.

Geschenkt wurde er uns von einem der zwei Freunde, von denen ich Ihnen erzählte.
Seneca war sein Name, ein einflussreicher Philosoph, Denker und Senator in den Tagen des römischen Reiches.« Amanemhet IV. schien in Erinnerungen zu schwelgen, während er weitersprach. »Wir begegneten ihm als jungen, begeisterungsfähigen Mann in einer opulenten Festlichkeit vor den Toren Roms. Wir lebten damals im Zeitalter des Tiberius, eines Kaisers, der den Luxus der Dekadenz zelebrierte. Als Tiberius seinen unbequemen Neffen aus dem Weg geräumt hatte, zog er sich in sein Felsenrefugium auf Capri zurück. Sein Palast wurde Schauplatz der extravagantesten und skandalösesten Festlichkeiten des Imperiums. Stunden des Genusses und der Sorglosigkeit verbrachten wir dort.« Mit einer fast unmerklichen Bewegung drehte Amanemhet IV. einen Ring an seinem Finger, als würde er eine gedankliche Spirale entwirren, bevor er fortfuhr. »Bei einem dieser Feste unter Tiberius‘ ausgelassener Herrschaft nahmen wir zwölf seiner Gäste in einer einzigen Nacht das Leben. Es geschah in einer Art Trance, in einem Rausch der Ekstase. Und oh, wie Tiberius wütete, da sich auch eine seiner begehrten Liebschaften unter den Opfern befand.
Aber wir entkamen seinem Blick und die Zeit, die gnädige Göttin, zog weiter. Tiberius wurde später erwürgt aufgefunden, ein Ende, das ihm zwar gebührte, jedoch zu sanft für seine Sünden war. Es folgten Caligula, der nach vier Jahren durch die Hand der Prätorianergarde starb, und Claudius, der von seiner liebreizenden Frau Agrippina vergiftet wurde. Aber kommen wir zurück zu Seneca. Als Nero die Zügel des Imperiums in die Hände bekam, stand Seneca an seiner Seite, väterlich, die Geschicke Roms lenkend. Unter seiner Obhut begann Nero anfangs vielversprechend, das Volk schätzte ihn. Aber der junge Kaiser mutierte zum unberechenbaren Tyrannen, oder wie Sie es ausdrücken würden, zu einem gefährlichen Psychopathen. Seneca zog sich zurück und Nero entfesselte seine Maßlosigkeit. Er bezichtigte unseren Freund einer Verschwörung und ordnete seinen Selbstmord an.«

Amanemhets Augen schienen in eine weit entfernte Zeit abzutauchen. »Wir saßen mit Seneca beisammen, teilten Wein und Lachen, bis der Moment kam, sich zu verabschieden. Sein letzter Blick, sein letztes Lächeln galten uns. Und in seiner Stimme lag die Sehnsucht nach einer friedlichen Existenz. Er erhob seinen Kelch und trank das tödliche Gift. Wir hielten seine Hände, als sein Atem vor unseren Augen erstarb. Es war uns eine Ehre, ihn auf seiner letzten Reise in ein Reich zu begleiten, das uns verwehrt blieb und auf Ewig bleiben wird.« Er seufzte schwer. »Aber auch Nero hatte seinen Preis zu zahlen. Wir waren Zeugen, wie seine eigene Garde ihn in die Enge trieb und er, von Selbstmitleid zerfressen, seinem erbärmlichen Leben ein Ende setzte. Er starb jung, mit nur zweiunddreißig Jahren, doch sein Größenwahn hatte die Welt in Angst und Schrecken versetzt. Der Anblick des fallenden Tyrannen war ein Genuss, doch es konnte unseren verlorenen Freund nicht zurückbringen.«

Eine weitere Pause hüllte den Raum in ein erdrückendes Schweigen.

»Warum, um alles in der Welt, erzählen Sie mir diese surrealen Geschichten?« Alex hatte seine Zweifel; die Erzählungen klangen wie Fabeln, erfunden und schwer zu glauben. Selbst wenn sie wahr wären, warum sollten diese unsterblichen Wesen ihm, einem bloßen Ermittler, einen so detaillierten Einblick in ihr Leben gewähren?

Amanemhet IV. begegnete Alex' skeptischem Blick mit einem ausdrucksstarken, fast melancholischen Lächeln. »Herr Brandt, Sie wecken Erinnerungen an einen Menschen, den wir einst unseren Freund nannten. Er war der letzte Mensch, den wir in unser Leben ließen, bevor wir beschlossen, uns vor der Qual des Abschieds zu schützen. Deshalb sitze ich hier, in Ihrem *Traum*, um Sie zu warnen. Betrachten Sie den hinterlassenen Dolch als ein Geschenk, als eine Art Amulett. Er gehörte Seneca, einem Mann von unermesslicher Integrität und Prinzipientreue.«

Kaum waren die Worte ausgesprochen, erhob sich Amanemhet IV. in einer eleganten, fast schwerelosen Bewegung. Er und Hasobek fassten sich an den Händen und ließen Alex allein zurück.

Er fühlte den Impuls, ihnen zu folgen, doch er wusste, dass es zwecklos wäre.

Er fand sich in einer unfassbaren Einsamkeit wieder.

»Ah, der Morgen grüßt den Tag und Horst grüßt Alex. Was für eine illustre Runde.« Alex hob seine Augenbrauen, als Horst mit einem auffälligen Hüsteln das Büro betrat. Der Eindruck seines nächtlichen Besuchs lastete noch schwer auf ihm. Paranormale Intuition war eine Sache, aber geisterhafte Besuche im Traumland?

»Alex, ich muss mit dir reden. Es ist dringend.« Horsts Augen flackerten nervös.

Dringender als mein schleichender Wahnsinn?, dachte Alex.

»Bitte, ich bin ganz Ohr.«

»Hast du die Zeitung heute Morgen schon gesehen?«

»Nein.«

»Dann solltest du wissen, dass der Name unseres Verdächtigen, Jimmy Carsen, auf der ersten Seite steht. Und rate mal, wer das Meisterwerk verfasst hat?«

Alex' Mundwinkel zuckten in einem bösen Lächeln. »Unsere Pulitzer-Anwärterin?«

»Exakt. Johann ist außer sich. Er hat sofort eine Einheit losgeschickt, um diesen Carsen festzunehmen. Bist du dir sicher, dass er der Täter ist?«

Obwohl sich Alex fühlte, als hätte er die Nacht durchgemacht, war diese Nachricht der Milchschaum auf dem Kaffee seiner Erschöpfung.

»Frag doch unsere talentierte Journalistin, wie sie auf den großen Jimmy Carsen gestoßen ist.«

»Aber, *ich* habe ihr den Namen doch gegeben, Alex. Was soll ich jetzt tun?«

»War die Telefonüberwachung zur Zeitung bereits aktiv?«

»Ja, sicher.«

»Dann entspann dich. Sag einfach, ich hätte Carsen für einen Moment verdächtigt, aber neue Informationen hätten diese Annahme revidiert.
Du hast seinen Namen nur inoffiziell erwähnt und bist erschüttert, dass *so überaus sensible* Informationen ohne gründliche Prüfung an die Öffentlichkeit gelangt sind. Unsere Angie wird dann wohl die Erklärungen liefern müssen.« Alex wandte sich ab und ließ Horst allein im Flur stehen.

Alex saß schon einige Zeit alleine im Besprechungszimmer, als die Tür aufschwang und Horst zusammen mit Abraham, Julia und Rolf eintrat. Die anfängliche Spannung im Raum war fast greifbar, ein Nebel aus Sensation und Skandal, der von dem aufreibenden Zeitungsartikel ausging. Alex und Horst hielten sich diskret aus der hitzigen Diskussion zurück, die unter den Kollegen ausbrach.
Am Ende fuhr Alex doch energisch dazwischen. »Vergesst diesen Zeitungsartikel. Es ist Desinformation, verursacht von einem Maulwurf, der es anscheinend nicht abwarten konnte, zur Titelseite zu kommen. Wir besprechen das Leck später. Horst, bitte fang an. Was haben wir?«
Mit einem respektvollen Kopfnicken öffnete Horst sein Notizbuch. »Rolf und ich haben lange in den Archiven gestöbert mit Fokus auf internationalen Fällen aus den Jahren 1936 und 1960. Zwei konkrete Serien haben wir gefunden. Der eine führt uns zu einer mysteriösen Kirchensache, zu der jemand aus dem Vatikan in den nächsten Tagen mit uns Kontakt aufnehmen möchte.« Er tippte auf eine markierte Zeile in seinem Notizbuch. »Der andere Fall stammt aus Brasilien, 1960. Eine Geschichte, die damals in den Medien hochkochte.«
Horst nickte Rolf zu, der eilig eine Akte öffnete und die Kopie einer alten Zeitung herauszog. »Die Schlagzeile von damals hieß: *Samba in den Tod.* Ein verstörendes Bild vom Tatort war auch abgedruckt. Ich lasse es gleich herumgehen. Ich habe versucht, die Originalakte der Untersuchung zu beschaffen, wird aber noch dauern. Die örtliche Behörde versprach, sie innerhalb von zehn Tagen zu liefern.

Ich habe alles Mögliche getan, um schneller an die Daten zu kommen, aber die Brasilianer haben ihren eigenen Rhythmus. Je mehr ich drängte, desto weniger kooperativ wurden sie.«
Abraham schnaufte. »Tja, hoffen wir, dass wir nicht erst Samba tanzen müssen, bevor sie uns ernst nehmen.«

»Samba?«, fragte Rolf.

»War nur Blödsinn.«

»Also, dann lese ich mal den Artikel vor:

Samba in den Tod: Samba-Schule wird Schauplatz einer grauenvollen Tragödie.

In einer abgelegenen Sambaschule ereignete sich letzte Nacht ein schauderhaftes Blutbad, das die Gemeinde in tiefe Trauer und Entsetzen versetzt hat. Nahezu die gesamte Gruppe der Tanzschülerinnen wurde in einer beispiellosen Gewalttat bestialisch ermordet.

Während die Behörden sich noch bedeckt halten, weisen erste Anzeichen darauf hin, dass entweder eine konkurrierende Sambaschule oder gar kriminelle Drogenkartelle als Urheber dieser monströsen Tat in Frage kommen. Eine offizielle Bestätigung seitens der Polizei steht allerdings aus und wird nicht vor den nächsten Tagen erwartet.

Obwohl die Polizei zu den genauen Umständen der Tragödie bisher schweigt, sickerten schockierende Details aus internen Quellen durch. Berichten zufolge wurden allen Opfern die Pulsadern durchtrennt und die Herzen herausgerissen, eine Inszenierung grausamer Rituale, die an Voodoo erinnern.

Chefinspektor Rodriges hat die Leitung des Falls übernommen und gelobt, den Schleier, der diese abscheuliche Tat umgibt, rasch zu durchschneiden. Die Nation hält den Atem an und wartet auf Antworten, während die Trauer und das Rätselraten um diesen schrecklichen Vorfall anhalten.

»Interessant, oder? Hier ist die Übersetzung des Artikels.« Rolf reichte Alex den Artikel und das Bild.
Alex starrte auf das trübe Schwarzweiß-Foto, das auf dem Tisch lag. Es zeigte die Sambaschule von außen, ein unscharfes Abbild eines heruntergekommenen Gebäudes. Er schloss die Augen.

Die Gedanken, die sich durch seinen Geist schlängelten, waren widersprüchlich und unausgereift. Ein unsterbliches Paar, das seit Jahrtausenden durch die Welt zog und tötete. Immer und immer wieder. Konnte es so etwas geben? Sein Inneres rebellierte gegen eine solch groteske Idee. Und doch … Es war, als hätte seine Intuition selbst die Konturen dieser absurden Wirklichkeit akzeptiert, und das beunruhigte ihn zutiefst. »Es muss da noch etwas sein, eine übersehene Karte, die wir noch nicht umgedreht haben«, flüsterte er mehr zu sich selbst als zu den anderen.
Horst schüttelte den Kopf. »Ich habe in meiner Karriere viel gesehen, aber das hier … das entzieht sich meiner Erfahrung, meinem Verständnis. Ich fühle mich so blind wie Ödipus vor der Prophezeiung.«
Alex wandte sich Abraham zu. »Dig, sag mir, dass du irgendetwas in deinem Alchemistenlabor gefunden hast. Irgendein Wundermittel, das diesem Alptraum ein Ende bereitet.«
Abraham rieb sich das Kinn. Seine Augen blickten, müde geworden von unzähligen Autopsien, in den Raum. »Alex, wenn ich könnte, würde ich dir ein Elixier der Wahrheit servieren. Aber der Tod hier ist weder klassisch noch modern; er ist zeitlos. Julia und ich werden uns heute Nachmittag die bereits abgeklopften Fälle noch einmal durchsehen. Vielleicht entdecken wir ja eine neue Nuance beim Vergleich der Wunden und der Spuren. Wobei ich bezweifle, dass wir einen Dammbruch erleben werden.« Er seufzte theatralisch. Abraham sprach in seinem tiefen, ungeschliffenen Tonfall, der eine Mischung aus Resignation und unermüdlichem Einsatz für die Wahrheit zu sein schien. »Alex, ich wiederhole mich, aber diese Leichen erzählen uns alle dasselbe Märchen. Keine Botenstoffe, die auf Panik oder Schmerz hindeuten. Als ob sie friedlich in den Tod segelten. Selbst die Art der Wunden und die Spuren drumherum könnten aus einem Handbuch für emotionsloses Töten stammen. Ich stimme Horst zu: Dieser Fall ist ein Novum.«
Während Abraham sprach, starrte Alex ins Leere. Er erinnerte sich an die Bilder der beiden Studenten, die so stoisch ihr Schicksal ertragen hatten.

»Julia«, wandte er sich an sie.«

»Was kannst du zu dem Dolch sagen?« In seiner Stimme schwang mehr eine Aufforderung als eine Frage. Sein Gesichtsausdruck ließ keinen Zweifel daran, dass er nichts Neues erwartete.

»Die Tatwaffe wurde auf ihr Alter geprüft. Geschmiedet wurde sie zwischen zehn und vierzig nach Christus. Es handelt sich um einen Dolch, der –«

»Speziell für Senatoren gefertigt wurde. Ja, ich weiß. Gehörte Seneca, großartig«, unterbrach Alex sie. »Wir laufen hier durch die Korridore der Zeit wie Geisterjäger, verlieren uns selbst und kommen doch keinen Schritt weiter. Es ist zum Haareraufen.«
Er sank auf seinem Stuhl zusammen, als ob er von der Last seiner eigenen Gedanken niedergedrückt würde. »Die Besprechung ist hiermit beendet. Versucht, irgendetwas Brauchbares zu finden. Und jetzt geht, ich brauche Raum zum Atmen.«

Alex' Augen schweiften über die Tafel vor ihm, auf der die kargen Details des Falls in nüchterner Sachlichkeit dargelegt wurden. Es war, als starrten sie ihn an, als wollten sie ihm die Kontrolle entreißen, die er so sorgsam über sein Berufsleben, über sein Innerstes zu bewahren suchte.
Sein Blick blieb an jeder Station hängen, aber sein Geist war abwesend, gefangen in einem Nebel aus Bedeutungen, die er nicht annehmen wollte. Was, wenn die Alpträume, die ihn plagten, nicht nur Hirngespinste waren? Was, wenn sie reale Fingerzeige in das Grauen der Realität waren?
Die schneidende Klarheit seiner Gedanken, die ihm sonst Orientierung bot, war einer bodenlosen Leere gewichen, in die er zu fallen drohte. Die Kontrolle, sein letzter Anker in diesem rätselhaften Wirrwarr, entglitt ihm zusehends. Und während die Wände des Besprechungszimmers sich in seiner Vorstellung zu bewegen schienen, stand er am Rande des Abgrunds, unfähig zu sagen, ob er hinabstürzen oder noch einen Schritt zurücktreten würde.
Mit einer beklemmenden Schwere im Brustkorb richtete er sich auf, die Hände krampfhaft um die Armlehnen seines Stuhls geschlossen. »Oh Gott, es darf einfach nicht sein.«

Julia hatte die Akten auf dem Besprechungstisch angeordnet, gerade als die Tür aufschwang und Abraham eintrat. Normalerweise kam er wie ein Sturm herein – kraftvoll, laut, auf eine Weise, die Räume ausfüllte. Heute jedoch kam er eher angeschlichen, seine Energie gedämpft, als würde er sich selbst zurückhalten.

»Hallo, Dig. Alles in Ordnung bei dir?« Julia hob eine Augenbraue. Ihre Stimme blieb sachlich, besaß aber einen Unterton von Sorge.

»Bin mir nicht sicher. Ich glaub schon.« Abraham blieb stehen, die Hände tief in den Taschen seines Laborkittels vergraben.

»Du wirkst nicht wie jemand, bei dem alles okay ist.« Sie kannte das Gefühl, in einem dunklen Strudel gefangen zu sein, in dem selbst die heftigsten Anstrengungen zu entkommen einen nur tiefer hineinzogen.

»Es ist eigentlich nichts. Zumindest nichts Neues.« Abraham sah auf und für einen flüchtigen Moment konnte Julia Tränen erkennen, die in seinen Augen glitzerten. Es war, als hätte jemand einen Vorhang beiseite gezogen und ihr einen verstohlenen Blick auf die dunkle Bühne seiner Seele gewährt.

»Wenn du reden willst, bin ich hier.« Ihre Worte waren nicht warm, aber sie waren ehrlich, und in diesem Moment, in diesem Raum, schien Aufrichtigkeit das Einzige zu sein, was zählte. Abraham nickte, sein Blick flüchtete zu den Fliesen unter seinen Füßen. »Ich hab eben mit 'nem Kollegen gequatscht, du verstehst? Er hat da eine Kinderleiche, ein Junge, verdammt noch mal, sieben Jahre alt.

Die Milz ist hinüber, zerfetzt vom eigenen Vater. Der Typ behauptet natürlich, es wäre ein Unfall gewesen. Aber der kleine Körper sagt was ganz anderes.«

Er schluckte hörbar und seine Stimme brach, als er fortsetzte.

»Ich hab ihm Tipps gegeben, worauf er achten soll, damit der Mistkerl hinter Gitter kommt. Aber ehrlich gesagt, der ganze Dreck wiederholt sich immer und immer wieder. Das macht mich fertig.« Die Worte entkamen ihm wie Erbrochenes und er vergrub sein Gesicht in den Händen, untröstlich und am Ende seiner Kräfte.

Julia legte die Hand behutsam auf Abrahams Schulter. Sie schwieg.

Abraham wischte sich die Augen trocken und zog die Nase hoch. »Manchmal denke ich darüber nach, meinen Job an den Nagel zu hängen. Als ich den Arztkittel ablegte, hatte ich diese naive Vorstellung, als Gerichtsmediziner könnte ich Gerechtigkeit für die Opfer herstellen, den Tätern ein Ende setzen. Jetzt bin ich mir da nicht mehr so sicher. Wir sind immer die Letzten, die gerufen werden, wenn alles schon zu spät ist.« Seine Stimme wurde von einer Melange aus Resignation und Zorn durchdrungen. »Und die Täter? Die grinsen uns aus ihren Zellen heraus noch ins Gesicht, als wären *wir* die Narren in diesem widerlichen Theater.«

»Dig, die Welt ist kein Rosengarten, und das weißt du. Ja, wir kommen immer erst dann, wenn die Tat erfolgt ist. Zu spät für die, die bereits leiden mussten oder gestorben sind. Aber manchmal gerade noch rechtzeitig, um weitere Gräueltaten zu verhindern. Wir sind hier, um die Dinge zumindest ein kleines Stück besser zu machen. Nicht perfekt, aber besser.«

Abraham schüttelte den Kopf, seine Augen flackerten mit einer Mischung aus Scham und Zorn. »Du verstehst es nicht. Als ich von der allgemeinen Medizin zur Pathologie wechselte, da war es eigentlich nur eine feige Flucht. Ich wollte nicht mehr die Verantwortung für lebende Patienten tragen, weil ich da schon versagt hatte. Es war einfacher, Tote zu sezieren als den lebenden die Wahrheit zu sagen.«

Julia starrte ihn fest an. »Das ist selbstzerstörerischer Unsinn. Ich kenne die Geschichte. Ich weiß, wie unklar die Lage war, und dass die Symptome genauso gut durch eine andere Ursache hätten erklärt werden können. Es ist unfair, sich deswegen selbst die Schuld zu geben.«

»Doch, genau das muss ich aber tun!« Abraham hob seinen Blick und traf ihre Augen.

»Ich habe die Spuren gesehen, die verdammten Flecken und Blutergusse auf diesem jungen, malträtierten Körper. Ich kannte diese Art von Verletzungen. Ich hätte handeln müssen! Weißt du, Julia, als ich noch ein Knirps war, hat mein Vater mich nicht gerade mit Samthandschuhen angefasst. Der Mann war ,ne verdammte Urgewalt, ein Monster in unseren vier Wänden. Aber nach außen? Da war er der heilige Josef höchstpersönlich. Ich hab anfangs echt gedacht, dass es an mir lag, dass ich der Teufel im Fleisch war, der bestraft werden musste.«

Abraham stoppte, ballte seine Hände zu Fäusten, als müsste er sich an die Worte klammern, um sie aus seinem Mund zu ziehen.

»Ich hab mich schuldig gefühlt, Julia. Ich dachte, ich verdiene diese verdammte Pein. Bis ich kapierte, dass der alte Sack nichts anderes als ein Sadist war. Ein feiges Subjekt, der mich und seine eigene Frau, meine Mutter, terrorisierte.«

Abrahams Augen wurden für einen Moment eiskalt, die Pupillen zu bloßen Schlitzen verengt. »Jedes Mal, wenn er seine *göttliche Mission* vollbringen wollte, hat er mir mit diesen erregten Augen in die Seele geschaut. *Junge*, hat er dann gesagt, *der Teufel hat dich im Griff, und ich bin der Exorzist, der ihn vertreiben wird.* Dann zog er mich in den Keller, als würde er mich in ein verdammtes Schlachterzimmer führen.«

Mit einem Ruck drehte Abraham sich um und hob sein Hemd. Sein Rücken war ein Palimpsest der Grausamkeit, in das das Vokabular der Folter tief eingeschrieben war.

Julia schlug die Hand vor ihren Mund, das Entsetzen sichtbar in ihrem Blick, der sonst so kontrolliert und nüchtern war.

»Siehst du das? Das war sein *Gotteswerkzeug*, wie er es nannte. Eine neunschwänzige Katze, jeder Striemen ein Zeuge seiner kranken Seele. Die Peitsche hat sich in mein Fleisch gebrannt, Julia. Ich habe sie gefürchtet, vielleicht mehr als den Teufel selbst. Das ist der Rücken eines Mannes, der die Hölle auf Erden durchlebt hat. Ich erinnere mich an Tage in der Schule, an denen jeder kleine Ruck an dem harten Stuhl wie ein verdammtes Brandmal schmerzte. Doch ich hab's überlebt, weißt du?«

Er pausierte und blickte in die Ferne, als wäre die Erinnerung an diesem Punkt sichtbar, bevor er fortfuhr. »Als ich siebzehn wurde, hatte ich endlich genug. Der Alte wollte mich wieder in den Keller zerren, um seine kranken Triebe auszuleben. Ich schaute ihm an diesem Tag direkt in die Augen, hab ihn am Kragen gepackt und gesagt: *Tu es noch einmal und ich bringe dich um, so wahr mir Gott helfe*. Und das Lustige? Er hat's kapiert. Der Feigling hat nie wieder seine Hände gegen mich erhoben. Solche Bastarde sind immer schwach, immer feige, wenn du sie frontal anpackst.«

Ein Moment der Stille folgte. Beide blickten zu Boden, als ob die Worte einen unsichtbaren Abgrund zwischen ihnen geöffnet hätten.

Julia brach schließlich das Schweigen. »Es tut mir so leid, Abraham. Das muss unvorstellbar schrecklich gewesen sein.«

»Ja, das war es.«

»Lebt er noch?«

»Das weiß ich nicht. Und ich will es auch nicht wissen! Aber lass uns jetzt an die Arbeit gehen.«

Er steckte sein Hemd zurück in die Hose.

Julia stand vor der Mindmap, ihre Augen huschten von einem Knotenpunkt zum nächsten. Berichte, Fotos, Analysen – alle sorgfältig angeordnet, aber dennoch ein Durcheinander. »Ich beiße mir die Zähne an diesem Fall aus. Siehst du irgendetwas, das mir entgangen ist? Eine Kleinigkeit vielleicht?«

»Du meinst ein Bild, auf dem die Visitenkarte des Mörders hervorsticht?« Abraham, seine Finger um eine Tasse Kaffee geschlossen, schüttelte den Kopf. »Ich wünschte, ich hätte was für dich. Und doch … was mir richtig Kopfzerbrechen bereitet, ist der Dolch.« Er stellte die Tasse ab, nahm den versiegelten Beutel von der Tischplatte und hielt ihn hoch.

Julia nickte, ihre Augen verengten sich. »Dieser Dolch ist ein Rätsel, aus mehreren Gründen. Erstens, er ist das erste Beweisstück, das die Täter hinterlassen haben. Zweitens, er wurde nicht zufällig zurückgelassen. Im Gegenteil, diese Tatwaffe ist ein Statement.

Drittens, und das ist das Spannendste: Er ist alles andere als ein Allerweltsgegenstand, den man um die Ecke kaufen kann. Antik, selten und kostbar. Wer lässt so etwas einfach liegen? Und viertens … „ Ihre Stimme wurde fast zu einem Flüstern. » … scheint Alex mehr zu wissen, als er zugibt.«

Ein schiefes Grinsen zog sich über Abrahams Gesicht. »Genau. Da liegt der Hase im Pfeffer. Alex konnte den Dolch exakt datieren, auch ohne deine Erkenntnisse. Und nicht nur das, selbst der Herkunftsort ist ihm bekannt. Ist das normal? Er verheimlicht etwas. Vielleicht ist er schlauer als wir alle und hält seine Karten absichtlich bedeckt. Aber warum sollte er das tun?«

Julia rieb ihre Schläfen. »Hypothese: Nur die Täter selbst können den Dolch dermaßen genau datieren. Haben sie sich womöglich bei Alex gemeldet? Sind sie seine Quelle? Spielen sie mit ihm Katz und Maus. Alles deutet darauf hin.« Sie hielt inne und ließ sich die Möglichkeiten durch den Kopf gehen. »Sollen wir Alex darauf ansprechen?«

Abraham schaute sie mit großen Augen an. »Und was wäre, wenn Alex der Mörder ist?«

Als Alex die Schwelle zum Verlassen des Dezernats überschritt, hörte er schnelle Schritte hinter sich und spürte eine Hand auf seiner Schulter. Er drehte sich um und sah Horst, der ihm atemlos einen Zettel in die Hand drückte. »Jemand hat dich zu einem Rendezvous eingeladen. Und zwar um Punkt siebzehn Uhr. Also in etwa … „, er blickte auf seine Armbanduhr, » … dreißig Minuten.«

»Rendezvous klingt gut.« Alex' Augenbrauen hoben sich. »Ist es etwa die Dame meiner Träume, die endlich erkannt hat, wie unwiderstehlich ich bin?«

Horst schnaubte. »Träum weiter. Es war ein Mann. Er sagt, er könnte dir Auskunft über einen Fall aus dem Jahr 1948 geben, der in einer Abtei passiert ist. Offenbar betrifft es unsere laufenden Ermittlungen zum Serienmord. Er erwähnte, Kontakte zur Kirche zu haben. Ich vermute, das ist der Kontakt zum Vatikan, von dem ich dir erzählt hatte. Wahrscheinlich ist er ein Priester oder so etwas.«

»Warum denkst du, dass er ein Priester ist?«

»Ist so ein Gefühl. Seine Stimme hatte diesen.. klerikalen Tonfall, weißt du? Nicht diese hektische Dringlichkeit, die du bei den meisten findest, die etwas zu einem Fall aussagen möchten. Es war eher die gemessene Ruhe eines Mannes, der die Kontemplation gewohnt ist.«

Alex kräuselte die Stirn. »Klerikaler Tonfall? Du machst Witze.«

Horst schüttelte den Kopf. »Nein, ganz und gar nicht. Es ist schwer zu beschreiben. Seine Stimme war ruhig, ja, aber sie trug ein Gewicht. Als würden seine Worte aus einem alten verstaubten Buch stammen, das auf dem Altar einer verlassenen Kirche liegt. Und dann waren da die Formulierungen, die er benutzte.

Keine Umgangssprache, kein Jargon. Sondern Sätze, die so gestaltet waren, dass sie sowohl die Komplexität des Glaubens als auch die Einfachheit der Ergebung ausdrücken.« Horst brummte nachdenklich.
Alex schaute Horst tief in die Augen. »Schön formuliert. Du solltest wirklich Romane schreiben, Horst. Aber ich verstehe, was du meinst. Wenn das wirklich ein Priester war, dann muss er einen verdammt guten Grund haben, mich zu diesem Treffen zu bitten. Ich bin gespannt.«
Unter normalen Umständen hätte Alex nie einem blinden Stelldichein zugestimmt. Es konnte der Mörder selbst sein, der die Spielfäden in der Hand hielt. Aber in diesem Fall, gefangen in einem Strudel ungelöster Fragen und unter wachsendem Druck, war jeder Hinweis ein Rettungsring. Ein Strohhalm, der ihm vielleicht helfen könnte, nicht unterzugehen.

»Okay, gib her. Schauen wir mal, wer das ist.«

Horst nickte und Alex steckte den Zettel in seine Jackentasche.

»Soll ich mitkommen?«

»Nein, schon gut.«

Der Himmel war eine melancholische Leinwand für den Nieselregen, der sich wie ein dünner Schleier über die belebte Promenade am Main legte. Alex zog seine Schultern hoch, als ob er sich so gegen das Eindringen der feuchten Kälte wappnen könnte, die den Tag durchdrang. Selbst an einem so trostlosen Mittag strömten Touristen und Einheimische gleichermaßen an die Ufer des Flusses, in ein Ballett des Alltäglichen eingeschrieben, während Alex am Rande dieser organisierten Unordnung verweilte.
War es ein Witz des Schicksals oder ein dunkler Wink des Himmels? Der Fremde hatte ihn ausgerechnet hierher bestellt, weit entfernt von heiligem Boden, den seine Stimme am Telefon vermuten ließ. Die Bühne war voll, die Akteure unbekannt, die Anweisungen unklar.
Alex wusste nicht, wie er denjenigen erkennen sollte, der behauptet hatte, wichtige Informationen für ihn zu besitzen. Plötzlich tippte ihm jemand auf die Schulter.

Er drehte sich um, den Mantelkragen fest um seinen Hals gezogen, die Hände instinktiv in die Taschen seiner Jacke gleitend. Vor ihm stand ein älterer Mann, vielleicht siebzig Jahre alt, gekleidet in eine schwarze Kutte, die mehr von einer klösterlichen Vergangenheit als von weltlichen Sorgen erzählte. Und das Lächeln auf seinem Gesicht – es war nicht das Lächeln eines Fremden, sondern das eines Mannes, der ein Geheimnis zu teilen bereit war.

»Na, das ist ja mal eine Überraschung. Gottes Segen sollte mir jetzt gewiss sein.«

Der ältere Mann grinste, als ob er die gesamte Absurdität des Moments erfasste. »Verzeihen Sie bitte, dass ich keinen besseren und ruhigeren Ort für unser Treffen wählen konnte. In dieser Flut menschlicher Existenz sind wir jedoch am ehesten für die Welt unsichtbar. In Frankfurt, so sagt man, sind Sie eine bekannte Figur, Herr Brandt. Lassen Sie uns ein wenig durch diese flüchtige Menschenlandschaft wandern.«

»Bekannt? Oh, Sie sind nicht der erste der mir deswegen schmeichelt«, spottete Alex.

Der Fremde sprach weiter, seine Stimme ernst und gefüllt mit der Art von Bedeutung, die man nicht leichtfertig ignorierte. »Was ich nun mit Ihnen teile, Herr Brandt, ist von höchster Vertraulichkeit. Sollten diese Worte je an die Öffentlichkeit gelangen, werde ich alles abstreiten. Unsere Heilige Mutter, die Kirche, wird keinerlei Erklärungen oder Stellungnahmen zu Fragen der Mystik oder okkulter Phänomene abgeben.« Er legte einen Zeigefinger an seine Lippen wie ein Kind, das ein Geheimnis teilt.

Alex nickte. »Sie machen mich neugierig. Und glauben Sie mir, das ist keine leichte Aufgabe. Wer also sind Sie in diesem Heiligen Ensemble? Der Pianist oder der Dirigent?"

»Weder noch. Mein Name ist, im Rahmen dieser Unterhaltung, Peter«, antwortete der ältere Mann mit einer gewissen feierlichen Schwere. »Ist ein hübscher Name. Und meine Aufgabe könnte man wohl am ehesten als *Problemlöser transzendenter Natur* bezeichnen.« Beim letzten Wort zwinkerte er Alex bedeutungsvoll zu.

»Interessante Berufsbezeichnung. Schön formuliert.

Klingt wie ein Haufen klerikaler Exorzisten mit Aktenkoffern.«
Peter lächelte. »Exorzismus ist in der Tat nur eine Facette unseres Repertoires. Wir glauben nicht nur an die Mächte des Guten und des Bösen – wir *wissen* von ihrer Existenz. Den Gläubigen präsentieren wir ein einfacheres Bild: Einen Gott, der sowohl straft als auch beschützt, und einen Teufel, der in unzähligen Namen und Formen erscheint. Gott ist gut, Teufel schlecht. Das kann sich selbst der einfachste Geist merken. Ein duales Märchen für die Massen, sozusagen.«

»Ah, eine Art spirituelles Puppentheater. Ein Gott für den Tag, ein Teufel für die Nacht.«
Peter rollte die Augen und lachte kurz, ehe sein Gesicht sich rasch verdüsterte. »Ach Herr Brandt, die Wirklichkeit ist komplizierter. Unser Orden befasst sich mit Phänomenen, die jenseits des menschlichen Verstandes liegen. Dinge, die in das Reich der Mystik und des Übersinnlichen gehören. Wir untersuchen Wunder und Geistererscheinungen, beschäftigen uns mit diabolischen Manifestationen und Besessenheit und vielen anderen Dingen mehr.«

Alex fühlte, wie eine unerwartete Erinnerung durch seinen Verstand zog – der Film „Der Exorzist", ein Werk, das die Faszination einer ganzen Generation in den Bann der höllischen Mächte gezogen hatte. Selbst er, der sich selten von Aberglauben beeindrucken ließ, musste zugeben, dass der Film einen Nerv getroffen hatte. Und was noch beunruhigender war: In den Tiefen seiner Ermittlungsakten hatte er Berichte gefunden, die belegten, dass die Kirche tatsächlich solche rituellen Austreibungen vornahm.
Die Details dieser Fälle erreichten die Öffentlichkeit meist nur, wenn etwas spektakulär schiefging – etwa, wenn der angeblich Besessene dabei das Zeitliche segnete. Doch oft genug versickerten diese „bedauerlichen Unfälle", wie die Kirche sie euphemistisch bezeichnete, im Dickicht des Schweigens.
Es war sicher nicht die Hand des Allmächtigen, die eine Glocke des Schweigens über die grausame Wahrheit stülpte.

Nein, es war die unausgesprochene Macht der kirchlichen Institution, die, wie ein düsterer Leviathan in den Tiefen des Ozeans, ihre Tentakeln ausstreckts, um höheren Willen durchzusetzen.

»Ich bin gespannt, *Peter*. Sie wissen, wie man den Appetit eines Skeptikers anregt.«

»Dann ist meine Aufgabe schon halb erfüllt«, antwortete dieser, den Blick fest auf Alex gerichtet, als wollte er in die Tiefen seiner Seele schauen.

»Die andere Hälfte erfordert, dass Sie Ihren Unglauben für einen Moment beiseite schieben. Können Sie das?«

Alex schürzte die Lippen, die Skepsis scharf in seinen Augen. »So, Sie sind also der selbst ernannte Erzengel, der mir bei meiner jüngsten Dämonenjagd assistieren will? Sprechen wir von Geistern? Von Besessenen? Oder sollte ich gar den Teufel persönlich auf meiner Fahndungsliste ganz oben platzieren?«

Peter blickte nachdenklich in die Weite der regennassen Promenade. »Herr Brandt, wir hatten bereits die zweifelhafte Ehre, mit einem ähnlich perfiden Fall in unserer sakralen Historie konfrontiert worden zu sein. Die Erkenntnisse, die wir damals gewannen, zogen selbst uns den spirituellen Boden unter den Füßen weg.« Seine Stimme schien im Nebel des Ungewissen zu schweben. »1975 erhielten wir eine Apostolische Anordnung, unsere Untersuchungen nicht weiter zu verfolgen. Ich war damals noch jung, kaum mehr als ein Novize in den Reihen der *Rechercheure Gottes*, und die Entscheidung entbehrte für mich jeder Logik.«

»Und was genau geschah damals?« Alex' Neugier war entfacht wie ein Feuer in der Dunkelheit. »Wer hat die Untersuchungen gestoppt? Und vor allem, was wollten sie unter dem sakralen Teppich kehren?«

Peter seufzte tief, als trüge er das Gewicht eines unbequemen Kreuzes. »Wir stießen auf ein Kirchenprotokoll aus dem Jahr 1948. Zwölf frisch geweihte Priester wurden damals ermordet, ihrer Herzen beraubt. Überraschenderweise schienen alle Opfer diese Gewalt ohne Gegenwehr erduldet zu haben, fast als wären sie willige Lämmer auf dem Weg zur Schlachtbank. Zuerst ging die kirchliche Ermittlung von einer fanatischen kirchenfeindlichen Gruppe als Tätern aus.

Aber die Untersuchungen wurden unterbrochen, die Akten geschlossen und das alles verschwand in den Nebeln der Geheimhaltung. Und trotz dieses abrupten Endes nahmen wir, Jahre später, den Fall erneut auf. Unsere Erkenntnisse jedoch … „ Er zögerte und sah Alex eindringlich an. » … führten uns nicht zu den erwarteten Fanatikern. Nein, wirklich nicht. Aber dazu später. Wichtig ist, dass es Wissen darüber in den höchsten Ebenen unserer Organisation gab.«

Alex musterte Peter, der neben ihm trottete. Der Mann hatte seine Haarpracht längst verloren, der kümmerliche Rest war silbergrau. Sein Gesicht bestand aus einer Topografie von unzähligen Falten. Doch seine stahlblauen Augen pulsierten voller Energie. Peter schien ein menschliches Rätsel, verpackt in eine Hülle aus Vergangenheit und unverkennbarem Willen. Während seine Worte, wohlgeformt und so bizarr sie auch klangen, nicht den geringsten Hauch von Unsicherheit oder Falschheit enthielten, konnte Alex nicht ausmachen, ob sie wahr waren.

»Lassen Sie mich raten: Einer Ihrer himmlischen Oberkommandierenden hat entschieden, den Heiligen Gral der Wahrheit unter Verschluss zu halten? Treff ich den Nagel auf den Kopf?« Das Leuchten in Peters Augen schien kurz zu flackern und Alex wusste, er hatte ins Schwarze getroffen. Wie vertraut ihm diese Situation doch war. Selbst in den heiligen Hallen der Justiz wurde dieses unsägliche Spiel getrieben. Es kam nicht oft vor, aber doch mit beständiger Regelmäßigkeit, dass Untersuchungen durch dieses erbärmliche Machtgerangel zum Erliegen kamen. Da waren die Richter, die mit einer unfassbaren Milde den Verbrechern mehr Sympathie entgegenbrachten als deren Opfern. Die Politiker, die ihre Gefolgschaft über das Schicksal Unschuldiger stellten. Und nicht zu vergessen, jene innerhalb der eigenen Reihen, die aus rätselhaften, beinahe surrealen Beweggründen handelten. Fragt man nach der Raison d'être solcher Entscheidungen, wurde man mit Phrasen bombardiert."Nationale Sicherheit", verkündeten die einen."Andere, dringendere Ermittlungen", schwadronierten die anderen. Doch das bittere Elixier der Wahrheit hatte oft einen ganz anderen Beigeschmack.

Ein kühler Hauch wehte über die Promenade, trotz der Dichte der Passanten, die sich durch das dräuende Wetter nicht abschrecken ließen. Alex zog die Schultern hoch, seine Augen noch immer fest auf Peter gerichtet. »Wissen Sie, unser Planet ist wie ein Spinnennetz, geflochten aus den Sehnsüchten und Gelüsten der Menschheit. Und an den Knotenpunkten dieses Netzes hocken Personen, die ihre Fäden ziehen, so unsichtbar wie der Wind, aber genauso verheerend.«
Peter nickte mit einer Art lyrischer Eleganz, die seine kirchliche Laufbahn verriet. »In der Tat. Wie der unsichtbare Atem des Schöpfers durchziehen diese Fäden die Welt, gleich den Engeln und Mächten, die in der Heiligen Schrift beschrieben werden. Sie sind nicht nur Schnittstellen von Interessen, sondern Katakomben der Macht, in denen Gleichgesinnte im Dunkeln wandeln.«
Alex schmunzelte. »Ah, Katakomben der Macht. Hübsche Wortwahl. Jemand drückt auf einen Knopf hier, ein Freund von einem Freund zieht einen Hebel dort, und voilà – ein Fall verschwindet in den Abgründen der Bürokratie. Ein undurchschaubares Chaos von Entscheidungen und Interessen, so verstrickt, dass selbst ein Chirurg keinen Anfang und kein Ende finden würde.«
Peter sah Alex tief in die Augen. »Die Autoritäten dieser Gespinste ist nicht zu unterschätzen. Sie sind weder bloße Gemeinschaften noch einfache Allianzen. Sie sind wie der Leib des Ozeans, der das Leben in all seiner Vielfalt hält, und dennoch bleibt die Tiefe für viele ein Mysterium. Und genau das ist das Problem: Die Verbindung vom letztendlichen Entscheider zum ursprünglichen Anliegen ist oft so verschleiert, dass der eine den anderen vermutlich nicht einmal kennt. Es ist wie ein magischer Trick, nur dass der Zauberer und das Publikum in verschiedenen Dimensionen sitzen. Aber zurück zu unserer kleinen Geschichte. Man wusste bereits davon und war auch über die Hintergründe informiert.«
Alex schob seine Hände in die Manteltaschen und verzog das Gesicht, halb spöttisch, halb misstrauisch. »Von höchster Stelle also? Die heilige Kavallerie aus Rom?«

Peter erhob seinen Blick gen Himmel, als würde er einen direkten Draht zu den höheren Mächten suchen.

»Ja, Herr Brandt. Höher geht es nicht.«

»Ah, der große Thronsaal im Himmel wusste also von unserem kleinen irdischen Dilemma? Was genau wussten die Herren dort oben?«

»Die genauen Details sind mir nicht bekannt, aber mir wurde zugeflüstert, dass dies eine sehr alte Angelegenheit sei, womöglich so alt wie die Kirche selbst. Wer weiß, vielleicht sogar noch älter. Man hatte sich bereits vor langer Zeit mit diesem Phänomen konfrontiert gesehen. Ihre Reaktion? Wie immer. Wurde es auf der irdischen Ebene zu komplex, zog man sich in die himmlischen Gefilde zurück«

»Wunderbar!«, entfuhr es Alex. »Ermittlungen also ad acta gelegt?«

Peter legte Alex seine Hand auf den Arm, sein Gesicht ein offenes Buch des Ernstes und der Sorge. »Herr Brandt, die Kirche hat nicht schuldig gehandelt, nur unverstanden. Es gibt Dinge zwischen Himmel und Hölle, die unsere Logik nicht fassen kann. Sie mögen denken, dass Ihre Handschellen alles festhalten können, aber was, wenn ich Ihnen sage, dass es Wesen gibt, die zwar von Fleisch und Blut sind, aber nicht von dieser Welt?«

Alex lachte kurz auf. »Ah, also Geisterjäger jetzt? Soll ich mein Egon-Spengler-Kostüm holen?«

Mit dem Kopf sanft geneigt, sprach Peter mit einer Stimme, die sowohl Trost als auch Warnung ausstrahlte. » Ich bitte Sie, nehmen Sie meine Worte ernst. Es gibt Dinge auf dieser Erde, von denen wir uns fernhalten sollten, gleichsam wie die Motte, die dem Licht nicht zu nahe kommen darf. Es gibt Wesen, die sich unserem Verstand entziehen. Einige sind nur Schatten, andere tragen das Fleisch wie wir.« Seine Augen waren tief und durchdringend. »Sie schreiten unerkannt unter uns, gleiten durch unsere Welt, oft jenseits unserer wahrnehmbaren Reichweite. Selbst jene, die in menschlicher Hülle wandeln, offenbaren selten ihr wahres Gesicht. Ihre Macht, mein Sohn, liegt in ihrer Unergründlichkeit, ihrer Unfassbarkeit. Sie sind so schwer zu greifen wie der Wind.« Ein Seufzer entwich seinen Lippen.

»Die Gefahr, die sie verbreiten, ist nicht alltäglich. Es ist eine besondere Art von Bedrohung, die uns dazu aufruft, stets wachsam zu sein und immer auf den Pfad des Herrn zu bleiben.«

Peter zog seine Hand zurück. Tiefe Falten durchzogen sein Gesicht und jede einzelne von ihnen bargen womöglich Geschichten und Erfahrungen. »Manchmal ist es klüger, sich nicht mit Kräften anzulegen, die man nicht begreift. Ich muss nun gehen. Bitte, verweilen Sie hier noch kurze Zeit und denken Sie darüber nach.« Bevor Alex reagieren konnte, hatte Peter sich bereits umgedreht und verschwand in der Menge. Alex glaubte, ein letztes *Hoffentlich* aus Peters Mund vernommen zu haben, aber er konnte sich nicht sicher sein. Er blieb zurück, allein im Nebel des Zweifels und des Rätsels, das die Konturen seiner Welt zu verwischen drohte.

Der Abend dämmerte, doch anstatt der üblichen Linderung schien die Welt ihre Klauen nur noch tiefer in Alex' Fleisch zu graben. Mit leerem Blick lenkte er seinen Wagen zum Oberhafen, einer abgeschiedenen Ecke Frankfurts. Ein verstecktes Juwel, bekannt nur den hartnäckigsten Einsiedlern der Stadt. Diese wenig besuchte Landspitze an der Riederhofstraße war Frankfurts bestgehütetes Geheimnis für all jene, die die Stille der Natur suchten, jedoch nicht die Energie fanden, die städtischen Grenzen zu überschreiten. Der asphaltierte Pfad, der sich hier am Seitenarm des Mains entlangschlängelte, war übersät mit Rissen und Spalten, als würde die Erde selbst darum bitten, in Ruhe gelassen zu werden. Die verlassenen Lagerhallen, marode Zeugen vergangener Zeiten, wirkten wie hohle Augenhöhlen eines Schädels – sie sahen alles und nichts. Ein ungebrochener Hauch von Vergänglichkeit lag in der Luft.

Trotz der Tristesse fand die Natur ihren Weg. Hochgewachsene Bäume, deren Blätter wie eine grüne Armee in den Himmel ragten, und Gräser, die den Asphalt zurückeroberten, hatten diesen Ort zu ihrem Reich erklärt. Sie hauchten dem morbiden Ambiente eine verführerische Aura ein, als wäre der Zerfall selbst ein romantisches Unterfangen. An schwülwarmen Sommertagen war es eine fast sündhafte Freude, im Schatten dieser stoischen Botanik zu sitzen und den Sonnenuntergang zu beobachten, wie er sich in den fließenden Wassern des Mains spiegelte.

Doch heute fand Alex keine Erleichterung in der sonst so tröstenden und ungewöhnlichen Schönheit dieses Ortes. Stattdessen starrte er auf die farblose Wasseroberfläche, die seine müden Gedanken in tausendfacher Reflexion zurückwarf. Es war, als würde die Natur selbst ihm zurufen: *Frage nichts, hier suchst du vergebens nach Antworten.*

Wenn Alex Zuflucht in diesem abgeschiedenen Winkel suchte, hatte er nur ein einziges Verlangen: die bittersüße Umarmung der Einsamkeit. Ein Ort, an dem die ständig flüsternden Gedanken Raum fanden und wo er Probleme zersägen konnte, die ihm wie kettenbeladene Geister im Nacken hingen. Aber heute, heute war die Einsamkeit eine andere. Sie war wie dunkler Honig, der sich zähflüssig in seinen Adern verteilte, süß und dennoch unerträglich bitter.

»Großartig, wirklich großartig«, murmelte er, während er sich unter einen der knorrigen Bäume fallen ließ. Sein Rücken presste sich gegen den rauen Stamm, als wollte er die Distanz zwischen sich und der Welt auf ein Minimum reduzieren. Die harte Rinde schien sich in seine Haut zu graben, ein fast willkommener Schmerz, der ihm die banale Wahrheit vor Augen führte, dass er noch existierte. Die physische Gewissheit, real zu sein, bildete einen grellen Kontrast zu der dunklen Einöde, die seine Gedanken beherrschte.

Mit einem Gewicht auf seiner Seele zog Alex das Smartphone aus der Jackentasche. Für einen ausgedehnten Moment wog er die Konsequenzen, dann stieß er die Luft aus seinen Lungen und wählte die Nummer. Die Zeit dehnte sich, der Klang des Läutens im Ohr wie ein Echo aus einer anderen Welt.

»Alex?« Die Stimme seiner Schwester schwebte überrascht durch die Ätherwellen. »Ist etwas passiert? Warst du schon bei Jimmy?«

Sie hatte also in den Medien noch nichts von der Festnahme ihres ehemaligen Freundes gehört. Aber das war auch nicht der Grund seines Anrufes.

»Sarah, ich bin in einer vertrackten Lage. Und … „ Ein kaum spürbares Zögern, als ob ein Spalt in seiner sonst so undurchdringlichen Rüstung aufbräche. » … ich brauche deine Hilfe.« Die Stille danach war so massiv, als könnte sie Wände einreißen.

»Bist du krank? Soll ich kommen?«

»Krank? Ach, meine Vitalfunktionen sind okay, nur mein Gehirn scheint in Rätseln zu sprechen.« Er legte eine kurze Pause ein, sah die Worte vor seinem inneren Auge sich sammeln wie Wassertropfen auf einem Blatt.

»Ich bin wie ein Schiff ohne Kompass in einem Meer aus Unfassbarkeiten. Ich erlebe Sachen, Sarah, die mir meine Selbstsicherheit zerfetzen.« *Und ich muss mit jemandem reden. Nur habe ich keine Freunde. Nur dich habe ich. Nur dich!*

»Bruderherzchen, du kannst immer mit mir sprechen, das muss dir doch klar sein. Was zum Teufel ist passiert?«

»Du hast sicher in den Nachrichten von meiner neuesten Jagd gehört?«

»Etwas, ja. Nur die Schlagzeilen.«

Alex fuhr sich durchs Haar, unsicher, wie er das Unerklärbare in Worte kleiden sollte, ohne als geistesgestört abgestempelt zu werden. »Ich … ich stecke in einem Fall, der eigentlich trivial sein sollte: Ein Liebespaar, dem die Mordlust im Blut liegt. Ein kleiner Tupfer Wahnsinn auf dem gesamten kranken Tableau meiner Arbeit. Und doch … „

»Und doch?«

»Ja. Ich glaube, ich verliere den Verstand.«

»Oh, wenn hier jemand verrückt wird, dann bin ich es. Und der Mond fällt eher vom Himmel, als dass du den Verstand verlierst.« Sarah lachte, die Leichtigkeit in ihrer Stimme ein Kontrast zu seiner düsteren Intonation.

»Dies ist kein Scherz, Sarah. Seit Tagen quälen mich Träume. Aber *quälen* ist ein viel zu sanftes Wort. Sie suchen mich heim. Es ist, als würden die Mörder in meinen Schlaf eindringen, als würde ihre Krankheit sich in meinen Gedanken festsetzen.«

»Du sagst immer, Träume sind Schäume. Das ist doch nur dein Unterbewusstsein, das sich mit dem Fall auseinandersetzt.«

»Schäume? Wie erklärst du dann, dass ich den letzten Mord im Traum miterlebt habe? Nicht nur gesehen, sondern … *wirklich* erlebt. Ich stand daneben und schaute zu. Und als ich aufwachte, fand ich den Tatort genau so vor, wie ich ihn im Traum gesehen hatte. *Bis ins kleinste Detail.* Sag mir, wie das in den Bereich des Normalen fällt!«

Am anderen Ende der Leitung herrschte Stille. Es schien, als hätte seine Schwester keine Worte mehr. »Manchmal haben Menschen Vorahnungen, die dann wahr werden. Es ist nicht das Ende der Welt«, sagte sie schließlich.

»Sarah, es war keine Vorahnung. Ich war dabei. Und jetzt wird man mich fragen, woher ich von dem Mord wusste. Nur, was soll ich antworten? Die Wahrheit? Ich habe keine plausible Erklärung. Und die eine, die ich habe, wäre mein berufliches Todesurteil.«

»Oh, Bruderherz. Das klingt nicht gut. Mach dir einen freien Tag. Du brauchst unbedingt Abstand.«

Abstand? Das war nicht mehr möglich. Er saß nun mittendrin. Er war gefangen in der Absurdität von Ereignissen. Aber dies war seine eigene Knacknuss, und nur er musste damit fertig werden. Sarah hatte genug eigene Probleme. »Ja, vielleicht hast du recht. Ich melde mich.« *Ich bin froh, dass es dich gibt.*

Das Gespräch endete, aber die dunkle Wolke, die sich um seine Gedanken gehüllt hatte, blieb. Sarah wollte ihm helfen, aber sie konnte es nicht. Nicht dieses Mal.

21. Mai 2020

»Guten Abend, Herr Brandt.«
Alex riss die Augen auf, sein Körper schnellte in die Sitzposition. Und da standen sie wieder: Hasobek, elegant wie eine Göttin in einer Sphäre jenseits des Irdischen, und Amanemhet IV., voller Weisheit, die ihm die Jahre verliehen hatten – neben seinem Bett, als wäre es die logische Fortsetzung einer unerzählten Geschichte. Ihr mildes Lächeln schwebte im Raum.

»Verzeihen Sie die Störung Ihrer nächtlichen Ruhe. Wir sind gekommen, um noch etwas mehr Licht in die Dunkelheit Ihrer Fragen zu bringen.« Hasobeks Stimme hatte den samtigen Klang einer nächtlichen Melodie, ruhig und unverrückbar, als könnte sie selbst das Chaos der Gedanken besänftigen. »Während ich nicht bestreite, dass wir tatsächlich das Leben aus euren sterblichen Hüllen extrahieren, sollten Sie wissen, dass wir dies nicht aus trivialen oder sadistischen Motiven tun. Nein, es ist vielmehr eine Notwendigkeit, eine Last, die uns von den Sphären jenseits Ihres Verständnisses auferlegt wurde.«
Gefühle der Faszination und des Unbehagens vermischte sich in Alex' Brust. Hasobek strahlte eine Klarheit aus, die unverkennbar war, ein Gleichgewicht, das ihn anziehen und abstoßen konnte. Er fühlte, wie sich die Grenzen seiner Realität dehnten, wie der Traum ihn zu verschlingen drohte, und dennoch blieb die Frage unausgesprochen: War das wirklich nur ein Traum?

»Unsterblichkeit zu erlangen war ein so erhabenes Gefühl, dass wir vor lauter Freude die Welt aus den Angeln heben wollten. Wir genossen jede Sekunde in vollen Zügen.

Wir fühlten uns, als wären wir göttliche Wesen. So überwältigt von unserer neugewonnenen Freiheit von der Zeit, dass wir meinten, die Erdachse mit einem Fingerschnippen verschieben zu können. Merkwürdig, nicht wahr, dass gerade wir, die der Vergänglichkeit entkommen waren, die Flüchtigkeit des Lebens so intensiv genossen?« Ihre Augen suchten die seinen, als würden sie in die dunkle Gischt seiner Gedankenwelt abtauchen wollen. »Haben Sie sich nie gefragt, warum Menschen, die dem Tod trotzen, die Quintessenz des Lebens mehr schätzen als jene, deren Zeit begrenzt ist?«
Sie senkte ihre Lider für einen Moment. »Alle zwei, drei Jahrzehnte mussten wir den Ort wechseln, unsere Identität aufgeben. Unsere Freunde alterten, und wir standen unverändert da. Die Frage, was mit uns geschehe, wurde unausweichlich. Stellen Sie sich vor, Sie müssten immer wieder diejenigen verlassen, die Ihnen etwas bedeuten und, schlimmer noch, eines Tages an deren Grab stehen. Die menschliche Nähe wurde für uns ein Luxus, ein riskantes Spiel.«

»Der Tod, den wir einst als größten Feind betrachtet hatten, wurde ironischerweise unser einziges Begehr, als wir ihn durch das Ritual der Zwölf aus unserem Dasein verbannt hatten«, fügte Amanemhet IV. hinzu, seine Stimme durchdrungen von einer tiefen Melancholie. »Es bedurfte vieler Epochen, bis wir den Wert des Vergänglichen erkannten und mit einer Art Sehnsucht das irdische Ableben beobachteten. Der Tod war nicht länger der Feind, sondern spendete vielmehr Erlösung.«
Alex lauschte, fasziniert und skeptisch zugleich. Der Gedanke, dass ein einfaches Ritual das Tor zur Ewigkeit öffnen könne, blieb für ihn eine Übertretung des Rationalen, eine Undenkbarkeit. »Wenn der Tod für Sie zu einer so ersehnten Figur geworden ist, warum dann nicht einfach dem Ganzen ein Ende setzen? Ein Sprung von der Brücke, eine Überdosis, eine Kugel in den Kopf?« Hasobek sah ihn fest an – ihre Augen plötzlich wie zwei ewige Flammen. »Und das Spiel der Existenz so leichtfertig beenden? Oh, wie gerne! Aber wir sind gefangen, Herr Brandt, in einem Zyklus, den wir selbst erschaffen haben. Der Tod hat uns verlassen und wir können ihm nicht folgen, selbst wenn wir wollten. Der

Gedanke, diesem endlosen Kreislauf des Seins ein Ende zu setzen, hat uns mehr als einmal beschäftigt«, gestand sie, die Kälte ihrer Augen durch die Tiefe ihrer Worte abmildernd. »Ich erinnere mich gut an den Tag, an dem wir diesen letzten Akt der Verzweiflung erstmals unternahmen.
Es geschah nach der Beerdigung eines uns sehr nahestehenden Menschen. Wir beschlossen, ihm in das Jenseits zu folgen. Wir nahmen eine Dosis Gift zu uns, die ausreichen würde, ein Dutzend Sterbliche aus der Welt zu befördern. Und dennoch – nichts. Kein Stöhnen, kein Sterben. Klippen, Klingen, Feuer, Wasser – alle Mittel und Methoden versagten. Unsere physische Hülle ist und bleibt unzerstörbar.«
Alex zog eine Augenbraue hoch. »Ein bewegendes Schicksal, wahrlich. Aber es löst nicht das Rätsel, warum Sie Menschen umbringen. Aus einer Laune heraus? Aus endloser Monotonie?«

»Keineswegs«, entgegnete Amanemhet IV., sein tonales Timbre ergänzte das seiner Frau. »Es ist der Fluch, den wir tragen, seit wir die Göttliche Ordnung infrage stellten. Wir töten nicht aus Freude oder Langeweile, sondern dem Fluch gehorchend. Beim Sterben unserer Opfer sehen wir in deren Augen etwas, das uns verwehrt bleibt – den Übergang zu einem anderen Sein. Ja, in diesem Moment teilen sie unsere Sehnsucht. Das Sterben wird für sie zu einer Verheißung. In ihren letzten Augenblicken nehmen wir ihnen die Angst vor diesem unerforschten Horizont. Was sie dort finden, ist für uns lediglich ein Hauch der Endlichkeit, den wir durch sie kosten dürfen.«

»So, Sie töten also, um zu *helfen*?« Alex hob die Stimme. »Diese Menschen haben ein Recht auf Leben. Sie können Ihre morbide Todessehnsucht sicherlich nicht nachvollziehen. Wie altruistisch Ihre Rhetorik auch sein mag, sie vermag nicht zu verschleiern, dass Sie sie ermorden und als letzte brutale Geste ihre Herzen entnehmen!«
Für einen kurzen Augenblick war der Raum erfüllt von einer spürbaren Spannung wie das Knistern vor einem Gewitter.

»Sie fassen meine Worte in eine simplifizierte Bedeutungsschale, die ihnen nicht gerecht wird.« Ein trauriges Lächeln huschte über Hasobeks Lippen.

»Verstehen Sie, der Mensch ist gefangen in einer irdischen Hölle, einer Endlichkeit, die unverstanden bleibt. Diese Blindheit resultiert aus einem tief verwurzelten, genetisch implantierten Überlebensinstinkt. Aber die Essenz des Menschen ist mehr als nur Fleisch und Blut, mehr als das irdische Gefängnis des Körpers, sondern ein Konzept, das selbst unsere Jahrtausende nicht vollkommen erhellen konnten.«

Amanemhet IV. ergriff das Wort. »Sie fragen nach dem Grund unserer Taten? Wir töten, um einen Zerfall aufzuhalten, der selbst unsere Unsterblichkeit untergräbt. Das Ritual der Zwölf gab uns ewiges Leben, aber nicht ewige Jugend oder ewige Gesundheit. Alle zwölf Jahre müssen wir zwölf Herzen in vierundzwanzig Tagen entnehmen. Nur so können wir die Verwesung unserer Körper stoppen, nur so können wir uns physisch erneuern.«

Hasobek fuhr fort, ihre Stimme schneidend. »Unterlassen wir dies, beginnt unser Fleisch, sich dem Alter zu beugen, ohne jedoch das Versprechen eines endgültigen Endes zu halten. Stellen Sie sich eine Existenz vor, in der der Körper zerfällt, während der Geist gefangen bleibt, unfähig zu gehen. Ein *verdammtes* Leben in der reinsten Form des Wortes. Wir kannten diesen Preis, als wir die Unsterblichkeit anstrebten, aber das Wissen darum und das Erleben sind zwei verschiedene Dinge. Es ist nicht Lust oder Langeweile, die uns zum Töten antreibt. Es ist die furchteinflößende Panik vor der ewigen Dekomposition.«

»Verstehen Sie mich nicht falsch, ich bin gerührt, wirklich. Aber Sie entnehmen Menschen ihre Herzen, sie sterben wegen Ihrer Angst vor dem Altern. Und Sie erwarten von mir … ja, was genau? Ein Schulterklopfen? Ein verständnisvoll zustimmendes Nicken?«

»Sagen wir es so … „, Amanemhet IV. rückte näher, » … wir erwarten von Ihnen keine Absolution. Aber es wäre eine tragische Ironie, wenn ein Mann, der sein Leben der Entschlüsselung der Dunkelheiten anderer widmet, nicht imstande wäre, die Tiefe unserer Verzweiflung zu erkennen.«

In diesem Moment schien der Traum kurz vor dem Zerbrechen, als könne er der gespannten Atmosphäre nicht mehr standhalten.

Doch für Alex war klar, dass diese unheimliche Konfrontation ihm Einblicke in Abgründe gewährt hatte, die weit jenseits seiner bisherigen Vorstellungen lagen.

Er starrte sie skeptisch an. In seinem Beruf hatte er unzählige Lügen und Ausreden gehört. Und doch, obwohl die Geschichte weit über den Rand des Glaubwürdigen hinausschoss, sah er in Hasobeks Augen nicht das Flimmern der Täuschung. »Also, wenn ich richtig mitgezählt habe, werden Sie und Ihr Ehemann in nächster Zeit noch zwei Menschen töten und dann wieder für zwölf Jahre abtauchen, richtig?«

Ein Hauch von Verwunderung durchzog Hasobeks aristokratische Züge. »Sie beweisen einen scharfen Verstand. Aber lassen Sie sich nicht von Ihrer Intelligenz blenden. Unsere Pfade mögen sich gekreuzt haben, doch das sollte genug sein. Kehren Sie zu Ihrem eigenen Leben zurück. Hier gibt es viele schöne Wälder mit erholsamen Seen. Tun Sie sich einen Gefallen, genießen Sie den himmlischen Frieden. Fokussieren Sie sich auf die wirklichen Verbrecher dieser Welt, denn wenn Sie uns weiterhin verfolgen … „ Ihre Stimme brach ab und eine unausgesprochene Drohung schwebte im Raum – unhörbar, aber mit der Intensität eines Fallstricks.

Alex' Augenbrauen zogen sich zusammen. »Ansonsten?«

»Ansonsten würde das bedeuten, dass Sie sich für einen Krieg entschieden haben, den Sie nicht gewinnen können. Einen Krieg nicht nur gegen uns, sondern gegen die Natur des Daseins selbst. Wir sind Ausdruck einer älteren Ordnung, einer anderen Realität. Sie sollten sich besser anderen Herausforderungen widmen, für die Ihre Waffen und Ihre Menschenverachtung besser geeignet sind.«

Als der Wecker schrill klingelte, bröckelte der Traum wie alter Putz von einer vergessenen Wand. Alex erwachte, aber die Schwere der Begegnung klebte an ihm. Er lag wie betäubt auf dem Bett, sein Körper schien sich in eine unwillige Masse verwandelt zu haben. Der Kopf dröhnte, als wäre er Gast bei der Weltmeisterschaft im Verkatertsein.

»Oh Mann … „, murmelte er. »Scheiß Träume. Was für ein Service!«

Mit einer erheblichen Anstrengung wälzte er sich aus dem Bett, mit einem Gefühl, als trügen seine Glieder die Erinnerungen an Schlachten, die er nie geschlagen hatte. Er scannte das Zimmer, der Blick fixierte den leeren Stuhl vor seinem Bett. »Schade, die Gespenster der Nacht haben ausgecheckt.«
Kraftlos schleppte er sich ins Badezimmer. Aspirin war jetzt sein einziger Verbündeter. Er stützte sich auf das Waschbecken, als wäre es ein Lebensretter in einem tosenden Meer. Sein Spiegelbild offenbarte ein Gesicht voller Falten und zwei tiefen Augenringen. »Was zur Hölle ist nur mit dir passiert, Alex? Du bist eine griechische Tragödie auf zwei Beinen?«
Es kostete ihn eine Menge Überwindung, sich unter die Dusche zu zwingen. Jeder Wassertropfen, der auf ihn prasselte, fühlte sich wie eine Erinnerung an eine bessere Zeit an.
Alex zog sich an und ließ sich auf die Bettkante fallen. Er zückte sein Handy und wählte Horsts Nummer. »Horst, Julia übernimmt heute die Morgenbesprechung. Gib ihr Bescheid. Ich komme später.« Er legte auf, bevor Horst auch nur die Chance hatte, seine rücksichtsvolle, fast väterliche Fürsorglichkeit an den Tag zu legen.
Alex wühlte sich durch einen Haufen kryptischer Notizen und verwirrender Kontaktnummern, bis er endlich die gewünschte Nummer fand. »Ah, das goldene Ticket«, murmelte er und tippte die Zahlen ein.

»Daniel Forster am Apparat.«

»Hallo, hier Alexander Brandt. Wie wäre es mit einem tête-à-tête im Café Lounge, direkt gegenüber der guten alten Bibliothek, wo wir uns letztmals trafen? Und bringen Sie jemanden mit, der sich mit dem Geisterkram auskennt, okkultes Zeug, Sie wissen schon.«

»Wie bitte?« Forster schien aus allen Wolken zu fallen.

»Entschuldigen Sie meine flapsige Wortwahl. Ich benötige Ihre Hilfe. Bitte … „
Nach einer scheinbar endlosen Pause – die Spannung hätte man mit einem Messer schneiden können – antwortete Forster zögerlich. »Also gut.«

Das Gespräch endete abrupt. Er war erleichtert, dass sich Forster überhaupt bereit erklärt hatte, ihm ein Ohr zu leihen. *Na großartig*, dachte Alex, *jetzt habe ich ein Date mit einem Experten für das Übersinnliche. Was kann da schon schiefgehen?*

In der gedämpften Atmosphäre des Cafés durchbrach ein Flüstern die ruhige Umgebung. »Herr Brandt!«
Reflexartig wandte sich Alex dorthin, woher der Laut kam, und erkannte Daniel Forster, der aus dem Halbdunkel der Ecke ihm ein verstecktes Zeichen gab. Alex ließ seinen Blick durch den Raum schweifen, bevor er sich mit wachsamen Bewegungen zu ihm begab.

»Kommen Sie!«, flüsterte Forster, die Stimme zittrig, fast ängstlich.
Alex erinnerte sich an ihr letztes Aufeinandertreffen in der altehrwürdigen Bibliothek. Früher hätte er Forster für paranoid gehalten, doch nun … nun war er nicht mehr so sicher. Alex spürte den dringlichen Griff des Mannes am Unterarm, der ihn zu einem unauffälligen Wagen zerrte.

»Wir müssen zu ihm«, flüsterte Forster. »Er kann Ihnen helfen. Doch sobald das geschehen ist, müssen sich unsere Wege für immer trennen. Verstehen Sie? Für immer.«
Alex warf ihm einen fragenden Blick zu. Wie um Himmels willen war er nur in eine solche Situation geraten? In eine Welt der Verschwörungen und des Übersinnlichen?
Sie fuhren durch das Gewirr der Straßen Frankfurts, bis sie schließlich in einer verlassenen, düsteren Passage stoppten. Forsters Stimme war kaum mehr als ein Hauch: »Er lebt hier. Seien Sie nicht überrascht von seinem … Aussehen und Wesen. Es mag befremdlich wirken, aber er ist Ihr letzter Strohhalm. Greifen Sie danach, denn mehr kann ich nicht für Sie tun.«
In der zwielichtigen Enge der Straße, die von jahrhundertealtem Mauerwerk gesäumt war, folgte Alex ihm mit räuberischem Instinkt. Jeder Schritt schien im Einklang mit dem pochenden Herzen, das in seiner Brust dröhnte, während das flache Atmen der beiden Männer den vermoderten Geruch der Umgebung durchschnitt.

Etwas abseits, gedemütigt durch Jahre des Missbrauchs, lag eine umgestürzte Mülltonne, ihr Inneres einer indifferenten Welt preisgebend. Mit jeder Fußbewegung hallte das Echo ihrer hastigen Sohlen unheilvoll von den alternden Steinwänden wider, als wären sie Zeugen eines drohenden Schicksals. Ein altes, von Rost überzogenes Tor ragte vor ihnen auf. Mit einem ritualisierten Klopfen – dreimal kurz, dreimal lang – machte Forster seine Anwesenheit bekannt.

Ah, Geheimcodes. Wie originell. Was kommt als Nächstes, ein Geisterbeschwörungstanz?, dachte Alex, nicht bereit, sich von dem ganzen Hokuspokus beeindrucken zu lassen.

Die schwere Tür ächzte und gab den Blick frei auf eine gewaltige, behäbige Gestalt. Die Muskulatur dieses Hünen zeichnete sich durch sein eng anliegendes Shirt ab und seine Körpergröße ließ selbst den größten Mann neben ihm wie einen Zwerg erscheinen. Ein Blick, ein stummes Einvernehmen zwischen Forster und dem Koloss, und die Tür öffnete sich weiter, um die beiden in die Dunkelheit zu lassen.

Während sie den gewundenen Gängen folgten, die sich vor ihnen ausstreckten, konnte Alex nicht anders, als die makabren Dekorationen zu bemerken. Hühnerfüße, Totenschädel – all die Insignien des Übernatürlichen, von denen er glaubte, dass sie nur dazu dienten, die Leichtgläubigen von ihrem Geld zu trennen. Ab und zu warf eine rote oder schwarze Kerze ein zitterndes Licht, das auf den rauen Steinmauern tanzte.

Das Echo ihrer Schritte endete schließlich vor einem schweren Vorhang, hinter den der riesige Wächter eintauchte. Minuten verstrichen in angespannter Stille, bis schließlich eine Geste sie aufforderte, das Unbekannte dahinter zu betreten.

In der schummrigen Atmosphäre fühlte sich Alex, als wäre er in eine andere Dimension eingetaucht, eine, die von den surrealen Geschichten des Übernatürlichen und des Mystizismus durchzogen waren. Ein älterer Herr, der wohl die Sechziger überschritten hatte, thronte auf einem Stuhl, eingehüllt in ein weites schwarzes Gewand. Sein Haupt war von einem seltsam geformten, kreisförmig gebundenen Zweig gekrönt, dessen symbolische Bedeutung Alex entging.

Flackernde Kerzen zeichneten lebendige Schatten auf die Wände und verbreiteten eine schwüle Hitze, die in schroffem Gegensatz zur kühlen Außenwelt stand. Jeder Zentimeter des kleinen Raums schien eine theatralische Hommage an esoterischen Kitsch zu sein. Messerklingen verschiedener Formen und Größen, Symbole, unterschiedlichster Art, schmückten die Wände und besetzten die Ecken. Einige waren ihm aus Büchern bekannt, andere ließen Raum für Spekulationen, und bei wieder anderen war er völlig ratlos.

Ein kompaktes Regal hinter dem Okkultisten war schwer beladen mit unzähligen Gläsern und Dosen, die allerlei mysteriöse Ingredienzien enthielten. Alex stellte sich vor, wie sie bei irgendwelchen teuren, aber höchstwahrscheinlich ineffektiven Ritualen zum Einsatz kamen. Ein alter schwarzgefärbter Kessel vor ihm spie dichten, hellen Weihrauch aus, der den Raum mit einem schweren, erdigen Aroma durchtränkte.

»Bitte, Herr Brandt, nehmen Sie Platz.« Forsters Stimme vibrierte leicht, während er auf ein üppiges Kissen deutete. Dann trat er rasch zurück und verließ den Raum zusammen mit dem Hünen.

Alex warf dem Mann gegenüber einen mit Ironie durchzogenen Blick zu. »Ein eindrucksvolles Ambiente haben Sie hier.« Er musterte den Okkultisten genauer. Die Augen des Alten waren glasig und schienen durch Alex hindurch in andere Welten zu blicken, fast als ob er in Trance wäre. Sein kurzgeschnittenes, ergrautes Haar kontrastierte mit seiner dunklen Haut.

»Alexander Brandt«, stellte Alex sich vor und versuchte, die Aufmerksamkeit des Mannes auf sich zu ziehen. »Ich habe einige Fragen.«

Statt zu antworten, hob der Ältere nur langsam seine Hand, legte den Zeigefinger auf seine Lippen und deutete Alex an, zu schweigen. Mit geschlossenen Augen neigte er sich rhythmisch hin und her, wie das Pendel einer antiken Uhr. Alex betrachtete das seltsame Ritual mit Skepsis. Hatte Forster wirklich geglaubt, dass solch ein theatralisches Gehabe ihn beeindrucken würde? Er war kurz davor, entnervt aufzustehen und zu gehen, als der Okkultist plötzlich innehielt, seine Augen weitete und Alex fixierte.

»Ich sehe..«, flüsterte er, wobei seine Stimme eine gewisse Schwere trug, und beugte sich vor.
Ich sehe auch, dachte Alex, *nämlich, dass hier jemand nicht ganz bei Trost ist.*

»Ah, ein Zweifler! Ein Produkt unserer Zeit«, sprach der Okkultist plötzlich aus, als könne er Alex' Gedanken lesen. Viel wahrscheinlicher wusste er nur den spöttische Ausdruck in seinen Augen richtig zu deuten. »Ihre Pfade haben sich mit denen der Untoten gekreuzt. Wesen, die vor Äonen hätten sterben sollen, und doch wandeln sie unter uns. Diese haben die Götter verärgert und sind nun in unserer Welt gefangen«, murmelte er und sank zurück, die Augen geschlossen.

»Ja, faszinierend. Aber ich –«
Der Okkultist unterbrach ihn mit einer heftigen Handbewegung. »Hören Sie gut zu. Ich werde Ihnen etwas enthüllen, und dann können Sie Ihre eigenen Schlussfolgerungen ziehen. Sie sind hier, weil Sie sich in einer Sackgasse befinden. Ihr Verstand versagt Ihnen Plausibilität. Viel wichtiger ist, dass Sie begreifen, welch uralten Mächten Sie gegenüberstehen. Es sind Wesen, verflucht wegen ihrer Vergehen. Die heutige Gesellschaft mag die Existenz von Gottheiten verneinen, aber diese Götter sind hier, unter uns. Vielleicht unsichtbar, doch stets präsent. Sie beobachten und warten auf das unausweichliche Ende – ein Ende, das sich schneller nähert, als Sie denken.«
Während der Alte sprach, spürte Alex, wie seine Abneigung mit jedem Wort wuchs. Dieser *Seher* wirkte auf ihn wie ein selbsternannter Priester, der vermutlich einen Haufen leichtgläubiger Anhänger um sich scharte. Er hielt sie mit solchen Geschichten bei Laune, gab seinem sonst belanglosen Leben eine *höhere Bedeutung* und nährte sich von der Arbeit und Gutgläubigkeit anderer. Alex verachtete solche Betrüger zutiefst.

»Glauben Sie nicht, Sie könnten diese heilige Stätte und ihre Lehren verunglimpfen, bloß weil Ihr beschränkter Verstand es nicht fassen kann!«, fuhr der Okkultist auf.
Alex zuckte zusammen, überrumpelt von der unerwarteten Schärfe in der Stimme des Mannes.

»Hören Sie mir genau zu, Herr Brandt. Was Sie danach tun, liegt in Ihrer Hand. Meinen Rat erhalten Sie aus freien Stücken, aber die Wahrheit verlangt ihren Tribut. Es wird an Ihnen sein, zu entscheiden, welchen Preis Sie zu zahlen bereit sind.«

Alex fühlte sich, als würden seine innersten Gedanken unter einem Brennglas liegen. Aber er schüttelte diesen absurden Gedanken rasch ab.

»Ich rate Ihnen dringend … „, fuhr der Okkultist mit eindringlicher Stimme fort, » … halten Sie sich von diesen beiden verfluchten Seelen fern. Sorgen Sie dafür, dass Ihre Pfade sich nie wieder kreuzen. Irgendetwas hat Sie bisher beschützt, aber verlassen Sie sich nicht darauf. Ziehen Sie sich zurück, suchen Sie die Stille und meiden Sie jeden Kontakt. Warten Sie, bis der Schatten, der über Ihnen schwebt, wieder entschwindet.«

Alex lachte und erhob sich mit demonstrativer Lässigkeit. »Sie wollen, dass ich Mörder unbehelligt lasse? Das ist Ihr weiser Ratschlag? So funktioniert das bei mir nicht.«

»Es gibt Kräfte in dieser Welt, die selbst ein Mann wie Sie nicht besiegen kann.«

»Ich bin hierher gekommen, weil ich Antworten will und keine … ach egal.« Alex' Stimme zitterte vor Wut. »Warum habe ich diese Träume? Es muss dafür eine rationale Erklärung geben!«

Der Okkultist verharrte in meditativer Stille, seine Augen fest geschlossen. »Die Visionen, die Sie quälen und nicht verstehen«, begann er mit tiefer, sonorer Stimme, » … sind Manifestationen von Seelenwanderungen. Sie sind ein Zwischenzustand, genauso greifbar wie unsere Realität. Ein Wesen hat sich Ihnen offenbart, Ihnen Dinge gezeigt, um Ihr Verständnis zu wecken. Ich kann nicht deuten, warum Ihnen diese Ehre zuteil wurde, doch es erscheint mir als eine seltene Gunst, ein ungewöhnliches Geschenk. Missachten Sie es nicht. Ich habe Sie gewarnt, die Konsequenzen tragen Sie.«

»Großartig«, erwiderte Alex, »danke für den tollen Rat!«

Er drehte sich um, um den Raum zu verlassen. Das sanfte Glimmen der Kerzen wurden jäh unterbrochen, als jede einzelne Flamme abrupt und ohne Vorwarnung erlosch.

Es war, als hätte eine unsichtbare Macht beschlossen, das Licht aus der Umgebung zu verbannen. Der Raum wurde augenblicklich in undurchdringliche Schwärze getaucht und die Konturen von Möbeln und anderen Gegenständen verschwanden im schwarzen Nichts.

Die Stille, die folgte, war erdrückend. Sie war so massiv und allumfassend, dass sie fast physisch zu spüren war. Es war die Art von Stille, die das Herz lauter schlagen, das Blut in den Adern rauschen, und jedes leise Atmen zu einem lauten Echo werden ließ.

Mitten in dieser Dunkelheit und dieser Stille durchzog ein kühler Lufthauch den Raum. Es war ein zarter, flüchtiger Windstoß, der die Dunkelheit zu durchbrach und einen unheilvollen, beunruhigenden Unterton mit sich brachte.

Und dann war da dieser Geruch – ein stechend beißender Duft von Schwefel, der an das Zischen eines gerade entzündeten Streichholzes erinnerte. Doch dieser Schwefelgeruch vermischte sich mit einem anderen, süßeren Duft: verbrannter Vanille. Es war ein seltsames, widersprüchliches Aroma – die Süße der Vanille, die durch das Feuer korrumpiert und von dem scharfen, bitteren Schwefel überlagert wurde.

Als ob diese Sinnesüberflutung nicht schon genug wäre, begann ein sonderbares Knistern den Raum zu erfüllen. Es klang nicht gewöhnlich und gleichmäßig, wie man es von einem Kaminfeuer kannte, sondern schrill und unregelmäßig. Es hatte etwas Hypnotisches, etwas, das die Aufmerksamkeit gefangen nahm und nicht mehr losließ.

»Bevor Sie gehen«, ertönte die Stimme des Fremden aus der Finsternis, »lassen Sie mich Sie ein letztes Mal warnen. Ein Sterblicher sollte sich nicht mit solchen Mächten anlegen. Dieses Paar ist durch einen Fluch gebunden, die beiden sind unsterblich und unangreifbar. Sollten Sie trotzdem den Versuch wagen, sich ihnen entgegenzustellen, dann … „

»Dann?« Alex forderte ihn mit scharfer Stimme heraus.

So plötzlich die Kerzen erloschen waren, zuckten die Flammen wieder auf. Der Raum wurde erneut von ihrem unruhigen Licht erhellt, doch der Okkultist war verschwunden.

Alex schnaubte verächtlich, ließ seinen Blick kurz durch den Raum schweifen und trat entschlossen hinaus.

Forster erwartete ihn schon am Auto, ein Ausdruck gespannten Interesses auf seinem Gesicht. Doch Alex war nicht in der Verfassung, dessen Neugierde zu befriedigen. Nachdem er ihn an der Bibliothek abgesetzt hatte, streckte Forster ihm die Hand entgegen. »Adieu, Herr Brandt. Ich hoffe, unsere Wege kreuzen sich nicht erneut.«

Mit einem kaum wahrnehmbaren Nicken antwortete Alex: »Diese Hoffnung teile ich.«

Alex stand im hell beleuchteten Flur des Polizeireviers, die Hand fest um die kühle, metallene Türklinke gelegt. *Ich bin keinen Schritt weitergekommen. Verdammt.* Was sollte er seinen Kollegen berichten? Ein plötzliches Vibrieren in seiner Jackentasche lenkte ihn ab, begleitet vom dumpfen Echo eines Klingeltons. Fast automatisch zog er das Handy hervor und schielte auf den leuchtenden Bildschirm, während er den Anruf mit einer entschlossenen Bewegung stumm schaltete.

Doch dann durchbrach Johanns markante, raue Stimme die Stille: »Alex, marsch in mein Büro!« Der Unterton in seiner Stimme ließ keinen Raum für Widerspruch und signalisierte, dass etwas Schwerwiegendes im Gange war.

»Was zum Teufel brennt denn jetzt schon wieder?«, entgegnete Alex unwirsch.

»Quatsch nicht rum und komm!«

Tief in Alex' Innerem rumorte es. Das Letzte, was er jetzt brauchte, waren interne Querelen. Doch er ahnte, dass genau das ihn erwartete. Möglicherweise hatte die Bürgermeisterin wieder einmal für Chaos gesorgt. Johann mochte zwar wie ein unerbittlicher Büffel wirken, der mit seiner derben Art den Revieralltag beherrschte, doch wenn die Bürgermeisterin die Peitsche schwang, mutierte er zu einem devoten Hündchen, das auf die Hinterbeine hüpfte und mit den Pfoten wippte.

Als Alex das Büro betrat, wurde er von dem durchdringenden Blick Johanns empfangen, der auf den Stuhl vor seinem massiven Schreibtisch deutete. »Platz, Alex! Und spar dir deine klugen Sprüche.«

»Was ist los, Johann? Haben sie eine Bombe mitten in Frankfurt platziert?«

»Fast«, entgegnete Johann und schleuderte eine Zeitung mit nachdrücklicher Bewegung auf den Schreibtisch. Das Rascheln des Papiers schien die Wucht seiner Worte zu unterstreichen. »Weißt du, ich stehe immer zu meinem Team, auch zu dir. Aber manchmal machst du es mir verdammt schwer. Woher, zum Teufel, wusstest du von dem Doppelmord an den Studenten? Und was treibt dich, diesen Jimmy Carsen ins Spiel zu bringen? Seit dieser Artikel rauskam, fühlt sich der halbe Bezirk berechtigt, Jagd auf den Kerl zu machen.« Johann holte tief Luft und seine Stimme wurde noch lauter. »Er hat versucht abzutauchen, als er Wind von der Geschichte bekam. Die halbe Polizei Frankfurts war ihm auf den Fersen. Stell dir vor, wie er sich gefühlt haben muss, mit einer ganzen Armada von Streifenwagen, die mit kreischenden Sirenen hinter ihm her jagten!«
Alex lächelte, aber das Lächeln erreichte seine Augen nicht. *Oh, ich kann es mir sehr gut vorstellen. Wie ein kleiner, verängstigter Junge, der vor der Dunkelheit wegläuft. Das ist genau das Bild, das ich von einem Mann habe, der sich weigert, die Verantwortung für seinen Schwanz zu übernehmen.*
Mit dunklen Ringen unter den Augen und einem Blick, der durch Mark und Bein ging, fixierte Johann Alex. »Stell dir das nur mal vor!«, rief er. Die Falten auf seiner Stirn vertieften sich, während er sich an den Rand seines Schreibtisches lehnte. »Ein Wunder, dass die Presse nicht schon ausposaunt hat, wie er von einem unserer Polizisten angeschossen wurde. Der Arme liegt nun ohne seine Kronjuwelen im Krankenbett.« Er machte eine Pause, seine Stimme wurde ruhiger. »Aber das ist nicht mal das Schlimmste daran. Nein, das wirklich Üble ist, dass der Kerl ein stichfestes Alibi hat. Nichts, was ihn mit den Morden verbinden könnte. Und weißt du, was unsere ehrenwerte Bürgermeisterin dazu sagt?«

»Ach, jetzt verstehe ich! Ein Sturmtief zieht auf, nicht wahr?« Johanns Augen blitzten zornig. »Red keinen Stuss! Ein Sturm? Das ist ein verdammter Orkan, der direkt auf uns zusteuert! Wie kommst du überhaupt darauf, dass dieser Typ etwas mit den Morden zu tun hat?«

Alex entgegnete ihm mit einem kalten Lächeln und erhobenem Kinn: »Bist du jetzt fertig mit deinem Gebrüll? Lass mich dir eines klarmachen: Wie die Presse auf ihn gekommen ist, kann ich dir sagen. Aber weder ich noch jemand aus meinem Team hat den Medien seinen Namen zugeflüstert.«

Johanns Gesicht rötete sich vor Wut. »Was soll das denn jetzt heißen?«

»Deine Sekretärin hat mehr als nur ein loses Mundwerk. Angie, unser Plappermäulchen, war es, die diesen Skandal losgetreten hat. Sie hat sich ihrer kleinen *Freundin* – oder sollte ich sie Vertraute nennen? – Martha Collins anvertraut.« Er zögerte kurz. »Martha Collins, die *Bulldogge* der Presse. Schon vergessen? Sie war uns immer einen Schritt voraus. Also habe ich ein kleines Netz gesponnen und deine unschuldige Sekretärin ist direkt hineingetappt.«

Es wurde mucksmäuschenstill. Das Knistern der alten Lüftungsanlage war das einzige Geräusch, das die Stille durchbrach.

»Angie?« Johanns Stimme, die bisher so kraftvoll und durchsetzungsstark klang, war kaum mehr als ein Flüstern, gezeichnet von einer Mischung aus Verzweiflung und Unglauben.

»Ja. Sie hat sich mit der Presse eingelassen – *kooperiert*, wenn du so willst. Sie ist das Leck. Und es würde mich nicht im Geringsten überraschen, wenn diese Reporterin enge Verbindungen zu unserer geschätzten Bürgermeisterin hat. Schau dir den Informationsfluss doch mal an: Was hier intern diskutiert wird, gelangt über Thomas oder Angie zu Collins. Diese wiederum liefert ihren kleinen Exklusivbericht bei der Bürgermeisterin ab, die dann entscheidet, was publik gemacht wird.«

Mit einem kräftigen Schlag hieb Alex' Faust auf Johanns massiven Schreibtisch. »Und dann stürmt die Bürgermeisterin hier herein und zieht *dich* zur Verantwortung, wenn etwas nicht gut läuft. Und du lässt deinen Unmut an *mir* aus! Währenddessen feiert Angie ihre kleinen Siege in Thomas' Armen, den Champagner genießend, den die Presse womöglich großzügig finanziert hat.«

Johanns Augen wurden groß.

»Johann, alles, was durch deine Finger gleitet, findet seinen Weg, direkt oder indirekt, zu Sabine Rohn. Sie ist immer im Bilde, immer informiert. Ihre Kontakte sind weitreichend, ihre Netzwerke tief verankert. Sie hält die Fäden des gesamten Geschehens fest in der Hand, lässt niemanden außerhalb ihres Kontrollradius. Es ist nicht ihre Absicht, jemandem zu schaden. Das nicht. Sondern sie tut das alles aus Selbstschutz. Und das um jeden Preis.«
Johann, dessen robuste Figur den Raum beherrschte, nickte langsam, wie betäubt. »Du kannst gehen, Alex.« Johanns Stimme hatte eine beinahe resignierte Tonlage, als er sich hinter seinem überladenen Schreibtisch niederließ und sich abwandte, um aus dem Fenster zu blicken.
Ohne ein weiteres Wort schritt Alex zur Tür. Er war froh, dass Johann es versäumt hatte, noch einmal nachzuhaken, wie er von dem Mord Wind bekommen hatte. Während er durch das Vorzimmer ging, bemerkte er Angie, die eifrig Dokumente sortierte.
»Einen schönen Tag noch, Angie.«
Ihr Blick schnellte zu ihm auf, ein kurzes Aufblitzen von Überraschung in ihren Augen. »Danke.«
Es sollte das letzte Mal sein, dass er ihre Stimme hörte.

Mit eiligen Schritten hechtete Julia in den Flur. »Alex?«

Er drehte sich langsam zu ihr um. »Was gibt es, Julia?«

»Eine Reporterin hat vor, uns Löcher in den Bauch zum aktuellen Fall zu fragen«, antwortete sie mit leichtem Vorwurf in der Stimme.

»Reporterin?«

»Niemand Geringeres als Martha Collins.«

Ein boshaftes Grinsen entfaltete sich auf Alex' Lippen. »Ah, Martha Collins. Sie wagt sich also direkt in die Höhle des Löwen. Sie muss wirklich denken, dass das hier ihr zweites Zuhause ist.« Er lachte leise, während er seiner Bemerkung Nachdruck verlieh. »Für diese Dame sollte ich wohl eine Ausnahme machen.«

Julia warf Alex einen besorgten Blick zu. »Ich kenne diesen Ausdruck in deinem Gesicht, Alex. Mach keine Fehler. Es rentiert sich nicht, sich mit Reportern anzulegen.«

»*Niemals* würde ich auf eine solche Idee kommen.« Er zwinkerte ihr zu.

Julia seufzte leise. Der süffisante Unterton in seiner Stimme war ihr nicht entgangen.

Gemeinsam betraten sie den Wartebereich, in dem Besucher Platz nehmen konnten.

»Frau Collins, darf ich Ihnen Herrn Brandt vorstellen? Aber ich denke, dass Sie ihn bereits kennen«, sagte Julia betont förmlich und verschränkte ihre Arme.

Martha trat einen Schritt vor und reichte Alex die Hand. »Hallo, Herr Brandt. Wir hatten schon das Vergnügen, wenn auch nur einen flüchtigen Augenblick.« Das Funkeln in ihren Augen verriet, dass dies nicht ihr erstes Rodeo war.

Julia beobachtete das Schauspiel zwischen Alex und Martha interessiert. Sie stand einen Schritt abseits, doch nahe genug, um jede feine Regung in Alex' Mimik zu erkennen. Dieser Mann, den sie so gut kannte, bewegte sich mit der Grazie eines Panthers. Das kaum merkliche, spöttische Lächeln auf seinen Lippen deutete Gefahr an; es war das Lächeln eines Raubtiers, das seine Beute fest im Blick hat und den idealen Moment zum Zuschlagen abwartet.

Die Atmosphäre knisterte vor unterschwelliger Spannung. Martha Collins schien sich der Situation nicht bewusst zu sein. Julia konnte die Abneigung spüren, die Alex für die Journalistin empfand. Es war eine tiefsitzende, brodelnde Antipathie, die er nicht einmal zu verbergen versuchte. Und Julia hatte keinen Zweifel daran, dass er Martha Collins dies auf eine Weise klar machen würde, die nur er beherrschte – zynisch, scharf und unmissverständlich klar.

Julia musterte Martha. Ihre lockere Pose, die ihre weißen Turnschuhe hervorhob, betonte die eng sitzende Jeans – ihre kühne Silhouette. Ihre hellblaue Bluse war gerade genug aufgeknöpft, um ein Versprechen zu geben, nicht zu viel zu verraten. Ein laszives Lächeln umspielte ihre Lippen. Ein simpler Reiz für gewöhnliche Männer, doch nicht für Alex.

Ohne Umschweife griff Alex nach Marthas Hand und küsste sie übertrieben auf den Handrücken. »Frau Collins, das Vergnügen ist ganz meinerseits.«

Martha Collins' Gesicht verlor kurzzeitig ihre gewohnte Sicherheit. Sichtlich aus dem Konzept gebracht, räusperte sie sich. »Oh, ähm, danke.« Sie machte einen halben, unsicheren Schritt zurück, als ob sie sich aus einer Falle befreien wollte.

»Nun, Frau Collins.« Alex' Worte tropften vor Sarkasmus. »Es ist mir immer ein Vergnügen, wenn die Presse Interesse zeigt. Was verschafft mir die Ehre Ihrer Anwesenheit?« Die Intensität in seinen Augen war unheilvoll; sie erinnerte Julia an das bevorstehende Gewitter eines Sommersturms.

Die Reporterin hingegen machte den Eindruck, sich wieder gesammelt zu haben. »Wir haben Informationen, dass –«

»Dass was?«, unterbrach er sie scharf. »Sind Sie etwa informiert darüber, dass die Täter den Opfern das Herz entnommen haben?« Mit drohender Haltung rückte Alex näher. Unheil lag in der Luft.

Ertappt, dachte Julia.

Die Reporterin rang sichtlich um Fassung, ihre Augen suchten nach einem festen Ankerpunkt in dieser aufgeladenen Situation. »Zugegeben, ja. Oder besser, es sind eben Gerüchte, die einem zugetragen werden.« Sie lächelte verlegen. »Ist es denn wahr, dass Sie einen Verdächtigen haben und was über ihn gesagt wird?«

Alex neigte leicht seinen Kopf und ein hintergründiges Grinsen zog über sein Gesicht. »Wir haben *keinen* Verdächtigen, *liebste* Frau Collins. Was auch immer Sie gelesen oder gehört haben, es war eine Irreführung.« Er machte eine kunstvolle Pause. »Eingefädelt von unserem brillanten Team, um Licht in das brüchige Gewebe des Informationsflusses in unserem Präsidium zu bringen.«

Marthas Augen weiteten sich. »Eine bewusste Fehlinformation?«

Julia beobachtete das Duell der Worte mit einer Mischung aus Amüsement und Mitleid. Sie hatte Alex oft genug in Aktion erlebt, um zu wissen, dass er nicht nachgeben würde, besonders nicht, wenn er glaubte, die Oberhand zu haben. Aber sie hatte auch ein Herz und konnte nicht umhin, ein wenig Sympathie für die klar überforderte Journalistin zu empfinden.

Alex rückte Martha bedrohlich nahe. »Ja, eine Fehlinformation. Angie Christ, eine unserer Besten, hat diese ins Leben gerufen, um diejenigen zu entlarven, die unser Vertrauen missbrauchen.« Seine Stimme war kaum mehr als ein Flüstern, als er hinzufügte: »Und ich versichere Ihnen, wir werden diejenigen finden, die hinter diesen Verleumdungen stecken.«

Martha Collins wich zurück. »Oh … das ist … interessant.« Sie raffte ihre Bluse.

Julia fixierte Martha. Die Haut der Reporterin war so fahl geworden, dass sie an das blasse Pergament alter Bücher erinnerte, durchzogen von bläulichen Adern.

Ihre sonst so lebendigen Augen, die normalerweise vor scharfsinniger Neugier glitzerten, waren nun überschattet von einer flackernden Unsicherheit, die an eine Kerze im Wind erinnerte. War es pure Angst? Oder vielleicht die peinliche Erkenntnis, dass ihre listigen Taktiken entlarvt worden waren? Martha Collins' gepflegte Fassade bröckelte.

Doch neben dieser offensichtlichen Unsicherheit sah Julia noch etwas anderes – einen Stich der Verletzung. Es war, als ob ihr stolzes, nahezu majestätisches Ego einen unerwarteten Schlag erhalten hatte. Eine Selbstsicherheit, die sich jahrelang hinter geschickten Fragen und schlauen Schlagzeilen aufgebaut hatte. Alles schien nun plötzlich verletzlich und bloßgelegt.

Alex trat wortlos zur Seite.

»Ich danke Ihnen für das aufschlussreiche Gespräch.« Martha Collins nickte steif und eilte hinaus.

Julia schüttelte den Kopf. »Ich vermute, dass uns Martha Collins hier nicht mehr besuchen kommen möchte.«

Abraham und Horst saßen bereits am Tisch und unterhielten sich aufgeregt, als Alex und Julia das Besprechungszimmer betraten. Horst rieb sich die Hände, als ob er versuchte, eine nicht existierende Kälte zu vertreiben.

»Was zur Hölle ist vorgefallen?«, fragte Alex scharf, während er spürte, wie die Spannung im Raum ihm entgegen kroch, klebrig und dicht.

»Rolf Kant musste Angie aus dem Büro geleiten. Johann hat nach ihr verlangt.« Horst machte eine kurze Pause und man konnte den Schatten eines Bedauerns in seinen Augen sehen. »Irgendwie tut sie mir leid.«

»Du bist ein hoffnungsloser Romantiker und hast ein zu großes Herz. Aber … immerhin hast du es ja noch.« Abraham bedachte Alex mit einem knappen Seitenblick. »Vielleicht sollten wir die Presse einbeziehen. Einige Bilder vom Tatort, die Umstände. Jemand da draußen hat vielleicht etwas gesehen, das uns helfen könnte.«

Daran hatte Alex ebenfalls gedacht, den Gedanken jedoch wieder verworfen. Die Panik, die nach einem solchen Bericht in der Bevölkerung entstehen würde, wäre kaum zu verantworten. Aber Abraham hatte nicht Unrecht. Die Öffentlichkeit war schon oft ein unerwarteter Verbündeter gewesen.

Alex blickte Julia mit einer unergründlichen Miene an. »Wie siehst du das Ganze?«

Julia atmete langsam ein, ihre Augen fanden die von Alex, dann die ihrer Kollegen, die mit gespannter Erwartung auf sie gerichtet waren. »Dig liegt nicht falsch. Wir werden nicht daran vorbeikommen, uns dieser unangenehmen Wahrheit zu stellen.« Ein weiterer tiefer Atemzug, während sie die eisige Stille zwischen ihnen allen durchbrach.

»Wir müssen einen kühlen Kopf bewahren. Dig und ich haben uns wieder und wieder die Details angeschaut, die wir an den Tatorten vorgefunden haben. Und, um ehrlich zu sein, sie sind schlichtweg entmutigend.«
Sie machte eine Pause, ließ ihre Worte auf die Runde wirken. »Die Täter mithilfe der Öffentlichkeit zu konfrontieren, könnte nicht nur ein kluger, sondern ein entscheidender Schachzug sein. Es gibt Möglichkeiten, sie zu provozieren, sie durch die Medien zu Fehlern zu zwingen.« Ihre Stimme sank, während sie einen dunklen Erinnerungsfaden aufgriff. »So wie beim Quasar-Fall. Der Täter, der damals drei unschuldige Menschen ausgelöscht hatte, tappte auf diese Weise in unsere Falle.«
Alex nickte stumm. Der Medienrummel von damals war ohrenbetäubend gewesen. Die Polizei hatte mit den Zeitungsredaktionen zusammengearbeitet, um gezielt Informationen und Spekulationen zu streuen, die den Täter direkt in seiner männlichen Eitelkeit trafen. Die Schlagzeilen schrien geradezu, dass der Täter ein krankes Monster sei, das an einem Minderwertigkeitskomplex leide. Man sprach sogar davon, dass er physische Unzulänglichkeiten besaß – zu kurz, zu schmal, zu schlaff, um damit eine Frau zu beglücken.
Wie vorhergesagt, reagierte der Täter. Die Nachricht, die er beim darauffolgenden Opfer hinterließ, war sowohl ein Beweis für seine Brutalität als auch ein Hilferuf seiner verletzten Seele. Es war kaum zu fassen, dass hinter diesem Monster ein scheinbar respektabler Bankdirektor stand, der in einem Palast von einem Haus mit seiner Familie lebte. Selbst vor Gericht blieb er ungezähmt, prahlte mit seiner Männlichkeit und verfluchte die Medien. Ein wahrhaft verabscheuungswürdiges Individuum.
Alex' Blick wandte sich zum Fenster, während sich seine Gedanken sammelten. Könnte er die gleiche Taktik mit diesen uralten Mördern anwenden? Die Wesen, mit denen er es jetzt zu tun hatte, waren von einem ganz anderen Kaliber. Sie zu provozieren würde womöglich nicht die gleichen Ergebnisse bringen wie beim Quasar-Fall. Dieses Mal waren die Einsätze unberechenbar hoch, die Gegner zu unergründlich.

Es war ungewiss, ob die Presse in der Lage sein würde, überhaupt irgendeinen Einfluss auf sie auszuüben. Und falls doch, würde sich daraus ein gefährliches Spiel ergeben, von dem sich Alex nicht sicher war, ob er es eingehen sollte. Er spürte den Druck von Julias Hand auf seiner Schulter und eine sanfte Bestimmtheit in ihrer Berührung.

»Schau, Alex … „, ihre Stimme, so sachlich wie immer, brachte eine unverkennbare Sorge zum Ausdruck, » … ich spüre, du zweifelst. Aber wo wir jetzt stehen, führt kein Weg weiter.«

Alex' Augen hafteten fest auf dem sich wandelnden Panorama vor dem Fenster. Der Tag verblasste. Wolken stapelten sich bedrohlich am Horizont und brachten Regentropfen mit sich. Ein Sinnbild für seine wachsende Verzweiflung. Die Gedanken in seinem Kopf überschlugen sich. War es wirklich richtig, diesen Weg zu gehen?

Die Denkpause dauerte länger, als er es sich eingestehen wollte. Er atmete tief durch, bevor er mit einem gequälten Seufzen antwortete. »Horst, Julia – versucht, gemeinsam eine Strategie zu entwickeln, wie wir sie in die Ecke treiben können. Dr. Paul mit seinem Fachwissen über die Psyche könnte hilfreich sein. Vielleicht schafft ihr es ja, die Presse bis Morgen ins Boot zu holen.«

Er hielt kurz inne und fügte mit schwerem Herzen hinzu: »Ihr müsst aber begreifen: Dieser Schritt zeigt der Öffentlichkeit nur allzu deutlich, dass wir feststecken.«

Diese offensichtliche Ohnmacht war nur *ein* Stachel in seiner Seite. Aber es gab noch eine viel tiefere Befürchtung, die ihm im Nacken saß – die Furcht, dass diese verzweifelte Maßnahme die Situation nur noch weiter eskalieren lassen würde.

Kapitel 9
Eine verfluchte Entscheidung

Dr. Pauls Büro befand sich in der dritten Etage des Präsidiums. Nach ihrer Besprechung schritten Julia und Horst zielsicher auf das besagte Amtszimmer zu. Die kühle Aura des Ganges spiegelte den Ernst der Situation wider. Als Julias Hand bereits die polierte Türklinke von Dr. Pauls Büro erreicht hatte, berührte Horsts Hand behutsam ihren Arm. »Warte!«, flüsterte er. Ihre Augen trafen sich. »Irgendetwas liegt in der Luft. Alex ist nicht mehr der, den ich kenne.«

»Horst, du musst verstehen«, entgegnete Julia mit ihrer typischen, etwas steifen Tonlage, »das ist ganz natürlich. Er steht unter gewaltigem Druck. Das macht ihn nervös, angreifbar und manchmal auch aggressiv. Dadurch erscheint er.. anders. Verspannt eben.«

Die Sorgen in Horsts Augen waren unverkennbar. »Ich kenne Alex schon lange, Julia. Ich spüre, wenn er etwas zurückhält. Es ist, als würde er ein dunkles Geheimnis hüten und nicht wissen, wie oder wann er es uns enthüllen soll.«

Ein verschmitztes Zwinkern von Julia unterbrach die Schwere des Moments. »Hör zu, Horst. Wir haben schon so viel gemeinsam durchgestanden. Wir werden auch dieses Rätsel lösen.«

Julia klopfte an die Tür, und ohne auf eine Reaktion von innen zu warten, betrat sie das Büro von Dr. Paul. Horst folgte ihr, sein Gesichtsausdruck voll angespannter Erwartung.

Dr. Paul war nicht nur der Hauspsychologe des Polizeipräsidiums, sondern auch der unumstrittene Meister des Brillehochschiebens. Alle zehn Minuten, wie eine gut geölte Uhr, rutschten die Brillengläser auf seine Nasenspitze und mit einem geübten Schwung, der an die Perfektion eines Zirkusartisten erinnerte, schob er sie wieder hoch. Man munkelte, er habe schon in Betracht gezogen, eine neue Brille zu kaufen, aber wo bliebe dann der Spaß?

Wo die kleine charmante Marotte, die ihn so unverwechselbar machte?
Und dann war da noch der Anzug. Jeder fragte sich, warum ein Mann, der so viel Wert auf Bequemlichkeit zu legen schien – zumindest was seine Brille anging –, sich in ein Hemd quetschte, das viel zu eng saß, und eine bunte Fliege trug, wie man sie von Clowns kannte. Aber vielleicht war das ja das Geheimnis seiner therapeutischen Technik. Die Verdächtigen waren so abgelenkt von seinem ständigen Brillehochschieben und dem straffen Anzug, dass sie alles gestanden, bevor sie überhaupt merkten, dass sie sprachen.
Er war der Psychologie-Superheld für die schrägsten und gruseligsten Fälle im Präsidium. Wenn es richtig haarsträubend wurde, zückte er nicht nur sein Notizbuch, sondern auch ein metaphorisches Netz, um die Kollegen vor dem geistigen Freifall zu retten. Er war quasi der emotionale Müllmann, der dafür sorgte, dass jeder seinen Kopf-Krimskrams loswerden konnte.
Man sagt oft, Psychologen hätten ihre kleinen Eigenheiten. Und bei Dr. Paul war das sicherlich der Fall. Aber gerade diese Eigenheiten machten ihn so unverwechselbar und liebenswert. Und obwohl alle seine Gewohnheiten belächelten, war eines klar: Wenn man Trost, Unterstützung oder einfach ein offenes Ohr brauchte, war Dr. Paul immer zur Stelle – mit hochgeschobener Brille und farbenfroher Fliege.

»Dr. Paul, haben Sie ein Moment Zeit für uns?«, fragte Julia, wobei sie den Psychologen betrachtete, der sein geradezu theatralisches Lächeln aufsetzte.

»Natürlich! Und da Sie schon im Raum stehen, würde ich vorschlagen, dass Sie sich setzen«, scherzte er, wobei er die Brille mit einem gewissen Drama abnahm und sie sorgfältig auf einen Stapel verworrener Akten legte. Dann zeigte er mit einer auffordernden Geste auf die Stühle vor seinem Schreibtisch. »Und Horst, versuchen Sie mal, ein bisschen weniger von Mutters Kuchen zu naschen, ja?« Er zwinkerte dem Vernehmungsspezialisten zu. Horst rollte nur mit den Augen.

»Kommen wir zum Wesentlichen.« Julia ließ sich in den Stuhl fallen. »Sind Sie über den aktuellen Fall im Bilde?«

»Nur das Flüstern und Kichern aus den Gängen und das, was die Zeitungen schreiben. Also weiß ich nicht viel«

Horst ergriff das Wort. »Wir sind hinter einem Duo her. Gespenster, die kaum Spuren hinterlassen. Wir können sie weder identifizieren noch auch nur annähernd beschreiben.« Er atmete tief durch. »Wir wollen versuchen, sie mit den Medien zu herauszufordern, in der Hoffnung, dass sie einen Fehler machen.«

Dr. Paul lehnte sich in seinem lederüberzogenen Stuhl zurück, ein Schimmer von Neugier in seinen Augen. »Erzählen Sie mir über diese Künstler der Dunkelheit. Jung? Alt? Eine Wiedergeburt von Bonnie und Clyde vielleicht?« Sein Finger wippte auf und ab, während er sprach. »Haben sie eine obszöne Freude an ihrer makabren Kunst? Sind ihre Bühnen blutgetränkt oder peinlich sauber? Chaotische Meisterwerke oder durchdachte Szenarien? Gibt es denn wirklich keine Muster, die Sie erkennen können?«

Sein Spott war nicht bösartig, nur spielerisch. Mit einer schnellen Bewegung setzte er die Brille wieder auf, schob sie hoch und zog einen großformatigen Notizblock hervor.

Horst seufzte. »Dr. Paul, wir verstehen was von Profiling. Aber diese beiden … Es ist, als ob sie sich über die Regeln der Schwerkraft hinwegsetzen können. Ihre Taten sind nicht hektisch, und dennoch auch nicht von extremer Präzision. Es ist fast, als ob sie ihre Verbrechen so routiniert begehen, wie ich meine Schuhe schnüre.«

Julia, deren Miene starr blieb, fügte hinzu: »Sie agieren nicht aus offensichtlicher Gier oder sadistischer Freude. Es ist fast mechanisch. Als ob das Entfernen von Herzen nach dem Tod ihrer Opfer ein notwendiger Schritt in einem unverständlichen Ritual wäre. Und die Opfer … Sie wirken seltsam friedlich. Keine Drogen, und dennoch kein Widerstand. Ihre Gesichter tragen einen Ausdruck der Sehnsucht, als ob sie zu etwas Höherem berufen wären. Es ist unheimlich. Hilft diese Beschreibung?«

In der gedämpften Atmosphäre des Zimmers war das Kratzen von Dr. Pauls Stift das einzige, was man hörte.

Mit leichten Drehungen und Wendungen vollführte er seine Kunst auf dem Papier. Als er zur Ruhe kam, sah er aus, als betrachte er ein abstraktes Gemälde, tief in Gedanken versunken.

»Interessant, durchaus«, murmelte er, während er den Block leicht kippte, um ihn aus einem anderen Blickwinkel zu betrachten. »Ich werde mich damit auseinandersetzen, das ist sicher. Aber im Moment … „. Ein strahlendes Lächeln umspielte seine Lippen: » … brauchen wir einen Köder, der sie lockt. Aus dem, was Sie mir geschildert haben, scheint es, als ob diese Taten für sie notwendig wären, als ob sie einer inneren Stimme folgen. Die Art und Weise, wie sie mit ihren Opfern interagieren, ist … faszinierend. Geben Sie mir alles, was Sie dazu haben, ich muss das selbst sehen.«

Dr. Pauls Worten folgte eine bedrückende Stille. Julia und Horst tauschten einen verstohlenen Blick, in dem gleichermaßen Verwirrung und Hoffnung lagen.

In Dr. Pauls Büro spiegelte sich das gedämpfte Licht auf der Oberfläche seines Schreibtisches wider. Als er seine Brille abnahm, ließ er sie nicht aus den Fingern gleiten, sondern spielte damit, als wäre sie ein Instrument seiner Gedanken. »Wenn wir das Innerste eines Menschen erreichen wollen … „, begann er, » … müssen wir seine Schwächen nutzen. Die Stellen, an denen er verletzlich ist. Was, wenn wir ihn an den Stellen angreifen, wo er denkt, er sei unangreifbar? Dann rütteln wir an seinem Stolz, und seine Reaktion darauf könnte aufschlussreich sein.

Aber da liegt das Problem – wir kennen die Psyche der Täter nicht.« Er beugte sich leicht über den Schreibtisch, während die Brille im Rhythmus auf- und zuklappte, ein Echo seiner Gedanken. »Was wissen wir wirklich? Diese Kaltblütigkeit, diese Neutralität – es ist ein seltenes Muster. Wenn wir sagen würden, dass sie ihre Opfer in einem Rauschzustand missbrauchen, wäre das ein direkter Angriff auf das, was sie *nicht* sind. Denn das Gegenteil scheint der Fall zu sein.« Er nickte langsam.

»Ich weiß, es ist gewagt. Aber wir müssen sie aus der Reserve locken. Ich werde den Artikel heute Abend fertigstellen und der Presse übergeben. Morgen früh werden wir die Reaktionen sehen.«

Als die beiden das Büro verließen, blieben sie im Flur stehen, die Blicke ineinander verhakt, als würden sie in stillem Einvernehmen erkennen, dass sie einen gefährlichen Pfad betreten hatten.

Kapitel 9
Eine verfluchte Entscheidung

22. Mai 2020

Die Dämmerung des Morgens mischte sich mit der Übellaunigkeit, die Alex' Seele durchtränkte. Als die ersten Sonnenstrahlen sich durch die Jalousie pressten, piekste einer frech direkt in sein Auge. Er drehte sich mit einer übertriebenen Geste zur Seite.
Sein Blick streifte müde durch das Schlafgemach, das bereits von einer matten Helligkeit erfüllt war. Es war inzwischen ein seltenes Vergnügen für ihn, einen Morgen ohne nächtlichen Besuch zu erleben. *Vielleicht haben meine Dämonen eine Pause eingelegt*, sinnierte er. Ein flüchtiger Blick auf seinen Wecker bestätigte ihm, dass er vergessen hatte, ihn zu stellen.
Die Geschehnisse der letzten Tage tanzten wie Schatten in seinem Kopf. Ein wildes Durcheinander von Bildern. Dieses mulmige Gefühl, eine wichtige Spur übersehen zu haben, kroch kalt seinen Rücken hinauf. Seine Kollegen, so gewissenhaft sie auch waren, schienen ebenso im Dunkeln zu tappen. Doch was ihm wirklich zu schaffen machte, waren diese Träume, die sich so real anfühlten, als würden sie ihm einen direkten Zugang in das kranke Labyrinth der Täterhirne gewähren.
Die trübe Erinnerung an seinen letzten Traum hielt ihn in einem eisernen Griff. Darin war eine unmissverständliche Mahnung an ihn gerichtet gewesen, eine Warnung, die nachhallte: *»Sie sind ein kluger Mann, aber seien Sie nicht blind. Sie werden sich uns nicht nähern können.«*

Wenn er den Andeutungen glauben konnte, standen noch zwei weitere Morde aus. Noch zwei Tote! Hatte ihm der Traum womöglich einen entscheidenden Hinweis geliefert? Das überraschte Antlitz der Erscheinung in seinem Traum, als er begriff, dass noch zwei Seelen ihr Ende finden würden, flimmerte vor seinen Augen.

»Was, zum Teufel, haben sie mir genau gesagt?« zischte Alex zwischen zusammengebissenen Zähnen.

» *… kehren Sie zu Ihrem eigenen Leben zurück. Hier gibt es viele schöne Wälder mit erholsamen Seen. Tun Sie sich einen Gefallen, genießen Sie den himmlischen Frieden. Fokussieren Sie sich auf die wirklichen Verbrecher dieser Welt, denn wenn Sie uns weiterhin verfolgen …* „

Versteckte sich in dieser scheinbar nebensächlichen Bemerkung eine tiefere Bedeutung, oder war es lediglich eine Aufforderung, Abstand zu halten? Hasobeks banalen Worte, spielten sich in einer ständigen Schleife in seinem Kopf ab. Er versuchte, das Antlitz Hasobeks mit noch mehr Intensität zu fassen, denn oft lag die Essenz eines Geheimnisses in den Untiefen des Nicht-Gesagten, verborgen in den Zwischenräumen der Worte. Sätze, aus ihrem trivialen Rahmen gerissen, konnten ein völlig neues Licht auf die Situation werfen – eine Pandora-Box des Unausgesprochenen.

» *… hier gibt es viele schöne Wälder mit erholsamen Seen … genießen Sie den himmlischen Frieden …* „

Ein elektrisierender Moment der Erkenntnis durchzuckte Alex. »Scheiße.« Die Realität dieses Gedankens ließ ihn abrupt in die Vertikale schnellen. Als wäre ein dunkler Vorhang aus seinem Bewusstsein gerissen worden, offenbarte sich ihm die Wahrheit in ihrer ungeschönten Klarheit. War das etwa das fehlende Puzzleteil? Das entscheidende Detail, das ihm entgangen war?

Natürlich, das war es!

Wie konnte er nur so nachlässig sein, dieses Detail zu übersehen? Mitten im Herzen der Stadt, abseits des chaotischen Großstadtlärms, lag ein idyllischer Flecken Erde: Ein Park, ein Refugium für jene, die sich nach Ruhe und Frieden sehnten. Und im Zentrum dieses Parks thronte der *Garten des Himmlischen Friedens.*

Hatten sie ihn mit ihrer Erwähnung dieses Ortes verspottet? War es eine letzte, zynische Einladung, eine, die er erst zu spät dechiffrieren würde?
Entschlossen schwang er sich aus den Laken und schnappte sein Mobiltelefon vom Nachttisch. »Horst, trommle das Team zusammen! Wir treffen uns in einer Stunde am Bethmannpark.«
Horsts Stimme klang leicht irritiert. »Morgen, Alex. Du redest vom Park an der Bergerstraße, richtig?«

»Exakt. Und sorge dafür, dass eine Hundestaffel bereitsteht.«
Ohne eine weitere Erklärung zu geben, beendete Alex das Gespräch. Er spürte instinktiv, dass dies seine letzte Chance sein könnte, eine entscheidende Spur von den Tätern zu ergattern.

Der Bethmannpark erstreckte sich wie eine grüne Oase mitten im Herzen der pulsierenden Stadt. Majestätische Bäume, deren kahle Äste in der morgendlichen Sonne schimmerten, ragten empor. Sträucher und Pflanzen, von Frost überzogen, strahlten im Licht. Eine beißende Kälte lag in der Luft und mit jedem Atemzug sah Alex kleine Wölkchen vor seinem Gesicht entstehen.

Unweit des Parks befand sich die Klinik Maingau, eine Einrichtung, die sich auf Atemwegserkrankungen spezialisiert hatte. Viele Patienten, die dort behandelt wurden, litten unter Lungenkrebs. Einem Ort, der Leben retten sollte, aber allzu oft der letzte Anlaufpunkt für viele wurde. Alex dachte an einen Kollegen, der genau dort um sein Leben gekämpft hatte. Es war vergebens gewesen.

Als Alex eintraf, standen Horst und Rolf bereits vor dem eisernen Eingangstor.

»Morgen, Alex«, grüßte Horst, die Hände tief in die Jackentaschen versenkt. »Julia und Abraham sind auf dem Weg. Sie sollten jeden Moment hier sein.«

Ohne Umschweife zog Alex ihn ein paar Schritte beiseite, sodass sie ungestört sprechen konnten. »Ich habe einen starken Verdacht, dass hier ein weiteres Opfer unserer Serie liegt. Die Hunde?«

Horst seufzte. »Noch nicht da, aber sie sind im Anmarsch. Wie kommst du überhaupt auf diese Spur?«

»Ich erkläre es später. Lass uns so unauffällig wie möglich den Park absuchen.« Alex sah den ernsten Ausdruck auf Horsts Gesicht.

Horst zog eine Zeitung aus seiner Tasche und reichte sie Alex. »Schau dir das an.«

Die Schlagzeile prangte fettgedruckt auf der Titelseite: Frankfurts Herzlosen-Killer: Stadt in Todesangst!
Horst murmelte, die Sorge in seiner Stimme unüberhörbar: »Das hinterlässt keine gute Laune.« Er wandte sich zu Rolf um und ließ Alex allein, der mit sorgenvoller Miene den Artikel las.

Frankfurt steht unter Schock! Eine unvorstellbare Welle des Grauens rollt über die Stadt, während zwei mörderische Bestien die Straßen unsicher machen und die Herzen der Frankfurter Bevölkerung nicht nur im übertragenen Sinne stehlen. Sie sind nicht bloß Mörder – sie sind perverse Schlächter, die sich ihre Opfer nach dem Zufallsprinzip schnappen, nur um sie dann in einem makabren Ritual zu zerstückeln.

Wenn das Blutbad vorbei ist, hinterlassen sie ein grausames Markenzeichen: Sie reißen ihren Opfern das Herz heraus. Skandalöse Gerüchte, die von Insidern gestreut werden, lassen die Schreckensmeldungen noch monströser erscheinen: Ist hier vielleicht ein Fall von Kannibalismus im Spiel? Essen diese entmenschten Folterknechte womöglich die Herzen ihrer Opfer?

Die Polizeibehörde von Frankfurt appelliert an die Bürger, aufmerksam zu bleiben und keinesfalls auf eigene Faust zu handeln. Denn diese Killer sind nicht nur psychopathisch und triebgesteuert – sie sind auch unberechenbar. Die Ordnungshüter sind jedoch zuversichtlich: Die Herzlosen-Killer sollen bald in die Mausefalle gehen. Die Frage, die alle bewegt: Wird es vorher noch weitere Opfer geben?

»Scheiße!« *Horst hat recht, das klingt nicht gut,* dachte Alex. Er hob den Blick gen Himmel, wo eine pechschwarze Wolke wie von unsichtbaren Geistern getrieben eilends vorüberzog. Für einen flüchtigen Moment warf sie ihre düsteren Schatten auf das Grün des Parks und schluckte das goldene Licht der Sonne. Der gesamte Fall schien ihm wie ein dunkler Fluch. Es war, als würde das Damoklesschwert, das er ignoriert hatte, drohend über ihm schweben, jederzeit bereit, seinen tödlichen Schnitt zu tun.

Ein stechendes Gefühl in der Magengrube, nicht von Hunger, sondern von einer bitterbösen Vorahnung, kroch unaufhaltsam empor und schnürte ihm fast den Atem ab.
Ein jeder erntet, was er sät, dachte er, und er befürchtete, zu viel Saat auf dem Acker des Todes verstreut zu haben. Alex ließ die Zeitung aus seiner Hand zu Boden gleiten. Ohne ein weiteres Wort näherte er sich Horst und Rolf und gab ihnen mit einer entschlossenen Geste zu verstehen: Es war an der Zeit, mit der Suche zu beginnen.

»Hat jemand von euch eine Karte von dem Park?« fragte Alex kühl. Horst nickte sofort und überreichte ihm einen gefalteten Plan. Mit flüchtigen Blicken musterte Alex diesen, ehe er seine Anweisungen gab. »Horst, warte auf die Hundestaffel. Sobald Julia und Abraham hier sind, geht die Suche los. Sie, Herr Kant, begleiten mich zum See dort drüben.«

»Woher haben wir eigentlich den Tipp?«, fragte Rolf.
Alex, in seine Gedanken versunken, ließ die Frage in der Luft hängen, unbeantwortet, während er die augenscheinliche Ruhe des Ortes in sich aufsaugte. Plötzlich stoppte er vor dem Café, sein Blick schweifte über das menschengemachte Paradies, das sie umgab. Ein prächtiger Garten erstreckte sich bis zu einem weitläufigen Steg, auf dem Stühle und Tische ordentlich ausgerichtet standen. Alles schien seinen Platz zu haben, jedes Detail strahlte eine fast erdrückende Ordnung aus. Sogar die Sonne schien sich dem Bild anzupassen, ihr Glanz spiegelte sich auf dem ruhigen Wasser, wo zwei Kinder in unschuldiger Freude spielten.
Ein Schrei zerriss die Stille. Alex' Blick zuckte zu den Kindern, sein Herz setzte für einen Augenblick aus – doch es war nur das Echo des Lachens, nicht der Ausruf des Entsetzens, den er befürchtet hatte. Die Kinder zogen weiter.
Es herrschte eine verträumte Ruhe, doch in der Stille lauerte eine trügerische Sehnsucht, die Alex in den Knochen spürte. Hier, unter dem unsichtbaren Schleier der Trauer und der Erlösung, würden sie finden, was sie suchten. Alex' Instinkte zogen ihn weiter, als ob er der Träger eines Sinnes wäre, der ihm die Dunkelheit des Ortes offenbarte.

»Stimmt etwas nicht?«, unterbrach Rolfs Stimme seine Gedankenflut. Alex blieb einen Moment lang still, dann atmete er tief durch, seine Augen verengten sich.

»Nichts ist in Ordnung, aber das ist jetzt irrelevant. Beginnen wir mit der Durchsuchung. Herr Kant, Sie nehmen sich das Café vor, untersuchen Sie jeden Winkel, jeden Busch, und wenn nötig, schauen Sie auch unter jeden Tisch. Lassen Sie keinen Quadratzentimeter unberührt. Und holen Sie Horst später dazu, ich habe das Gefühl, dass wir hier auf den Grund des Übels stoßen werden.« In seinen Worten schwang weder Hoffnung noch Vermutung mit, sondern blankes Wissen.

Er wandte sich abrupt ab und ließ seine Schritte über einen schmalen Kiespfad gleiten, der direkt zu einem halb geöffneten Seiteneingang des Gebäudes führte. Während er dahinschritt, verblassten die Schönheit der umgebenden Vegetation und der betörende Duft der Blüten zu einer unbedeutenden Hintergrundkulisse. Jeder Aspekt seiner Existenz war auf das zentrale Ziel ausgerichtet: Das Entdecken einer Leiche oder, schlimmer noch, mehrerer Leichen.

Hinter der unscheinbaren Pforte erstreckte sich ein langer Korridor mit zahlreichen Türen. Die Reflexion seiner eigenen Gestalt in dem gewienerten Boden zog kurz seine Aufmerksamkeit auf sich, bevor er sich systematisch an die Durchsuchung der Räume machte. Doch die Türen, die er öffnete, zeigten ihm nichts Außergewöhnliches.

Ein unterdrücktes Fluchen entrann seinen Lippen. Vor ihm gab es nur noch zwei Türen, die den Schlüssel zum Puzzle dieses Falls enthalten konnten. Als seine Finger die kühle Oberfläche des Türgriffs der vorletzten berührten, hielt er inne. Ein ungewohntes Zögern. Dieser Fall, dieser verdrehte Alptraum, hatte ihn verändert, hatte etwas in ihm abgetragen und ausgehöhlt. Er stand nicht mehr mit voller Kraft und Siegeswillen im Leben, nicht mehr voller Lebendigkeit zwischen den Toten. Nein, er begann zu wanken, und er hatte keine Erklärung dafür. Nachdenklich betrachtete er den silbernen Türknauf.

Sollte er ihn drücken oder sich einfach umdrehen und dem Fall den Rücken zukehren? Erst einige Monate später sollte er die richtige Antwort auf diese Frage finden, denn hinter dieser Pforte lag eine Entscheidung, die er sich so nie gewünscht hatte.
Er öffnete die Tür.
Die schwere Atmosphäre des Zimmers umhüllte Alex augenblicklich. Bevor sein Blick sich auch nur auf ein einzelnes Detail heften konnte, stieg ihm der unverkennbare, beißende Gestank von Tod und Verwesung in die Nase. Ein unwillkürliches »Großer Gott!« entfuhr ihm, während sein Blick auf das eifrige Treiben der Fliegen fiel, die, angelockt von einem morbiden Festmahl, in Schwärmen tanzten. Ohne Hast schloss er die Tür und sperrte das nekrophile Getier mit seiner Beute ein – lebende Chronisten des Verfalls, so widerlich sie auch sein mochten, sie waren von unschätzbarem Wert.
Während er zum Handy griff, stockte er. Der Korridor schien ihm plötzlich wie eine Einladung. Eine Einladung zu fliehen, dem schrecklichen Anblick und seiner eigenen Rolle zu entkommen. Wie oft hatte sich die Menschheit abgewendet, blind und taub für das Unheil, das sie umgab? Er malte sich aus, wie ein zufälliger Passant, angezogen vom süßlich-fauligen Duft, die Tür öffnete. Vor ihm eine kaum noch als menschlich zu erkennende Masse, aufgebläht von Fäulnisgasen, ein toxischer Cocktail aus Zerfall und Tod. Dieser unglückliche Finder würde vielleicht nicht einmal realisieren, dass dem grotesk entstellten Opfer das Herz fehlte. Und dann, im nächsten Moment, würde die Übelkeit ihn übermannen, und er würde sich, von Abscheu überwältigt, übergeben.
Mit einem Seufzer der Resignation ließ er seinen Kopf in den Nacken fallen. »Gott steh mir bei, aber ich habe keine andere Wahl.« Er wählte Horsts Nummer und trat hinaus ins Tageslicht, den Horror im Rücken.

Der gesamte Park schien sich nun im eisigen Klammergriff des Todes zu befinden und die Polizei nahm methodisch jeden Quadratmeter des Cafés in Beschlag.

Abraham und Julia hatten sich bereits in das Dickicht des Tatorts gewagt, ihre Aufgabe war nichts für schwache Nerven. Währenddessen schirmten Horst und Rolf sie vor der Außenwelt ab und stellten den erschütterten Café-Angestellten behutsam, aber bestimmt, ihre Fragen.
Alex fühlte sich, als hätte man ihm jegliche Energie entzogen. Er hatte sich abseits des Trubels niedergelassen, auf einem dieser bequemen Stühle, die den See überblickten. Die Sonne tanzte auf dem Wasser, erschuf flüchtige, funkelnde Muster. Er versank in Gedanken, versuchte sich vorzustellen, wie es wäre, seit Ewigkeiten in dieser Welt gefangen zu sein. Es gab sicherlich Momente, die so kostbar waren, dass sie einem den Atem raubten, in denen jede Sekunde zählte. Aber waren diese Glücksmomente nicht nur winzig kleine Inseln in einem Meer aus Leid und Verlust?
Die Visionen, die ihn in den letzten Nächten geplagt hatten, verschmolzen nun mit den jüngsten Geschehnissen. Er sah die epischen Erzählungen des Pharaonenpaares sich vor seinem geistigen Auge abspielen und er begann zu begreifen, wie es sich anfühlen musste, unaufhörlich zu existieren, in einem ewigen Kreislauf, der kein Ende nahm. Der Rausch des Anfangs wich schließlich dem nüchternen Blick auf die entzauberte Realität des Seins.
Ein ironisches Lächeln stahl sich auf seine Lippen*: Ich verliere den Verstand.* Mit einer Geste der Verzweiflung fuhr er sich durch das Haar.

23. Mai 2020

Alex spürte die erdrückende Last, die seine Seele in Ketten legte. Es war nicht nur dieses nagende Gefühl, dass ihm Schreckliches bevorstand, sondern mehr. Er hatte versagt, und eine Wende stand nicht in Aussicht. Ein Glas bernsteinfarbenen Whiskys in der Hand, ließ er sich in die Tiefen seines Sofas sinken, während sein Blick auf die matte Oberfläche des ausgeschalteten Fernsehers gerichtet blieb. In dieser trüben Stimmung schlief er irgendwann sitzend ein.
Bis …

Ein sanftes Flüstern drang in seine Träume. »Herr Brandt. Es ist Zeit. Wachen Sie auf.«
Widerstrebend öffnete er die Augen und entdeckte Amanemhet IV., der elegant gekleidet neben ihm im Sessel saß.
Die Beine nonchalant übereinandergeschlagen, betrachtete er Alex mit einem durchdringenden Blick, als wolle er in die dunkelsten Winkel seiner Seele vordringen. »Wir haben Sie gewarnt, Herr Brandt. Mehrfach. Zeigten uns offen und versuchten, Ihnen die Hintergründe all dessen näherzubringen. Doch Sie entschieden sich, uns nicht zu hören. Mehr noch, uns durch Ihre Penetranz zu verhöhnen. Das ist natürlich Ihr Recht, jetzt jedoch müssen Sie mit den Konsequenzen leben. Dazu führen wir Sie nun auf einen Pfad, der an einer Gabelung endet. An dieser wird Ihre letzte Entscheidung gefordert.«
Mit einer abrupten Bewegung richtete sich Alex auf.

Ein heftiges Pochen in den Schläfen kündete von aufsteigendem Schmerz und die metallische Bitterkeit in seinem Mund ließ ihn die Lippen verziehen. »Entscheidung?« Seine Stimme trug die Schwere der Erschöpfung, als würden Jahrtausende der Müdigkeit auf seinen Schultern lasten. Er blickte Amanemhet IV. direkt an, die Augenränder dunkel verfärbt. »Was zum Teufel wollen Sie eigentlich von mir?«
Amanemhet IV. betrachtete ihn mit einer Mischung aus Bedauern und Enttäuschung. »Wir hätten Freunde sein können. Warum haben Sie sich gegen unseren Rat gestellt? Warum konnten Sie nicht Abstand von der Situation nehmen? Vieles hätte Ihnen erspart bleiben können. Es zehrt an uns, wenn das Vertrauen, das wir in jemanden setzen, so rücksichtslos missbraucht wird.«
Alex fühlte, wie seine Sinne scharf wurden. Jedes Wort, jede Regung und die feinsten Nuancen in Amanemhets Stimme waren ihm klar. Die Einsicht, sich möglicherweise in eine tödliche Falle begeben zu haben, musste er vorerst akzeptieren. Doch noch gab Alex nicht auf, noch gab es vielleicht ein Entkommen. »Vertrauen? Offenheit?«, spottete er. »Sie kommen in meine Träume, reden von Ehrlichkeit und drohen mir gleichzeitig? Wissen Sie, wie oft mir schon der Tod ins Gesicht gelacht hat?« Er behielt seine Fassung, obwohl er ahnte, dass der Weg, den er nun beschritt, schon lange vorherbestimmt war. Es lag etwas Unerschütterliches in Amanemhets Haltung.

»Es ist schade, dass Sie in uns lediglich zwei Wahnsinnige erkennen«, sagte Amanemhet IV., in dessen Stimme eine tiefe Melancholie mitschwang. »Sie blenden die Realität aus, nur weil sie Ihnen unvorstellbar erscheint.«
Alex hörte einen Anflug echten Schmerzes in seinen Worten und es verwirrte ihn. »Welche Realität? Ihre Version der Wahrheit?«
Amanemhet IV. senkte den Blick, ein Moment der Reflexion inmitten des Sturms ihrer Auseinandersetzung. Seine Hände ruhten gefaltet in seinem Schoß, gekrönt von einem funkelnden Ring, der in der Dunkelheit beinahe sein eigenes Licht zu haben schien. Ein kurzes Zucken, so rasch wie der Flügelschlag eines Kolibris, und er richtete seine eindringlichen Augen auf Alex.

»Es scheint, dass Sie eine ausdrückliche Lektion benötigen«, sagte er langsam, wobei jedes Wort mit Bedacht gewählt schien. »Hasobek, meine anmutige Gefährtin, hatte bereits geahnt, dass Sie ein schwieriger Fall sein würden. Ich hegte jedoch Hoffnung für Sie. Ich dachte, Sie wären ein Mann von Intellekt und Weitsicht, jemand, der in der Lage wäre, über das Offensichtliche hinauszublicken und trotz alldem, was wir getan haben, ein Bündnis mit uns einzugehen. Zumindest für die kurze Zeitspanne, die Sie Menschen als *Leben* bezeichnen. Doch ich sehe ein, dass ich mich in Ihnen geirrt habe.«

In seinen Augen glomm plötzlich ein eiskaltes Feuer auf. »Sie werden jetzt wieder in den Schlaf sinken. Und wenn Sie erwachen, wird Ihre Schwester verschwunden sein. Wir werden sie an einen Ort bringen, wo uns niemand stören kann. Dort werden wir mit ihr das alte Ritual der Zwölf durchführen, um ihr das Geschenk – oder sollte ich besser sagen, den Fluch – der Unsterblichkeit zu verleihen. Und dann, Herr Brandt, wird sie gezwungen sein, den Geboten der Zwölf zu gehorchen, es sei denn, sie möchte eine Existenz als lebende Leiche führen. Stellen Sie sich nur vor, wie sie, getrieben von ihrem neuen Dasein, die Jahrhunderte durchwandert und wie wir Herzen raubt, um nicht zu zerfallen. Dann werden wir sehen, ob Ihre Meinung immer noch so unerschütterlich ist.«

Alex' Gedanken rasten. Er fühlte sich, als würde er unter Wasser gezogen. Erlebte er dieses Gespräch wirklich? Oder trieb ein dunkler Traum sein grausames Spiel mit ihm? »Meine Schwester hat damit nichts zu tun!«, zischte er, die Wut in seinen Augen loderte. Er wollte aufspringen, ihn packen, schütteln, doch eine unsichtbare Macht hielt ihn fest, als wären eiserne Fesseln um seine Gelenke geschmiedet.

Nie hätte er geglaubt, in solch einem verhängnisvollen Netz gefangen zu sein. Doch dieses rätselhafte Paar hatte immer mit offenen Karten gespielt, hatte ihn in ihre dunklen Träume gezogen, in Szenarien, die er nicht begreifen konnte. Verlorenheit ergriff ihn, ein Gefühl der Ohnmacht.

»Sollten Sie meiner Schwester auch nur ein Haar krümmen, werde ich Sie bis ans Ende der Welt verfolgen. Das verspreche ich Ihnen. Und dann … dann Gnade Ihnen Gott.«

Amanemhet IV. lachte leise. »Gott? Glauben *Sie* an einen? In *Ihrer* Welt regiert nur der Gott der Vernunft, und Sie, Herr Brandt, halten sich für dessen lebendige Verkörperung.«

Alex wollte kontern, doch die Worte erstarben ihm auf den Lippen. Was hier geschah, war absurd, ein bizarres Theaterstück, das jeglichen Sinn verloren hatte.

Amanemhet IV. neigte leicht seinen Kopf, seine Augen funkelten tiefsinnig. »Ich sehe das Wirrwarr in Ihren Gedanken. Es erfüllt mich mit Mitgefühl. Leben ist wahrlich ein verzwicktes Rätsel – und wenn es jemanden gibt, der dies versteht, dann sind es Hasobek und ich. Der Tod, wenn man ihn als Gefährten und nicht als Gegner betrachtet, kann ein tröstender Verbündeter sein.

Er befreit einen aus den Qualen dieses Daseins und führt in ein gelobtes Land der Stille. Dieses Wissen allein kann das tägliche Elend erleichtern, wenn man sich bewusst ist, dass die Pein vergeht. Sie haben diesen tröstenden Gedanken noch, wir hingegen nicht. Und was Ihre Schwester betrifft … „ Er hielt inne, ließ die Worte in der Luft hängen.

Amanemhet IV. stand auf, und als er sich zum Gehen wandte, verharrte er kurz und sah Alex über die Schulter hinweg an. »Eine Bewährungsprobe wartet auf Sie. Es wird aufschlussreich sein zu sehen, wie Sie sich schlagen werden.«

Als Alex seine Augenlider hob, befand er sich unverändert auf dem Sofa. Sein Gesicht trug die Spuren der vorangegangenen Stunden, ebenso wie sein zerknittertes Outfit. Die Geschehnisse der Nacht überfluteten sein Bewusstsein, jedes ausgesprochene Wort brannte in seinem Inneren. Ein pulsierender Schmerz durchzuckte seine Schläfen und es fühlte sich an, als ob sein Kopf kurz davor stand, zu zerspringen. »Sarah«, hauchte Alex den Namen seiner Schwester verzweifelt. »Verdammt. Das kann nicht wahr sein. Das … *darf* nicht wahr sein!«
Mit einem Ruck erhob er sich. Ein Schwindelgefühl ergriff ihn und er musste sich mit einer Hand am Sofa festhalten. Konnte er Amanemhets düsteren Versprechungen Glauben schenken? Doch die winzige Flamme der Hoffnung, alles sei nur ein Produkt seiner ausufernden Fantasie, erlosch. Ertränkt in der brutalen Wahrheit, die er so vehement hatte leugnen wollen. In seiner inneren Unruhe überlegte er fieberhaft, wie viel Zeit ihm wohl verblieb und welche finsteren Pläne das unsterbliche Paar verfolgte.
Mit hastigen Fingern zog Alex sein Handy aus der Innentasche seines Jacketts und wählte Sarahs Nummer. Hoffnung zog an ihm, dass vielleicht, nur vielleicht, sie abnehmen und ihm versichern würde, dass alles nur ein böser Traum sei. Als die Tränen über sein Gesicht rollten, war ihm klar, dass dieser Wunsch trügerisch war. Nachdem er sie bereits zum fünften Mal angerufen hatte, sprach er eine verzweifelte Nachricht auf ihre Mailbox: »Sarah. Es ist jemand hinter dir her. Verstecke dich. Sofort. Bitte.« Er legte auf. »Bitte verzeih mir.«
Sein Spiegelbild im Hausflur zeigte das Abbild eines Mannes, den man direkt aus einer stürmischen Nacht gezogen hatte. Unrasiert, die Haare in wilden Wirbeln, stürzte er aus seiner Wohnung.

Während er die Stufen hinuntereilte, rief er Horst an. Die Sekunden des Wartens kamen ihm wie Stunden vor. »Horst, schnapp dir Kant und fahr so schnell es geht zu Sarah. Engelthalerstraße.«

»Ich weiß, wo sie wohnt. Was ist los?«

»Ich … ich habe Grund zu der Annahme, dass jemand sie entführt haben könnte, um mich aus der Reserve zu locken.«
Das Letzte, was Alex wollte, war, sich in eine Ecke drängen zu lassen, in der er Erklärungen schuldig blieb. Doch das Rampenlicht würde unausweichlich auf ihn fallen, sobald dieser Alptraum öffentlich wurde. »Horst, bitte, das bleibt unter uns. Zumindest vorerst.« Es war nur ein kurzes Schweigen, doch Alex spürte Horsts Überlegungen.

»Okay, ich werde der Zentrale nichts melden.«

»Danke.« Trotz seiner Inneren Gewissheit, klammerte sich Alex an die vage Hoffnung, dass Sarah einfach nicht ans Telefon gegangen war. Aber eine böse Stimme flüsterte ihm die bittere Wahrheit zu: *Ein Skeptiker wie du kann nicht damit rechnen, dass seine Gebete erhört werden. Amen.*

Nach einer kurzen Atempause wählte Alex die Nummer seiner Mutter. In solch einem kritischen Augenblick durfte er nichts auslassen, Sarah irgendwo zu finden. Doch was, wenn sie sich bereits in den Händen des ägyptischen Paars befand? Was, wenn Sarah verschollen blieb?

Seine Erleichterung war spürbar, als nicht die ruppige Stimme seines Vaters, sondern eine warme, mütterliche Stimme am anderen Ende ertönte. »Hallo, Mama. Alles gut bei dir?«

»Alex? Möchtest du uns besuchen?«

»Nicht heute. Sag mal, ist Sarah bei euch?«

»Um diese Zeit? Nein, sie müsste daheim sein. Hast du es bei ihr versucht?« Ihre Frage, obwohl gut gemeint, löste in ihm einen Anflug von Ärger aus. Er schlug mit der Faust gegen die Wand. Er wollte laut fluchen, seinen Zorn in die Welt schreien, aber er zwang sich zu einem ruhigen Ton. »Ja, habe ich. Ist bei euch alles in Ordnung?«

Ein hörbares Seufzen am anderen Ende. »Es ist immer dasselbe mit deinem Vater.«

»Mama, ich sage es noch mal: Verlass ihn. Find endlich deinen Frieden!«

Es war ein altes, immer wiederkehrendes Thema zwischen ihnen, und er wusste, dass sie diese Diskussion meist mied. Doch er konnte nicht anders, als es zu betonen. Er hatte immer geglaubt, sie aus den Klauen dieses Monsters befreien zu können. Aber seine Mutter, in ihrer typischen Art, wich jeder direkten Konfrontation aus, wählte immer den Weg des geringsten Widerstands.

»Ich weiß, mein Junge. Wir reden am Wochenende darüber, ja?«

Alex stimmte zögernd zu, während er erneut die Sorge um seine Schwester spürte. »Ich melde mich.«

»Pass auf dich auf, Alex.«

Ja, ich werde auf mich aufpassen, dachte Alex. *Die Frage ist nur, wie?*

Kaum hatte er aufgelegt, klingelte sein Telefon. Er erkannte Horsts Nummer und nahm das Gespräch hastig entgegen. »Habt ihr sie gefunden?« Nervös strich er sich durch die Haare.

»Nein. Wir stehen hier vor verschlossener Tür und es macht niemand auf. Aufbrechen dürfen wir die Tür nicht. Was sollen wir tun?«

»Brecht sie auf, verdammt, und geht rein. Stellt euch nicht so an! Vielleicht ist ihr was passiert. Ich bin sofort bei euch.« Alex wusste, dass er sich auf Horst verlassen konnte.

Mit hastigen Schritten stürmte Alex durch den regenüberfluteten Hof zu seinem Wagen. Die kühle Nässe, die gegen sein Gesicht schlug und das Rauschen des Regens auf dem Asphalt nahm er kaum wahr. Seine Gedanken kreisten wie hungrige Geier um das Wohl seiner Schwester, jenes letzten Ankers in diesem Meer aus Chaos und Verrat.

Wo war nur der verflixte Fehler in seinem Spiel gewesen, dass er sich nun in diesem Schachmatt wiederfand? Wie hatten diese beiden Unbekannten so viel über ihn in Erfahrung bringen können? Und wie zur Hölle konnten sie ihm, dem Großmeister der Jagd, stets einen Schritt voraus sein?

Der schrille Schrei der Reifen zerriss die Stille, als Alex seinen Wagen abrupt vor Sarahs Wohnung stoppte. Horst stand mit einer beunruhigenden Ernsthaftigkeit am Straßenrand und wartete. Noch bevor Alex richtig aussteigen konnte, kam ihm Horst entgegen. »Alex, was hier vor sich geht, sprengt meinen Verstand.«

»Was haben wir?«

Rolf lehnte an der Wohnungstür. Ein karges »Morgen« entwich seinen Lippen, als er Alex den Eintritt gewährte.

Horst schüttelte Alex leicht an der Schulter, die tiefe Sorge in seinen Augen war nicht zu übersehen. »Ich habe Johann noch nicht informiert. Doch das werde ich tun müssen. Ich wollte nur, dass du das hier zuerst siehst. Bevor alles in einem Tumult endet.«

Ein schwerer Brocken Angst saß Alex im Hals, als er das Schlafzimmer betrat. Es wirkte wie das gewohnte Chaos einer jungen Frau – das ungemachte Bett, Kleider, die sorglos über Möbel geworfen worden waren. Doch sein Herz raste, als sein Blick auf das blanke Metall des Dolches fiel, der wie ein dunkles Omen auf dem Kopfkissen ruhte. Direkt daneben – ein Zettel mit der schaurigen Botschaft: „Der Weg zur Unsterblichkeit".

Ein karger Hauch entwich seinen Lippen. »Nicht jetzt … „, murmelte er, seine Knie drohten unter ihm nachzugeben.

Horst trat an seine Seite, legte ihm eine Hand auf die Schulter und suchte nach einer Erklärung in Alex' verzerrtem Gesicht. »Was ist hier los?«

Ein bitteres Lachen, ein Hauch von Zynismus: »Was wohl, Horst? Die Welt, wie wir sie kennen, ist gerade ins Wanken geraten.«

Alex schluckte schwer. »Komm mit. Hier will ich nicht darüber reden.«

Die frische Luft draußen wurde von seiner plötzlichen Übelkeit verdrängt und er erbrach sich gegen die Hauswand.

Horst kam heran, bereit, Alex zu stützen, doch dieser wehrte ab. »Lass mich!« Er keuchte und lehnte sich erschöpft an die Wand. »Sarah ist in den Fängen dieser Monster. Dieselben, denen wir auf der Spur sind. Sie … sie haben meine Gedanken, meine Träume infiltriert. Ich musste mit ansehen, wie das Studentenpaar ermordet wurde.

Sie haben mir das vorhergesagt, Horst, in meinen Träumen. Und letzte Nacht – sie drohten, Sarah zu nehmen. Nun, hier sind wir.« Seine Stimme brach, als er die Tragweite der Situation realisierte.
Horsts Augen weiteten sich. »Du hast … was? Du warst Zeuge eines Mordes?«
Alex' Augen flossen über von einem Ozean aus Tränen, die sich über sein hartes, sonst so undurchdringliches Gesicht ergossen.
Horst legte den Arm um seine Schulter und zog ihn an sich. »Komm, Alex. Sieh mich an. Wir haben uns durch die dunkelsten Kapitel unserer Berufslaufbahn geschleppt. Du hast eine Überdosis Realität erwischt, das ist alles.«
Doch Alex schnaubte. »Ein Burn-out? Bei mir? Herzlichen Glückwunsch, Doktor Horst. Was kommt als Nächstes? *Nehmen Sie zwei davon und rufen Sie mich morgen an?*« Seine Hände zitterten, als er sich von der kühlen Wand löste, an der er gelehnt hatte. »Sorge dafür, dass Abraham und Julia hierher kommen. Und was ich dir gerade erzählt habe, auch wenn du denkst, ich hätte 'ne Schraube locker – behalte es für dich.« Er stolperte zur anderen Straßenseite, öffnete die Tür seines Autos und verschwand in der Dunkelheit.

Die Schatten des frühen Nachmittags hüllten die Stadt ein. Alex spürte den unbarmherzigen Griff der Verzweiflung, der seine Kehle zuschnürte. Die quälende Vorstellung, dass seine Schwester in den Händen jener Wesen war, gegen die er kämpfte, war überwältigend. Das Spiel, das er zu spielen gewagt hatte, war außer Kontrolle geraten.

Nachdem er Horst vor Sarahs Haus zurückgelassen hatte, ließ er sich von den verschlungenen Straßen der Stadt treiben. Das gewohnte Chaos, das ihn sonst in rasende Wut versetzte, schien ihm jetzt nebensächlich. Schließlich führte ihn sein Weg zu einem Fast-Food-Restaurant, dessen großzügiger Parkplatz ihm als Zufluchtsort diente. Dort verharrte er, seine Hände krampfhaft um das Lenkrad geklammert, verloren in einem Meer aus Gedanken, unberührt von den hungrigen Menschen, die kamen und gingen. Ein tiefer Abgrund der Leere breitete sich in ihm aus, während er darauf wartete, dass diese beiden unsterblichen Kreaturen ihm ein Zeichen gaben.

Das Läuten seines Handys durchbrach die Stille.

»Herr Brandt … „ Hasobeks Stimme war unterkühlt und distanziert. »Ihre Schwester befindet sich in unserer Obhut und wartet ungeduldig auf ein Wiedersehen.«

Ein unerklärlicher Hauch von Erleichterung durchströmte Alex. Zumindest war das Warten nun vorbei.

»Begeben Sie sich zum Palmengarten«, fuhr Hasobek fort. »Parken Sie dort und überqueren Sie die Straße. Suchen Sie den Spielplatz auf, der sich dort befindet. Kommen Sie allein. Haben Sie meine Anweisungen verstanden?«

Die Worte Hasobeks hallten in ihm nach. Stumm legte Alex auf, ließ den Motor des Wagens an und lenkte ihn dem vorgegebenen Ziel entgegen.

Jede Bewegung war mechanisch, geprägt von der Verzweiflung, die in seinen Adern pulsierte. Ein flüchtiger Gedanke blitzte auf, ob er seinen Kollegen einen Hinweis zukommen lassen sollte? Sie ins Vertrauen ziehen? Doch welches Geheimnis würde er offenbaren? Jene schattenhaften Visionen, die ihn nächtelang quälten, würde keiner glauben. Davon abgesehen hing Sarahs Leben am seidenen Faden und dieses zarte Band konnte er nicht gefährden. Sie war das letzte kostbare Fragment seiner menschlichen Existenz.

Als er am Palmengarten ankam und ausstieg, hielt wenige Augenblicke später ein Jaguar neben ihm. Das Fenster glitt herab und Hasobeks Augen fixierten ihn. »Steigen Sie ein!«

Alex fühlte sich hilflos, so, als wäre er eine Marionette in einem gut einstudierten Theaterstück. Ohne ein Wort setzte er sich auf den Rücksitz, bereit, sich einem Schicksal zu stellen, das er nicht kannte.

Sie hielten vor dem majestätischen Tower des Marriott an der Ludwig-Erhard-Anlage – ein monumentales Meisterwerk aus Glas und Beton. Schattige Fassaden wechselten sich mit leuchtenden Giebelseiten ab und dreidimensionale Elemente sprangen aus der Struktur hervor, als würden sie eine Geschichte flüstern. Doch all das war für Alex irrelevant. Jeder Gedanke, jede Regung in ihm war Sarah gewidmet. *Nehmt mich, aber lasst sie in Frieden*, betete er still. »Ende der Fahrt?« Alex' Versuch, seiner Frage eine bissige Komponente zu verleihen, misslang. Ein leiser Hoffnungsschimmer keimte in ihm: Sie hatten seine Waffe noch nicht entdeckt, die er im Jackett verbarg. Womöglich würde er die Gelegenheit bekommen, die Dinge zu seinen Gunsten zu wenden.
Amanemhet IV. warf ihm einen durchdringenden Blick zu. »Ja, hier residieren wir«, sagte er mit einer gleichgültigen Ruhe. »Ich denke, die Panoramen, die sich Ihnen oben bieten, werden Sie nicht unberührt lassen. Begleiten Sie uns.«
Amanemhet IV. und Hasobek entstiegen dem Wagen, ihre Finger verflochten sich wie die zweier Liebenden. Sie schritten gemessen voran, als wären sie die Herren ihrer eigenen Zeit.
Alex folgte ihnen, die Figur in einem Stück, dessen Drehbuch er nicht kannte. Die beiden Unsterblichen schienen kein Misstrauen gegenüber dem Ermittler zu hegen. Ohne zu zögern oder auch nur einen Blick zurück zu werfen, durchschritten sie die prunkvolle Hotellobby. Es war, als hielten sie Alex an einer unsichtbaren Kette, die ihn in ein vorbestimmtes Schicksal zog. Ein bizarres Szenario, in dem die Rollen vertauscht waren.
Der schlanke silberne Aufzug zischte leise, als er sich empor bewegte, vorbei an den endlos scheinenden Stockwerken, hin zu den oberen Etagen des Gebäudes.

Alex spürte eine leichte Schwere, je höher sie stiegen, während er die Spannung in der Luft förmlich schneiden konnte. Amanemhet IV. und Hasobek standen wie Statuen, ihre zeitlose Schönheit betont durch das sanfte Licht im Inneren des Fahrstuhls. Als sich die Türen schließlich in einer behutsamen Bewegung öffneten und sie eine Suite betraten, war es, als würde die Welt für einen kurzen Moment stillstehen. Alex wurde mit einem Raum konfrontiert, der alle Vorstellungen von Luxus und Großzügigkeit sprengte. Eine beeindruckend hohe Glasfront umschloss das Zimmer und bot ein atemberaubendes Panorama. Die Skyline der Stadt erstreckte sich unter ihm, mit Lichtern, die wie Sterne in der Dämmerung funkelten.
Amanemhet IV. trat mit einem amüsierten Lächeln neben ihn. »Beeindruckend, nicht wahr?«
Alex, der sich selten um Worte verlegen fand, konnte nur nicken. Es war mehr als beeindruckend: Es war majestätisch. Die hoch aufragenden Gebäude der Stadt, kombiniert mit dem endlosen Horizont, schufen ein besonderes Gefühl. Alex ließ seinen Blick durch das Appartement gleiten. Der Fußboden war mit einem edlen schwarz-rot-beigen Teppichboden ausgelegt, dessen Streifenmuster gleichzeitig für Dynamik und Wärme sorgte. Die Farbkombination verlieh dem Raum eine zeitgenössische Eleganz, die von einem Hauch von Opulenz begleitet wurde. Zentral lud eine hellbeige Ledersitzgruppe zum Verweilen ein, hinter der sich Koffer stapelten.

»Hier wohnen Sie?« Nirgends entdeckte er persönliche Gegenstände, so, als wären sie eben erst eingezogen.

»Hier *haben* wir gewohnt«, antwortete Amanemhet IV. »Wir werden noch heute abreisen. Sie wussten, dass dieser Tag kommen würde!«
Ja, er hatte es gewusst. »Und welches Ziel verfolgen Sie dieses Mal bei Ihrer Reise?«
Anstatt direkt zu antworten, verzog Amanemhet IV. seine Lippen zu einem kühlen, beinahe gelangweilten Lächeln. »Glauben Sie mir. Es gibt nur noch wenige Orte, die unsere Neugier entfachen können. Wer weiß, womöglich senden wir Ihnen irgendwann eine Postkarte. Wenn Sie dann noch leben, Herr Brandt.«

Alex konnte den bitteren Geschmack der Angst in seinem Mund schmecken. Das Spiel der beiden Unsterblichen neigte sich spürbar dem Ende zu.
Hasobek schob mit einer graziösen Bewegung die Tür des Schlafgemachs auf, ihre Worte in süßem Gift getränkt: »Möchten Sie nicht Ihre Schwester sehen?«
Das Herz in Alex' Brust schlug heftig gegen seine Rippen. Sein Mund wurde trocken, seine Augen suchten hektisch den Raum ab. Erst an der Schwelle des Zimmers überkam ihn der Anblick von Sarah, die zusammengesunken auf der Kante des Bettes saß. Das sterbende Tageslicht kroch durch das Fenster und hüllte das Zimmer in ein goldenes Glühen. Sarahs leblose Miene, so apathisch, in schroffem Gegensatz zur lebendigen Kulisse. Doch das Alarmierende war das blutige Muster auf dem Teppich, welches sich wie ein makabres Gemälde um sie legte. Woher kam es?
Alex' Stimme war nur ein Flüstern, als er ihren Namen rief. Seine Schritte zu ihr waren hastig, bis er schließlich vor ihr auf die Knie ging und sie zärtlich an sich zog. Ihr Blick war verwirrt, ihre Augen schimmerten feucht.

»Sarah, ist alles in Ordnung bei dir?« Seine Stimme bebte leicht.
Ein leises Schluchzen kam von ihr, während sie sich zusammenkrümmte, ihre Hände fest gegen ihren Bauch gedrückt.
»Alex … ich … ich kann es nicht sagen.«
Wut entflammte in Alex. In einer blitzschnellen Bewegung sprang er auf, zog seine Pistole und richtete sie auf das unsterbliche Paar.
»Was zur Hölle habt ihr Sarah angetan?«
In Amanemhets dunklen Augen glomm ein boshaftes Amüsement auf. »Herr Brandt, stellen Sie sich nicht so uninformiert dar. Wir haben unser Versprechen gehalten und das Ritual der Zwölf an Ihrer Schwester vollzogen. Wie zuvor mit Ihnen besprochen.«

»Hören Sie auf mit diesem mystischen Unfug!« Alex' Stimme bebte vor Zorn, obwohl er versuchte, ruhig zu klingen. »Dieses Theater endet jetzt. Meine Schwester und ich, wir werden diesen verfluchten Ort verlassen. Wagen Sie es nicht, uns aufzuhalten!« Seine Hand, die die Waffe hielt, zitterte unmerklich.

Ein geheimnisvolles, aber trauriges Lächeln spielte um Amanemhets Lippen. »So brillant im Verstand, und doch nicht in der Lage, die Wahrheit zu erkennen. Herr Brandt, Sie können nicht einfach wieder gehen. Und nur der, der wahre Macht besitzt, sollte drohen. Was besitzen Sie, das uns Angst einjagen könnte? Seien Sie nicht töricht. Wenn Ihnen danach ist, schießen Sie.« Dabei trat er einen bedächtigen, fast herausfordernden Schritt näher.

»Halt!« Alex trat schnell vor Sarah, eine schützende Barriere bildend. Sein Finger krümmte sich um den Abzug der Waffe, bereit, das tödliche Geschoss mit einem leichten Druck zu entfesseln.

Amanemhet IV. bewegte sich unbeirrt weiter, eine Silhouette voller Selbstbewusstsein. Hasobek lehnte anmutig am Türrahmen, ihre Augen kalt und beobachtend. Fast in greifbarer Nähe zog Amanemhet IV. mit einer erschreckenden Gelassenheit seine Hand Richtung der Waffe.

Alex drückte den Abzug. Ein ohrenbetäubendes Knallen erfüllte den Raum und die Kugel bohrte sich in Amanemhets Brust. Doch statt zu Boden zu fallen oder Schmerz zu zeigen, blieb er unerschütterlich stehen. Ein Blick auf die feine Kleidung, die nun von der Kugel beschädigt war. »Sehen Sie nur, was Sie meiner Garderobe angetan haben. Dieser Anzug ist ein Kunstwerk und Sie haben ihn befleckt. Welche Verschwendung!« Seine Stimme trug einen Anflug von mokantem Tadel.

Mit einer Beharrlichkeit, die Alex' Blut in den Adern gefrieren ließ, trat Amanemhet IV. erneut einen Schritt näher und ergriff fest den Lauf der Pistole, die Mündung nun direkt an seiner Stirn. Alex, getrieben von Verzweiflung und Furcht, drückte erneut ab. Ein grauenvolles Loch erschien auf Amanemhets Stirn, nur um sich wie durch Zauberhand wieder zu schließen.

»Das ist … das ist unmöglich«, stammelte Alex fassungslos. Amanemhet IV. schaute ihm tief in die Augen »Erkennen Sie nun die Realität, Herr Brandt? Wir sind zeitlos. Das ist unser Fluch und unser Segen zugleich. Übergeben Sie mir die Waffe und Sie und Ihre Schwester werden unbehelligt bleiben.«

Alex hatte sich am Morgen gefragt, was er noch ertragen könnte, und die Antwort war: Nichts. Sein Geist, erschöpft und getrieben, führte ihn an den Abgrund seines Verstandes.
Vor ihm, im Nebel seiner Träume, waren Amanemhet IV. und Hasobek erschienen – zwei unsterbliche Wesen, die durch die Jahrhunderte wanderten und einen blutigen Pfad hinterließen. Ihre Worte, eingebettet in die Tiefe der Nacht, hatten eine erschreckende Wahrheit offenbart, die jede Vorstellungskraft übertraf. Eine Wahrheit, die er nun akzeptieren musste.
Alex fühlte eine lähmende Schwere in seinen Knochen, eine Resignation, die ihn durchdrang. Im Moment der Kapitulation ließ er seine Pistole los.
Diese Begegnung war das Finale einer langen und verwirrenden Reise in die Tiefen des Mystischen. Alex, der sich stets auf sein Wissen und seine Fähigkeiten verlassen hatte, stand nun vor einem Rätsel, das seine gesamte Expertise in den Schatten stellte. Es war die Erkenntnis, dass es Mächte gab, die jenseits seiner Kontrolle lagen.

»Eine weise Entscheidung, Herr Brandt.« Mit routinierter Hand entnahm Amanemhet IV. das Magazin und entleerte es sorgsam, bevor er eine einzelne Patrone hervorhob und sie vor Alex' müden Augen tänzeln ließ. Ohne weitere Worte schob er die Patrone zurück ins Magazin und sperrte die Waffe wieder. »Eine Kugel« sagte er, seine Stimme ein sanftes, schauriges Zischen, »für einen Akt der Barmherzigkeit, oder, wenn Sie so wollen, der Feigheit.« Seine Augen funkelten hintergründig. »Entscheiden Sie weise. Benutzen Sie sie für sich selbst oder gewähren Sie Ihrer Schwester die letzte Gnade.«
Er drückte Alex die Waffe zurück in die Hand. Die Waffe war ein Versprechen, ein Fluchtweg, eine Falle, alles zugleich. Alex betrachtete sie, ein morbides Funkeln in den Augen.

»Herr Brandt, ich hätte mir einen anderen Ausgang gewünscht, aber das Schicksal spielt oft überraschende Karten. Hasobek und ich werden uns jetzt verabschieden. Unsere Wege werden sich trennen und Sie und Ihre Schwester werden uns nicht wiedersehen – doch, wer weiß?«

Seine Worte hingen einen Moment in der Luft, bevor er sich seiner Frau zuwandte, die immer noch im Türrahmen verweilte. »Hasobek, gibt es noch etwas, das du sagen möchtest?«
Hasobek trat mit gesenktem Kopf und in tiefer Reflexion einen Schritt vor. »Das Ritual der Zwölf ist abgeschlossen, Herr Brandt. Ihre Schwester wird nun, wie wir, den Fluch der Unsterblichkeit tragen. Wie lange diese Verwandlung benötigt, können wir nicht genau sagen. Aber..« Sie sah zu dem Blut, das sich bei Sarahs Füßen gesammelt hatte. »Möglicherweise ist es schon zu spät. Doch sollte sie nach der Umwandlung noch leben, wird sie alle zwölf Jahre Herzen benötigen, um ihren körperlichen Zerfall aufzuhalten.« In ihrer Stimme lag ein Hauch von Traurigkeit und Bedauern.
Mit einem stillen Einverständnis nickten sich Hasobek und Amanemhet IV. zu. Hand in Hand traten sie zur Tür, doch bevor sie gingen, drehte sich Amanemhet IV. noch einmal um. »Ich weiß, dass es schwer ist, unseren Worten Glauben zu schenken. Aber es gibt keinen Grund für uns, zu lügen. Es liegt nun an Ihnen, wie Sie fortfahren möchten. Wir wünschen Ihnen die nötige Stärke für die bevorstehenden Herausforderungen.« Mit diesen letzten Worten schloss sich die Tür und sie waren verschwunden.

In der beklemmenden Stille, die das Verschwinden des ägyptischen Paars zurückließ, fühlte Alex den stechenden Dolch der Sehnsucht, der ihm inzwischen von den anderen Tatorten nur zu gut bekannt war.
Vor ihm saß Sarah, ihre sonst so lebhaften Augen trüb und leer, während stille Tränen über ihre Wangen rannen. Der Anblick des zarten, gebrochenen Wesens ließ ihn innerlich erzittern.
Was für ein grausames Spiel haben sie nur mit dir getrieben?, dachte er. Sein Zynismus wich einer ohnmächtigen Wut. Vor ihm war nicht nur *irgendein* Mensch – es war *seine* Schwester, ein unschuldiges Opfer, das in einen Sturm aus Dunkelheit und Verderben geraten war.

»Sarah … „ Seine Stimme vibrierte, als er sich zu ihr neigte, die eindringliche Frage in seinen Augen. »Kannst du mich hören? Verstehen, was ich sage?«

Das schicksalhafte Ritual, dem sie ausgesetzt worden war, drohte, sie unsterblich zu machen. Er, der immer bereit war, sich jeder Gefahr zu stellen, hatte sie in ihrem schwersten Moment im Stich gelassen. Als diese Erkenntnis auf ihn niederschlug, füllten sich seine Augen mit Tränen. Er fühlte, wie sein sonst so gefestigtes Fundament zerbrach und er der überwältigenden Trauer erlag. Mit einem erstickten Schluchzen sank er vor ihr auf die Knie, kaum noch bewusst, wie der scharfe Schmerz seine Glieder hinaufkroch. Es war, als ob die gesamte Welt, alles, was er je gekannt hatte, sich gegen ihn verschworen hatte.
Nach einer scheinbar endlosen Zeit hob er schwerfällig den Kopf und suchte ihren Blick, aber Sarah war weit weg, nur eine leere Hülle ihres früheren Selbst. Der Schrecken des Rituals hatte sie in eine andere Welt entrissen und Alex fühlte sich hilflos angesichts des Abgrunds, der sich zwischen ihnen aufgetan hatte.

»Sarah, wie konnte es nur dazu kommen?« Selbst in seinem dunkelsten Moment hatte er nicht erwartet, dass sein eigenes Herz so schmerzhaft antworten würde. Die Tränen verzerrten sein Bild von ihr, machten es unscharf, doch selbst dieser verblasste Umriss seiner Schwester offenbarte ihre tiefe Lethargie.
In seinem Kopf hallten die grausamen Worte nach, eine unheilvolle Melodie, die immer lauter wurde. Die gnadenlose Wahrheit, die man ihm offenbart hatte, die er aber immer noch nicht fassen konnte. Er kämpfte darum, einen klaren Gedanken zu fassen, doch alles erschien wie ein böser Traum, aus dem es kein Erwachen gab.
Da saß sie, sein Fleisch und Blut, an einem Punkt angelangt, an dem sie bald zu einem Wesen werden könnte, das in grausamer Ironie über Leichen gehen müsste, nur um ihres eigenen Daseins willen. Und wenn sie sich diesem dunklen Verlangen verweigerte? Dann wäre ihr Schicksal kaum zu ertragen: Ein langsames, qualvolles Dahinsiechen, während ihr Geist in einem zerfallenden Körper gefangen blieb. Ein unvorstellbares Martyrium.
Er konnte und wollte sich ein Leben in solch einer verfluchten Existenz für sie nicht vorstellen. Doch es gab nur eine Wahl, eine letzte, furchtbare Entscheidung, um sie von dieser Pein zu erlösen.

Das Unvorstellbare: Er musste sie befreien und das bedeutete, dass er sie töten musste.

»Sarah … verzeih mir! Es hätte niemals so weit kommen dürfen und ich bin ganz allein für das alles hier verantwortlich.« Langsam, von der Tragweite der Situation überwältigt, schlossen sich sein Arm um sie, als könne er so die Zeit zurückdrehen und den verfluchten Moment ungeschehen machen.

Die Kälte des Metalls in seiner Hand erinnerte ihn jedoch unerbittlich an die zu treffende Entscheidung. Sie hatten ihm genau eine Kugel gelassen – ein brutales Geschenk des Schicksals. Mit dieser Kugel konnte er alles beenden, sich von der Last seiner Existenz befreien. Aber der Gedanke, Sarah allein in dieser grausamen Welt zurückzulassen, war unerträglich.

Die Pistole fühlte sich schwerer an als jemals zuvor. Sie war sowohl Verheißung als auch Fluch. »Ein echter Freund, der Tod, nicht wahr?«, murmelte er. Ein bitteres Lächeln umspielte seine Lippen. In seinem Kopf gab es keinen Zweifel mehr, welchen Weg er wählen musste.

Er zog Sarah eng an sich und setzte die Pistole an ihre Schläfe. Ihren Kopf an dem seinen, bereit, die ultimative Entscheidung umzusetzen. Würde dieser eine Schuss beide von ihrem Leid erlösen oder sie in noch tiefere Abgründe stürzen? Ein Rätsel, das nur die unergründlichen Mächte des Lebens und des Todes beantworten konnten.

Ein dumpfer Knall durchbrach die Stille.

Das Polizeirevier war noch nie ein Ort voller Freude gewesen, doch die Wortlosigkeit, die heute im Besprechungszimmer lastete, war erdrückend. Man hätte eine Nadel fallen hören können und sie hätte sich laut und harsch angehört.

Die Neonröhren über ihnen zischten leise und warfen ein kaltes weißes Licht auf den Besprechungstisch. Jede der anwesenden Personen war in ihre eigenen Gedanken versunken.

Johann betrat wie ein aufgeladener Bulle das Zimmer. Mit Wucht knallte er die Tageszeitung auf den Tisch. »Das ist die Hölle«, brummte er, die Stimme tief und derb wie das Knurren eines alten Hundes. »Schon gelesen, was sie schreiben?«

Abraham blätterte durch die eingerissenen Seiten, die aussahen, als hätte sie jemand zerknüllt, um danach hinein zu beißen. »Oh, von unserer Martha Collins, wer hätte das gedacht? Ich les euch mal vor:

Horrorstadt Frankfurt – Wo endet der Albtraum?

In einem schrecklichen Zwischenfall, der die Einwohner Frankfurts erneut in Angst und Schrecken versetzte, wurde der Ermittler Alexander Brandt in einer hochklassigen Suite vorgefunden, das Schlafzimmer mit Blut besudelt. Ein Anblick, den niemand vergessen wird, der ihn gesehen hat. Trotz der brennenden Fragen und dem offensichtlichen öffentlichen Interesse, hält die Polizei die Lippen fest verschlossen und lässt die besorgten Bürger unserer stolzen Stadt im Dunkeln tappen.

Die beunruhigende Frage, die uns alle quält: Warum sind die Serienmörder, die Frankfurt in einen Alptraum verwandeln, noch immer nicht hinter Gittern? Wie kann eine Stadt, die für ihre Effizienz und Ordnung bekannt ist, solch eine drohende Gefahr zulassen? Ist es ein Versagen der Ermittler?

Zum Glück zeigt unsere Bürgermeisterin Initiative und Entschlossenheit. Ein zweites Ermittlungsteam wurde entschlossen ins Rennen geschickt, um die verstörenden Morde aufzuklären. Dies mag unsere einzige Hoffnung sein, dem Albtraum zu entkommen, während sich scheinbar dunkle Geheimnisse hinter den Mauern unserer Polizeistation verbergen.

Der vormalige Star-Ermittler Brandt wurde in eine Anstalt eingewiesen. Die Gerüchteküche brodelt. Könnte Brandt selbst der Täter sein, den er zu jagen vorgab? Böse Zungen flüstern, er sei das wahre Monster hinter den Morden. Aber das sind bislang nur Vermutungen. Beweise gibt es nicht. Noch nicht.

Die Bürger von Frankfurt verdienen Antworten. Und es ist an der Zeit, dass sie diese bekommen. Bis dahin bleibt die Frage: In welcher Horrorstadt leben wir eigentlich?«

»Was für ein verfluchter Wahnsinn. Was ist dort geschehen? Julia, erkläre du mir, was der Tatort hergibt!«

Julia antwortete in einem Ton, der genauso präzise und messerscharf war wie ihre Worte: »Es ist nicht viel. Doch wir haben Blutspuren im Schlafzimmer gefunden. Sie gehören zu Alex' Schwester.«

Johanns Augen blitzten auf, und er zog die Stirn kraus, während die Worte sich in seinen Gedanken festsetzten. »Seiner Schwester?«

Sie nickte kurz. »Genau.«

»Das ist doch unmöglich! Ist sie … „

Julia zögerte einen Moment. »Tot? Nein. Wir haben mit ihr gesprochen. Sie behauptet, es geht ihr gut. Sie sagt, ein Paar hätte sie entführt und mit Drogen abgefüllt. Doch mehr konnte oder wollte sie uns nicht sagen.« Ein Schatten des Zweifels überzog ihr Gesicht.

»Lächerlich«, schnaubte Johann. »Habt ihr überprüft, ob diese vermeintlichen Drogen in ihrem System sind?«

»Sie hat eine Untersuchung abgelehnt. Und ohne ihre Zustimmung sind uns die Hände gebunden.«

Johanns Blick fiel auf Horst. »Und was ist mit unserem Superhelden Alex?«

Horst presste die Lippen aufeinander und zuckte mit den Achseln. »Ich habe versucht, mit ihm zu reden, aber er schaut nur stumm vor sich hin. Die Ärzte sprechen von einer Gefangenschaft in der Unwirklichkeit. Seltsamer Ausdruck. Sie nannten es eine Depersonalisation oder Derealisation. Er wird Zeit benötigen, um wieder zu sich zu kommen.« Unsicher schaute er zu Boden. »Zumindest, wenn er es will.«

»Wie bitte? Wenn er es will?« Zornig schlug Johann mit der flachen Hand auf das Flipboard, das bedenklich zu schwanken begann. »Manchmal könnte ich ihm den Hals umdrehen. Und was ist mit dem ägyptischen Paar? Die Hotelangestellten können doch wenigstens etwas zu unseren Verdächtigen sagen, oder?«

Horst zog instinktiv den Kopf ein. »Es ist seltsam, aber niemand kann die beiden beschreiben. Die Namen, die sie hatten, gibt es nicht. Ausweise haben sie angeblich vorgelegt, aber Kopien wurden keine gemacht. Und weil sie ausgecheckt haben, liegen sie auch nicht mehr vor.«

Johann nickte. »Alles klar.« Er ging zur Tür. »Macht weiter so, dann wird man uns die Toiletten reinigen lassen, weil man uns nichts zutraut. Ich bin gespannt, welchen meiner Zähne die Bürgermeisterin ziehen wird.«

Er öffnete die Tür und verschwand.

Epilog

Mit dem Stift in der Hand starrte Alex auf das leere Blatt Papier. Er spürte das Gewicht der letzten Wochen, oder waren es Monate? Die Zeit war zu einem wirren Ballen von Erinnerungen geworden.
Das Szenario spielte sich endlos in seinem Kopf ab: Der kühle Stahl der Pistole gegen die Schläfe seiner Schwester, das taube Donnern des Schusses, das ihm in den Ohren hallte. Und jedes Mal, wenn die Erinnerung endete, wurde er in das grausame Karussell zurückgezogen und es begann erneut.
Er versuchte, die Geister seiner Vergangenheit mit Tinte zu bannen, in der Hoffnung, dass das Papier die Qualen absorbieren würde. Doch wie konnte man das Unaussprechliche beschreiben? Wie kleidet man eine solche Tragödie in Worte, wenn selbst die Sprache zu versagen scheint? Was er erlebt hatte, lag jenseits der Realität, jenseits des Fassbaren.
Was er anfangs vor sich hin gestammelt hatte, stieß auf taube Ohren. Man wollte ihm nicht glauben, wollte das Abstruse, das in seinen Worten mitschwang, nicht akzeptieren. So verschloss er sich und driftete in die Tiefen seiner finsteren Gedankenwelt ab. Gefangen in den Schatten seiner eigenen Geheimnisse.
Das Projektil hatte sein Wangenbein nur gestreift, woraufhin er in einen Abgrund der Bewusstlosigkeit gezogen wurde. Alex hatte sich das Ende herbeigewünscht, doch das zynische Spiel des Schicksals verweigerte ihm diese endgültige Erlösung. Einst hätte er jeden verspottet, der den Tod als einen tröstenden Gefährten bezeichnete. Doch jetzt, in der erstickenden Umklammerung dieser Zelle, schien der Sensenmann wie ein alter Freund. Genau genommen war er der einzige Freund, den ein Mensch überhaupt haben konnte.

Was war noch übrig geblieben von ihm selbst? Welche Bedeutung trug er noch in dieser surrealen Realität? Das erhebende Gefühl eines frischen Windstoßes oder das tröstende Streicheln des Regens auf seiner Haut waren ihm verloren gegangen, vergessene Freuden, die er womöglich nie wieder erfahren würde.
Ein bitterer Knoten bildete sich in seinem Magen und Erbrechen schien das einzige Mittel, um die Qual zu lindern. »Zum Teufel!«, fluchte er, während Zorn aufstieg. Mit einer abrupten Bewegung brach er den Stift mit einem trockenen Knacksen. Dieses kurze Fenster, in dem er seinen Gedanken freien Lauf lassen wollte, war nun geschlossen.
Die Tür zu seiner Zelle schwang auf und die vertraute Gestalt eines Pflegers schritt herein. » Herr Brandt, jemand möchte Sie sehen.« Norbert, so sein Name, schenkte Alex ein verschwörerisches Zwinkern. Trotz des kargen Umfelds begegnete er jedem hier mit einer seltenen Würde, ein Attribut, das Alex in stiller Hochachtung registrierte.
Erschöpfung ließ Alex' Augenlider schwer werden und er verspürte kein Bedürfnis, darüber zu sinnieren, wer wohl so verzweifelt sein könnte, ihn in seinem derzeitigen Zustand aufzusuchen. Anfangs, nach seiner Einweisung, war die Zelle oft von Gestalten bevölkert gewesen. Doch wie Schatten waren sie verblasst, verschwanden mehr und mehr aus seinem Sichtfeld. Vielleicht, so seine nebulöse Erinnerung, war sogar seine Mutter einst hier gewesen. Doch in dieser Abgeschiedenheit, hinter der selbsterrichteten Barrikade seines Geistes, nahm er die Realität kaum noch wahr. Immer wenn jemand kam, begegnete er dem Besucher mit einem distanzierten, leeren Blick. Welche Worte hätten die Leere auch füllen können und welchem Zweck hätten sie gedient?
Wie in Trance folgte er Norbert, durch Korridore, deren steril wirkende Helligkeit eine Kälte ausstrahlte, die tief bis ins Mark kroch. Sie erreichten einen bescheidenen Raum, in dem Alex sich fühlte, als wäre er ein vergessenes Relikt aus einer anderen Zeit, das man einfach achtlos beiseite gestellt hatte. Ein vergittertes Fenster bot einen trüben Blick auf den Innenhof – der einzige Ort, an dem man das gelegentliche Gefühl von Sonnenstrahlen auf der Haut erleben durfte.

Heute jedoch prasselte der Regen unerbittlich herab und düstere Wolken tauchten den Raum in ein zwielichtiges, fast schon mystisches Halbdunkel.
Einen Moment lang versank Alex im Nebel hinter seinen geschlossenen Augenlidern. Er vernahm das vertraute Knarren der Tür, Schritte, die zaghaft näherkamen und das leise Rascheln eines Stuhls, der über den Boden geschoben wurde.

»Alex?«, hörte er seinen Namen, und ein kalter Schauer lief über seinen Rücken. Wie vom Blitz getroffen riss er seine Augen auf. Ein vertrautes Gesicht lächelte ihm entgegen.

»Sarah?« Seine Stimme war rau und brüchig.

»Ja, Bruderherzchen. Ich bin es.« Ihre Augen waren voller Wärme und Lebendigkeit.
Seine Gedanken überschlugen sich. War dies nur ein traumhaftes Hirngespinst? »Ich dachte, du wärst … „

»Tot?«, vollendete sie mit einem Hauch von Ironie. »Nein, ich atme noch.«

»Aber das Blut … die Kugel« Sein Blick bohrte sich suchend in ihre Augen. »Was haben sie dir angetan? Und was hat es mit dem zwölften Herzen auf sich?«
Sie senkte den Blick und ließ einen Moment verstreichen, bevor sie mit leiser Stimme antwortete: »Es ist schmerzlich, Alex. Deine Kugel kam zu spät. Und das zwölfte Herz … es war das unschuldige Herzchen meines ungeborenen Kindes.«

Der Tod ist ein guter Freund,
solange er andere besucht.
(Alexander Brandt)

Ralph Llewellyn

Ralph Llewellyn wurde in Colorado/USA geboren und lebt heute in Heidelberg.
Sein Weg führte ihn über ein Studium in Karlsruhe zu seiner wahren Leidenschaft: dem Schreiben.

Nach mehreren Fachbüchern entfaltete sich sein erzählerisches Talent in einer beeindruckenden Reihe von Romanen – Geschichten voller Magie, Abenteuer, Liebe und Mysterien.

Doch über Worte und Seiten hinaus gibt es eine tiefere Botschaft, die Ralph Llewellyn am Herzen liegt:

> *Jeder Mensch ist gleich – unabhängig von Herkunft, Aussehen, Religion oder Hautfarbe. Was wirklich zählt, ist ein aufrichtiges Herz, Offenheit und der respektvolle Umgang mit anderen und ihren Ansichten.*

„Das Leben ist eine Reise – manchmal atemberaubend und voller Wunder, manchmal schmerzhaft und voller Prüfungen. Doch egal, welchen Weg wir gehen: Es zählt der Moment, das Hier und Jetzt.
Lasst uns offen sein für das Neue, für Toleranz und Mitgefühl.
Lasst uns unser Herz am rechten Fleck tragen, für unsere Werte einstehen – mit Liebe, Geduld und der unerschütterlichen Kraft, das Gute in der Welt zu erkennen und zu bewahren.
Denn die wahre Essenz des Lebens offenbart sich durch Erfahrung, durch Sinn – und durch Menschlichkeit."

Ralph Llewellyn

RALPH LLEWELLYN

Danke, dass du mein Buch gelesen hast!

Wenn dich diese Geschichte berührt, inspiriert oder zum Nachdenken gebracht hat, würde ich mich riesig über dein Feedback freuen.

Hinterlasse eine Rezension

Sie hilft nicht nur mir, sondern auch anderen Lesern, dieses Buch zu entdecken. Schreib deine Gedanken auf Amazon, Thalia oder wo du dein Buch gekauft hast.

Folge mir auf Social Media!

Bleib auf dem Laufenden über neue Projekte, exklusive Einblicke und Hintergrundgeschichten:

Instagram: @autorllewellyn
Facebook: https://www.facebook.com/Llewellyn.Autor
Homepage: www.llewellyn.de
E-Mail: autor@llewellyn.de

Dein Support bedeutet mir viel – danke, dass du Teil dieser Reise bist!
Mit herzlichen Grüßen,

Ralph Llewellyn